EL
OTRO
HIJO

EL OTRO HIJO

SHARON GUSKIN

Título original: *The Forgetting Time*

Primera edición: mayo de 2016

Printed in Spain – Impreso en España

ISBN: 978-84-8365-870-3
Depósito legal: B-7120-2016

Impreso en Rodesa, Villatuerta (Navarra)

SL58703

Penguin
Random House
Grupo Editorial

Para Doug, Eli y Ben

1

La víspera de su treinta y nueve cumpleaños, el día más deprimente del peor febrero que alcanzaba a recordar, Janie tomó la que acabaría siendo la decisión más trascendental de su vida: disfrutar de unas vacaciones.

Trinidad tal vez no era la mejor elección; ya puestos a ir lejos, mejor viajar a Tobago o Venezuela, pero le gustaba cómo sonaba, Tri-ni-dad, su musicalidad era prometedora. Compró el billete más barato que encontró y llegó allí justo cuando los últimos juerguistas de las fiestas del carnaval volvían a casa y las alcantarillas estaban llenas a rebosar de la basura más bonita que había visto en su vida. Las calles estaban vacías, la gente durmiendo la mona. Las patrullas de limpieza trabajaban con lentitud, sus movimientos complacidos y submarinos. Recogió de la acera puñados de confeti, plumas de vivos colores y fragmentos de bisutería de plástico y se lo guardó todo en los bolsillos, en un intento de absorber la frivolidad por osmosis.

En el hotel había una boda, una norteamericana que se casaba con un nativo de Trinidad, y la mayoría de los invitados se hospedaban allí. Deambulaban por todos lados trazando círculos, los tíos, las tías y los primos languideciendo bajo el calor, las mejillas embadurnadas con esa pincelada de rojo que da la quemadura del sol y que les proporcionaba un aspecto de mayor felicidad de la que en realidad sentían, mientras que los perplejos trinis, siempre en grupitos, reían y charlaban en su acelerada jerga.

La humedad era intensa, pero el cálido abrazo del mar compensaba, como un premio de consolación para el desamorado. La playa era exactamente igual que en la fotografía, con palmeras, mar azul y verdes colinas, con tábanos que te rozaban los tobillos y luego se pegaban a ellos para recordarte que aquello era real, con cabañas plantadas aquí y allá donde vendían «pan con tiburón»: un bocadillo de pan frito con tiburón rebozado que sabía mejor que cualquier otra cosa que Janie hubiera comido nunca. En la ducha del hotel había agua caliente a veces, a veces solo fría, y a veces ni caliente ni fría.

Los días transcurrían con facilidad. Se tumbaba en la playa con una de aquellas revistas femeninas que normalmente no se permitía a sí misma y dejaba que sus piernas se empaparan de sol y de espuma del mar. Había sido un invierno muy largo, con una sucesión interminable de tempestades de nieve, una serie de calamidades que Nueva York no estaba preparada para recibir. Le habían asignado el diseño de los baños del museo que estaba remodelando su estudio, y a menudo había acabado dormida en la mesa y soñando con baldosas azules, o cogiendo un taxi pasada la medianoche para regresar a su silencioso apartamento y derrumbarse en la cama antes incluso de que le diera tiempo a preguntarse cómo era posible que su vida se hubiera convertido en aquello.

Cumplió los treinta y nueve la penúltima noche que pasó en Trinidad. Se sentó sola en el bar de la terraza, con la música de fondo de la cena de ensayo de la boda que tenía lugar en el salón de banquetes de al lado. Se alegraba de haberse librado del «brunch de cumpleaños» habitual, de las oleadas de amigas con maridos y niños y de sus entusiastas tarjetas de felicitación en las que siempre le aseguraban que «¡Este año será el año!».

¿El año de qué?, siempre había querido preguntar.

Aunque sabía a qué se referían: el año en que encontraría un hombre. Aunque le parecía improbable. Desde el fallecimiento de su madre, no había tenido valor para volver a salir con chicos; sabía que luego no podría comentar con ella por teléfono hasta el más mínimo detalle, que no podría mantener aquellas conversaciones interminables y necesarias que a veces se prolongaban incluso más que la cita en sí. Los hombres habían entrado y salido de su vida; en muchos casos, los había sentido lejos de ella meses antes de que realmente se marcharan. Su madre, sin embargo, siempre había estado allí; su amor había sido algo tan básico y necesario como la gravedad, hasta que un día ya no estuvo más.

Janie pidió una copa y echó un vistazo a la carta. Se decidió por el curry de cabra porque no lo había probado nunca.

—¿Está segura? —preguntó el camarero. Era un niño, en realidad, que no llegaría ni a los veinte, de cuerpo muy delgado y con unos ojos enormes y risueños—. Es picante.

—Podré con ello —replicó ella, sonriéndole y preguntándose si podría sacarse de la manga una aventura en su penúltima noche allí y qué sensaciones le generaría volver a tocar otro cuerpo.

Pero el chico se limitó a asentir y le sirvió el plato al cabo de poquísimo rato, sin quedarse siquiera a mirar si lo toleraba o no.

El curry de cabra rugió en el interior de su boca.

—Estoy impresionado. Creo que yo no podría comerme eso —comentó el hombre que estaba sentado dos mesas más allá.

Estaría en algún lugar intermedio de la mediana edad, un busto de hombre, todo torso y hombros, con un círculo de pelo rubio de punta rodeándole la cabeza como los laureles de Julio César y una nariz de boxeador debajo de unos ojos osados, invictos. Era el único huésped que no estaba con el grupo de la boda. Ya lo había visto por el hotel y en la playa, y sus revistas de negocios y su anillo de casado no le habían inspirado en absoluto.

Lo saludó con un ademán de cabeza, se llevó a la boca una cucharada especialmente grande de curry y sintió el calor rezumándole por todos los poros.

—¿Está bueno?

—Sí, la verdad es que sí —reconoció Janie—, siempre y cuando te guste que la boca te arda como un infierno.

Bebió un trago del ron con cola que había pedido; después de tanto fuego, el sabor resultaba gélido y sorprendente.

—¿En serio? —Trasladó la mirada del plato a la cara de ella. Tenía las mejillas y la coronilla sonrosadas, como si hubiera subido volando hasta el sol y lo hubiera capturado—. ¿Te importaría dejármelo probar?

Janie se quedó mirándolo, algo desconcertada, y se encogió de hombros. Qué más daba.

—Adelante.

Se instaló rápidamente en la silla de enfrente de ella. Le cogió la cuchara, la colocó encima del plato, la sumergió y cogió una cucharada de curry que se llevó a la boca.

—Dii-os —dijo. Engulló un vaso entero de agua—. Dii-os mío.

Pero lo dijo riendo, sus ojos castaños admirándola con sinceridad por encima del borde del vaso. Seguramente debía de haberse fijado que antes le sonreía al chico del bar y había llegado a la conclusión de que quería rollo.

¿Pero quería rollo? Lo miró y lo captó al instante: el interés en su mirada, la facilidad con que situaba la mano izquierda ligeramente por detrás de la cesta del *roti* para esconder temporalmente el dedo que lucía el anillo de casado.

Estaba en Puerto España en viaje de negocios, era un hombre de empresa que había ganado dinero con una franquicia y había decidido «esparcirse» un poco para celebrarlo. Lo dijo así, «esparcirse», y Janie se vio obligada a disimular una mueca. ¿A quién se le ocurría hoy en día utilizar una palabra como esa? A nadie que ella conociera. El tipo era de Houston, lugar donde Janie no había estado nunca ni había sentido necesidad de ir. Adornaba su bronceada muñeca con un Rolex de oro, el primero que ella veía de tan cerca. Cuando se lo dijo, se lo quitó, se lo puso a ella y el objeto se quedó allí colgando, pesado y resplandeciente. Le gustó la sensación, le gustó la rareza de verlo en su muñeca pecosa de siempre, era como ver un helicóptero de diamantes pulular por encima del curry de cabra.

—Te queda bien —dijo.

El hombre levantó la vista desde la muñeca hasta la cara de ella mostrando tan claramente sus intenciones que Janie se sonrojó y le devolvió el reloj. ¿Pero qué estaba haciendo?

—Tendría que irme yendo —dijo ella, aunque sus palabras sonaron reacias incluso para sus propios oídos.

—Quédate a hablar un rato más conmigo. —La voz tenía cierto matiz suplicante, pero la mirada seguía siendo audaz—. Venga. Llevo una semana sin mantener una conversación decente. Y eres tan...

—¿Soy tan...?

—Poco normal.

La obsequió entonces con una sonrisa, el gesto zalamero del hombre que sabe cómo y cuándo utilizar sus encantos, una herramienta de su arsenal que, aun así, al mirarla, brilló como el metal bajo el sol y proyectó algo genuino, un cariño sincero que la atravesó como una ráfaga de calor.

—Ah, pero si soy de lo más normal.

—No. —Se quedó mirándola—. ¿De dónde eres?

Janie le dio un nuevo trago a la copa; el efecto le desdibujó un poco la visión.

—Ay, ¿y eso a quién le importa? —replicó, notando los labios fríos y ardientes a la vez.

—A mí.

Otra sonrisa: rápida, cautivadora. Vista y no vista. Aunque… efectiva.

—De acuerdo, vivo en Nueva York.

—Pero no eres de Nueva York —dijo él, dándolo por hecho.

Ella se mosqueó.

—¿Por qué? ¿No me ves lo bastante dura como para ser neoyorquina?

Notó los ojos de él fijos en su cara e intentó retener cualquier evidencia del calor cada vez mayor que notaba en las mejillas.

—Creo que eres dura, sí —dijo, arrastrando las palabras—, pero también se intuye vulnerabilidad. Y eso no es un rasgo típico del nativo de Nueva York.

¿Que se le intuía la vulnerabilidad? Aquello era nuevo. Le habría gustado preguntarle dónde se le intuía para poder guardarla a buen recaudo.

—Así que… —Se inclinó hacia ella. Olía a crema solar de coco, a curry y a sudor—. ¿De dónde eres realmente?

La pregunta era complicada. Normalmente eludía la respuesta. Del Medio Oeste, decía. O de Wisconsin, porque era donde había pasado más tiempo, si contabas la universidad. Aunque no había vuelto allí desde entonces.

Nunca le contaba a nadie la verdad. Excepto ahora, sin saber por qué.

—No soy de ninguna parte.

El hombre se removió en su asiento y frunció el entrecejo.

—¿Qué quieres decir con esto? ¿Dónde te criaste?

—Yo no… —Negó con la cabeza—. No te apetecerá oírlo.

—Te escucho.

Se quedó mirándolo. Sí. Estaba escuchándola.

Aunque «escuchar» tal vez no era la palabra. O tal vez sí: una palabra que se utilizaba en un sentido pasivo, que sugería una receptividad silenciosa, la aceptación del sonido que genera otra persona, «te oigo», mientras que lo que aquel hombre estaba haciendo en ese momento parecía sorprendentemente musculoso e íntimo: escuchaba con fuerza, como escuchan los animales para sobrevivir en el bosque.

—Veamos… —Janie respiró hondo—. Mi padre tenía uno de esos puestos de gerente de ventas regional que nos obligaba a estar siempre de un lado para otro. Cuatro años aquí, dos años allá. Michigan, Massachusetts, el estado de Washington, Wisconsin. Éramos solo los tres. Entonces…, digamos que él siguió de aquí para allá. No sé adónde fue. A algún lugar, pero sin nosotras. Mi madre y yo seguimos viviendo en Wisconsin hasta que yo terminé la universidad y entonces ella se trasladó a Nueva Jersey, donde murió. —Aún se le hacía extraño decirlo. Intentó apartar la vista de la intensa mirada de aquel hombre, pero le resultó imposible—. Entonces me marché a Nueva York, en gran parte porque la inmensa mayoría de la gente que vive en la ciudad tampoco es de allí. De modo que no tengo una vinculación especial con ningún lugar en concreto. No soy de ninguna parte. ¿No te parece gracioso?

Janie se encogió de hombros. Las palabras habían manado a borbotones. Cuando en realidad no era su intención pronunciarlas.

—Suena a una soledad de la hostia —dijo él, sin dejar de fruncir el entrecejo. La expresión fue como un palillo minúsculo pinchándole justo en esa parte blanda de ella que no pretendía mostrar—. ¿Y no tienes familia por ningún lado?

—Sí, hay una tía en Hawái, pero… —¿Qué estaba haciendo? ¿Por qué estaba contándole todo eso? Dejó de hablar, horrorizada. Meneó la cabeza—. No pienso hacer esto. Lo siento.

—Pero si no hemos hecho nada —dijo él.

La sombra lobuna que se apoderó por un instante del rostro de aquel hombre era inequívoca. Janie recordó una frase de Shakespeare que su madre le susurraba cuando paseaban por el centro comercial y se cruzaban con un grupo de chicos adolescentes: «He ahí a Casio, con su mirada afilada y hambrienta». Su madre siempre decía cosas de ese estilo.

—Me refiero —dijo Janie, tartamudeando— a que no suelo hablar de estas cosas. No sé por qué estoy contándote todo esto. Debe de ser el ron.

—¿Y por qué no tendrías que contármelo?

Se quedó mirándolo. Le resultaba increíble haberse sincerado de ese modo, estar cayendo en la trampa de los considerables encantos de un hombre de negocios de Houston que además llevaba un anillo de casado.

—Bueno, porque eres un…

—¿Un qué?

Un desconocido. Pero decirle aquello sonaba demasiado infantil. Se agarró a la primera palabra que se le ocurrió.

—¿Un republicano?

Rio, intentando convertirlo en una gracia. Ni siquiera tenía claro que lo fuera.

El mosqueo se extendió por la cara de él como el fuego entre matojos secos.

—¿Y eso en qué me convierte? ¿En una especie de filisteo?

—¿Qué? No. En absoluto.

—Pero lo piensas. Lo leo en tu cara. —Se enderezó en su asiento—. ¿Crees que no sentimos lo mismo que puedas sentir tú? —inquirió. Sus ojos castaños, que con tanta admiración la habían observado, se clavaron en ella con la furia de la persona que se siente herida.

—¿Podemos volver a la conversación sobre el curry?

—¿Crees que a nosotros no se nos parte nunca el corazón, que no rompemos a llorar cuando nacen nuestros hijos, que no nos hacemos preguntas sobre el lugar que ocupamos en el todo universal?

—Vale, vale. Ya lo capto. Si os pinchan, sangráis. —Él seguía mirándola fijamente—. «Si nos pinchan, ¿no sangramos?». Es de *El mercader de...*

—¿Lo captas, Shylock? ¿De verdad lo captas? Porque no estoy seguro de que sea así.

—A ver a quién llamas Shylock.

—De acuerdo, Shylock.

—Oye.

—Lo que tú digas, Shylock.

—¡Cuidadín!

Estaban sonriéndose.

—Así que hijos, ¿no? —dijo ella, mirándolo de reojo.

El hombre eludió la respuesta e hizo un gesto desdeñoso con una mano grande y rosada.

—De todas maneras —añadió ella—, ¿qué importancia tiene lo que yo pueda pensar de cualquier cosa?

—Pues claro que tiene importancia.

—¿Sí? ¿Por qué?

—Porque eres inteligente, y porque eres un ser humano, y porque en este momento estás aquí teniendo esta conversación —dijo él.

Se inclinó con mucha seriedad hacia ella y le tocó ligeramente la rodilla de un modo que en cualquier otra circunstancia a Janie le habría parecido baboso, pero no se lo pareció. El temblor que le recorrió el cuerpo superó su fuerza de voluntad de reprimirlo.

Bajó la vista hacia el plato arrasado.

Lo más seguro es que viviera en una McMansión y que tuviera tres niños y una mujer que jugaba al tenis, se dijo.

Había conocido a hombres de ese tipo, por supuesto, pero nunca había flirteado con ellos, jamás con un hombre de club de campo, con un hombre con un don especial para las ventas. Y para las mujeres. Aunque, por otro lado, intuía que aquel hombre tenía algo más, algo que la atraía: la rapidez de su mirada, la volatilidad de sus emociones, la sensación de que sus pensamientos iban a un millón de kilómetros por minuto.

—Mañana voy a visitar el Centro de Naturaleza Asa Wright —dijo él—. ¿Quieres venir?

—¿Y eso qué es?

El hombre movió la pierna con impaciencia.

—Un centro de naturaleza.

—¿Queda lejos?

Se encogió de hombros.

—Voy a alquilar una moto.

—No sé.

—Como quieras.

Pidió la cuenta. Janie percibió que la energía de aquel hombre alteraba su trayectoria y se alejaba; ansiaba recuperarla.

—De acuerdo —dijo—. ¿Por qué no?

El centro estaba a horas de allí, pero a Janie no le importó. Se agarró con fuerza a él en la moto y disfrutó de la velocidad, de la exuberancia del paisaje y del ruinoso caos de los pueblos, de las viviendas nuevas de hormigón pegadas a las desvencijadas casitas de madera, de los tejados metálicos cuyo brillo le hacía la competencia al sol. Llegaron hacia mediodía e, inmersos en un amigable silencio, siguieron la visita guiada por la selva tropical y rieron con los nombres de las aves que el guía iba señalando: los plataneros y los pájaros aceitosos, el campanero barbudo y el pájaro péndulo, el cuco ardilla y el bienteveo cazamoscas. Cuando por la tarde se sentaron a tomar el té en la amplia terraza de la antigua mansión de la plantación, a disfrutar de las evoluciones de las amazilias bronceadas que se acercaban a los comederos que colgaban del porche, se había establecido entre ellos una relación cómoda; cuatro, cinco, seis de aquellos pequeños colibríes se mecían y revoloteaban por los aires, como por arte de magia.

—Es todo tan colonial —dijo Janie, recostándose en el sillón de mimbre.

—Los buenos viejos tiempos, ¿verdad? —replicó él, lanzándole una mirada inescrutable.

—Pretendes ser ingenioso, ¿no?

—No sé. Para alguna gente fueron buenos. —Se mantuvo inexpresivo unos instantes y luego estalló en una carcajada—. ¿Pero qué tipo de cabrón piensas que soy? Conseguí una beca Rhodes, para tu información.

Lo dijo como aquel que no quiere la cosa, aunque a buen seguro intentaba impresionarla. Y lo consiguió.

—¿En serio?

Asintió lentamente, sus veloces ojos adquiriendo una expresión risueña.

—Gracias a eso pude estudiar un máster en E-co-no-mí-a en el Bal-li-ol College, Oxford, Inglaterra —le explicó, silabeando, haciéndose el cateto.

Era evidente que buscaba una carcajada por parte de ella, y se la concedió.

—¿Y con eso no tendrías que estar dando clases en Harvard o en alguna institución parecida?

—Para empezar, gano veinte veces más de lo que ganaría si diese clases, incluso en Harvard. Y no tengo que rendirle cuentas a nadie. Ni al jefe de departamento, ni al decano de la universidad, ni a ningún cabroncete mimado hijo de algún donante importante —dijo, meneando la cabeza.

—Un lobo solitario, ¿no?

Él hizo un falso mohín.

—Un lobo solo.

Rieron los dos. Risas de complicidad. Janie notó que algo que tenía entre los hombros se aflojaba, un músculo que había confundido con un hueso, que la invadía una ligereza. El bizcochito que tenía en la mano se desmigajó y se lamió las puntas de los dedos para apurar los trocitos.

—Eres una monada —dijo él.

—Una monada —repitió ella, esbozando una mueca.

Él recalibró con rapidez.

—Guapa.

—Mejor.

—No, en serio.

Ella se encogió de hombros.

—No lo sabes, ¿verdad? Sabes muchas cosas pero esa no lo sabes.

Buscó algo irónico con lo que poder replicar, pero se decantó por decir la verdad.

—No —reconoció con un suspiro—. No lo sé. Y es una lástima. Porque ya...

Iba a decirle que estaba casi en los cuarenta y que avanzaba a toda velocidad por el camino que llevaba a perder lo que quiera que pudiera haber tenido, y luego iba a señalarle aquellas tres canas y la arruga cada vez más pronunciada del entrecejo, pero él se lo impidió, haciendo un gesto con la mano para acallarla.

—Aunque tuvieras cien años seguirías siendo guapa —dijo, como si lo pensara de verdad.

Y ella no pudo evitarlo. La frase era tan buena que le sonrió, empapándose con la mareante sensación de que estaba siendo arrastrada hacia una cala recóndita que no había visualizado y que, si pretendía llegar a casa sana y salva, necesitaba nadar con todas sus fuerzas en dirección opuesta.

En el camino de vuelta, volvió a agarrarse con firmeza a la cintura de él. La moto hacía demasiado ruido como para poder hablar, cosa que agradeció, puesto que significaba no tener que tomar decisiones y no tener que preocuparse por nada, solo por las palmeras, los tejados de chapa que iban dejando atrás, el viento que le agitaba el cabello y el cuerpo caliente que tenía pegado al de ella; por el momento de ahora, y luego por el siguiente. La felicidad empezó a burbujear en la base de su columna vertebral para expandirse como un cosquilleo por todo su cuerpo. De modo que lo de vivir el presente era eso. Fue como una revelación.

¿Y no era lo que había estado buscando? ¿Esa ligereza que llegaba al galope, te agarraba por la cintura y te arrastraba con ella? ¿Cómo no sucumbir, por mucho que supiera que acabaría magullada y tirada en el fango? Imaginó que debía de existir otra forma de experimentar la apasionante sensación de estar vivo… ¿Algo interior, quizás? Pero no sabía lo que era ni cómo alcanzarlo por su cuenta y riesgo.

El viaje tocó a su fin y se encontraron de pronto delante del hotel, de pie el uno frente al otro e incómodos. Era tarde; estaban cansados. Ella tenía el pelo cubierto de polvo por el viento. Un momento complicado y sin nada que los empujara a superarlo. «Tendría que subir a la habitación para hacer la maleta», pensó Janie, pero en el salón principal celebraban el banquete de la boda y empezaron a oírse los tambores metálicos. Su sonido se adentró en la noche, el ritmo nítido y acuoso de unos tambores inventados años atrás, fabricados con las tapas de los bidones de petróleo que desechaban compañías petroleras, música de la basura. ¿Y quién era ella para resistirse a su influjo? El aire húmedo le acunó el cuerpo como una gigantesca mano mojada.

—¿Te apetece dar un paseo?

Lo dijeron ambos al mismo tiempo, como si el destino así lo hubiera dictado.

«Problemas, problemas, problemas», se dijo en cuanto echaron a andar, pero al notar la mano cálida de él entrelazando la suya pensó que tal vez haría bien entregándose al momento, que tal vez era lo correcto. Seguro que la esposa era una de esas mujeres con una cara de facciones marcadas y perfectas, con una melena rubia resplandeciente flanqueada por unos pendientes con diamantes que eran verdaderos pedruscos. Llevaría falditas blancas y coquetearía con el profesor de tenis. Por lo tanto, ¿por qué preocuparse tanto? Pero no, eso no estaba bien, ¿verdad? Los ojos de aquel hombre eran cálidos, sinceros incluso, si acaso se puede ser calculador y sincero al mismo tiempo, lo cual realmente es imposible. Y ella, Janie, le gustaba, a pesar de su rostro imperfecto, sus bonitos ojos azules, su nariz ligeramente aguileña y su cabello rizado. No, seguramente…, seguramente la mujer era encantadora. Tendría el pelo largo, ondulado y castaño, mirada bondadosa. En su día habría sido maestra pero ahora estaba en casa, cuidando de los pequeños, siempre paciente y amable, demasiado inteligente para la brutalidad de aquella vida, que le chupaba la sangre y la alimentaba a la vez; era amorosa, eso es lo que era, aquel hombre era un hombre amado (se percibía en sus movimientos relajados, en el resplandor de su cara) y ahora la mujer debía de estar durmiendo con todos los niños en su cama porque así era más fácil, y porque le gustaba el calor de sus cuerpecitos acurrucados contra ella, y echándolo muchísimo de menos a él, y pensando quizás que en el transcurso de esos largos viajes él tenía algún rollo, pero confiaba en él porque quería hacerlo y porque él tenía aquella osadía en la mirada, aquella vida...

¿Por qué hacerlo? ¿De verdad podía permitirse que pasara algo?

Vio que, mientras andaba perdida en sus pensamientos, él le estaba señalando las conchas esparcidas por la playa.

Asintió distraídamente.

—No, mira —dijo él, cogiéndole la cabeza entre sus grandes y cálidas manos y moviéndosela en dirección a la orilla—. Tienes que mirar.

Las conchas se desplazaban por la arena hacia el agua, como si el mar estuviera atrayéndolas con el poder de su encanto.

—¿Pero cómo es posible?

—Son cangrejos de arena —le dijo.

Le sujetaba aún la cabeza, de modo que no le costó nada girarla hacia él y besarla una vez, dos veces, solo dos veces, pensó ella, solo una mínima cata, y luego volverían enseguida, pero entonces le dio un tercer beso y esta vez ella percibió toda su hambre despertándose como el penacho perfumado de humo que acompaña la salida de un genio de la botella donde ha permanecido encerrado cien años, y abrazó a aquel hombre a quien apenas conocía, por mucho que sí pareciera conocer su cuerpo, puesto que se aferró a él con pasión y lo besó como si fuera la persona que más amaba en el mundo. Las defensas de ambos cayeron, igual que su ropa. Y tal vez todo fuera por una misteriosa combinación de elementos químicos liberando feromonas, o tal vez hubieran sido amantes en tiempos de los faraones y acababan de reencontrarse. Quién sabía por qué, la verdad. Quién coño sabía por qué.

—Dii-os —dijo él.

Se apartó mínimamente de ella, que quedó satisfecha al ver que la confianza en sí mismo había desaparecido por completo de su cara y que estaba tan asombrado como ella por la fuerza de una pasión que no tenía ninguna razón de ser pero que estaba allí, dándoles a ambos un susto de muerte, como si un grupo de chiquillos graciosos que había decidido jugar a la tabla de güija durante una fiesta del pijama hubiera acabado invocando un fantasma de verdad.

Sexo en la playa (¿No era eso el nombre de una bebida? ¿De verdad que su vida era aquello, un cóctel hortera?) y, además, con un desconocido que tonteaba con mujeres y no utilizaba preservativo era muy mala idea, una idea malísima. Pero su cuerpo no era de la misma opinión. Jamás en su vida había sucumbido por completo a nada y tal vez hubiera llegado el momento de hacerlo. Los tambores metálicos retumbaban como burbujas metálicas que flotaban en el aire hacia el infinito y se oían todavía los gritos de felicidad de los asistentes a la boda y las risas del novio y la novia, que bailaban bajo el alto tejado de paja. Tenía casi cuarenta años y era muy posible que nunca llegara a casarse. Y luego estaba aquella encantadora esposa que dormía en una cama grande con sus niños de mejillas sonrosadas mientras que ella no tenía a nadie esperándola, ni casa, ni hijos, ni marido, no tenía a nadie que la amara excepto aquel cuerpo cálido con sus latidos rápidos y regulares y su abrasadora fuerza vital. Era como si, de repente, hubieran arrancado de un cuaderno la página en la que había estado viviendo y se hubiera quedado suelta, desprendida, libre, flotando por encima de la arena de la playa, con la luna a modo de telón de fondo.

Cuando sus cuerpos quedaron por fin satisfechos, permanecieron tumbados en la playa, abrazados, jadeantes.

—Eres…

Movió la cabeza y sonrió maravillado, sus ojos, vivos y llenos de admiración, asimilando el cuerpo blanco y arañado por la arena de ella, que resplandecía sobre la playa. Pero no acabó la frase; se interrumpió antes de terminarla, a buen seguro gracias a toda una vida adulta aprendiendo a dominar tal disciplina, y Janie se quedó sin saber qué iba a decir sobre ella, y supo en aquel instante que dispondría del resto de su vida para considerar las distintas posibilidades. Sintió un impulso repentino de contarle cosas, de contárselo todo, todos sus secretos, rápidamente, ahora, antes de que el calor empezase a desvanecerse, con la esperanza de que hubiera algo a lo que poder seguir aferrándose, una conexión que conservar…

¿Conservar? Se rio de sí misma. E, incluso con la sonrisa que aquel momento había dibujado en su cara, no pudo evitar girarse hacia el otro lado.

El final se desarrolló con rapidez. Ella estaba aún procesando lo que había pasado, reproduciéndolo mentalmente mientras regresaban despacio y en silencio hacia el hotel, uno al lado del otro, la mano de él levemente sobre la espalda de ella en un gesto que en parte era una caricia y en parte una invitación a seguir caminando.

—Supongo que esto es todo. —Estaban delante de la puerta de la habitación de él—. Ha sido un auténtico placer poder disfrutar de tu compañía.

La expresión de él era adecuadamente tierna y sombría, aunque ella intuyó que estaba recuperando la cordura, que la sensación de urgencia que recorría el cuerpo de él era justo lo contrario de lo que estaba recorriendo el cuerpo de ella y, sin necesidad de decir nada, supo que su deseo de engancharse y prolongar el momento no tenía la más mínima probabilidad de éxito frente a la necesidad de él de salir volando de ese pasillo y volver a estar solo.

—¿Nos damos el correo electrónico o algo? ¿Te pasas alguna vez por Nueva York en viaje de negocios? —preguntó ella, intentando mantener un tono de voz animado, pero él la miró con tristeza.

Janie se mordió el labio.

—De acuerdo, entonces —dijo.

Podía hacerlo. Lo hizo. Él se inclinó y le dio un beso, un beso seco de marido que, con todo y con eso, se llevó una minúscula parte de ella.

Desconocía su apellido. Cayó en la cuenta más tarde. No había tenido ninguna necesidad de saberlo, puesto que los límites de lo sucedido habían quedado tan claros que ni apenas habían tenido que describirlos. Pero posteriormente pensó que le habría gustado haberlo conocido, no por la partida de nacimiento, no por el deseo de ponerse en contacto con él y complicarle la vida, sino simplemente por la historia en sí, para poder decirle a Noah algún día: «Una noche conocí a aquel hombre, y fue la noche más bonita de mi vida. Y se llamaba...».

Jeff. Jeff Algo.

Aunque quizás lo prefiriese así. Quizás lo hubiera planificado de esa manera. Porque el hecho de no tener que llevar a cabo la búsqueda de Jeff Algo de Houston solo había servido para que el vínculo con Noah fuese más estrecho si cabe, para hacerlo incluso más suyo.

2

Pero no estoy acabado.

Las palabras brotaron de forma espontánea de la boca de Jerome Anderson cuando la neuróloga le comunicó que su vida estaba funcionalmente terminada.

—Por supuesto que no, señor Anderson, esto no equivale a una sentencia de muerte, ni mucho menos.

Pero él no se refería a su vida; se refería a su trabajo. Que era su vida, a fin de cuentas.

—Es doctor Anderson —dijo.

Apaciguó la sensación de pánico observando a la neuróloga sentada al otro lado de la mesa, sus elegantes manos moviéndose torpemente en el aire antes de empezar a contarle los detalles de su enfermedad.

En el año que había transcurrido desde la muerte de su esposa, cualquier mujer que hubiera conocido «no era Sheila», fin de la historia. Pero de pronto volvió a tomar conciencia de detalles que solo podían pertenecer a una mujer viva: el modo en que los ojos de la doctora se habían humedecido ligeramente por pura compasión, el movimiento que hacían al respirar las suaves curvas que apenas alcanzaba a intuir bajo la bata blanca. Se fijó en la luz del sol que se estancaba en su brillante melena negra, aspiró el aroma a jabón antibacteriano combinado con un olor ligero, conocido, la esencia cítrica de un perfume.

Mirándola, notó que en su interior se agitaba algo, como si estuviera despertándose de una larguísima siesta. ¿Ahora? ¿En serio? Bueno, la verdad era que nadie había dicho nunca que la mente fuera una cosa sencilla, ni el cuerpo. Y era evidente que la combinación de ambos podía jugar malas pasadas. Materia prima para un estudio. ¿Se produce una excitación de los órganos sexuales en los pacientes que se enfrentan a un diagnóstico de discapacidad grave o de muerte certera? Tendría que mandarle un e-mail al respecto a Clark, que estaba llevando a cabo unos estudios muy interesantes sobre la relación mente-cuerpo. Lo titularían *Una investigación sobre Eros y Tánatos*.

—¿Doctor Anderson?

El reloj que había encima de la mesa marcaba su tictac y, por debajo de su sonido, captó la respiración de ambos.

—Doctor Anderson. ¿Ha entendido lo que estoy diciendo?

«Respiración», una palabra que inhalaba y exhalaba. Si pierdes una palabra así, lo pierdes todo.

—Doctor...

—¿Si la he entendido? Sí, aún no estoy tan ido. Aún no. Por lo visto, todavía soy capaz de decodificar estructuras gramaticales básicas —dijo, y notó que su voz, enfrentada a las dificultades, empezaba a descontrolarse.

—¿Se encuentra bien?

Comprobó las pulsaciones. Normales, pero no se fiaba.

—¿Me presta un momento el estetoscopio?

—¿Perdón?

—Quiero comprobar mi frecuencia cardiaca. A ver qué tal está. —Sonrió, lo que le costó lo suyo, hacer acopio de unos recursos que flaqueaban de verdad—. Por favor. Enseguida se lo devuelvo. —Le guiñó el ojo. Qué más daba ya. A buen seguro la doctora estaba planteándose llamar al loquero—. Se lo prometo.

Cogió el estetoscopio que rodeaba su esbelto cuello y se lo pasó. Su mirada reflejaba desconcierto, un estado de alerta. ¿Le quedaría todavía una chispa de atractivo a aquel ser en estado de descomposición? Anderson observó su reflejo en la ventana que quedaba detrás de ella, aunque apenas era visible debido al brillo metálico de los coches estacionados en el aparcamiento. ¿De verdad que su cara era aquella especie de aparición con las mejillas hundidas? Su aspecto siempre le había traído sin cuidado, aunque sabía que a veces lo había ayudado con los sujetos que estudiaba en sus trabajos, pero de repente lamentó su deterioro con una punzada de dolor. Todavía conservaba el pelo, aunque los rizos que tanto habían gustado a las mujeres habían desaparecido tiempo atrás.

El estetoscopio olía débilmente a ella. Entonces cayó en la cuenta de por qué aquel perfume le resultaba familiar. Sheila solía utilizarlo cuando salían a cenar a algún sitio elegante. Era probable que él mismo se lo hubiera comprado. No tenía ni idea de cuál era; ella siempre le anotaba lo que quería y él obedientemente se lo regalaba por Navidad y por su cumpleaños, sin prestar atención a los detalles, su mente siempre ocupada en otras cosas.

El ritmo cardiaco era un poco alto, aunque no tan acelerado como había imaginado.

Sheila se habría reído de él: «Vamos, deja de examinarte y limítate a sentirlo, ¿quieres?», igual que se rio de él en la noche de bodas (¿habían pasado ya cuarenta y cuatro años de aquello?), cuando él la machacó a preguntas en mitad del coito: «¿Y esto te gusta, así? Y esto que te hago, aquí, ¿esto te gusta o no?», ansioso por averiguar qué funcionaba y qué no, la curiosidad superándolo, un impulso tan fuerte como el deseo en sí. ¿Y qué había de malo en eso? El sexo, como la muerte, era importante, pero la gente no se tomaba la molestia de formular las preguntas más relevantes. Kinsey sí lo hizo, y Kübler-Ross (y también él, o al menos lo había intentado), pero eran casos excepcionales que a menudo acababan topando con la hostilidad de los miembros de la clase dirigente científica, que tenían cerebro de mosquito y eran unos retrógrados... «Déjate ir —oyó que decía Sheila—. Tú déjate ir».

Tendría que haberse sentido incómodo —con su novia riéndose de él en la noche de bodas, de que su actitud pudiera ser material para escribir una comedia—, pero aquello no hizo más que confirmarle lo atinado de su elección. Ella se reía de él porque comprendía el tipo de animal que era, porque aceptaba su necesidad de conocer a partir de sí mismo, a partir de aquel saco de carne repleto de excentricidades y defectos.

—Doctor Anderson. —La doctora había rodeado la mesa y había posado una mano en el brazo de él. Un detalle sobre el que nunca había reflexionado, años atrás, cuando era residente y tenía que dar malas noticias: el poder del tacto. Percibió la débil presión de las uñas a través del algodón de la camisa. Empezó a sudar solo de pensar que pudiera retirar la mano, de modo que fue él quien apartó el brazo con brusquedad, y percibió el gesto instintivo de sorpresa que esbozó ella durante el instante en que tardó en procesar el rechazo. Regresó rápidamente a su puesto detrás de la mesa, sus diplomas flanqueándola: soldaditos almidonados con uniformes en latín—. ¿Se encuentra bien? ¿Puedo responder a alguna pregunta?

Se obligó a recordar qué le estaba contando. A regresar al momento en que ella había pronunciado aquella palabra: afasia. Una palabra que había sido como una chica bonita con un vestido veraniego de tirantes blandiendo un puñal que apuntaba directo a su corazón.

«Afasia», del griego *afatos*, y cuyo significado era «falta de habla».

—¿El diagnóstico es definitivo?

Seguro que había otras preguntas.

—No estoy seguro de haberlo entendido bien. No he sufrido ningún tipo de traumatismo cerebral, ningún derrame.

—Se trata de una forma rara de afasia. La afasia progresiva primaria es un tipo de demencia progresiva que afecta el centro cerebral del lenguaje.

Demencia. Una palabra que le encantaría olvidar.

—¿Como...? —Se obligó a pronunciarlo—. ¿Como el alzhéimer?

¿Lo estudió cuando cursó medicina? ¿Sería importante que no lo recordara?

—La APP es un trastorno del lenguaje, pero sí. Podría decirse que son primos hermanos.

—Pues vaya familia —dijo él, y rio.

—¿Doctor Anderson?

La neuróloga estaba mirándolo como si le faltase un tornillo.

—Relájese, doctora Rothenberg. Estoy bien. Simplemente procesándolo, como se dice. Mi vida, al fin y al cabo... —Suspiró—. Tal y como era. «Y ved aquí el grande obstáculo, porque el considerar que sueños podrán ocurrir en el silencio del sepulcro, cuando hayamos abandonado este despojo mortal, es razón harto poderosa para detenernos». —Sonrió, pero la expresión de ella permaneció inmutable—. Ay, por el amor de Dios, mujer, no ponga esa cara de susto... ¿Ya no les enseñan Shakespeare en Yale?

Se arrancó el estetoscopio y se lo devolvió.

«¿Ve todo lo que puedo llegar a perder?». Rabiaba por dentro. «Cosas que jamás imaginé que perdería. ¿Hay vida más allá de Shakespeare? Creo que es una pregunta que merece la pena formular».

¿Hay vida más allá del trabajo?

Pero él no estaba acabado.

—A lo mejor le gustaría hablarlo con alguien…, con un asistente social o, si lo prefiere, con un psiquiatra…

—Soy psiquiatra.

—Doctor Anderson. Escúcheme. —Notó, aunque no logró percibir, la preocupación en los ojos de ella—. Muchos pacientes con afasia progresiva primaria siguen siendo autosuficientes durante seis o siete años. O más tiempo incluso, en algunos casos. Y la suya está en una fase muy temprana.

—¿Así que podré comer solo… y lavarme y todas esas cosas? ¿Aún durante años?

—Lo más probable es que sí.

—Pero no podré hablar. Ni leer. Ni comunicarme de ninguna manera con el resto de la humanidad.

—La enfermedad es progresiva, como le he comentado. Al final, sí, la comunicación verbal y escrita se volverá extremadamente difícil. Pero los casos varían muchísimo de uno a otro. En la mayoría, el avance de la discapacidad es bastante gradual.

—¿Hasta?

—Pueden desarrollarse síntomas similares a los del párkinson, junto con un deterioro de la memoria, de la capacidad de raciocinio, de la movilidad, etcétera. —Hizo una pausa—. Lo cual puede tener un impacto sobre la esperanza de vida.

—¿Tiempo? —No consiguió articular más que una palabra.

—La opinión general es que estaríamos hablando de entre siete y diez años desde el momento del diagnóstico hasta que se produce la muerte. Pero algunos estudios recientes sugieren que…

—¿Y el tratamiento?

Ella tardó bastante en responder.

—En estos momentos la APP no tiene tratamiento.

—Ah. Entiendo. Bueno, gracias a Dios que no se trata de una sentencia de muerte.

De modo que esto era lo que se sentía. Siempre se lo había preguntado; conocía la sensación de estar al otro lado de la mesa. La había experimentado hacía ya muchos años, durante aquellos meses en que decidieron que los residentes de psiquiatría serían los encargados de comunicar los diagnósticos más graves; decían que eran «prácticas», aunque la verdad es que era más bien sadismo. Recordaba la ansiedad y el temblor de manos al entrar en la habitación donde esperaba el paciente (las manos en los bolsillos, ese era su mantra: las manos en los bolsillos, voz serena, una máscara de profesionalidad que no engañaba a nadie); luego la increíble sensación de alivio al terminar. Guardaban una botella de vodka debajo del lavabo del cuarto de baño de los psiquiatras para tales ocasiones.

La doctora que tenía ahora enfrente, aquella neuróloga puntera que le habían mandado visitar (bien peinada, arreglada, su maquillaje una suerte de bravuconada en sí mismo), debía de haber comunicado más de una docena de diagnósticos como el de él en lo que iba de mes (era una de sus especialidades, al fin y al cabo) y, con todo y con eso, se la veía nerviosa todavía. Confiaba en que tuviera escondida en algún lado una botella para cuando acabara con él.

—Doctor Anderson…

—Jerry.

—¿Podemos ponernos en contacto con alguien? ¿Un hijo, quizás? ¿Un hermano? ¿O… una esposa?

La miró a los ojos.

—Estoy solo.

—Ah —dijo ella.

La compasión de su mirada era insoportable. La asimiló y la rechazó al mismo tiempo. No estaba acabado. No iba a permitirse estar acabado. Aún era posible terminar el libro. Lo escribiría con rapidez, eso es lo que haría. Sabía que podía terminarlo en uno o dos años, antes de que los nombres, y luego el lenguaje en sí, se convirtieran en cosas completamente ajenas a él.

Se había dado cuenta de que estaba cansado. Lo había considerado simplemente eso, nada más. ¿Por qué, a veces, no conseguía encontrar las palabras adecuadas para definir las cosas aun sabiendo que las sabía? Ni le salían de la boca ni su bolígrafo lograba escribirlas, y lo había achacado al agotamiento. El tiempo no pasaba en balde y se había pasado la vida trabajando muchísimas horas. O a lo mejor, había pensado, resultaba que en el transcurso de su último viaje a la India había pillado algo, y por eso se había sometido a un chequeo, y una cosa había llevado a la otra, un médico a otro, y no tenía miedo. Era un hombre que no temía a la muerte y que nunca había permitido que el dolor le obligara a bajar el ritmo, un hombre que había sobrevivido a la hepatitis y a la malaria, y que había seguido trabajando cuando había sufrido enfermedades leves sin apenas percatarse de ellas, razón por la cual no había nada que temer... Pero, al final, había acabado aquí, al borde de aquel precipicio. Aunque no había saltado por él, todavía no.

Tantas palabras. No estaba preparado para prescindir de ninguna de ellas. Las amaba todas. Shakespeare. Salero. Sheila.

¿Qué le habría dicho Sheila de estar allí? Siempre había sido más inteligente que él, aunque la gente se reía cuando él lo decía. ¿Que la maestra de parvulario era más inteligente que el psiquiatra? La gente era idiota, la verdad; solo veía la voluminosa melena rubia de ella y los títulos de él, pero cualquiera con medio cerebro habría podido captar lo lista que era, lo mucho que comprendía, lo mucho que llegaba a saber.

Si Sheila estuviera allí...

¿Lo estaba? ¿Sería posible que lo visitara en momentos de necesidad? Su aroma estaba presente. No tenía experiencia con los espíritus, pero tampoco era que no creyera en ellos; era un tema con datos insuficientes, a pesar de algún que otro esfuerzo valiente realizado al respecto, como el caso de Ducasse y la señora Butler, por ejemplo, o el de los fantasmas de Cheltenham documentados por Myers, por no hablar de los estudios sobre médiums realizados por William James y otros a principios del siglo xix.

Cerró los ojos un instante e intentó percibir su presencia. Sintió, o quiso sentir. Una excitación. Oh, Sheil.

—Jerry —dijo la doctora Rothenberg en tono grave—. De verdad creo que debería hablar con alguien.

Abrió los ojos.

—No me tome por loco, por favor. Estoy bien. De verdad.

—De acuerdo —dijo ella en voz baja.

Guardaron silencio un momento, uno frente al otro a ambos lados de la mesa, mirándose, como si estuvieran en orillas opuestas de un río embravecido. «Qué extrañas criaturas somos los seres humanos —pensó—. Es asombroso que podamos llegar a conectar».

Ya basta. Se inclinó hacia delante y cogió aire.

—¿Estamos ya?

«Considérelo un favor —se dijo—. Considérese liberada de las absurdas atenciones de un hombre en estado de desintegración».

—¿Tiene alguna pregunta más? ¿Algo más que quiera saber acerca... del curso de la enfermedad?

¿Qué quería aquella mujer de él? Le sorprendió una repentina oleada de pánico. Se agarró a la silla por ambos lados y vio que ella se relajaba por fin al captar aquel signo de debilidad. Se obligó a soltarla.

—Nada que usted pueda responder. Nada que pueda responderse pronto.

Fue capaz de levantarse sin tambalearse. De dirigirle un leve saludo.

Vio que lo observaba mientras recogía el maletín y la chaqueta, vio el malestar que le provocaba la confusión en la que se encontraba sumida. En definitiva, no esperaba aquella reacción por parte de él.

«Que te sirva de lección —pensó al cerrar la puerta a sus espaldas y apoyarse en la pared, intentando recuperar el aliento en aquel pasillo fuertemente iluminado por fluorescentes, entre el rugido incesante e imparable de los sanos y los enfermos—. No esperar nunca nada».

Había sido la lección que su propia vida le había enseñado.

3

Janie, que lucía su mejor vestido negro, se arrodilló sobre las baldosas de color rosa e intentó apaciguar la mente. El agua sucia de la bañera se había desbordado y le estaba mojando las medias y el bajo de terciopelo. Aquel vestido siempre le había gustado porque la cintura alta le sentaba de maravilla a su figura y porque el terciopelo le daba un aire festivo y bohemio, pero ahora, con manchas que parecían yema de huevo y las burbujitas de champú que brillaban como saliva, se había transformado en un harapo opulento.

Se incorporó, se miró al espejo.

Estaba hecha un asco, sí. El rímel había ennegrecido la zona de debajo de los ojos y parecía un futbolista, la sombra había dejado manchurrones de color bronce en las sienes y le sangraba el oído izquierdo. El pelo aún estaba pasable, los rizos enmarcándole la cara, como si no hubieran captado el mensaje.

Le estaba bien empleado por creer que podía tomarse una noche libre sin Noah.

Con lo emocionada que estaba.

Janie sabía que era irracional sentirse tan entusiasmada por una cita con alguien a quien no conocía de nada. Pero la foto de Bob le había gustado, su rostro sincero, sus ojos bondadosos y ligeramente bizcos, y le había gustado también el tono risueño de su voz al teléfono, las vibraciones que había provocado en su cuerpo, como si estuviera despertándolo. Habían hablado casi una hora, encantados de descubrir que tenían tantas cosas en común: que ambos se habían criado en el Medio Oeste y se habían trasladado a vivir a Nueva York al terminar la carrera; que eran hijos únicos de unas madres formidables; que eran personas de aspecto agradable y socialmente competentes, y que les sorprendía seguir solteros en una ciudad que adoraban. Y no habían podido evitar preguntarse (no lo habían dicho pero estaba allí, en la reverberación de la voz, en su risa fácil) si toda aquella ansiedad tocaría muy pronto a su fin.

¡Iban a salir a cenar! La cena era inequívocamente propicia.

Lo único que tenía que hacer era superar el resto del día. Fue una mañana dura, más de terapia de parejas que de arquitectura, puesto que el señor y la señora Ferdinand titubeaban entre convertir la tercera habitación en un gimnasio o en un santuario masculino donde él pudiera desarrollar sus hobbies, y los Williams le confesaron en el último momento que querían partir en dos la habitación del bebé porque, de hecho, necesitarían dos dormitorios principales en vez de uno, lo cual a ella le parecía perfecto; le daba igual que durmieran juntos o no, pero ¿por qué no se lo habían contado antes de tener los planos terminados? A lo largo del día, entre reunión y reunión, no había dejado de mirar el teléfono y de encontrarse mensajes impacientes y apasionados de Bob: «¡Me muero de ganas!». Se lo imaginaba (¿Sería alto o bajo? Seguramente alto…) sentado en su cubículo (o donde quiera que trabajaran los programadores) y levantando la cabeza cuando el teléfono vibraba con la respuesta de ella: «¡Y yo!», los dos enviándose mensajitos como una pareja de adolescentes, superando las horas de esa manera, porque todo el mundo necesita algo, ¿o no?, para pasar el día.

A decir verdad, le apetecía pasar una noche lejos de Noah. Llevaba casi un año sin salir con un hombre. La cena con Bob la había inspirado, le había recordado que no estaba viviendo la vida que había planificado.

Los sacrificios de la madre soltera habían sido el estribillo de su madre durante toda su infancia, algo que repetía con una sonrisa siempre un poco triste, como si prescindir del resto de su vida fuese el precio a pagar por la única cosa realmente importante. Por mucho que Janie lo intentara, se le hacía imposible imaginarse a su madre como una persona distinta a la que había sido: el uniforme de enfermera perfectamente planchado y ceñido a la cintura, los zapatos blancos y la media melena gris plateada, sus ojos vivos y conocedores que ni el tiempo había conseguido alterar, tampoco el maquillaje, ni ningún remordimiento palpable (no creía en ello).

Con Ruthie Zimmerman era mejor no meterse. Incluso los cirujanos que trabajaban con ella le tenían un poco de miedo y se ponían nerviosos cuando Janie y su madre se los cruzaban en el supermercado y los ojos de Ruth seguían aquella trayectoria inconfundible que iba desde su carrito cargado de verduras y tofu hasta los de ellos, repletos de cervezas, paquetes de beicon y bolsas de patatas fritas. Tampoco se la imaginaba saliendo con un hombre o durmiendo con otra cosa que no fueran sus pijamas de franela con estampado de cuadros.

Cuando Janie decidió tener a Noah, decidió también que haría las cosas de otra manera. Y por eso probablemente se había aferrado a su plan de aquella noche, incluso cuando las cosas se torcieron de forma evidente.

Había llegado al colegio de Noah con diez minutos de antelación y había pasado el tiempo de espera alternando entre mirar el teléfono para ver si tenía más mensajes de Bob y espiar a Noah a través de la ventana del aula de los niños de cuatro años. Los niños estaban haciendo un trabajo que consistía en pegar macarrones pintados de azul en platos de papel, pero su hijo, como era habitual, permanecía justo al lado de Sondra, pasándose una pelotita de plastilina de una mano a la otra mientras observaba cómo la maestra supervisaba la clase. Janie reprimió una punzada de celos; desde su primer día en el parvulario, Noah se había sentido inexplicablemente unido a la serena maestra jamaicana y la seguía a todas partes como un cachorrito. De haber querido a cualquiera de sus canguros la mitad de eso, habría sido todo mucho más fácil...

Marissa, la tutora de curso, una mujer rebosante de alegría natural o de exceso de cafeína, vio que estaba junto a la ventana y agitó los brazos como si estuviera dando indicaciones a un avión y movió los labios, diciéndole: «¿Podemos hablar?».

Janie suspiró —¿otra vez?— y se dejó caer en un banco del pasillo, justo debajo de una ristra de lamparillas de papel en forma de calabazas de Halloween.

—¿Qué tal vamos con lo de lavarse las manos? ¿Algún avance? —le preguntó Marissa, lanzándole una sonrisa alentadora.

—Poco a poco —respondió Janie, lo cual era mentira, pero pensó que era mejor que «Nada de nada».

—Porque hoy tampoco ha podido seguir la clase de trabajos manuales.

—Qué pena —dijo Janie, confiando en no denigrar el proyecto de los macarrones con su comentario—. Aunque parece que no le importa mucho.

—Y va un poco...

Arrugó la nariz, su educación impidiéndole ir más lejos. «Dilo», pensó Janie. Sucio. Su hijo iba sucio. Cualquier fragmento de piel que quedara al descubierto estaba pegajoso o manchado de tinta, tiza o pegamento. En el cuello tenía un manchurrón rojo de Rotulador Mágico que llevaba ahí desde hacía al menos dos semanas. Janie había hecho todo lo posible con toallitas y le había cubierto manos y muñecas con un gel antiséptico que parecía conservar la mugre, como si le hubiera plastificado.

Había niños que se pasaban el día lavándose las manos; el de ella no se acercaba a una gota de agua sin presentar previamente una batalla. Por suerte, aún no había alcanzado la pubertad y no olía puesto que, en ese caso, sería como los vagabundos que pululan por el metro, que se huelen desde el otro vagón.

—Y... vamos a cocinar. Mañana. Madalenas de arándanos. ¡Sería una lástima que se lo perdiera!

—Hablaré con él.

—Estupendo. Porque... —Marissa ladeó la cabeza, sus ojos castaños rebosantes de preocupación.

—¿Qué pasa?

La maestra meneó la cabeza.

—Que estaría muy bien que participara, eso es todo.

«Si no son más que unas simples madalenas», pensó Janie, pero no dijo nada. Se levantó y miró a Noah a través de la ventanita. Estaba en la zona donde guardaban la ropa, ayudando a Sondra a recoger gorros y sombreros. Jugando, la maestra le encasquetó un sombrero de fieltro y Janie esbozó una mueca. Noah estaba adorable, pero solo les faltaría ahora que pillara piojos.

«Quítate ese sombrero, Noah», le suplicó en silencio.

Pero la voz de Marissa seguía parloteando.

—Ah, y otra cosa. ¿Podrías pedirle que no hable tanto de Voldemort en clase? A los demás niños les da miedo.

—Vale. —«Quítatelo. Fuera»—. ¿Quién es Voldemort?

—El de los libros de Harry Potter. Sí, entiendo que quieras leerle esos libros, a mí también me encantan, es solo que… Ya sé que Noah es un niño muy adelantado, por supuesto, pero esos libros no son adecuados para los demás.

Janie suspiró. Todo el mundo pensaba mal de su hijo. Tenía un cerebro maravilloso que, por lo visto, captaba información de cualquier parte —un comentario suelto que hubiera oído alguna vez, quizás, ¿quién sabe?—, pero la gente siempre intentaba que pareciese otra cosa.

—Noah no sabe nada de nada sobre Harry Potter. Ni siquiera los he leído yo, los libros. Y jamás le dejaría ver esas películas. A lo mejor le ha hablado del tema otro niño, alguno que tenga hermanos mayores.

—Pero… —Los ojos castaños de la maestra parpadearon. Abrió de nuevo la boca dispuesta a decir algo, pero luego se lo pensó mejor—. Mira, basta con que le digas que se olvide de una vez por todas de esas cosas oscuras, ¿de acuerdo? Muchas gracias —dijo, abriendo la puerta que daba acceso a un montón de niños de cuatro años embadurnados con pintura azul y macarrones.

Janie se quedó en la puerta y esperó a que Noah la viera.

Era el mejor momento de la jornada: la luz de su rostro en cuanto la veía, aquella sonrisa torcida que dividía su cara en dos cuando se incorporaba y correteaba hacia ella para echarse en sus brazos. Luego le envolvía la cintura con las piernas como un monito y pegaba su frente a la de ella, mirándola con aquella seriedad alegre tan suya, como queriendo decir: «Ah, sí, te recuerdo». Eran los ojos de su madre mirándola de nuevo, y también sus propios ojos, de color azul claro, unos ojos que si en su cara resultaban bonitos, en la de Noah, rodeados por aquella profusión de ricitos rubios, adquirían completamente otra dimensión, hasta el punto de que la gente tenía que mirarlo dos veces, como si aquella belleza etérea, concentrada en un niño, fuese una especie de truco.

Su capacidad para la alegría la dejaba siempre pasmada, era algo que su hijo le enseñaba solo con mirarla.

Emergió con Noah al atardecer de octubre y notó que el mundo enfocaba momentáneamente su telescopio hacia la pequeña figura que daba saltitos a su lado. Caminaron de la mano bajo los árboles, las típicas casas con fachada de piedra rojiza flanqueando las aceras hasta donde alcanzaba la vista.

Notó que el teléfono vibraba en el bolsillo, un movimiento que la devolvió de repente a Bob, a aquella colección invisible de rasgos (voz profunda, risa entusiasta) que no había entretejido aún con un ser humano para formar un todo.

«Tengo la sensación de que ya te conozco. Qué extraño, ¿no?».

«¡No! —escribió ella—. ¡A mí me pasa lo mismo!». ¿Era verdad? Tal vez. ¿Haría bien firmando con un «xo»? ¿O sería tal vez demasiado fuerte? Se decidió por solo una «x». A lo que él respondió de inmediato: «¡XXX!».

¡Oh! Notó una corriente de calor, como si estuviera nadando en un lago gélido y de pronto hubiera entrado en una zona de agua templada.

Pasaron por delante de la cafetería que había en la esquina de su casa y el aroma la atrajo hacia el interior del local; decidió fortalecerse para la conversación que tenía que afrontar. Tiró de Noah hacia dentro.

—¿Dónde vamos, mami-mamá?

—Solo tomaré un café. Será rápido.

—Mamá, si ahora te tomas un café estarás despierta hasta el amanecer.

Janie rio; era justo lo que diría un adulto.

—Tienes razón, Noey. Tomaré un descafeinado. ¿Te parece bien?

—¿Y a mí me dejarás comer una madalena de maíz descafeinada?

—Vale.

Era casi la hora de su cena, pero daba igual.

—¿Y un batido descafeinado?

Le alborotó el pelo a su hijo.

—Tomarás agua descafeinada, amigo mío.

El café olía de maravilla y se instalaron con el regalo que acababan de hacerse en los peldaños de la escalera de acceso a su casa. El sol empezaba a ponerse por detrás de los edificios. La luz, rosada y tierna, hacía salir los colores a las fachadas de las casas de ladrillo y de arenisca y se reflejaba en las hojas caídas. La farola de gas parpadeaba. Había sido el factor decisivo que la había convencido de alquilar el apartamento en la planta baja, a pesar de ser caro y de no tener luz natural directa. Pero la carpintería interior de caoba, los encantadores setos del jardín y la farola de enfrente lo hacían acogedor, un lugar donde Noah y ella podían cobijarse con seguridad, lejos del mundo, lejos del tiempo. No había tenido en cuenta el hecho de que la llama que parpadeaba eternamente al otro lado de la ventana acabaría capturando su mirada en momentos inesperados a lo largo del día y que se reflejaría en las ventanas de la cocina por las noches, sobresaltándola en más de una ocasión con la sensación de que había un incendio en la casa.

Limpió las manos mugrientas de Noah con una toallita desinfectante y le pasó su madalena.

—¿Sabes que mañana prepararán madalenas en el colegio? ¿Qué te parece?

Noah le dio un mordisco a la madalena, desencadenando la aparición de una cascada de migas.

—¿Tendré que limpiar después?

—Bueno, ya sabes que cuando se cocina siempre se ensucia. Hay harina, huevos crudos…

—Oh. —Se relamió los dedos—. Entonces, no.

—No podemos seguir así eternamente, bicho.

—¿Por qué no?

No se tomó la molestia de responderle. Había pasado por aquello una y otra vez y ahora tenía más cosas que decirle.

—Oye —dijo, dándole un leve codazo.

Noah estaba ocupado, devorando su madalena de maíz. ¿Cómo se le había ocurrido dejarle pedir aquello? Era enorme.

—Oye, esta noche voy a salir.

Se quedó mirándola. Dejó la madalena.

—No, no vas a salir.

Janie respiró hondo.

—Lo siento, pequeñín.

Los ojos de Noah se iluminaron con un brillo salvaje.

—No quiero que te vayas.

—Lo sé, pero mamá tiene que salir de vez en cuando, Noah.

—Pues llévame contigo.

—No puedo.

—¿Por qué no?

«A mamá no le vendría mal acostarse con alguien al menos una vez antes de que tú te largues a la universidad».

—Porque es una cosa de mayores.

Le disparó una sonrisa torcida y desesperada.

—Yo soy muy precoz.

—Buen intento, colega, pero no. Todo irá bien. Annie te gusta. ¿Te acuerdas de ella? ¿Recuerdas que el fin de semana pasado estuvo en el despacho de mamá y jugó a los Legos contigo?

—¿Y si tengo una pesadilla?

Lo había tenido en cuenta. Las pesadillas eran frecuentes. Había sufrido una aquella vez que se ausentó para asistir a un acto de su sector; al llegar a casa se lo había encontrado con los ojos vidriosos y tembloroso mirando un vídeo de *Dora, la exploradora* mientras la canguro (¡Y eso que le había parecido de lo más animada! ¡Y que había traído unos brownies caseros!) se limitaba a levantar la mano en un mudo saludo desde el sofá donde estaba tumbada, demacrada y atónita. Otra de las muchas que no había vuelto nunca más.

—Pues Annie te despertará, te abrazará y llamará a mamá. Pero no tendrás ninguna.

—¿Y si me da un ataque de asma?

—Pues entonces Annie te dará el nebulizador y yo volveré a casa enseguida. Pero hace ya mucho tiempo que no te dan.

—No te vayas, por favor.

Pero lo dijo con voz vacilante, como si supiera que su madre le había descubierto el truco.

Ya estaba vestida, arreglándose el pelo y siguiendo las instrucciones de un vídeo de YouTube en el que una sonriente adolescente te enseñaba a aplicar correctamente la sombra de ojos —un vídeo de lo más útil, la verdad—, cuando oyó la voz potente de Noah llamándola desde el salón.

—¡Mami-mamá! ¡Ven!

¿Se habría terminado ya *Bob Esponja*? ¿Pero no daban esos programas de forma ininterrumpida?

Se desplazó hacia el salón sin calzarse, los pies cubiertos con las medias negras. Todo estaba tal y como lo había dejado, el cuenco con zanahorias baby sin tocar en la mesita de centro de cuero, Bob Esponja chillando y paseando patizambo de un lado a otro de la pantalla, pero Noah no estaba por ningún lado. Vio un centelleo al otro lado de la abertura del pasaplatos de la cocina. ¿Sería el reflejo del parpadeo de la farola?

—¡Mira!

No era el parpadeo de la farola.

En cuanto dobló la esquina del pasillo y lo vio, de pie junto a la encimera de la cocina, con un cartón de huevos rubios ecológicos ricos en omega 3, cascando los huevos uno tras otro sobre su cabeza rubia y rizada, tuvo la sensación de que la noche se le escapaba.

No; no lo permitiría. La rabia apareció de repente, surgida de la nada: su vida, su vida, su única vida, ¿y no podía siquiera divertirse un poco, tan solo una noche? ¿De verdad era tanto pedir?

—¿Lo ves, mamá? —dijo, con cierto grado de dulzura, aunque no el suficiente como para ocultar la determinación que iluminaba su cara—. Estoy preparando ponche de huevo al estilo de Noah. ¿Te gusta el ponche de huevo?

¿Cómo era posible que supiera lo que era el ponche de huevo? ¿Por qué siempre sabía cosas sobre las que nadie le había hablado?

—Mira. —Cogió otro huevo, echó el brazo hacia atrás y lo arrojó contra la pared. Gritó de alegría al ver cómo se estampaba—. ¡Bola rápida!

—¿Pero qué te pasa? —aulló Janie.

Él se sobresaltó y dejó caer el huevo que tenía en la otra mano.

Janie intentó modular la voz.

—¿Por qué haces esto?

—No lo sé —contestó el niño. Parecía un poco asustado.

Janie se esforzó por serenarse.

—Ahora mismo vas a la bañera. Lo sabes, ¿verdad?

Noah se estremeció al escuchar la palabra. La yema de huevo le resbalaba por la cara, le goteaba hacia el cuello.

—No te vayas —dijo, y la necesidad reflejada en sus ojos azules la clavó contra la pared.

No era tonto. Había calculado que valía la pena tolerar lo que más odiaba en el mundo con tal de retenerla en casa. Hasta ese extremo la quería. ¿Podría Bob, que ni siquiera la conocía, competir con eso?

No, no, no. ¡Saldría igualmente! ¡Ya era suficiente, por el amor de Dios! ¡No pensaba sucumbir a aquel tipo de chantaje, sobre todo viniendo por parte de un niño! Allí la adulta era ella, al fin y al cabo, ¿no era eso lo que decían siempre en el grupo de madres solteras? Las reglas las pones tú. Tienes que mantenerte firme, sobre todo porque eres la única adulta de la casa. Cediendo no le haces ningún favor.

Lo cogió en brazos (pesaba poco; no era más que un bebé, su niño, solo tenía cuatro años). Lo llevó hasta el cuarto de baño y sujetó con fuerza su escurridizo cuerpo mientras abría el grifo y verificaba la temperatura.

Se retorcía y chillaba como un animal atrapado. Se situó junto al borde de la bañera y lo depositó en la alfombrilla del baño (sus piernas resbalándose, los brazos agitándose), hasta que consiguió quitarle la ropa y accionar el mando de la ducha.

El grito seguramente se oyó hasta la Octava Avenida. Noah luchó como si le fuera la vida en ello, pero Janie lo consiguió, lo mantuvo bajo el chorro de agua y estrujó el bote de champú sobre su cabeza, mientras se repetía constantemente que no estaba torturando a nadie, que solo estaba proporcionándole a su hijo el aseo que tanto necesitaba.

Cuando todo terminó (en cuestión de segundos, por mucho que pareciese una eternidad), Noah se quedó acurrucado en el suelo de la bañera y ella estaba sangrando. En medio de aquel caos, él había estirado el cuello y le había mordido la oreja. Intentó envolverlo en una toalla, pero consiguió soltarse, salir a trompicones de la bañera y, dando bandazos, correr hacia su habitación. Janie cogió un tubo de pomada antibiótica del botiquín y se la aplicó mientras escuchaba los berridos que reverberaban por toda la casa, llenando de congoja hasta la última célula de su cuerpo.

Se miró al espejo.

Fuera lo que fuese, su aspecto no era el de una mujer preparada para una primera cita.

Entró en la habitación de Noah. Estaba en el suelo, desnudo, balanceándose de un lado a otro, las rodillas entre los brazos: un niño en medio de un charco, su piel clara resplandeciendo bajo la luz verde que proyectaban las estrellitas que brillaban en la oscuridad y que Janie había colocado en el techo para que la minúscula habitación pareciese un poco más grande.

—¿Noey?

No la miró. Estaba llorando con la cara pegada a las rodillas.

—Quiero ir a casa.

Era algo que decía en momentos de angustia desde que empezó a hablar. Había sido su primera frase. Y ella siempre le había respondido de la misma manera:

—Estás en casa.

—Quiero a mi mamá.

—Estoy aquí, pequeñín.

Noah apartó la vista.

—Tú no. Quiero a mi otra madre.

—Si tu mamá soy yo, cariño.

Se giró y la miró fijamente con ojos rebosantes de tristeza.

—No, no lo eres.

Sintió un escalofrío. Cobró conciencia de su cuerpo como si estuviera viéndose desde lejos, de pie al lado de un niño tembloroso bajo la luz fantasmal de unas estrellas falsas. Notaba bajo los pies la aspereza del suelo de madera, sus nudos como agujeros por donde una persona podía caer, perderse en el pozo del tiempo.

—Pues sí que lo soy. Tu única mamá.

—Quiero a la otra. ¿Cuándo vendrá?

Hizo un esfuerzo por serenarse. «Pobre niño —pensó—. Soy lo único que tiene. Nos tenemos mutuamente, los dos, y no tenemos a nadie más. Pero conseguiremos que funcione. Lo haré mejor. Te lo prometo». Se agachó a su lado.

—No iré, ¿vale?

Le enviaría a Bob un mensaje disculpándose y allí se acabaría la historia. ¿Qué iba a decirle, si no? ¿Recuerdas aquel hijo tan adorable que te mencioné? Bueno, pues resulta que es un poco especial… No, la relación era demasiado frágil como para resistir aquel tipo de complicaciones, y en Nueva York no faltaban mujeres solas a la espera de que se presentase la oportunidad. Cancelaría lo de la canguro y le pagaría de todos modos, porque la había avisado en el último momento y no podía permitirse perder otra más.

—No iré —repitió—. Cancelaré lo de Annie. Me quedaré contigo.

Se sintió agradecida, y no era la primera vez, de que no hubiera ningún adulto para ser testigo de aquel momento de debilidad.

¿Y qué lo que pensara la gente? La cara de Noah recobró el color, un tono rosado que floreció sobre la piel pegajosa, y su sonrisa torcida la golpeó de costado, expulsándola de la habitación. Era como mirar el sol. Tal vez su madre tuviera razón, pensó. Tal vez había fuerzas tan poderosas que era imposible resistirse a ellas.

—Ven aquí, tontainas.

Abrió los brazos, mandándolo todo al traste: el vestido, la cita, la noche apasionante y, posiblemente, todas las noches apasionantes que aún le quedaran, a ella, una mujer que envejecía a pasos agigantados, que se encontraba justo en la mitad de su única vida.

Pero allí, entre sus brazos, tenía lo más importante. Besó su cabeza, dulce y mojada. Olía bien, por una vez.

Noah se quedó mirándola.

—¿Vendrá pronto mi otra madre?

4

Anderson abrió los ojos y, presa del pánico, miró a su alrededor.

Los folios. ¿Dónde estaban? ¿Qué demonios había hecho con ellos?

La habitación estaba en penumbra, el ambiente lleno de remolinos de polvo. Las cajas de archivadores a medio llenar flanqueaban todas las paredes y se elevaban a su alrededor, como si él hubiera caído a dos metros bajo todas ellas durante el tiempo en que se había quedado dormido de nuevo en el camastro de su despacho. La ventana era alta y estrecha, como la aspillera de una fortaleza; dejaba pasar un fino haz de luz que se proyectaba sobre el suelo de madera, sobre los libros amontonados por todas partes y sobre los folios del manuscrito que habían quedado esparcidos después del enfado de la noche anterior. Se levantó rápidamente y, de una en una, recogió las páginas. Cuando hubo terminado, se sentó con el manuscrito en su regazo: un objeto voluminoso, como un gato. Alisó los bordes con las manos, las puntas haciéndole cosquillas en las palmas. El bulto era aparentemente poca cosa, pero contenía el resumen del trabajo de toda una vida. Dejó de lado la página del título y miró la dedicatoria.

Para Sheila

Intentó percibir su presencia en la habitación pero no lo consiguió; estaba clavada en la página, como una mariposa. Se le ocurrió entonces que la muerte de Sheila, que era lo peor que le había sucedido en la vida, no había alterado de forma sustancial el curso de sus días. En cambio, los cinco años que habían transcurrido desde que le fuera diagnosticada la afasia habían acabado prácticamente con él.

Giró la página. Sí, allí estaban: sus palabras.

Por increíble que pueda parecer, hay evidencias que apuntan a que la vida después de la muerte es una realidad.

Era irracional pensar que las frases se hubieran borrado solas en el transcurso de la noche por el simple hecho de haberlo soñado, aunque tampoco era más irracional que todo lo que le había estado pasando. El día anterior había estado hablando por teléfono con la bibliotecaria de la Sociedad de Exploración Científica de Londres sobre cómo se tenían que almacenar los archivos que pensaba donar a la institución. Quería asegurarse de que, por mucho que cerrara su despacho, su investigación seguiría siendo accesible para cualquier científico serio que pudiera encontrarla de utilidad. Le había querido contar detalles sobre los nuevos casos en Noruega que Amundsen le había enviado, asegurarse de que quedaran correctamente archivados, pero cuando llegó al lugar de la frase donde debería haber aparecido el nombre de su antiguo colega, el nombre no estaba allí.

—Los archivos de ahí arriba.

Esa fue la humillante frase que salió, en cambio, de su boca. Evidentemente, la bibliotecaria se quedó perpleja.

—¿A qué se refiere? ¿Arriba dónde?

Anderson vio los fiordos, los bosques, las mujeres de Noruega. Visualizó la cara de Amundsen, su nariz bulbosa y los bigotes cubriéndole los carrillos, sus ojos alegres, escépticos, aunque jamás cínicos.

—Los nuevos archivos sobre marcas de nacimiento, ya sabe.

—Ah. ¿Se refiere al estudio de aquel profesor de Sri Lanka?

—No, no, no. —Sintió una momentánea oleada de desesperación y deseó colgar el teléfono, pero respiró hondo y se obligó a continuar—. La nueva investigación sobre marcas de nacimiento, la investigación de aquel hombre…, de aquel hombre de allá arriba. Del norte. Ya sabe a qué me refiero —gruñó a la pobre mujer—. En Europa. Las montañas nevadas…, los…, ¡los fiordos!

—Ah. Sí, me aseguraré de que los estudios de Amundsen se archivan correctamente —dijo ella por fin, con frialdad, y él experimentó una leve sensación de victoria al intuir que lo tomaba por un tonto de remate y no por un discapacitado mental.

La semana anterior había cogido el ejemplar de *La tempestad* de la estantería de su habitación y lo había hojeado hasta el final, pero cuando se encontró con la frase: «Nuestros divertimentos han tocado a su fin», las palabras se escabulleron, como intentando evitar que su mente les diera alcance, como un instante fugaz y pasajero. ¿Cómo era posible que no conociera aquella palabra, «divertimentos»? ¿Él, que había leído y releído aquella obra, aquel fragmento, un centenar de veces? Había tenido que consultar el puto diccionario. Tendría que copiar la biblioteca entera, pensó, hasta quedarse con las manos hinchadas, copiar todas y cada una de las palabras de todos y cada uno de sus libros, para de ese modo conservar un recuerdo físico, en las manos, de todas las palabras que no soportaba perder.

Hojeó el manuscrito que tenía en el regazo. Se lo había enviado por correo electrónico a su agente, naturalmente (ya no vivíamos en un mundo de papel); aunque también lo había impreso para poder sentir su peso. El trabajo de toda una vida; los casos más potentes, condensados para el gran público. Décadas de trabajo paciente elaborando los casos, años de escribir borrador tras borrador, poniéndose como meta la transparencia, siempre la transparencia. Era su última oportunidad de marcar la diferencia: había trabajado como un maniaco durante cuatro años y medio para terminarlo mientras su mente fuera todavía capaz de hacerlo, antes de que la niebla se apoderase por completo de ella. Había días que se había olvidado incluso de comer.

La comunidad académica siempre consideraría a Anderson un fracasado. Lo sabía. Hubo un tiempo, cuando abandonó su trabajo en la facultad de Medicina y sus colegas todavía lo valoraban, durante el que se escribieron reseñas de sus libros: dos en *The Journal of the American Medical Association* y una en *The Lancet*. Pero con la edad sus colegas se olvidaron de él o, más concretamente, se olvidaron del respeto que le habían tenido en su día. Hacía décadas que nadie le prestaba atención. Era famoso en la comunidad de investigadores especializados en temas paranormales, naturalmente; recibía invitaciones para dar conferencias en cualquier sitio donde se estudiara la percepción extrasensorial, las experiencias cercanas a la muerte o los médiums. Pero jamás volvería a ser aceptado en el seno de la comunidad científica, la única comunidad a la que realmente había pertenecido; al final, después de que Sheila pasara décadas suplicándole que lo hiciera, había acabado dándose por vencido en aquella batalla. Se había acabado.

Pero lo que había escrito ahora era para otro público: su objetivo era, ni más ni menos, el mundo entero.

«Si la gente —no los académicos, sino la gente de verdad— comprendiera los datos que tienes en tus manos, su vida experimentaría un cambio». Sheila se lo había dicho en más de una ocasión, pero él se había ido adentrando en la fuerza de aquella lógica muy poco a poco, y, cuando lo entendió, ella ya estaba inmersa en la lucha contra la enfermedad cardiaca que acabaría matándola.

Y ahora, mientras pensaba en sus futuros lectores, visualizó un hombre similar a él, antes de que todo aquello empezara, cuando estaba en la facultad de Medicina. Se vio a sí mismo una gélida tarde de viernes, saliendo de su despacho y cruzando la plaza, dándole mentalmente vueltas a un estudio sobre los síntomas de los trastornos somatomorfos, tentado por el calor y la luz de la librería. El hombre entra para echar un rápido vistazo, mira por encima los libros que hay en la mesa buscando algo que llame su atención, y el libro le salta a la vista. Lo coge y lo abre por la primera página. «Por increíble que pueda parecer, hay evidencias que apuntan a que la vida después de la muerte es una realidad».

«¿Evidencias?», se imaginó al hombre haciéndose la pregunta. Imposible. Pero se sienta de todos modos en un silloncito de cuero del establecimiento y empieza a leer...

Anderson sabía que era una fantasía. Pero sabía también que en su día él había sido un hombre como aquel. También él había necesitado evidencias. Y ahora podía ofrecerlas. Podía dejar su huella. Confiaba totalmente en el proyecto, hasta ayer. Hasta que habló con su agente literario y se enteró de que todas las editoriales lo habían rechazado. Cuando colgó el teléfono, le dio una patada al manuscrito y los folios se dispersaron por todas partes, como ceniza.

Fijó de nuevo la vista en aquellas palabras.

Por increíble que pueda parecer, hay evidencias que apuntan a que la vida después de la muerte es una realidad...

No. No iba a permitir que aquello le detuviera. Pensó en aquel otro Amundsen, el noruego que había descubierto el Polo Sur, en la victoria empequeñecida por el noble fracaso de su competidor, Robert Falcon Scott. Scott, que había perecido con sus hombres en la congelada tundra. Un hombre valiente que había muerto intentándolo, con el frío apoderándose de él dedo tras dedo, pie tras pie. Otra víctima de la *terra nova*, la gran desconocida.

5

Llegaba tarde.

El día había empezado fatal. Noah había vuelto a despertarse a medianoche, inquieto por una pesadilla y mojado de pis de la cabeza a los pies. Por la mañana, había intentado limpiarle aquella peste con toallitas, pero Noah se había retorcido y había lloriqueado hasta tal punto que al final se había visto obligada a claudicar, lo había rebozado con polvos de talco y lo había dejado en Little Sprouts enfurruñado y despidiendo un inconfundible olor a cubo de basura.

Por eso llegaba tarde. No habría tenido importancia de no tratarse precisamente de los Galloway. La reforma de los Galloway estaba siendo uno de esos trabajos en los que todo lo que tenía que ir de una manera acababa yendo de otra. Se habían mudado hacía dos semanas y, desde entonces, Janie había tenido que pasarse prácticamente a diario por la casa, incluyendo una visita la mañana del día de Acción de Gracias.

Y hoy tocaba lista de comprobación. Empezaron con los electrodomésticos de la cocina y acabaron con el baño de invitados.

Estaban los tres en el pequeño cuarto de baño, observando el chorrito de agua que se deslizaba desde el carísimo plato de ducha hasta el flamante suelo de damero.

—¿Lo ve? —dijo Sarah Galloway, señalando el minúsculo chorrito con la punta de un reluciente zapato de tacón rojo—. Gotea.

«¿Y por qué se duchan en el cuarto de baño de invitados?», le habría gustado preguntar a Janie, pero se calló. Lo que hizo, en cambio, fue sacar la cinta métrica y tomar medidas del plato de la ducha que, a su entender, era estándar.

—Mmm…, el ancho es estándar.

—Pero MIRE cómo GOTEA.

—Sí…, estaba preguntándome…

Sarah la miró con aquella expresión de lechuza perpleja que Janie había llegado a la conclusión de que no era más que un intento de ceño fruncido impedido por el Botox.

—¿Preguntándose qué?

—Si es una cuestión del plato de la ducha o de la cantidad de agua. Porque si hubiera mucha cantidad de agua, sería comprensible… —Janie hizo una pausa y pronunció la frase siguiente sin respirar—. ¿Sucede esto después de la primera ducha del día o de la segunda? ¿Toman duchas especialmente prolongadas?

Cuánto odiaba aquella parte de su trabajo. Ya puestos, podría preguntarles también si practicaban el sexo ahí dentro. Aunque, de ser así, suponía que se lo habrían dicho, para hacerles la ducha a medida…

Frank Galloway tosió para aclararse la garganta antes de hablar.

—Considero que el uso que hacemos de la ducha podría considerarse normal… —empezó a decir justo en el momento en que el teléfono de Janie vibró en su bolsillo.

—Si me disculpan un momento.

Miró la pantalla del móvil. «Parvulario Little Sprouts». Por el amor de Dios.

—Miren, lo siento mucho, pero tengo que responder esta llamada. Será un momentito.

Se encerró en la habitación contigua. ¿Qué querrían ahora? Seguramente quejarse de que Noah olía mal. Lo cual, vale, era cierto, pero…

—Soy Miriam Whittaker —anunció la voz seria de la directora del parvulario, arañándole el oído.

En un solo segundo, se quedó sin aire y las rodillas le flaquearon como si fueran de gelatina. ¿Sería ese el momento entre el antes y el después, el momento que todo el mundo temía? ¿Cuando te atragantas con la manzana, cuando caes por las escaleras? Se apoyó en la pared.

—Se trata de Noah, ¿no?

—Noah está bien.

—Oh, gracias a Dios. Mire, estoy en medio de una reunión. ¿Puedo llamarla más tarde?

—Señorita Zimmerman. La situación es muy seria.

—Ay. —El tono era perturbador; cogió el teléfono con fuerza y se lo pegó al oído—. ¿Qué ha pasado? ¿Qué ha hecho Noah?

El silencio que siguió se infiltró lentamente en su subconsciente, diciéndole todo y nada de lo que necesitaba saber. Oía la respiración de la mujer al otro lado del teléfono, a Sarah Galloway cuchicheando con su marido en voz baja, aunque no lo suficiente, en el cuarto de baño. «Desatenta», le pareció escuchar.

—¿Ha llorado a la hora de la siesta? ¿Le ha tirado del pelo a algún niño? ¿Qué ha pasado?

—De hecho, señorita Zimmerman —oyó que cogía aire—, se trata de una conversación que me gustaría mantener con usted en persona.

—Iré en cuanto pueda —dijo rápidamente Janie, aunque la voz le tembló, el miedo clavándose como un hueso en la piel de su profesionalidad.

La directora de Little Sprouts era una leona, una bruja y un armario; todo en uno. Con una constitución que recordaba a una caja, vestida completamente de negro, desde sus gafas de abuela moderna hasta sus botines puntiagudos, Miriam Whittaker llevaba el pelo largo, una melena plateada que rozaba aquellos hombros anchos con un erotismo inesperado, como queriéndole hacer la peineta a los caprichos del tiempo. Llevaba quince años gestionando el sobresaliente parvulario de un barrio obsesionado por la escolaridad y, en consecuencia, sobrevaloraba su importancia relativa en el esquema global del universo. Janie siempre había encontrado gracioso el tono arrogante que la señora Whittaker empleaba con los adultos e intuía que detrás de aquella pantalla existía cierto patetismo y una calidez dispersa.

Ahora, sin embargo, instalada en una sillita de plástico de color naranja delante de la señora Whittaker, entre una maceta y el póster de Bookworm, Janie observó en la cara de aquella mujer algo que resultaba mucho más inquietante que su habitual y ostentosa autoridad; vio ansiedad. Vio que estaba casi tan nerviosa como ella.

—Gracias por venir —dijo la señora Whittaker, tosiendo para aclararse la garganta y poder seguir hablando— avisándola con tan poca antelación.

Janie intentó responder sin que se le alterase la voz.

—Y bien, ¿qué sucede?

Siguió una pausa, durante la cual Janie se esforzó por mantener el ritmo regular de la respiración, durante la cual oyó todos y cada uno de los latidos del corazón del parvulario: el sonido de un grifo en la sala de trabajos manuales; una maestra cantando «a limpiar, a limpiar, todo el mundo a limpiar»; un niño, que no era el de ella, chillando.

La señora Whittaker levantó la cabeza y centró la mirada en un punto situado ligeramente a la izquierda del hombro de Janie.

—Noah ha estado hablándonos de armas.

¿De modo que era eso? ¿Algo que había dicho Noah? Si era eso, era fácil. Notó que la tensión que sentía en el cuerpo empezaba a relajarse.

—¿Y no es algo normal entre niños?

—Ha dicho que ha jugado con armas.

—Seguramente estaría refiriéndose a una pistola de juguete —replicó Janie, y la señora Whittaker se quedó mirándola, con una expresión muy dura en los ojos.

—Con un rifle Renegade de calibre cincuenta y cuatro, eso es lo que ha dicho, exactamente. Ha dicho que la pólvora olía a huevos podridos.

Se sintió orgullosa por un instante. Su hijo sabía cosas; con Noah siempre había sido así, una singularidad de su cerebro, como sucedía con el cerebro de los sabios, solo que, en vez de ecuaciones numéricas, Noah hablaba de hechos aleatorios que debía de haber oído por ahí. ¿Sería así el cerebro de Einstein? ¿O el de James Joyce? Quizá ellos también habían sido unos incomprendidos de pequeños. Pero, por el momento, se trataba de decir algo a aquella mujer que tenía sentada enfrente y que la miraba de forma amenazante.

—La verdad es que no sé de dónde saca estas cosas. Le diré que no hable más sobre armas.

—¿Está insinuando que no sabe dónde ha utilizado un arma? ¿O cómo sabe Noah que huele a sulfuro?

—Nunca ha utilizado ningún arma —replicó Janie con paciencia—. Y, por lo que al sulfuro se refiere, pues no lo sé. A veces dice cosas graciosas.

—¿De modo que lo niega? —dijo la señora Whittaker, sin mirar a Janie.

—A lo mejor lo ha visto en televisión.

—Ha estado viendo televisión, ¿no es eso?

Ay, qué mujer.

—Ve Diego y Dora, y Bob Esponja, y partidos de béisbol… A lo mejor en ESPN salió algún anuncio con productos de caza, o algo por el estilo.

—Hay otra cosa. Noah habla mucho sobre los libros de Harry Potter. Pero, según usted, ni se los ha leído ni le ha puesto las películas.

—Cierto.

—Pero los conoce extremadamente bien. Va por ahí recitando no sé qué hechizo mortal.

—Mire, Noah es así. Dice cosas de todo tipo. —Descruzó y volvió a cruzar las piernas. Se le estaba durmiendo el culo sentada en aquella silla diminuta. Había terminado de un plumazo con la visita a casa de los Galloway; la señora Galloway debía de estar llamando ya a todas sus amistades para contarles que se había equivocado, que al final no les recomendaba el estudio de arquitectura de Jane Zimmerman. Estaba perdiendo clientes por aquella tontería—. ¿Es por esto por lo que me ha pedido que viniera y que dejara una reunión de negocios muy importante? ¿Porque piensa que mi niño habla demasiado sobre armas y sobre Harry Potter?

—No.

Movió de un lado a otro unos papeles que tenía en la mesa y se pasó por el cabello plateado una mano nudosa y cargada de anillos.

—Hoy hemos tenido una discusión sobre disciplina en la escuela. Ha habido un incidente con mordiscos de por medio…, pero eso no tiene importancia. Hemos estado hablando de las reglas, de que hacer daño a los demás no es aceptable en ningún caso. Noah ha explicado, motu proprio, que una vez pasó tanto tiempo bajo el agua que perdió el conocimiento. Y utilizó justo esta terminología, «perder el conocimiento», lo cual resulta bastante extraño en un niño de cuatro años, ¿no le parece?

—¿Ha dicho que perdió el conocimiento? —preguntó Janie, intentando procesarlo todo.

—Señorita Zimmerman. Lo siento, pero me veo en la obligación de preguntárselo. —Sus ojos, que se clavaron por fin en los de Janie, eran alfileres de pura ira—. ¿Ha sujetado alguna vez la cabeza de su hijo bajo el agua hasta dejarle inconsciente?

—¿Qué? —Parpadeó; aquellas palabras eran tan horrorosas e inesperadas que necesitó unos instantes para digerirlas—. ¡No! ¡Por supuesto que no!

—Comprenderá por qué me cuesta creerla.

Janie no podía estarse quieta ni un segundo más. Se levantó y empezó a deambular de un lado a otro.

—Odia bañarse. Seguramente es eso. Ayer le lavé el pelo. Ese fue el crimen que cometí.

El silencio de aquella mujer era despectivo. La mirada de la señora Whittaker siguió su recorrido de punta a punta de la estancia.

—¿Noah ha dicho algo más?

—Ha dicho que llamó a su mamá pero que nadie acudió en su ayuda y que lo empujaron al agua.

Janie se quedó paralizada.

—¿Que lo empujaron al agua? —repitió.

La señora Whittaker asintió con sequedad.

—Siéntese, por favor.

Estaba tan confusa que tampoco podía seguir de pie. Se dejó caer en la sillita.

—Pero… si a él no le ha pasado una cosa así en la vida. ¿Por qué tendría que contar estas cosas?

—Ha dicho que lo empujaron al agua —repitió con contundencia la señora Whittaker—, y que no podía salir.

Janie lo comprendió todo de pronto.

—Pero… eso es en su sueño —dijo rápidamente—. En una pesadilla recurrente que tiene. Que está bajo el agua y no puede salir.

Le vino a la cabeza un fragmento de la noche anterior, Noah dándole puñetazos, gritando: «¡Sácame, sácame, sácame!». El drama de la noche, que se desvanecía con la mañana. Era sorprendente el modo en que aquello se esfumaba de la conciencia de Janie hasta que volvía a llegar la noche.

—Lleva años con la misma pesadilla. Estará confundido.

Levantó la vista, pero el rostro de la señora Whittaker era como una robusta puerta metálica. Por mucho que la aporrearas, era imposible abrirla.

—Así que entiende mi dilema —dijo la señora Whittaker, hablando muy despacio.

—¿Su dilema? No, no lo entiendo. Lo siento.

—Señorita Zimmerman. Llevo muchos años tratando con niños pequeños y, según mi experiencia, cuando hablan sobre sus sueños no lo hacen de esta manera. Este tipo de… confusión, no es normal.

Normal, no. Nada en Noah era normal, ¿verdad? Janie se esforzó por pensar. No era solo que Noah supiera cosas; era más que eso, ¿o no? ¿Cuándo se había dado cuenta de que era distinto a los otros niños? ¿Cuándo dejó ella de frecuentar el grupo de madres solteras? En algún momento, cuando las discusiones pasaron de si los niños dormían toda la noche y los gases del lactante a los baños y el parvulario, había mirado a su alrededor después de compartir sus vivencias (las pesadillas y los miedos de su hijo, sus largos e inexplicables ataques de llanto) y encontrado miradas de incomprensión en lugar de gestos de asentimiento. Todo aquello, simplemente, formaba parte de la singularidad de Noah, era lo que se había repetido a sí misma constantemente, solo que ahora…

La señora Whittaker volvió a carraspear, un sonido espantoso.

—Un niño pequeño que presenta fobia al agua y que habla de ser retenido bajo el agua…, y que se agarra como si le fuera la vida en ello a una de nuestras maestras, que llora incontrolablemente durante horas cuando ella no está…

—Aquel día lo recogí al mediodía.

—… y luego están las demás evidencias que apuntan a una casa que no funciona del todo bien, el hecho de que el niño huela… Bueno, no sé si me explico. Tengo la obligación. Sus maestras y yo tenemos la obligación de… —Levantó la cabeza, un destello de plata, una espada cortante—. De informar a los servicios de protección al menor de cualquier indicio que apunte a que un niño está en peligro.

—¿Servicios de protección?

Las palabras cayeron en un pozo sin fondo. Percibió una sensación de calor, de ardor, como si acabaran de darle un bofetón en ambas mejillas. Los Galloway, las preocupaciones financieras, todo lo que le ofuscaba la mente desapareció de golpe.

—No lo dice en serio.

—Le aseguro que sí.

Era imposible. ¿Verdad? Era una buena madre. ¿O no?

Volvió la cabeza hacia la ventana que daba al patio e intentó serenarse. No podían quitárselo. ¿Verdad que no?

Un cuervo aterrizó en el asiento del columpio y se quedó mirándola con sus ojos diminutos. Con un esfuerzo, Janie engulló el nudo de pánico que se le había formado en la garganta.

—Mire —dijo, manteniendo la voz firme—. ¿Le ha visto alguna vez algún tipo de marca? ¿Alguna prueba de abusos? Es un niño feliz, se lo digo. —Y era cierto, o eso creía. La alegría de Noah era palpable, cualquiera podía verlo—. Hable con sus maestras…

—Ya lo he hecho. —La señora Whittaker suspiró y se frotó las sienes con la punta de los dedos—. Créame, no es un asunto que me tome a la ligera. En cuanto estás en el sistema…

—Noah es extravagante —dijo Janie de repente, interrumpiéndola—. Es imaginativo. —Miró de nuevo hacia la ventana. El cuervo hinchó las plumas y ladeó la cabeza. Janie se enfrentó a su adversaria con la mirada—. Miente.

La señora Whittaker enarcó una ceja.

—¿Miente?

—Se inventa historias. De poca importancia, en su mayoría. Como una vez que estábamos en el zoo infantil y dijo: «El abuelo Joe tenía un cerdo, ¿te acuerdas? Era un escandaloso». Pero Noah no tiene abuelos, y mucho menos un abuelo que tenga un cerdo. Y también lo hace en clase. Una de las maestras me contó que había explicado que en verano iba a la casa del lago y que le encantaba ir allí. Que se lanzaba al agua desde la balsa. Y la maestra me dijo que se había sentido muy orgullosa de él por haber hablado en público en clase.

—¿Y?

—Pues que resulta que no existe ninguna casa del lago. Y en cuanto a lo de nadar…, si ni siquiera consigo que se lave las manos. —Se echó a reír, un sonido seco que resonó en la estancia—. Por la noche, antes de dormirse, quiere ir a casa y pregunta si vendrá su otra madre. Cosas de este estilo.

La señora Whittaker estaba mirándola fijamente.

—¿Cuánto tiempo lleva hablando así?

Lo pensó. Oyó de nuevo la voz de Noah cuando era un chiquitajo, aquel gimoteo quejumbroso. «Quiero ir a casa». A veces, ella se reía de él. «Pero si ya estás en casa, tonto». Antes, cuando era un bebé, hubo una época (que ahora era ya solo un vago recuerdo pero que en aquel momento fue una agonía) en la que lloraba durante horas y gritaba: «¡Mamá! ¡Mamá!», mientras se debatía entre sus brazos.

—No lo sé. Un tiempo. ¿Pero no es bastante habitual que los niños tengan amigos imaginarios?

La directora le lanzó una mirada especulativa, como si fuera un niño que no sale adelante con la aritmética básica.

—Todo esto que cuenta va más allá de ser imaginativo —dijo, y la afirmación resonó en los oídos de Janie, reverberando hacia una trastienda de su cerebro que parecía estar esperándola, se dio cuenta, desde hacía ya bastante tiempo.

Janie notó que su personalidad luchadora la abandonaba por completo.

—¿Qué quiere decir?

Sus miradas se cruzaron. La dureza había desaparecido y los ojos de aquella mujer brillaban con una tristeza contra la que Janie se sintió incapaz de defenderse.

—Creo que debería llevar a Noah a ver un psicólogo.

Janie miró por la ventana, como si esperara que el cuervo pensara otra cosa, pero ya no estaba.

—Lo haré enseguida —dijo.

—Bien. Tengo una lista de nombres entre los que puede elegir. Se la enviaré esta misma noche por correo electrónico.

—Gracias. —Intentó sonreír—. Noah está feliz aquí.

—Sí. Bueno. —La señora Whittaker se frotó los ojos. Parecía agotada, todos y cada uno de los pelos de su cabeza plateada el testimonio de toda una vida supervisando a los hijos de los demás—. Estaremos esperando con ilusión su regreso.

—¿Regreso?

—Cuando ya lleve un tiempo en tratamiento. Nos pondremos en contacto antes de la sesión de verano para evaluar de nuevo la situación. ¿Le parece bien?

—Bien —murmuró Janie, y se dirigió tambaleante hacia la puerta antes de que la mujer dijera algo más que no soportara oír.

Fuera, se dejó caer en un banco, entre botitas y abrigos. No habría llamada al servicio de menores; había eludido aquel desastre. La sensación de alivio le dejó la mente en blanco. Aunque en una esquinita de aquel blanco, parpadeando como una chispa que ha extraviado su rumbo y empieza a prender, percibió la ansiedad (que llevaba allí todo aquel tiempo): ¿qué le pasaba a Noah?

6

AFASIA: EL CASO DE MAURICE RAVEL,
BOLETÍN DE LOS ANGELES NEUROLOGICAL SOCIETY

Ravel cayó víctima de la afasia a los cincuenta y ocho años de edad, una enfermedad que truncó su producción artística. Lo más chocante del caso es que tenía capacidad para pensar musicalmente pero era incapaz de expresar sus ideas por escrito o interpretarlas. La lateralización hemisférica del pensamiento verbal (lingüístico) y musical ofrecen la explicación a la disociación de la capacidad de Ravel para concebir y crear...

—¡Jerr!

Anderson tapó el artículo que estaba intentando leer con el plato con la comida aún intacta y levantó la vista. El hombre que tenía enfrente, un tipo corpulento con una barba de chivo que flotaba como una isla en el centro de su barbilla, sujetaba su bandeja y lo miraba inquisitivamente. La situación no podía ser peor.

Ya sabía que la cafetería de la facultad no era muy buena idea, pero había pensado que el bullicio de actividad estudiantil y el largo paseo hasta un edificio tan familiar como aquel le irían bien. Saludó al hombre con un gesto de asentimiento y le dio un mordisco a una manzana. Al contacto con la boca le pareció fría y harinosa.

—¡Estás aquí! —exclamó el hombre—. Justo el otro día estaba diciéndole a Helstrick que seguro que te habías largado a vivir a Bombay, o a Colombo. —Agitó una mano con manicura perfecta—. O a algún sitio así.

—No. Sigo por aquí.

Anderson miró a su colega y empezó a sudar. Conocía a aquel hombre desde hacía décadas pero no lograba recordar cómo se llamaba.

Aquel hombre había sido un valor en alza cuando ambos eran residentes en la facultad de Medicina, amigos y competidores a la vez, hablaban el mismo idioma. Durante los últimos veinte años habían estado trabajando en la misma institución y ambos todavía estaban sorprendidos por las direcciones opuestas que habían tomado sus destinos y sus intereses. Aquel hombre era ahora director de departamento en la facultad, mientras que Anderson era... Anderson era...

Anderson se obligó a moverse para permitir que el hombre sin nombre ocupara el espacio a su lado. Pensó maravillado en la cantidad de energía condensada que contienen los cuerpos. Los vapores de la comida le hicieron cosquillas en la nariz. Seguro que acabaría vomitando. Una forma de acabar precipitadamente con el encuentro.

—Y bien, ¿dónde has estado escondido? ¡Hace meses que no te veo por aquí! ¿Te has enterado de las últimas noticias?

Anderson eligió con cuidado su respuesta.

—Lo dudo.

—Corren rumores de que Minkowitz apunta hacia un…, bueno, ya sabes. Esa palabra que empieza por «N».

—¿Una palabra que empieza por «N»? —repitió Anderson, perplejo.

El hombre dijo en voz baja:

—El Nobel. No son más que rumores, claro, pero… —Se encogió de hombros.

—Ah.

—La verdad es que sus últimos estudios son revolucionarios. Cambian por completo nuestros puntos de vista sobre el cerebro. Nos sentimos todos muy orgullosos.

—Ah —volvió a decir Anderson.

El hombre lo miró de reojo y Anderson imaginó lo que estaría pensando: «Tú también podrías haber formado parte de todo esto, podrías haber hecho algo de no haberte desviado de un modo tan inexplicable. Podrías haber cambiado vidas».

Era lo que pensaban todos, comprendió Anderson. Y lo pensaban desde siempre, lo que sucedía era que él había estado tan ocupado que no había tenido ni tiempo de percibir el peso de aquella opinión. Miró a su alrededor y vio a sus colegas, charlando y masticando, haciendo ruido con los cubiertos. Doctores, en su mayoría; gente prudente, distraída. Su aura de engreída certidumbre se intuía incluso en su manera de clavar el tenedor en los macarrones gratinados. Conocía a algunos de ellos desde hacía décadas y siempre los había considerado su comunidad: desconocidos cuyos nombres había olvidado, que no querían tener nada que ver con él.

—¿Qué tal va el negocio de las almas? ¿Has descubierto alguna nueva últimamente? ¿O sigues con las de toda la vida? —El hombre sin nombre rio para sus adentros—. De hecho, tenía intención de llamarte un día de estos. Corinne jura y perjura que la buhardilla de casa está encantada y le he dicho que tendría que consultártelo. «Jerry llegará al fondo de la cuestión —le dije—. Aunque, seguramente, son las ardillas».

Su compañero de mesa le guiñó el ojo. Un hombre satisfecho consigo mismo en todos los aspectos. En la certidumbre de que su trabajo era valioso mientras que el de Anderson no lo era en absoluto.

En otros tiempos, Anderson habría asentido y mirado hacia otro lado, habría dejado que la burla de aquel hombre se derramara por el cascarón de buena educación que había erigido a su alrededor. Su respuesta habitual consistía en fingir que no oía el humor escondido detrás de las preguntas, en responder con una discusión completamente seria de su trabajo, como si los datos que proporcionara pudieran ser de interés para sus interlocutores, como si aún pudiera hacerles cambiar de idea. «Bueno, de hecho, he tenido un caso interesante en Sri Lanka», habría dicho, y habría hablado de ello hasta ver que la burla se agotaba y se transformaba en aburrimiento.

Pero ahora, sin embargo, miró fijamente los ojos pequeños y brillantes de aquel hombre que conocía pero del que desconocía el nombre y le dijo:

—Que te jodan.

Era la frase más elocuentemente expresiva y sucinta que había dicho en mucho tiempo.

El hombre entrecerró los ojos. Abrió la boca y acto seguido la cerró. Cogió una cucharada de sopa y se la llevó a la boca mientras unas manchas rojas empezaban a teñirle el cuello y a ascender hacia las mejillas. Se secó con la servilleta. Pasó unos instantes sin decir nada. Hasta que por fin dijo:

—Vaya, ¿ese de ahí no es Ratner? ¡Llevo semanas intentando localizarlo!

Cogió la bandeja con la comida a medias y se alejó rápidamente de la mesa de Anderson en busca de climas más favorables.

Anderson sacó el artículo sobre Ravel que había escondido debajo del plato, alisó el papel y empezó a leerlo de nuevo. Agachó la cabeza para acercarla al texto en lo que confiaba que fuera el signo universal para indicar «lárgate». Durante aquella semana había intentado leerlo en tres ocasiones, pero su mente había exhibido una curiosa resistencia a completar la tarea.

… La lateralización hemisférica del pensamiento verbal (lingüístico) y musical ofrecen la explicación a la disociación de la capacidad de Ravel para concebir y crear…

Tal vez lo que sucedía era que había adoptado una actitud negativa y por eso no conseguía avanzar. O tal vez fuera que la afasia interfería en sus intentos de comprender los distintos aspectos del avance de la enfermedad. De no ser por la frustración que sentía, la ironía del caso le habría hecho incluso gracia.

Un día, nadando en San Juan de Luz, Ravel, que era un nadador experto, descubrió de repente que no podía «coordinar sus movimientos»…

San Juan de Luz. Había estado en una ocasión en aquella playa, años atrás, durante su luna de miel. Sheila y él habían recorrido en coche la costa francesa. Había cogido dos semanas de vacaciones y había prometido no hablar ni del laboratorio ni de las ratas. Sin sus temas habituales, se había sentido desconcertado y libre al mismo tiempo. Comían y hablaban de la comida; nadaban y hablaban del agua y de la luz.

Se habían alojado en un hotel blanco muy grande justo delante de la playa. El Grand Hotel No Sé Qué. Barcas de pesca que se mecían sobre las olas. La luz del agua, del aire, rebotando sobre los hombros blancos de Sheila. No existía nada parecido a aquella luz, como bien sabían los pintores.

Intentó concentrarse de nuevo en el texto.

… Ravel, que era un nadador experto, descubrió de repente que no podía «coordinar sus movimientos»…

¿Qué debió de sentir en el momento en que de pronto descubrió que no podía controlar su cuerpo? ¿Debió de pensar que era el final? ¿Debió de debatirse, hundirse?

Ravel sufrió un caso de afasia de Wernick de intensidad moderada. […] La comprensión del lenguaje se conserva mucho mejor que la capacidad de expresión oral o escrita. […] El lenguaje musical queda mucho más perjudicado […] presentándose una discrepancia notable entre la pérdida de capacidad de expresión musical (escrita o instrumental) y el pensamiento musical que, en comparación, se mantiene.

«Una discrepancia notable —pensó—. Tendrían que poner esto en mi tumba». Se obligó a releer el párrafo.

… una discrepancia notable entre la pérdida de capacidad de expresión musical (escrita o instrumental) y el pensamiento musical que, en comparación, se mantiene…

Lo que significaba —las palabras penetraron por fin la conciencia de Anderson, como si estuviera reconociendo palabras escritas por él mismo—, lo que significaba que Ravel podía seguir creando obras orquestales, escuchándolas mentalmente, pero no podía expresarlas. No podía escribir las notas. Esas obras quedaron encerradas para siempre, interpretadas para un público integrado por una sola persona.

> A pesar de su afasia, Ravel reconocía con facilidad las melodías, y muy en especial sus propias composiciones, y podía identificar sin problemas errores en las notas o ritmos incorrectos. Conservaba adecuadamente el valor otorgado a los sonidos y el reconocimiento de las notas. [...] La afasia hace casi imposible la decodificación analítica —la lectura visual, el dictado, el poner nombre a las notas—, un hecho que se ve especialmente entorpecido por la incapacidad de recordar el nombre de las notas del mismo modo que una amplia variedad de afásicos «olvida» el nombre de los objetos más comunes...

Los ruidos de la cafetería, el murmullo de voces, el «cling» de la caja registradora, el choque metálico de las bandejas..., los sonidos se ralentizaron de repente y por debajo de ellos Anderson empezó a escuchar el incesante y rítmico redoble de su futuro, que venía directamente a por él. Tal vez Ravel creara otra obra maestra, un *Bolero* mejor. Tal vez lo tuviera ideado en su mente, compás a compás, y se descubriera incapaz de escribir una sola nota, de indicar una sola melodía. Durante todo el día, aquellas melodías debían de girar en su cabeza en un bucle incesante, entretejiéndose y separándose con una precisión que solo él dominaba y que nadie más conocía. Durante todo el día, las melodías debían de ascender como el vapor desde su taza de café, debían de salir del grifo del cuarto de baño, calientes y frías, entrelazadas y por separado: encarceladas, imparables.

¿Y no bastaba aquello para volver loco a cualquiera?

¿No habría sido mejor que hubiera muerto en el mar?

Si no hubiera gritado, si no lo hubieran visto, habría empezado a ahogarse. Al final, sus extremidades habrían dejado de agitarse, el arrullo de las olas y la gloria de la luz que se filtraba a través del agua habrían acabado venciendo su impulso natural de lucha. Llegado aquel momento, podría haberse relajado, haber dejado que su propio cuerpo se lo llevara, que se llevara también tantos conciertos no escritos… Todo se habría marchado al mismo tiempo.

No habría requerido mucho esfuerzo, pensó Anderson. Le habría bastado con relajar la fuerza que lo aferraba a la vida. Podría haberse dado por vencido.

Por un instante, Anderson se vio embargado por una sensación de alivio que refrescó la ansiedad de su mente. No tenía que leer el artículo, pensó. No tenía que hacer nada.

Podía, simplemente, dejarse ir.

Pero el deseo de continuar siguió golpeándolo, como le sucede al boxeador que pierde contacto con el suelo pero es incapaz de orientarse lo suficiente como para abandonar definitivamente el ring. Alisó de nuevo las páginas, intentó concentrarse y empezó a leer otra vez.

7

La farola de gas parpadeaba en el húmedo caos de marzo como una baliza de remota cordura mientras Janie arrastraba y engatusaba a Noah para que siguiera andando. El pequeño había perdido la manopla por el camino y su mano helada se agarraba a la de ella y tiraba con fuerza, como un peso muerto.

Recogió del buzón una cantidad impresionante de correo de lo más insulso (más facturas y segundos avisos) y cerró rápidamente la puerta, dejando atrás la nieve.

El interior estaba caliente y resultaba turbadoramente silencioso después del ajetreo del metro y el ruido blanco del viento. Permanecieron inmóviles por unos instantes, a la deriva; Noah estaba aturdido, apagado. Janie cerró las contraventanas de madera, atrapando con ellas la luz tenue amarillenta de la lámpara de pie, e instaló a Noah en el sofá delante de un DVD («¡Mira, cariño, es Nemo! ¡Tu favorito!»), y le puso su carpeta de cromos de béisbol en el regazo. Últimamente estaba así a menudo, su alegría amortiguada, como si el tono taciturno de la consulta del médico le hubiera calado en los huesos. Se sentaba y miraba sus programas sin hacer comentarios, no quería jugar ni lanzar la pelota en su habitación.

Janie no podía quitarse el frío de encima, todavía le castañeteaban los dientes. Había depositado todas sus esperanzas en este. Estaba segura de que sería el médico que lo cambiaría todo.

Enchufó el hervidor y se preparó un poco de té para ella y cacao caliente para Noah; llenó tanto la taza con malvaviscos que apenas se veía el líquido. Miró por un instante las minúsculas golosinas que flotaban alegremente como dientecillos blancos sobre la espuma marrón, se agachó junto a la ventana del pasaplatos que daba al salón y se sentó en cuclillas para que Noah no la viese llorar. «Serénate, Janie». Le costó tanto como meter un gato quejumbroso en una bolsa, pero lo consiguió. Contuvo los sollozos, los almacenó en el estómago y se incorporó. Al otro lado de la ventana, la nieve caía en el patio y seguía cayendo.

Cuando Janie llegó con el cacao caliente, Noah estaba sentado en silencio, viendo la película con las manitas extendidas sobre la carpeta de plástico, su cabeza rubia recostada en el sofá. Los últimos cuatro meses habían sido emocionalmente complicados y un desastre desde el punto de vista profesional, pero tenía que reconocer que ya se había acostumbrado a ver aquella cabeza rubia ocupando su visión periférica de un modo permanente, al consuelo de saber que siempre estaba allí. El intento con las tres canguros y las dos guarderías que había probado no había prosperado y, después del último fiasco (Noah saliendo por la puerta de Natalie's Kids y corriendo por Flatbush Avenue, a escasos metros de los coches que circulaban por la calle), se había dado por vencida y los había invitado a él y a su última canguro a jugar en su estudio. Se pasaban las horas sentados en silencio (¡en demasiado silencio!), construyendo cosas con los Legos mientras su ayudante seguía dibujando y mirándolos con mala cara y Janie intentaba llevar poco a poco a buen puerto los proyectos que aún tenía entre manos.

Se sentó a su lado en el sofá, acunando la taza de té entre las manos en un intento de calentarse. Le daba igual el olor que desprendiera Noah, aquel aroma mareante y dulzón, como a leche cuajada, que su hijo llevaba con él adondequiera que fuese.

Suponía que el doctor Remson había sido bastante amable, y ya podía serlo por trescientos dólares la hora. Les había dedicado tiempo a Noah y a ella. Al final, sin embargo, había sido igual que los demás. No tenía respuestas. Le había aconsejado esperar.

Pero esperar era precisamente lo que no podía hacer. Cuando se lo dijo, el doctor le sugirió el nombre de otro psiquiatra por si acaso quería someterse ella a tratamiento, como si gastar más dinero en más terapias fuera la única respuesta que se le ocurría.

—Llevamos ya tres meses de sesiones —dijo ella—. ¿Y esto es todo lo que puede decirme? Tiene pesadillas cada noche y ataques de llanto durante el día. Y bañarlo es imposible.

El doctor Mike Remson, con sus gafas de cristales gruesos instaladas de manera desenfadada en una cabeza con calvicie avanzada, sus zapatillas deportivas de cuero negro dando nerviosos golpecitos a la alfombra persa, no parecía en absoluto uno de los psiquiatras infantiles más destacados de Nueva York, por mucho que lo dijera la revista *New York*. Estaba sentado en su sillón de cuero, las manos unidas por las puntas de los dedos, las cejas de oruga peluda levantadas en un gesto defensivo, los ojos protegidos por unos párpados caídos. Cuando Janie respondía a las preguntas que le hacía sesión tras sesión, tenía la sensación de que el doctor estaba intentando discernir si el problema al final era ella.

—Noah está empezando a confiar en mí —dijo él con cautela—. A hablar más sobre sus fantasías.

—¿Sobre su otra madre? —inquirió ella, abriendo y cerrando las manos en puños. Las dejó sobre las rodillas.

—Esa, y otras.

—¿Pero por qué se imagina otra madre?

—A menudo, esta vida imaginativa de fantasía está provocada por determinados sucesos en casa.

—Sí, eso ya me lo ha dicho y ya hemos hablado del tema, en casa no pasa nada.

—¿No se ha producido ningún tipo de estrés excepcional?

Janie emitió una risotada ronca. «Nada que usted no esté provocando, doctor».

—Nada antes de que llegáramos a esta situación.

Se estaba puliendo los ahorros. Había liquidado el plan de pensiones y gastado la pequeña herencia que su madre había reservado para cuando Noah fuera a la universidad. (Su objetivo ahora era tan solo que pudiera iniciar la escuela de primaria). En lo que iba de mes, había tenido que cancelar cuatro reuniones con clientes potenciales porque no podía llevarse a Noah ni a las reuniones ni a las visitas de obra, aunque la verdad era que, con tanto médico, tampoco disponía de mucho tiempo. No tenía ningún proyecto de trabajo a la vista, ninguna manera de pagar las facturas si no trabajaba, y no tenía tampoco respuestas.

Llevaba meses visitando todo tipo de médicos: neurólogos, psicólogos, neuropsicólogos. Tanto Noah como ella odiaban todo aquello, los largos desplazamientos en metro, las interminables esperas en salas abarrotadas, Noah girando lánguidamente las páginas de *Horton empolla el huevo* mientras ella hacía lo mismo con un ejemplar de la revista *Time* del año pasado. Los médicos hablaron con él, le hicieron pruebas cerebrales, volvieron a mirarle los pulmones (sí, tiene asma; sí, es leve), lo enviaban a otra sala para poder hablar a solas con ella, y al final ella se sentía tanto aliviada como frustrada al ver que no encontraban nada y no tenían nada que ofrecer, excepto la promesa de más pruebas. Y todo el tiempo había estado esperando poder ver al doctor Remson, que supuestamente era el mejor.

—Hemos acudido ya a tres especialistas, a dos psicólogos y ahora a usted. Nadie es capaz de decirme nada. Nadie me ofrece siquiera la posibilidad de un diagnóstico.

—El niño tiene cuatro años. Es muy joven para poder hacer un diagnóstico de salud mental exacto.

—No puedo ni bañarle, doctor.

La última vez que lo había intentado, hacía una semana, Noah había entrado en tal estado de excitación que se había provocado a sí mismo un ataque de asma. Era el primer ataque en dieciocho meses. Y mientras mantenía el nebulizador pegado a su cara, escuchando la respiración entrecortada de su hijo —el sonido del fracaso— amplificándose en sus oídos, se hizo a sí misma una promesa: dejaría de esperar que la situación mejorara y haría todo lo posible por ayudarlo ahora.

—La terapia conductual podría irle bien...

—Ya lo hemos probado. No ha funcionado. Nada ha funcionado. Doctor..., por favor. Lleva usted mucho tiempo en la profesión. ¿Había visto alguna vez un caso como el de Noah?

—Bien. —El doctor Remson se recostó en su asiento y apoyó las manos en sus voluminosas rodillas cubiertas de tejido de pana—. Es posible que hubiera uno.

—¿Un caso similar?

Janie contuvo la respiración. Como le resultaba imposible mirarlo a los ojos, se concentró en la punta del zapato del médico. El doctor Remson siguió la mirada de Janie, frunció las cejas, y los dos permanecieron observando el zapato negro moviéndose con nerviosismo sobre los dibujos geométricos granates de la alfombra persa.

—Fue en mi época de residente en Bellevue, hace muchos años. Había un niño que hablaba a menudo sobre un suceso traumático que le había sucedido durante una guerra. Hacía dibujos violentos de ataques con bayoneta. De violaciones.

Janie se estremeció. Visualizó los dibujos como si los tuviera enfrente, la sangre dibujada en lápiz rojo, las figuras de palo con la boca abierta.

—Era de una pequeña ciudad de Nueva Jersey, según todos los informes hijo de una familia cariñosa y sin problemas. Juraban que el niño jamás había visto imágenes como las que dibujaba. Todo muy sorprendente. Tenía solo cinco años.

Un caso como el de Noah. Las piezas del rompecabezas de Noah encajaban por fin, formaban una imagen. Se sintió aliviada aunque, con un escalofrío, tuvo también un mal presentimiento.

—¿Y cuál fue el diagnóstico?

El psiquiatra puso mala cara.

—Era un poco mayor que Noah. Demasiado joven también para un diagnóstico.

—¿Cuál fue?

—Esquizofrenia de inicio infantil. —Tiró del jersey para cubrirse mejor el vientre, como si sus palabras hubieran provocado un descenso súbito de la temperatura—. Aunque, naturalmente, en un niño tan pequeño es algo muy excepcional.

—¿Esquizofrenia? —La palabra se quedó flotando unos instantes en aquel ambiente repentinamente gélido, brillante como un carámbano, hasta que logró asimilarla—. Cree que Noah tiene esquizofrenia.

—Es demasiado pequeño, como he dicho, para poder realizar un diagnóstico adecuado. Pero hay que tenerlo en cuenta. No podemos descartarlo. —Sus ojos, bajo aquellos párpados tan gruesos, la miraron por fin fijamente—. Con el tiempo podremos saberlo mejor.

Janie seguía sin levantar la vista de la alfombra. El dibujo geométrico granate era denso, indescifrable, cuadros dentro de cuadros que estaban a su vez dentro de cuadros.

El psiquiatra permaneció un rato sin decir nada más.

—A veces hay un componente genético. ¿Dijo que no sabía nada acerca de la familia del padre?

Janie hizo un lastimero gesto de negación con la cabeza. Después de años de buscar en Google de forma esporádica por las noches, y de no haber obtenido resultado alguno, últimamente había redoblado sus esfuerzos e intentado localizar a Jeff de Houston. La semana anterior había ido incluso un paso más allá: había dedicado casi dos días a obtener información sobre los galardonados con la beca Rhodes a lo largo de las últimas dos décadas. Se había concentrado en todos los Jeff y Geoffrey, en todos los becarios de Texas y, luego, de todos los demás estados, y no había encontrado ninguno que se pareciera ni siquiera remotamente al hombre que le había dicho que se llamaba Jeff. Había llamado al hotel de Trinidad, pero ahora era un Holiday Inn.

De modo que Jeff —si es que se llamaba Jeff— no había obtenido ninguna beca Rhodes. Seguramente tampoco habría estudiado en Oxford. (Lo buscó también en Balliol College y no encontró nada). A lo mejor ni siquiera era un hombre de negocios. Y se lo había inventado todo... Pero ¿por qué? De entrada, había pensado que tal vez lo había hecho para impresionarla, pero ahora se preguntaba si aquel hombre no estaría sufriendo un episodio agudo de psicosis.

Janie notó la intensa mirada del médico cerniéndose sobre ella como si de un murciélago marrón y peludo se tratara, pero seguía sin mirarle. Fijó la vista en sus propias rodillas, cubiertas con medias grises; de repente le parecieron absurdas, su grisura, su redondez.

—Sé que quiere respuestas —estaba diciendo Remson—. Pero lo mejor que podemos hacer es esto. Revaluaremos el caso a medida que el tratamiento vaya avanzando. Y, entretanto, tendríamos que probar con diversos medicamentos antipsicóticos. Podríamos empezar con una dosis muy baja, si le parece bien. Le prepararé la receta.

Las palabras habían ido filtrándose lentamente en su cabeza, como si estuviera muriéndose de congelación, en silencio, pero aquella palabra —medicamentos— la despertó de repente.

—¿Medicamentos? —Levantó la cabeza—. ¡Pero si solo tiene cuatro años!

El médico asintió y levantó las manos, como queriendo disculparse.

—Los medicamentos podrían ayudarlo a llevar una vida más normal. Lo revaluaríamos cada pocos meses, hasta dar con la dosis correcta. Y, naturalmente, yo seguiría viéndolo. Dos veces por semana.

Cogió un bolígrafo de un cubilete que había en la mesa y escribió la receta. Arrancó la hoja y se la entregó a Janie como si fuese lo más normal del mundo. Su expresión era tan insulsa que resultaba horrible.

—¿Qué le parece si se toma su tiempo para digerirlo todo y volvemos a hablar la semana que viene? —dijo el médico.

Tenía todavía la mano extendida con la receta del antipsicótico. Janie experimentó de repente un irresistible deseo de arrugar aquel papel y tirárselo a la cara. Pero se limitó a cogerlo y a guardárselo en el bolsillo.

Janie estaba ahora en el sofá de su casa, sentada al lado de su hijo y luchando contra la necesidad de sentárselo en las rodillas y comérselo a besos.

—¿Va todo bien, bicho?

Noah hizo un leve gesto de asentimiento, su cara con un bigote dibujado por la bebida de cacao, los ojos fijos en la pantalla del televisor.

Vibró justo entonces el teléfono móvil, pero no era el psiquiatra de Noah llamándola para ofrecerle un nuevo milagro a base de hierbas chinas y omega 3. Sino que era un mensaje de texto, nada más y nada menos que de Bob, su antiguo ligue de internet.

«¡Hola! ¿Qué tal todo, más fácil? ¿Quieres que volvamos a intentarlo?».

Janie soltó una breve risotada al pensar en el mal momento que había elegido el pobre hombre, un sonido potente aunque sin alegría, como el gruñido de una foca deprimida. Cerró el teléfono sin responder al mensaje y le dio un sorbo al té. Pero no le serviría de nada. Necesitaba algo más fuerte.

Por la noche, Janie acostó temprano a Noah. Estaba en plan mimoso, sus brazos tirando de la cabeza de ella para que le diera un besito en los labios, sus dedos acariciándole la cara en la oscuridad.

—¿Y esto? ¿Qué parte del cuerpo es? —susurró Noah.

—¿Esto? Mi nariz.

—¿Y esto?

—Una oreja.

—Y esto tu cabezota.

—Así es. Buenas noches, bicho.

—Buenas noches, mami-mamá. —Bostezó. Y a continuación (Janie sabía que pasaría, últimamente siempre era igual, y justo cuando estaba a punto de caer dormido y ella pensaba que esta vez a lo mejor sería todo distinto, que a lo mejor esta vez no lo diría)—: Quiero ir a casa.

—Estás en casa, cariño.

—¿Cuándo vendrá mi otra mamá?

—No lo sé, bicho.

—La echo de menos. —Dejó reposar la cabeza sobre la almohada y la giró hacia la pared—. La echo de menos, la echo mucho de menos.

Empezó a temblar. Aun siendo una ilusión, la tristeza era real. Janie conocía la tristeza lo bastante bien como para saberlo.

—¿Duele, verdad? —le dijo en voz baja.

Noah se volvió hacia ella, su boca formando un mohín. La abrazó y ella sujetó la cabecita contra su cuerpo mientras Noah lloraba y se limpiaba la nariz con su blusa.

—Lo siento mucho, cariño —musitó ella, acariciándole la cabeza.

—La echo mucho de menos. —Lloraba ahora con ganas, sollozos enormes que parecían brotar de su pecho plenamente formados, como penachos de humo negro. Cualquiera que lo viera pensaría que era un niño con el corazón roto, abandonado. Y eso que ella jamás lo había dejado ni una noche solo—. Haz que me sienta mejor, mamá.

No tenía otra elección.

—Lo haré.

Cuando Janie salió de la habitación, pensó que desde la muerte de su madre nunca se había sentido tan triste. Se sentó con el ordenador en la cocina y cogió la receta de la risperidona. Luego cogió una taza y la botella de bourbon que le había regalado un cliente hacía un montón de años y le dio un buen trago.

La taza estaba decorada con el dibujo de un gatito persiguiendo una mariposa; había sido el regalo de una compañera que se pensaba que tenía un gato. Le pareció reconfortante, como un pronóstico optimista en una galleta de la fortuna en la que nadie creía pero que, igualmente, todo el mundo se guardaba en el bolsillo. El bourbon se revolvió con calidez en su estómago, ejecutó una neblinosa danza de la lluvia en un cerebro presa del pánico.

Abrió la pantalla de búsqueda en el ordenador.

«Impacto de los antitranspirantes».

No.

«Impacto de los antipsicóticos en los niños».

Los psiquiatras prescriben estos fármacos a los niños en ciertos casos de enfermedad grave cuando consideran que los beneficios superan los riesgos. […] Por otro lado, los informes que hablan sobre mortalidad y efectos secundarios peligrosos vinculados a estos fármacos van en aumento. Un estudio presentado por *USA TODAY* basado en datos recogidos por la FDA (Food and Drug Administration) entre 2000 y 2004 demuestra un mínimo de cuarenta y cinco fallecimientos de niños en los que, según la base de datos de la FDA, un antipsicótico atípico aparece como el «principal sospechoso». Se presentan asimismo 1.328 informes de efectos secundarios nocivos, algunos de los cuales son potencialmente mortales.

Dios mío. No.
Salió rápidamente de aquella página y abrió otra.

Como resultado del tratamiento con fármacos antipsicóticos, el paciente pierde la conciencia de sí mismo y presenta obnubilación mental, alteración de las emociones y pérdida de memoria.

Cerró rápidamente la ventana, abrió otra, luego otra. Cada vez que abría una ventana se encontraba con un nuevo horror, y así continuó hasta que el bourbon fue desapareciendo lentamente de la botella y le empezaron a doler los ojos como si sangraran.

Retuvo el licor en la boca, paladeando su resquemor en la lengua. El gatito de la taza le pareció demoniaco o, más bien, vulgar. En cualquier momento acabaría saltando y arrancándole a la mariposa sus preciosas alas azules.

Miró la risperidona y leyó por encima la lista de efectos secundarios: «somnolencia, mareos, náuseas...». La lista no acababa nunca. Cuando terminó de leerla, se sintió mareada, con náuseas, nerviosa, sudada, con picores, sumida en un estado febril y gorda. La cabeza le daba vueltas, aunque también podía ser por la bebida.

«Con lo que te has esforzado en darle a tu hijo comida sana —pensó—. La pizza de queso de soja. Las zanahorias, el brócoli y los guisantes ecológicos. Los batidos. La leche sin hormonas. Las verduras de hoja verde. Intentas que no coma alimentos procesados, tiras a la basura los caramelos de Halloween en cuanto pasa una semana. Nunca le has dejado que coma los helados que venden en el parque porque contienen colorante rojo y amarillo. ¿Y ahora vas a darle esto?».

Cogió la receta y la arrugó, pero luego volvió a alisarla apoyándola encima de la mesa y se quedó mirándola. Al cabo de un rato, se levantó y guardó la botella de bourbon en el armario. Pensó en llamar a alguna amiga para que fuera a su casa, para que la consolara y la aconsejara, pero sabía que no soportaría compartir el diagnóstico con nadie, escuchar su propio pánico resonando como el eco por el teléfono.

Siempre se había considerado una persona de éxito. Había trabajado duro, había creado su propio negocio a partir de cero, había sobrevivido incluso en condiciones económicas complicadas; había criado a Noah ella sola, había creado un hogar confortable para los dos. Pero ahora estaba fracasando en lo único que de verdad le importaba.

Abrió una nueva ventana en el ordenador. Fijó un instante la vista en el parpadeo del cursor y, acto seguido, encendió una vela a los dioses de internet.

Ayuda. Help. Estaba segura de que no era la primera ni tampoco la última persona que tecleaba eso en Google.

The Beatles, *Help,* YouTube

The Help (*Criadas y señoras*), drama, mayores de 13 años. Ambientada en el Misisipi de los años sesenta, narra la historia de una chica de la alta sociedad sureña que termina sus estudios universitarios y aspira a convertirse en escritora, pero pronto...

Help.com. Soy miembro de la sociedad de la tierra plana y tengo que hacer una presentación sobre por qué la gente no quiere creer que la tierra es plana...

Apoyó la cabeza en el teclado. Volvió a levantarla. Movió los dedos con nerviosismo sobre la alfombrilla del ratón, le habló al fantasma de la máquina.

«Ni siquiera sé qué preguntar».

Cómo preguntarle a una chica si quiere ser tu pareja en el baile de fin de curso

«Mi hijo quiere otra madre».

¿Puede una madre castigar al hijo de otra?

«Otra vida».

The Veronicas, Letra de la canción *In Another Life* (*En otra vida*), YouTube

Otra vida, un documental sobre la reencarnación que incluye vídeos de entrevistas y...

Ja, ja: un documental *new age*. Durante el último año de vida de su madre se había hartado de ver documentales de aquel tipo. Su madre siempre había sido una mujer práctica, con un amplio círculo de amistades prácticas, pero cuando le diagnosticaron leucemia (del peor tipo posible) la practicidad de todas aquellas amistades se fue al cuerno. Uno a uno, sus amigos desfilaron por casa con paquetes de papel marrón con polvos de homeópatas chinos, con cristales imitando piedras preciosas, documentales y folletos sobre tratamientos en México, y Janie y su madre se lo habían tomado con el mejor humor posible. Había pasado horas sentada junto a la cama de su madre, cogiéndole la mano mientras miraban aquellas películas y se reían de lo que decían, película tras película, sandeces y chorradas. Documentales sobre canalización de espíritus, curación por alquimia, tambores chamánicos. Janie reía a través de un fino telón de lágrimas mientras su madre, moribunda y con la mentalidad fuerte de siempre, utilizaba las últimas energías que le quedaban para burlarse de las imágenes cursilonas, las playas y los arcoíris que aparecían en aquellas películas y que ofrecían algo que a buen seguro no podían proporcionar: esperanza. Había sido la mejor parte de los peores días de la vida de Janie, reír con su madre viendo esas películas. De un modo u otro, la actitud burlona de su madre había empujado a Janie a creer que ella nunca tendría necesidad de volver a ver aquellas cosas excéntricas. Que sobreviviría a base de fuerza de voluntad y medicina moderna. Tenía que haber otro tratamiento experimental en fase de prueba, mejor que el que le provocaba aquella hinchazón tan dolorosa. Y sería suficiente.

Y sí (hizo clic en un enlace de YouTube, ansiosa por distraerse tanto del horror del presente como del también insoportable pasado, por encontrar algo que le aligerara el cerebro, que notaba pesado y cargado de bourbon), sí, lo había, allí estaba otra vez: una sensiblera imagen de las olas del mar. Luego el sol y la cascada..., y la flauta, ¡faltaría más! Y el narrador con la voz grave de siempre... ¿Sería el mismo tipo? ¿Sería ese su trabajo, narrador de documentales *new age*?

«Un majestuoso ciclo de vida y muerte y de vida que empieza de nuevo, cada vida con sus propias lecciones...».

«Majestuoso ciclo de vida...».

Ay, cómo se habría reído su madre con eso.

—¿Y esto qué te parece, mamá? —dijo en voz alta, recitando las palabras con un tono de voz falsamente estentóreo—. ¡MAJESTUOSO CICLO DE VIDA!

Hizo una pausa, como para darle tiempo a su madre para que respondiera, aunque, como muy bien sabía, allí no había nadie.

«Exploradores científicos pioneros están estudiando la reencarnación en Estados Unidos...».

—¡EXPLORADORES, MAMÁ! —gritó, consciente de que no estaba haciéndole la gracia a nadie, ni siquiera a su madre muerta, pero incapaz de reprimir el deseo de intentarlo. Era eso o echarse a llorar, y sabía que, si empezaba, la cosa no acabaría bien—. ¡Son EXPLORADORES!

«El más conocido de estos exploradores es el doctor Jerome Anderson...».

—¡Te apuesto lo que quieras a que es médico! ¿Qué debieron darle, un doctorado en curanderismo?

Le entró hipo y soltó una risotada.

«… lleva décadas estudiando niños que parecen recordar detalles de vidas anteriores. Estos niños, que a menudo no superan los dos o tres años de edad, hablan muy concretamente de echar de menos su antigua casa y su antigua familia…».

Janie pulsó la tecla de «PAUSA». La habitación quedó en silencio.

Seguro que lo había oído mal. Echó un poco hacia atrás.

«… el doctor Jerome Anderson, que lleva décadas estudiando niños que parecen recordar detalles de vidas anteriores. Estos niños, que a menudo no superan los dos o tres años de edad, hablan muy concretamente de echar de menos su antigua casa y su antigua familia…».

Volvió a pulsar la tecla de «PAUSA», y esta vez absolutamente todo se quedó en pausa: las imágenes, su cabeza, su respiración a medio formar en su pecho.

En la pantalla aparecía el perfil de una cabeza que debía de pertenecer al tal doctor Anderson. Tenía cabello negro y rizado y facciones sorprendentemente angulosas. Estaba hablando con un niño que parecía originario del sudeste asiático, un pequeño que tendría unos tres años y que llevaba un pantalón hecho jirones. Detrás del niño, un muro de ladrillos se alzaba desde una base de barro rojizo. La imagen era granulada, como si hubiera sido tomada mucho tiempo atrás. Janie se quedó mirándola hasta que, como sucede con cualquier cosa cuando la miras mucho rato, acabó convirtiéndose en algo más. Un hombre. Un niño. Un lugar. Un momento.

Pero aquello era... ridículo.

En la pantalla, el pequeño miraba al adulto. Se le veía tremendamente incómodo. Lo más probable es que tuviera disentería, se dijo Janie.

Retrocedió de nuevo.

«...el doctor Jerome Anderson, que lleva décadas estudiando niños que parecen recordar detalles de vidas anteriores...».

Ella era una persona sensata. Todo aquello no era más que el efecto del bourbon, que estaba diluyendo por completo su sentido común.

Dejó la imagen en pausa.

Sabía por propia experiencia que los manipuladores se aprovechaban de los ingenuos. Sabía que la gente desesperada podía llegar a hacer cosas impensables. ¿Acaso no era eso lo que Janie estaba haciendo justo en aquel momento?

Entonces lo oyó.

Entrar ya en la habitación de Noah o intentar despertarlo no tenía sentido. Conocía a la perfección la rutina. En un plazo de diez minutos, el gimoteo se convertiría en un grito, el grito se transformaría en palabras: «¡Mamá, mamá!».

Lo encontraría retorciéndose entre las sábanas, agitado, chillando. «¡Sácame, sácame, sácame!».

No había nada peor que ver a tu hijo hundiéndose en la oscuridad y no poder hacer nada por impedirlo. Cualquier cosa era mejor que aquello.

¿Incluso la medicación? ¿Incluso esto? Fijó la vista en la imagen de la pantalla.

El gimoteo empezaba a ser más agudo, el volumen iba en aumento. Pronto la llamaría y ella acudiría a su lado e intentaría, sin éxito, consolarlo. Dormido, empapado en sudor, Noah se echaría a sus brazos.

El médico y el niño seguían allí, congelados en la pantalla del ordenador. Cogió la receta y la depositó en la palma de su mano.

«Que alguien me diga qué tengo que hacer», pensó.

Siguió sentada a la mesa de la cocina enfrente del ordenador, la receta en la mano, su hijo llorando y gritando en sueños. Miró fijamente la imagen de la pantalla, preguntándose cuándo empezaría a perder fuerza.

Gran parte de los sujetos de nuestros casos han nacido con marcas de nacimiento o deformaciones congénitas que concuerdan con heridas que la personalidad previa había sufrido en el cuerpo, normalmente heridas mortales. Un caso que presenta tanto un sueño premonitorio como una deformación congénita es el de Süleyman Çaper, de Turquía. Durante el embarazo, su madre soñó con que un hombre al que no reconocía le decía: «Me mataron de un palazo. Quiero estar contigo y con nadie más». Cuando Süleyman nació, presentaba la parte posterior del cráneo ligeramente hundida y tenía, además, una marca de nacimiento justo en aquel punto. Cuando empezó a hablar, contaba repetidamente que había sido un molinero que había muerto víctima del golpe en la cabeza que le había dado un cliente enojado. Junto con otros detalles, aportó el nombre de pila del molinero así como el del pueblo *donde había vivido. Y, efectivamente, en aquel pueblo un cliente enojado había matado a un molinero golpeándolo en la parte posterior de la cabeza con una pala.*

Doctor Jim B. Tucker, *Vida antes de la vida*

8

La cinta de embalar aulló a modo de protesta. Anderson la cortó con los dientes y cerró la caja con la sensación de que las solapas de cartón se cerraban por encima de su cabeza. Allí estaría tranquilo, en compañía del trabajo de toda una vida.

Le había llevado meses —abrir las cajas una a una para volver a repasarlas por completo había ralentizado considerablemente la tarea—, pero por fin tenía todo lo del Instituto embalado, listo para enviar.

Que la siguiente generación de buscadores científicos descubriera su trabajo e hiciera con él lo que quisiera. Confiaba en que así fuera. Recientemente había recibido una carta de un colega de Sri Lanka, un lugar donde había tal cantidad de casos que podías recogerlos como si pescaras con red.

Todas las pruebas que había logrado reunir. Siempre había creído que los editores de las revistas médicas no podrían ignorarlas. Como si las pruebas por sí solas fueran indiscutibles. Pero estaba claro que había juzgado mal la naturaleza humana. La había pifiado al olvidarse de la capacidad que tiene el hombre para rechazar lo que le da la gana (el caso de Galileo tendría que haberle servido de lección).

En algún lugar remoto, o en la habitación, empezó a sonar un teléfono.

—Pero no lo entiendo. Creí que lo había rechazado. ¿Ahora por qué quiere hablar? —Su agente literario hablaba al otro lado del teléfono, pero lo que le decía no tenía sentido—. ¿Quiere o no quiere?

—Se ve que se lo ha pensado mejor. Quiere algunos cambios y quiere también asegurarse de que estáis en la misma onda. Es una de las editoras más destacadas del sector. Tiene un montón de éxitos de ventas a las espaldas. Es una noticia estupenda.

«En la misma onda», pensó. «Más destacadas del sector». «Éxitos de ventas». Aquel vocabulario le hacía gracia. Se imaginó una onda gigantesca adoptando la forma de una montaña, con la editora y él en la cumbre, dándose la mano. Jamás en su vida había tenido que tratar con gente cuya profesión consistiera en ganar dinero. Con las editoriales académicas que le habían publicado sus pocos libros apenas se había hablado de dinero aunque, evidentemente, aquellos libros no los leía casi nadie, excepto la pequeña comunidad de investigadores afines. Pero esto era otro mundo. Treinta años atrás, lo de los «éxitos de venta» le habría provocado una risa burlona; ahora, sin embargo, le aceleraba el ritmo de la respiración. Cómo habían cambiado las cosas.

La editora se puso al teléfono de inmediato después de que la secretaria le anunciase quién llamaba.

—No he podido sacarme este libro de la cabeza —dijo la editora.

Tenía una voz que resultaba aguda y animada al mismo tiempo. Una potencia en el sector, había dicho su agente, y a continuación le había citado varios libros de éxito de los que él nunca había oído hablar. Intentó imaginársela: cabello negro, apasionada, una cara pálida en forma de corazón, una Blancanieves que era como un ciclón y que envolvía el cable del teléfono entre los dedos mientras hablaba… ¿Pero en qué estaba pensando? Si los cables del teléfono ya no existían. Estaba sudando como un colegial ante su primera cita.

—Creo que habrá mucha gente interesada. Aunque hay que trabajarlo un poco más.

—¿Sí?

—Sobre todo los casos estadounidenses.

—¿Los casos estadounidenses?

—Sí. Son todos muy antiguos, de los setenta y los ochenta, y mucho menos… dramáticos. Al fin y al cabo, el público será de aquí. Hay tantos casos en lugares exóticos, lo cual está bien, pero tenemos que centrarnos más en las historias norteamericanas. Para que la gente pueda sentirse identificada.

Anderson carraspeó para ganar tiempo.

—La gente podrá sentirse identificada de todas formas —dijo muy despacio, repitiendo con cuidado las palabras que había pronunciado ella, como un niño que está aprendiendo a hablar, o como un adulto de sesenta y ocho años que está perdiendo todo su vocabulario—. No es una historia norteamericana. Es... —¿Cuál era esa palabra que estaba buscando? Algo amplio en cuyo interior cupieran todos los planetas y el sistema solar. No consiguió encontrar la palabra, de modo que decidió cambiar de táctica—. Es una historia para todo el mundo —dijo, haciendo un gesto amplio e invisible con las manos, como queriendo abarcar todo lo que quería decir y no podía.

—Sí, tiene razón. Pero el único caso norteamericano reciente que presenta... es ese en que el niño recuerda haber sido su tío abuelo.

—Sí.

—Los demás casos parecen más potentes.

—Sí, naturalmente.

—¿Por qué naturalmente?

—Porque cuando el individuo es un miembro de la misma familia los hechos no pueden verificarse de la misma manera.

—Entiendo. Pero lo que quiero decir es que necesitamos un par de casos nuevos potentes. Casos norteamericanos. Para que el libro enganche.

—Ah. Pero...

—¿Sí?

Anderson abrió la boca. Las objeciones se acumulaban: «He cerrado el despacho. Hace seis meses que no tengo ningún caso nuevo... De todos modos, no hay casos norteamericanos potentes. No creo que pudiera ser capaz de escribir una sola frase convincente, y mucho menos un capítulo...».

—De acuerdo —dijo—. Me parece bien. Un caso norteamericano.

—Y potente. ¿Estamos en la misma onda?

Anderson contuvo una risotada. Se sentía entusiasmado, temerario. Se deslizaba montaña abajo, rodando, dando volteretas.

—Sí.

Purnima Ekanayake, una niña de Sri Lanka, nació con diversas marcas de nacimiento de color claro agrupadas en la zona superior izquierda del pecho y en la parte inferior de las costillas. Empezó a hablar sobre una vida anterior entre los dos años y medio y los tres años de edad, aunque, de entrada, sus padres no prestaron mucha atención a sus declaraciones. Con cuatro años, vio un programa de televisión donde se hablaba del templo de Kelaniya, un famoso templo situado a doscientos cuarenta kilómetros de su casa, y afirmó reconocerlo. Posteriormente su padre, director de escuela, y su madre, maestra, realizaron una excursión escolar al templo de Kelaniya. Purnima acompañó al grupo. Una vez allí, dijo que había vivido en la otra orilla del río que flanqueaba los terrenos del templo.

Con seis años de edad, Purnima realizó una veintena de declaraciones sobre su vida anterior y describió detalles sobre un fabricante de incienso que murió víctima de un accidente de tráfico. Mencionó el nombre de dos marcas de incienso, Ambiga y Geta Pichcha. Sus padres desconocían por completo dichas marcas y [...] [ninguna de] las tiendas de su pueblo [...] vendía esas marcas de incienso.

Por aquella época, entró a trabajar un nuevo maestro en la escuela del pueblo de Purnima. El maestro pasaba los fines de semana en Kelaniya, donde vivía su esposa. El padre de Purnima le contó las cosas que decía Purnima y el maestro decidió investigar en Kelaniya y ver si había fallecido alguien que concordara con las declaraciones de la niña. El maestro explicó que el padre de Purnima le había pedido que verificara lo siguiente:

—Que Purnima había vivido en la orilla del río opuesta al templo de Kelaniya.

—Que fabricaba varillas de incienso para las marcas Ambiga y Geta Pichcha.

—Que vendía las varillas de incienso recorriendo las calles en bicicleta.

—Que había muerto en un accidente de tráfico en el que había estado implicado un vehículo grande.

Acompañado de su cuñado, que no creía en la reencarnación, decidió averiguar si había existido alguna persona que coincidiera con aquellos detalles. Fueron al templo de Kelaniya y desde allí cruzaron el río con un transbordador. Una vez en la otra orilla, preguntaron por los fabricantes de incienso y se enteraron de que en la zona había tres negocios familiares de fabricación de incienso. El propietario de uno de ellos vendía su producción bajo las mar-

cas Ambiga y Geta Pichcha. Su cuñado y socio, Jinadasa Perera, había muerto atropellado por un autobús cuando iba al mercado en bicicleta a vender sus varillas de incienso. El suceso se había producido dos años antes de que naciera Purnima.

Poco después, la familia de Purnima visitó la casa del fabricante de incienso. Allí, Purnima realizó diversos comentarios sobre miembros de la familia y sobre el negocio que resultaron ser correctos, y la familia la aceptó como la reencarnación de Jinadasa.

Doctor Jim B. Tucker, *Vida antes de la vida*

9

Janie cerró el libro y frunció el entrecejo. Estaba en el fondo de la cafetería, esperando a un hombre al que no conocía, cuyo trabajo era algo que te cambia totalmente la forma de ver la vida o una completa chorrada, y que ahora tenía el futuro de Noah en la palma de la mano. Y ella no había podido ni terminarse su libro.

Lo había intentado. El libro parecía serio. Lo había comprado por internet, puesto que la editorial académica que lo había publicado hacía veinte años había cerrado, y había pagado cincuenta y cinco dólares por una edición en rústica. Había pasado las dos semanas anteriores a este encuentro cogiéndolo y dejándolo, y cada vez que conseguía concentrarse en alguno de los casos de Anderson la confusión empezaba a enturbiarle el cerebro.

El libro estaba repleto de casos de estudio, niños de Tailandia, de Líbano, de la India, de Myanmar y de Sri

Lanka que hablaban sobre otras madres y otros hogares. Todos aquellos niños se comportaban de un modo que tenía poco que ver con su familia o con la cultura de su pueblo y a veces presentaban vínculos de carácter muy intenso con desconocidos que vivían a horas de distancia de ellos y a los que parecían recordar de vidas anteriores. A menudo tenían fobias. Los casos resultaban atractivos y extrañamente familiares. ¿Pero cómo era posible que fueran ciertos?

Había repasado aquellos casos varias veces sin encontrar nada que le despejase la duda de si creerlos o no. Al final se había visto incapaz de leerlos y se había limitado a asimilar, como una neblina húmeda y pegajosa, la impresión de que todo aquello era algo profundamente turbador. Niños que al parecer recordaban haber vivido como vendedores de jazmín o cultivadores de arroz en un pueblo perdido de Asia hasta fallecer atropellados por una moto o quemados por el incendio provocado por una lámpara de queroseno, vidas que no tenían nada que ver con Noah (o que tenían todo que ver).

Janie alborotó el suave pelo de su hijo agradecida, por una vez, de que hubiera una pantalla de televisión colgada de la pared por encima de sus cabezas. (¿En qué momento se habían sumado las cafeterías a los aeropuertos en dar por sentado que sus clientes necesitaban permanecer eternamente pegados a la tele?). Sacó del dosier la hoja que había impreso y repasó una vez más el currículum del doctor:

Jerome Anderson

Doctor en Medicina por la Facultad de Medicina de la
Universidad de Harvard

Licenciado en Literatura inglesa por la Universidad de
Yale

Médico psiquiatra residente en el Hospital Presbiteriano
de Nueva York, NY (asociado a la Universidad de Co-
lumbia)

Catedrático de Psiquiatría en la Facultad de Medicina de
la Universidad de Connecticut

Cátedra Robert B. Angsley de Psiquiatría y ciencias neu-
roconductuales en el Instituto para el estudio de personalidades anteriores, Facultad de Medicina de la
Universidad de Connecticut

El significado de aquellas palabras era claro, y se aferró a él: era un hombre culto y con formación. Y sería
simplemente la opinión de un experto más. Eso era todo.
Daba igual qué métodos utilizara si aportaba resultados.
A lo mejor aquel médico tenía una forma de abordar a los
niños que resultaba especialmente reconfortante, como la
de esa gente que conseguía apaciguar a los caballos. Era un
procedimiento experimental. De esas cosas se hablaba
constantemente. Daba igual lo que Noah tuviera, o lo que
Anderson creyera que tenía, mientras lo curara.

Hojeó el dosier que había confeccionado para el médico. Era el mismo tipo de carpeta que utilizaba cuando
quería conquistar nuevos clientes, con la diferencia de que
en lugar de casas y apartamentos las distintas secciones es-

taban marcadas con un color que se correspondía con cada año de la vida de Noah. El dosier incluía todo tipo de información sobre Noah, todas las cosas raras que había dicho y hecho: todo, excepto lo más relevante. No había mencionado el posible diagnóstico del doctor Remson, temiendo que Anderson se echara atrás ante la perspectiva de trabajar con un niño que podía padecer una enfermedad mental.

Resultaba raro que la cita fuera en una concurrida cafetería. El doctor Anderson le había sugerido ir a visitarla a su casa —era el protocolo que utilizaba habitualmente, con el que los niños se sentían más cómodos, le había dicho—, pero ella necesitaba primero ver cómo era aquel hombre, comprobar si estaba o no chalado, razón por la cual habían quedado en el local de la esquina. ¿Qué médico hacía visitas en casa hoy día? A lo mejor, al final, resultaba que no era más que un simple matasanos...

—¿Señorita Zimmerman?

Vio un hombre de pie a su lado: una figura alta y delgada vestida con un jersey grandote de lana de color azul marino y pantalones beis.

—¿Usted es el doctor Anderson?

—Jerry.

El hombre esbozó una breve sonrisa, un destello de dientes blancos en medio del abarrotado local, y le tendió la mano, luego se la tendió a Noah, que apartó la mirada de la tele solo el tiempo suficiente como para rozar la mano enorme de Anderson con su diminuta manita.

Fuera lo que fuese lo que Janie estaba esperando (alguien profesional, tal vez un poco excéntrico, con el perfil anguloso y el cabello oscuro y rizado que había visto en el vídeo), no era ni mucho menos aquel hombre. La que tenía enfrente era una persona reducida a la mínima expresión, con los pómulos altos y los ojos brillantes de un dios gato egipcio y la piel curtida de un pescador. Debía de haber sido atractivo en su día (aquel rostro poseía una belleza salvaje, elemental), pero su austeridad actual no le permitía seguir siéndolo; era como si hubiera decidido prescindir de su atractivo muchos años atrás, como si lo hubiera descartado por ser algo que no le servía de nada.

—Lo siento si le he parecido grosera. Pero es que en el vídeo parecía usted…

—¿Más joven? —Se inclinó ligeramente hacia ella y desprendió un aroma que no pudo identificar. Janie tuvo la sensación de que debajo de aquella superficie elegante y contenida se escondía pura rebeldía—. Es el efecto del tiempo.

«Compórtate como si fuese un cliente», se dijo Janie. Cambió de actitud y esbozó una sonrisa profesional.

—Estoy un poco nerviosa —comentó—. Digamos que todo esto no es precisamente lo mío.

Anderson se acomodó delante de ella.

—Lo cual es bueno.

—¿De verdad?

Los ojos grises de aquel hombre tenían un brillo sobrenatural.

—Normalmente significa que se trata de un caso potente. De lo contrario, no estaría usted aquí —dijo, hablando con nitidez, como si enunciara cada palabra.

—Entiendo.

No estaba acostumbrada a pensar en la enfermedad de Noah como un «caso» que pudiera ser «potente». Se dispuso a replicarle, pero en aquel momento llegó la camarera (con el cabello teñido de morado; agobiada) y les entregó la carta. Cuando la chica se giró para volver a la cocina, un tatuaje con la palabra «YOLO» escrita en letras góticas destacó sobre la piel clara de sus hombros.

«YOLO». Un eslogan, un grito de guerra, el carpe diem de los *skaters*: *You Only Live Once,* «Solo se vive una vez».

¿Pero sería verdad?

Ese era el problema, ¿o no? Nunca lo había reflexionado en profundidad. No había tenido ni el tiempo ni la predisposición para especular sobre la posible existencia de otras vidas; la presente ya era lo suficientemente complicada. Tenía que vivirla para poder pagar la comida, el alquiler y la ropa, para intentar proporcionarle a Noah amor y estudios, para conseguir que se cepillara los dientes. Y últimamente a duras penas lograba todo eso. Aquello tenía que funcionar. No le quedaba otra alternativa, excepto medicar a su hijo de cuatro años. ¿Pero en qué estaba pensando?

Ah, sí. En otras vidas. En algo en lo que no sabía si creer o no.

Pero, aun así, allí estaba.

Anderson la observaba con expectación. Noah seguía mirando la tele y haciendo garabatos en el mantelito de papel que tenía enfrente. La camarera que solo vivía una vez reapareció, tomó nota del pedido y volvió a desaparecer como una nube morada de mal humor.

Janie tocó ligeramente el brazo de su hijo, como si quisiera protegerlo de la silenciosa intensidad de aquel hombre.

—Oye, Noey, ¿por qué no te acercas a la barra un minutito y ves el partido desde allí? Estarás mucho más cerca.

—Vale.

Se deslizó rápidamente por el asiento, feliz de sentirse liberado.

Sabiendo que Noah ya no podía oírla, el cuerpo de Janie pareció marchitarse en el banco.

En la televisión, algún jugador consiguió un *home run*; Noah se sumó a los vítores de la clientela.

—Le gusta el béisbol por lo que veo —dijo Anderson.

—Cuando era bebé era lo único que conseguía calmarlo. Era como un Valium para bebés.

—¿Y usted también mira partidos de béisbol?

—No expresamente.

Anderson extrajo del maletín un bloc de notas de color amarillo y apuntó algo.

—Pero no lo considero un hecho excepcional —añadió Janie—. Es bastante normal que a los niños les guste el béisbol, ¿no?

—Por supuesto —dijo Anderson. Carraspeó para seguir hablando—. Antes de que empecemos. Estoy seguro de que tiene bastantes preguntas para mí.

Janie bajó la vista hacia la carpeta con los puntos de colores. Aquella carpeta era Noah.

—¿Cómo funciona?

—¿El protocolo? Veamos, primero le hago varias preguntas a usted y luego a su hijo…

—No, me refiero a lo de… la reencarnación. —Se encogió al pronunciar la palabra—. ¿Cómo funciona? Es algo que no entiendo. Dice usted que todos esos niños son… reencarnaciones y que se acuerdan de cosas de su anterior vida, ¿no es eso?

—En algunos casos esa parece la explicación más probable.

—¿La más probable? Yo pensaba que…

—Soy un investigador científico. Tomo nota de las declaraciones de los niños y luego las verifico y sugiero explicaciones. No extraigo conclusiones sin más.

Conclusiones, sin embargo, era justo lo que Janie estaba esperando obtener. Cogió la carpeta y se la acercó al pecho en busca del consuelo que pudiera proporcionarle aquel objeto físico.

—Veo que es escéptica —dijo él. Ella abrió la boca para replicar pero él la silenció levantando la mano—. No pasa nada. Mi esposa también lo era, al principio. Por suerte, no me dedico a la fe. —Esbozó una mueca irónica—. Sino a recopilar datos.

Datos. Janie se aferró a la palabra como si fuera una roca húmeda en medio de un río turbulento.

—¿Ya no es escéptica?

—¿Qué? —dijo él, mirándola con confusión.

—Ha dicho que su esposa era escéptica al principio. ¿Entiendo entonces que ahora cree en su trabajo?

—¿Ahora? —La miró fijamente—. Ahora está...

No terminó la frase. Se quedó con la boca abierta durante un momento que se hizo interminable, incomodándolos a ambos, y entonces la cerró de golpe. Pero el momento se había producido y no había vuelta atrás; era como si las defensas de Anderson, aquel campo de fuerza que protege la naturaleza humana básica de cada uno, se hubiera hecho añicos inexplicablemente.

—Se fue. Hace seis años —dijo por fin—. Me refiero a..., a que ya no está viva.

Estaba afectado por el dolor, eso era lo que pasaba. Estaba solo; había tenido que enfrentarse a un duro golpe. Janie conocía bien la situación. Miró a su alrededor, un local normal lleno de niños merendando tostadas con sirope, sus padres limpiándoles con cariño la cara; aquella gente estaba en la otra orilla, mientras que ella estaba en el lado de los perjudicados, en compañía de aquel hombre de aspecto triste que esperaba con paciencia lo que ella tuviera que decirle.

Janie habló en voz baja.

—¿Continuamos?

—Por supuesto —contestó él, con más vigor de lo esperado.

Se serenó rápidamente y las elegantes superficies de su cara se alinearon de nuevo. Acercó el lápiz afilado al cuaderno amarillo y lo mantuvo allí.

—¿Cuándo recuerda que fue la primera vez que Noah hizo algo fuera de lo normal?

—Supongo... que fue el día de los lagartos.

—¿Los lagartos? —preguntó él, tomando nota.

—Noah tenía dos años. Estábamos en el Museo de Historia Natural. Habíamos ido a ver una exposición de lagartos y serpientes. Y Noah se quedó…, se quedó… —Hizo una pausa—. La única palabra que se me ocurre es «cautivado», creo. Se plantó delante de la primera vitrina y empezó a chillar. Pensé que le pasaba algo, pero entonces dijo: «¡Mira, un dragón barbudo!».

Miró a Anderson y vio que la escuchaba con suma atención. Los demás psicólogos nunca habían mostrado el menor interés por la historia de los lagartos. Pero Anderson se inclinó para anotar los detalles y Janie se fijó entonces en que el jersey azul, que tenía aspecto de ser muy suave y muy caro, tenía un agujero revelador en la manga. Probablemente tenía los mismos años que ella.

—Me quedé muy sorprendida, porque en aquel momento su vocabulario era realmente limitado. Acababa de cumplir dos años y solo decía: «Quiero, mamá-mamá, agua, pato, leche».

—¿Mamá-mamá?

—Normalmente me llama así, o mami-mamá. Supongo que le gusta llamarme por un nombre que solo conoce él. Bueno, el hecho es que pensé que se lo estaba inventando.

—¿Inventando qué?

—Lo del nombre. Dragón barbudo. Me sonaba fantasioso, como algo típico de los sueños de un niño, un dragón con barba. De modo que me reí de él, pensando que aquella ocurrencia era muy graciosa. Le dije: «Mira, cariño, en realidad esto es un…», y leí la tarjeta, ya sabe.

Y, efectivamente, aquello era un dragón barbudo. Así que le pregunté: «¿Cómo sabes tú que existen los dragones barbudos?». Y me respondió... —Miró de nuevo a Anderson—. Me respondió: «Porque yo tenía uno».

—¿«Porque yo tenía uno»?

—Pensé... La verdad es que no sé qué pensé. Que era un niño, que se inventaba cosas.

—¿Y no habían tenido nunca un lagarto en casa?

—Dios mío, no. —Anderson se echó a reír y ella experimentó una liberadora sensación de alivio por poder hablar sin problemas sobre las diferencias de Noah—. Y no fue solo con los dragones barbudos. Conocía todos los lagartos.

—Sabía sus nombres —murmuró Anderson.

—De todos los lagartos de la exposición. Con solo dos años.

Recordaba su sorpresa, lo orgullosa que se había sentido de lo inteligente que era su hijo y —¿por qué no decirlo?— de que tuviera tanto talento. Se sabía los nombres de todos los lagartos, algo que ella jamás había sabido. Se había emocionado al verle estudiar con atención las selvas en miniatura, tan bien hechas y tan frondosas, con sus habitantes apenas moviéndose excepto para disparar la lengua o realizar alguna que otra errática excursión por un tronco, mientras Noah iba exclamando, con su voz pura y aguda: «¡Mami-mamá, este es un monitor! ¡Y este un gecko! ¡Mira, un dragón de agua!». Había pensado con alivio que su camino en la vida estaba claro y despejado: becas para estudiar en las mejores escuelas y universidades, una inteligencia formidable que le abriría paso hacia una vida de éxito.

Pero luego, poco a poco, aquella sensación de orgullo se había transformado en confusión. ¿Cómo sabía todas esas cosas? ¿Se habría aprendido de memoria algún libro o algún vídeo? ¿Y por qué no lo había mencionado antes? ¿Se lo habría enseñado alguien? Nunca había logrado aclararlo y había acabado aceptándolo como una parte más del todo que lo convertía en un niño tan especial.

—¿Es posible que hubiera visto algún libro o algún vídeo en casa de un amigo? —preguntó Anderson, como si le hubiera leído los pensamientos, su voz tranquila devolviéndola al bullicio de la cafetería—. ¿O en la guardería? ¿Algo que pudiera haber visto en alguna parte?

—Eso es lo curioso. Estuve preguntando... y a fondo. Pero no descubrí nada.

Anderson asintió.

—¿Le importaría si yo hiciese algunas preguntas? ¿En la guardería, a sus amiguitos, a las cuidadoras?

—No, en absoluto. —Lo miró de soslayo—. Me da la impresión de que intenta buscar una explicación. ¿No me cree?

—Tenemos que pensar tal y como piensan los escépticos. O de lo contrario... —Se encogió de hombros—. Sigamos. ¿Notó algún cambio en su conducta después del episodio de los lagartos?

—Las pesadillas fueron a peor, creo.

—Cuénteme los detalles —dijo él, la cabeza inclinada sobre la libreta.

Pero, de repente, a Janie la pareció demasiado que contar.

—Tal vez le interese mirar esto.

Puso sobre la mesa la carpeta que era Noah y la empujó hacia él.

Anderson giró lentamente las páginas, examinando con atención los detalles. El caso no era tan potente como esperaba. Las pesadillas y la fobia al agua eran muy comunes, por mucho que fueran excepcionalmente intensas, las referencias al rifle y a Harry Potter eran interesantes pero no concluyentes, y los conocimientos sobre lagartos resultaban prometedores, pero solo si consiguiera demostrar que la experiencia del niño no tenía un origen claro. Y lo que era más importante, no había ningún dato concreto que pudiera guiarlo hacia una personalidad anterior; los rifles y los libros de Harry Potter estaban diseminados como el aire en la cultura actual y una mascota en forma de dragón barbudo no era gran cosa para seguir adelante. El niño había mencionado a las maestras una casa en un lago, pero no le servía de nada sin conocer el nombre del lago en cuestión.

Miró a la mujer; estaba construyendo una estructura con terrones de azúcar. Era, como la mayoría de la gente, una contradicción: firmes ojos azules, manos nerviosas. Cuando levantó la vista hacia Anderson, lo hizo con una mirada de evaluación, con cautela, pero, cuando miró a su hijo, sus facciones emitieron un destello cálido y palpable.

Le habría gustado que hubiera confiado en él lo suficiente como para invitarlo a su casa. En la cafetería había mucho bullicio y resultaría difícil sacarle algo al niño en aquel entorno.

Los ágiles dedos terminaron la casita de ladrillos blancos.

—Bonito... —¿Cómo se llamaba? Los dioses del lenguaje soltaron lentamente la palabra, que se derritió como azúcar en su boca—. Bonito iglú —dijo, rematando la frase.

Sumergirse de nuevo en un caso era, como mínimo, bueno para su vocabulario. El niño que habitaba en él se sintió apenado cuando ella desmanteló rápidamente la construcción y devolvió los terrones al plato.

Bebió un sorbo de té. Había olvidado retirar la bolsita. El líquido estaba denso. Dio unos golpecitos en la carpeta con la punta de los dedos.

—Un trabajo concienzudo.

—Pero... ¿qué opina?

—Opino que el caso es prometedor.

Janie miró a su hijo, que seguía extasiado en la barra mirando el partido de béisbol, y se inclinó por encima de la mesa.

—¿Pero puede usted ayudarle? —preguntó en voz baja.

Anderson aspiró el aroma de café que desprendía el aliento de ella; hacía mucho tiempo que no percibía el calor del aliento de una mujer en la cara. Bebió un poco más de té. Había trabajado con otras madres, naturalmente. Décadas de madres: escépticas, enojadas, tristes, despectivas, colaboradoras, esperanzadas o desesperadas, como esta. Lo más importante era mantener la compostura y el control de la situación.

Se salvó de tener que responder gracias a la camarera que, acaparando solo para ella las sonrisas permitidas por su única vida (¿Por qué la gente se tatuaría eso en el cuerpo? ¿De verdad les resultaba inspirador vivir solo una vez?), dejó en la mesa un humeante plato de tortitas sin distender su ceño fruncido.

La madre fue a buscar al niño.

Aprovechó para observarlo bien. Era encantador, por supuesto, pero fue el estado de alerta de su mirada lo que llamó la atención de Anderson. De vez en cuando, los niños que recordaban presentaban otra dimensión de percepción; no era tanto conocimiento sino más bien cautela, una conciencia en la sombra, como la de un extranjero que está en un país distinto y no puede evitar pensar en su casa.

Anderson sonrió al niño. ¿Cuántos miles de casos había gestionado? Dos mil setecientos cincuenta y tres, para ser exactos. No tenía motivos para ponerse nervioso. No pensaba permitirse ponerse nervioso.

—¿Quién va ganando?

—Los Yankees.

—¿Eres seguidor de los Yankees?

El niño le dio un bocado a una tortita.

—Qué va.

—¿Qué equipo te gusta?

—Los Nationals.

—¿Los Washington Nationals? ¿Y por qué te gustan?

—Porque son mi equipo.

—¿Has estado alguna vez en Washington?

Su madre respondió por él.

—No, no hemos estado nunca.

Anderson se esforzó para que su voz siguiera sonando amable.

—Se lo preguntaba a Noah.

Noah cogió una cuchara y sacó la lengua al niño distorsionado que se reflejaba en ella.

—Mamá, ¿puedo volver allí a mirar?

—Ahora no, cariño. Cuando hayas terminado de comer.

—Ya he terminado.

—No, no has terminado. Además, el doctor Anderson quiere hablar contigo.

—Estoy harto de médicos.

—Solo este médico y ninguno más.

—¡No!

Lo dijo elevando la voz. Anderson vio que un par de mujeres se quedaban mirándolos, que levantaban la vista por encima de sus huevos revueltos para juzgar a aquella otra madre, y sintió una punzada de empatía hacia ella.

—Noah, por favor...

—Tranquila. —Anderson suspiró—. Soy un desconocido. Tenemos que conocernos mejor. Estas cosas llevan su tiempo.

—Por favor, mami-mamá. Es la jornada inaugural.

—Ay, de acuerdo.

El niño saltó del asiento.

—Y bien —dijo ella, mirando a Anderson con determinación, como si estuviera cerrando un pedido—. ¿Lo acepta?

—¿Aceptarle?

—Como paciente.

—La cosa no funciona exactamente así.

—Tenía entendido que era usted psiquiatra.

—Lo soy. Pero este trabajo… no es una práctica clínica. Es investigación.

—Entiendo. —Se quedó perpleja—. ¿Cuáles son los siguientes pasos entonces?

—Tengo que seguir hablando con Noah. Ver si podemos encontrar un recuerdo concreto. Una ciudad, un nombre. Algo que podamos seguir.

—¿Se refiere a una pista?

—Exactamente.

—¿Para que él pueda ir a ver… dónde vivía en su vida anterior? ¿Es eso? ¿Y eso lo curará?

—No puedo prometerle nada. Pero los sujetos suelen tranquilizarse cuando resolvemos el caso y encontramos su anterior personalidad. También podría olvidarla por sí solo. Sucede con la mayoría, hacia los seis años.

Janie asimiló todo aquello con cautela.

—¿Pero cómo puede usted encontrar su… anterior personalidad? Noah nunca ha dicho nada tan concreto.

—Veremos cómo va. Se necesita tiempo.

—Es lo mismo que dicen todos los médicos. Pero el tema es que… —La tembló la voz y se calló en seco. Volvió a intentarlo—. El tema es que no tengo tiempo. Me estoy quedando sin dinero. Y Noah no mejora. Necesito hacer algo ya. Necesito que algo funcione.

Anderson percibió la necesidad al otro lado de la mesa, apoderándose de él.

Tal vez todo aquello era un error. Tal vez debería regresar a su casa en Connecticut... ¿y hacer qué? No tenía nada que hacer excepto tumbarse en el sofá que se había convertido ahora en su cama, bajo la colcha con estampado de cachemir que Sheila había comprado veinte años atrás y que todavía olía ligeramente a cítricos y rosas. Solo que, si hacía eso, sería como estar muerto.

Janie frunció el entrecejo y apartó la vista en un claro intento de recuperar el control de sí misma. No estaba dispuesto a consolarla con falsas promesas. A saber si él podría ayudar a su hijo. Además, el caso era débil. No había nada sobre lo que asentarse, a menos que el niño se volviera de repente más parlanchín. Miró la mesa, los restos de la comida, la tortita del niño que había quedado a medias, el mantel de papel...

—¿Qué es eso?

La mujer se estaba secando los ojos con una servilleta.

—¿Qué?

—Lo del mantel de papel. ¿Qué es eso que hay escrito?

—¿Esto? Garabatos. Estaba haciendo garabatos.

—¿Me deja verlo?

—¿Por qué?

—Déjeme verlo, por favor —dijo, realizando un gran esfuerzo para mantener la voz firme.

Janie meneó la cabeza, pero apartó el plato y el vaso de zumo de naranja y le pasó el fino rectángulo de papel.

—Cuidado, los bordes están llenos de sirope.

Anderson cogió el mantel de papel. Estaba pegajoso y olía a sirope y zumo de naranja. Y, antes incluso de empezar a examinar con detalle los dibujos del papel, notó que la sangre emitía un cosquilleo en las venas.

—No estaba haciendo garabatos —dijo en voz baja Anderson—. Estaba anotando las puntuaciones del partido.

10

Janie estaba en el salón de su casa. La habitación estaba oscura, iluminada tan solo por las luces de los coches que circulaban por la calle, un resplandor intermitente, un destello en la pared. Percibía en la penumbra formas que le resultaban familiares: el sofá, una silla, la lámpara. Pero los objetos le parecían distintos, descolocados, como si se hubiera producido un terremoto.

Oyó a Anderson en la cocina. Abrió la ventana una rendija y el ambiente cobró vida con el húmedo frescor de los inicios de la primavera. La farola de gas parpadeaba en la oscuridad, su llama en eterno movimiento, aquí, luego allí, después allá.

Una cosa había llevado a la otra. Noah había anotado las puntuaciones de un partido de béisbol sin que nadie le enseñara a hacerlo y ella había invitado a Anderson a su casa para que trabajara con Noah en un lugar más tranquilo. Luego habían pasado la tarde practicando la actividad favorita de su hijo: Noah lanzando su pelota de goma contra la pared y volviéndola a coger mientras Anderson, a su lado y con el cuaderno amarillo, calculaba la precisión del lanzamiento. («Ocho». «¿Solo un ocho?». «Bueno, a lo mejor ha sido un nueve». «¡Un nueve! ¡Síiii! ¡Un nueve!»). Noah se había puesto de buen humor gracias a las atenciones de Anderson, hacía meses que Janie no lo veía así, y Anderson también parecía otro hombre. Reía con facilidad y parecía sinceramente interesado en la habilidad de Noah para lanzar y recoger pelotas de goma (lo cual a Janie, que siempre había encontrado aquel juego de lo más aburrido, le parecía asombroso). Anderson se mostraba tan natural con el niño que Janie se quedó sorprendida cuando le dijo, en respuesta a la pregunta de ella, que no tenía hijos.

¿Cómo no podía ser de su agrado un hombre que jugaba de un modo tan alegre y con evidente cariño con su hijo? ¿Cuándo había sido la última vez que un hombre había hecho eso?

Pero daba igual cuántas veces le formulara Anderson preguntas o de qué manera lo hiciera. Noah estaba harto de hablar con médicos sobre cualquier cosa, excepto sobre lanzar y recoger la pelota. La libreta de Anderson seguía sin incorporar anotaciones.

A última hora de la tarde, Janie tuvo claro que no iban a llegar a nada. Incluso Noah pareció percibir el abatimiento en el ambiente y empezó a lanzar la pelota por la estancia de manera desordenada y apática hasta que la sumó a las otras dos que ya habían quedado atrapadas en la lámpara del techo y Janie decidió poner fin al juego. Para relajarlo (y relajarse ella también), recurrió al último recurso de las madres: le puso su película favorita, *Buscando a Nemo*, la del pez perdido que busca a su padre, y se sentaron todos, Janie, Noah y Anderson, en el sofá. Janie se concentró en el pececito de colores e intentó no pensar en nada más, pero las imágenes no conseguían retener su atención. El miedo estaba calando poco a poco en su cuerpo, llenándola con aquel veneno paralizante que la empujaba a preguntarse: «¿Y ahora qué? ¿Y ahora qué?».

Anderson se sentó al otro lado de Noah, su rostro inescrutable de perfil, como la estatua de un caballero en una tumba. Noah se quedó dormido antes de que terminara la película, la cabeza descansando sobre el hombro de Janie, pero siguieron mirando la película igualmente hasta el final, perdidos cada uno en su mundo. Janie sintió una punzada de tristeza cuando el padre encontró al hijo, de envidia también por tanta felicidad piscícola. Llevó a Noah a la cama, sus piernas colgando a ambos lados de ella como un enorme bebé, y lo tapó. Eran solo las seis.

Cuando Janie regresó, el hombre alto deambulaba de un lado a otro del salón. Resultaba extraño tenerlo en el apartamento sin que Noah estuviera presente. Era como si el doctor se hubiera transformado de repente en un hombre; no en un hombre en el que ella pudiera estar interesada (era demasiado mayor para ella, demasiado remoto), sino en alguien que cargaba las moléculas del aire con una diferencia masculina.

Siguió su deambular con la vista durante unos instantes; estaba completamente perdido en sus pensamientos.

—Y bien —dijo ella por fin—. ¿Qué hacemos ahora?

Se detuvo a media zancada, sorprendido de verla allí.

—Podemos volver a intentarlo mañana. Si le va bien a usted, claro está.

—¿Mañana? —Negó con la cabeza—. Tengo una reunión con un cliente...

Vio que no estaba escuchándola.

—Y tenemos también que corroborar la información de que disponemos. Verificaremos con la escuela lo de los lagartos y las demás conductas que pueda haber exhibido allí. Ahora ya es muy tarde —miró el reloj—, pero mañana por la mañana les enviaré un mensaje por correo electrónico. ¿Podría avisarlos para que estén al tanto?

—Supongo que sí.

Janie se encogió de miedo solo de pensar en abordar a la señora Whittaker para exponerle aquel tema. Estaba segura de que no tendría paciencia para ello y, además, lo más probable era que la directora del parvulario le contara a Anderson que Noah ya estaba viendo un psiquiatra...

—Y habría también que obtener una declaración de que no enseñan a los niños el arte de la puntuación del béisbol, por supuesto. —Rio para sus adentros—. Aunque sería de lo más excepcional.

—¿Y entonces por qué necesita corroborarlo?

—Porque así será un caso más potente respaldado por distintas fuentes.

—¿Un caso más potente? —repitió, deseando que no hablara de Noah como un caso.

—Sí.

—¿Se refiere a un caso para un artículo o algo similar?

—Así es.

—Creo que no quiero formar parte de nada de esto.

—¿Qué?

—Soy una persona con su intimidad. Somos personas con nuestra propia intimidad.

—Por supuesto. En el libro cambiaríamos los nombres.

El libro. Tanta excitación se aclaró de repente. Hasta ahora se había estado preguntando qué tipo de médico era, y por fin lo sabía: el tipo de médico que está escribiendo un libro.

—¿Qué libro?

—Estoy escribiendo sobre algunos casos. No se perderá en la oscuridad académica, como sucedió con los otros. Este libro está destinado al gran público —añadió rápidamente, como si el problema fuese la oscuridad.

—No quiero que Noah aparezca en un libro.

Anderson se quedó mirándola.

—¿Tanto le importa, doctor?

—Yo... —No acabó la frase. Y su rostro perdió parte de su color.

No podía confiar en él. Estaba escribiendo un libro. Recordó los libros que los amigos de su madre le habían regalado cuando estaba moribunda, un sacadinero para los desesperanzados, con sus dietas especiales y sus posturas de yoga. Los libros no habían dejado de llegar ni siquiera cuando su madre estaba apenas consciente. Al final acabó con un armario lleno.

En aquel momento no existía libro alguno capaz de ayudarla, del mismo modo que tampoco existía su madre. Lo único que tenía era un desconocido con su propio plan de trabajo. El agotamiento que la dominaba se transformó de repente en otra cosa, en una emoción que la sorprendió por su ferocidad. Llevaba meses sentándose delante de gente que le decía que su hijo no estaba bien y lo había internalizado, había reprimido de la mejor manera posible cualquier signo exterior de pánico. Pero aquel hombre, con sus ojos brillantes e inquisitivos y su tez cenicienta, aquel hombre también tenía algo que perder. Percibió su ansiedad del modo que solo pueden percibirla los desesperados, y comprendió que era como una llave que abría la puerta a su inmensa frustración y a su rabia.

—Por eso se ha emocionado tanto cuando ha visto que mi hijo sabía anotar las puntuaciones de un partido de béisbol, ¿no es eso? Esto no nos ayudará a encontrar su «personalidad anterior». Sino que será un buen detalle para su precioso libro. —Vio que Anderson ponía mala cara ante el tono irónico con que pronunciaba esa última palabra—. ¿De verdad le importa ayudar a Noah, o le trae sin cuidado?

—Yo... —La miró dubitativo—. Lo que yo quiero es ayudar a todos los niños que...

—Claro, haciendo que las madres compren su libro.

En el mismo momento de decir aquello tuvo la impresión de que aquel hombre no podía estar motivado por algo tan bajo como ganar dinero, pero no pudo callarse.

—Yo… —empezó a decir él de nuevo. Pero se interrumpió—. ¿Qué ha sido eso?

Entonces lo oyeron los dos; en la habitación en el otro extremo del pasillo. Un gimoteo.

—Me parece que hemos despertado a Noah —murmuró Anderson.

El gimoteo se transformó en un zumbido, similar al del viento que asciende por una chimenea.

—No. No está despierto.

El sonido ganó fuerza hasta que retumbó en la estancia: un huracán, una fuerza de la naturaleza y luego, lentamente, el aullido fue adquiriendo forma hasta convertirse en una palabra.

—¡Mamaaa! ¡Mamaaa!

Siempre la tomaba por sorpresa: aquel torrente de emociones que parecía ir mucho más allá de lo que un niño pequeño era capaz de conjurar. Janie se levantó con cansancio, le temblaban las piernas. Miró a Anderson. No confiaba en él, pero no había nadie más.

—¿Viene?

Y corrieron los dos hacia la habitación de Noah.

*C*hanai Choomalaiwong nació en la región central de Tailandia en 1967 con dos marcas de nacimiento, una en la parte posterior de la cabeza y la otra encima del ojo izquierdo. Al nacer, su familia no dio especial importancia a aquellas marcas, pero cuando el niño cumplió los tres años empezó a hablar sobre una vida anterior. Decía haber sido un maestro de escuela llamado Bua Kai y que había muerto como consecuencia de unos disparos cuando se dirigía al trabajo. Aportó los nombres de sus padres, de su esposa y de dos de sus hijos en aquella vida, y suplicó de manera insistente a su abuela, con quien vivía, que lo llevara a casa de sus anteriores padres, en un lugar llamado Khao Phra.

Al final, cuando aún tenía tres años, su abuela accedió a su deseo. Chanai y ella cogieron un autobús que los llevó hasta un pueblo cercano a Khao Phra, a veinticinco kiló-

metros de su casa. En cuanto bajaron del autobús, Chanai condujo a su abuela hasta una casa donde dijo que vivían sus padres. La casa era propiedad de una pareja de edad avanzada cuyo hijo, Bua Kai Lawnak, había sido un maestro que murió asesinado cinco años antes de que naciera Chanai. [...] Una vez allí, Chanai identificó como sus padres a los padres de Bua Kai, que estaban acompañados de otros familiares. Sus explicaciones y sus marcas de nacimiento los impresionaron a todos lo suficiente como para invitarlo a repetir la visita poco tiempo después. Cuando volvió, lo pusieron a prueba pidiéndole que eligiera objetos que habían pertenecido a Bua Kai, y así lo hizo. Reconoció a una de las hijas de Bua Kai y preguntó por la otra dando su nombre. La familia de Bua Kai aceptó que Chanai era la reencarnación de Bua Kai y Chanai volvió a visitarlos varias veces. Insistió siempre en que las hijas de Bua Kai lo llamaran «padre» y, si no lo hacían, se negaba a hablar con ellas.

Doctor Jim B. Tucker, *Vida antes de la vida*

11

Se había abierto una puerta, y ella la había cruzado.

Eso fue lo que pasó, pensó Janie después, sentada a oscuras en el salón. Aunque no era excepcional ver a Noah gritando y revolviéndose bajo las sábanas estampadas con las Tortugas Ninja. Tenía la boca abierta, el cabello mojado y pegado a las mejillas. Corrió hacia la cama para consolarlo y tranquilizarlo, pero Anderson fue más rápido que ella. Llegó al lado de Noah en un instante, se inclinó sobre él y sujetó los pies que pataleaban bajo las sábanas.

Un desconocido tocando a su hijo, que la llamaba a ella. Que llamaba a...

—¡Mamá!

—Noah —dijo ella, acercándose a la cama, pero Anderson levantó la vista y la detuvo con la mirada.

—Noah —dijo Anderson en voz baja. Su voz sonó muy firme—. Noah, ¿me oyes?

—¡Sácame! —chilló Noah—. ¡Mamá! ¡Sácame! ¡No puedo salir!

—Noah. No pasa nada. Es una pesadilla —dijo Anderson—. Estás teniendo una pesadilla.

—¡No puedo respirar!

—¿No puedes respirar?

—¡No puedo respirar!

Janie sabía que era el sueño, pero no pudo evitar decir:

—Noah padece asma. Tenemos que aplicarle el nebulizador, está en el cajón...

—Respira perfectamente.

El largo cuerpo de Anderson se cernía sobre el pequeño y batallador perfil de Noah, al que le sujetaba todavía los pies. «No toque a mi hijo», pensó, pero no lo dijo. No dijo nada. Aunque acababa de enviar a Anderson un silencioso mensaje: «Un movimiento erróneo, colega, y te echo de aquí con un puntapié tan fuerte que verás las estrellas».

—Noah —dijo Anderson con firmeza—. Ahora despiértate. Todo va bien.

Noah dejó de moverse. Abrió los ojos de par en par.

—Mamá.

—Sí, cariño —dijo Janie desde los pies de la cama.

Pero Noah miraba más allá de ella. Janie no era lo que buscaba.

—Quiero ir a casa.

—Noah —volvió a decir Anderson, y Noah volvió su mirada azul hacia Anderson y la mantuvo allí—. ¿Puedes contarnos qué ha pasado en el sueño?

—No puedo respirar.

—¿Por qué no puedes respirar?

—Porque estoy en el agua.

—¿Estás en el mar? ¿En un lago?

—No.

Noah inspiró varias veces, de manera superficial y entrecortada. Janie percibió aquel esfuerzo en sus propios pulmones. Si él dejaba de respirar, a ella le pasaría lo mismo.

Noah se retorció hasta que consiguió sentarse. Anderson dejó de sujetarle por los pies. Había captado su atención.

—Me ha hecho daño.

—¿En el sueño? —preguntó rápidamente Anderson—. ¿Quién te hace daño?

—En el sueño no. En la vida real.

—Entiendo. ¿Quién te hace daño?

—Pauly. Me hace daño, en el cuerpo. ¿Por qué lo hace?

—No lo sé.

—¿Por qué lo hace? ¿Por qué?

Noah, con un sentimiento de preocupación en la mirada, cogió la mano de Anderson. Janie se había convertido en un ser invisible, una sombra a los pies de la cama.

Anderson lo miró fijamente.

—¿Qué ha hecho?

—Le ha hecho daño a Tommy.

—¿Tommy? ¿Te llamas así?

—Sí.

Janie oía a su hijo, pero las palabras que decía resonaban de forma extraña en su cabeza, como si estuviera escuchándolo desde muy lejos. Pero estaba ahí, en la habitación que tan bien conocía, con las estrellas que brillaban en la oscuridad y que ella misma había pegado al techo una a una, y con la mesita de estudio en la que había pintado elefantes y tigres, y con Noah, su Noah, y la puerta de su mente abriéndose y cerrándose, y volviéndose a abrir.

—Muy bien —dijo Anderson—. Esto es estupendo. ¿Y recuerdas tu apellido?

—No sé. Me llamo solo Tommy.

—Perfecto. ¿Y tenías familia allí donde vivías, Tommy?

—Pues claro.

—¿Y quién compone tu familia?

—Mi papá, mi mamá y mi hermano pequeño. Y tenemos un lagarto.

—¿Y cómo se llaman?

—Colacuerno.

—¿Colacuerno?

—Es un dragón barbudo. Charlie y yo le pusimos ese nombre porque se parecía al Colacuerno contra el que tuvo que luchar Harry.

—Ya. ¿Y quién es Harry?

Noah puso cara de exasperación.

—¿No sabes quién es Harry Potter?

A los pies de la cama, Janie respiró hondo. Retuvo el aire en el pecho, dejó que ardiese en su interior. Una habitación que conocía a la perfección, un cuadro desconocido: aquel hombre alto inclinado sobre Noah, el rostro redondo y luminoso rozando casi la cara angulosa de su interlocutor.

—¿Dónde vives con tu familia?

—Vivimos en la casa roja.

—La casa roja. ¿Y dónde está?

—Está en el campo.

—¿Y dónde está el campo?

—En Ashvu.

—¿Ashview?

—¡Eso es!

—¿Es ahí donde vives?

—¡Sí, mi casa está allí!

Janie oyó que soltaba el aire, el sonido de un zumbido llenando la habitación.

—Quiero volver allí. ¿Puedo volver?

—Es lo que estamos intentando. ¿Podemos hablar un momento de lo que pasó con Pauly? ¿Podemos?

Noah asintió.

—¿Recuerdas dónde estabas cuando pasó eso? ¿Cuando te hizo daño?

Asintió.

—¿Estabas cerca del agua?

—No. Estaba cerca de Pauly.

—¿Estabas en su casa cuando te hizo daño?

—No. Estaba fuera.

—Entendido. Fue fuera. ¿Y qué hizo, Noah?

—Me…, ¡me disparó! —dijo gritando, mirando a Anderson a la cara.

—¿Te disparó?

—Estoy sangrando… ¿Por qué me ha hecho eso?

—No lo sé. ¿Por qué crees que lo hizo?

—¡No lo sé! ¡No lo sé! —Noah empezaba a agitarse—. ¡No sé por qué!

—Tranquilo. No pasa nada. ¿Luego qué pasó? ¿Después de que te disparara?

—Luego me morí.

—¿Te moriste?

—Sí. Y luego vine a… —Examinó con la mirada la habitación—. ¿Mami-mamá?

No sabía cómo pero Janie se había deslizado hasta el suelo; estaba en cuclillas junto a la cama. Inspiraba y espiraba. Noah estaba mirándola.

—¿Se encuentra bien?

Janie miró al niño. A su niño. Su hijo. Noah.

—Sí. —Se secó con un dedo los ojos mojados—. Son las lentillas.

—Tendría que quitárselas.

—Ahora voy, enseguida.

—Estoy cansado, mamá —dijo Noah.

—Pues claro que lo estás, cariño. ¿Te pones otra vez a dormir?

Noah movió afirmativamente la cabeza. Anderson se apartó y Janie se sentó en la cama. Noah posó sus dulces y sudadas manos de Noah en los hombros de su madre y ella acercó la frente a la de su hijo. Y se tumbaron en la cama como la entidad única que habían sido en su día.

Anderson estaba en la cocina cuando Janie salió de la habitación de Noah por segunda vez aquella tarde. Entró en el oscuro y silencioso salón y miró los objetos como si no hubieran estado allí una hora antes.

«Yo soy Janie —se dijo—. Noah es mi hijo. Vivimos en la calle Doce».

Pasó un coche, dejando un destello blanco en la pared negra.

«Soy Janie».

«Noah es mi hijo».

«Noah es Tommy».

Noah era Tommy que había muerto de un disparo.

Lo creía y no lo creía al mismo tiempo. Noah había recibido un disparo y estaba sangrando… Las palabras le dolían.

Deseó de repente no haber recurrido nunca a aquel hombre, poder volver atrás y recuperar la época en la que estaban simplemente Janie y Noah, construyendo una vida juntos. Pero ya no había vuelta atrás, ¿verdad? ¿No era esa la lección a aprender de la vida adulta, de la maternidad? Había que estar donde te correspondía. En la vida que vivías, en el momento en que estabas.

12

Anderson estaba sentado en la cocina, buscando Ashviews en Google.

Era como si todo regresara a él. La excitación. La energía. Las palabras.

Había encontrado por fin un caso norteamericano potente... Tal vez era el caso de su vida, el caso que engancharía. Si lograba encontrar la personalidad anterior (y era optimista en este aspecto), tal vez conseguiría incluso llamar la atención de los medios. Fuera como fuese, era el caso norteamericano que necesitaba para terminar el libro. Y estaba seguro de que podría convencer a Janie para que le diera permiso para publicarlo.

Tenía todo lo necesario. Ashview, Tommy, Charlie. Un lagarto, un equipo de béisbol. Con menos piezas, había conseguido encajar rompecabezas más grandes.

—Podría haber pedido permiso —dijo Jane.

Anderson no se había dado cuenta de que había entrado en la cocina.

—¿Mmm?

Había encontrado un pueblo llamado Ashview en Virginia, no muy lejos de Washington, D. C., donde jugaba el equipo de béisbol de los Nationals.

Tan sencillo como eso.

—Para utilizar mi ordenador.

Anderson levantó la vista. Janie estaba enfadada.

—¡Ay! Lo siento mucho. Quería conectarme a internet…

Hizo un gesto indicando el ordenador, su atención fija en la página web de Ashview.

Los Nationals eran un equipo de Washington. Había un Ashview en la zona metropolitana de Virginia. Lo único que necesitaba ahora era consultar las esquelas; la muerte de un niño siempre aparecía en la prensa… Antes del final de la semana tendría un nombre, quizás antes; estaba seguro. Era como si Tommy hubiera querido que lo encontraran.

—Imagino, entonces, que ha sido útil. Todo eso que ha dicho Noah, me refiero.

Anderson la observó con atención. Janie estaba pálida, la boca cerrada con tensión. Debería haberse sentado con ella para ayudarla a digerir lo que había sucedido, pero la sensación de urgencia había podido con él. Había sido como intentar detener una ola.

—Ha sido muy útil —dijo, intentando que su voz sonara relajada—. Ha sido un buen avance. Encontraremos a Tommy, lo presiento.

—Tommy. Sí. —Movió la cabeza hacia uno y otro lado con fuerza, como si el movimiento fuera a ayudarla a expulsar aquellos pensamientos—. Y bien, doctor, ¿cómo fue? ¿Ahogado o por un disparo?

—¿Perdón?

Volvió a negar con la cabeza y Anderson se preguntó por vez primera si aquella mujer estaría cuerda.

—Cree que Noah es otra persona, ese tal Tommy, ¿no es eso? Pues lo que quiero saber es cómo fue, si murió ahogado, de un disparo o qué.

—No está claro.

—Nada está claro —replicó Janie, arrojándole las palabras.

Anderson se recostó en la silla, apartándose del ordenador.

—La ciencia rara vez es clara —dijo con cautela.

—¿La ciencia? ¿Es esto ciencia? —Reprimió una carcajada y miró a su alrededor, descansando finalmente la mirada en el cazo medio lleno de agua que había quedado en el fregadero—. Tal vez no esté claro —dijo— porque Noah se lo está inventando todo.

—¿Por qué tendría que hacerlo?

Janie abrió el grifo y se puso a limpiar el cazo sin utilizar la esponja, frotando con fuerza con las manos.

—Lo siento —dijo, alzando la voz por encima del sonido del agua que salía con potencia del grifo—, pero no estoy segura de poder seguir adelante con esto.

—De acuerdo —replicó él con frialdad—. Me marcharé, si así lo desea. ¿Pero qué piensa hacer?

Janie se quedó inmóvil.

—Acaba de decir que no puede seguir por este camino —dijo, manteniendo un tono de voz apaciguador, razonable—. Que se está quedando sin dinero, que los médicos no han conseguido ayudarla. Así que, si ahora lo deja, ¿qué plan tiene para Noah?

Sintió una desazón; estaba aprovechando la desesperación de aquella mujer para utilizarla contra ella. Pero era por su interés, ¿verdad? Y por el de su hijo. Y también por interés propio, incluso por el de Sheila, ya que… ¿no habría querido ella que terminara de escribir y publicara aquel libro? Se preguntó cuánto esfuerzo le llevaría convencer a Janie de que le permitiera escribir sobre Noah. Lo iba a conseguir costase lo que costase.

—Pues… —respondió ella.

Pero no consiguió que le salieran las palabras. Se giró hacia él con las manos encarnadas, rojas, mojadas, el miedo escrito claramente en sus facciones, y él sintió lástima.

—Venga. Le enseñaré lo que he encontrado. No es gran cosa, pero podría ser un comienzo.

Le indicó que se sentara a su lado. Janie se secó las manos con los vaqueros y tomó asiento. Anderson giró la pantalla del ordenador hacia ella: un grupo de casitas preciosas rodeando un campo de golf de color verde intenso. «¡Bienvenidos a Ashview!».

—¿Conoce a alguien de una zona residencial de Virginia llamada Ashview?

Negó con la cabeza.

—No lo había oído mencionar nunca.

—Y eso es bueno. Ya tenemos un sitio por donde empezar. Naturalmente, Thomas es un nombre muy habitual y no sabemos a qué año se está refiriendo Noah, pero podemos utilizar lo de los libros de Potter como prueba de que está hablando del pasado reciente. Repasaremos la prensa local en busca de noticias relacionadas con el fallecimiento de un niño llamado Thomas como consecuencia de un disparo o por ahogamiento. Nos llevará un tiempo localizarlo. Pero creo que estamos ante un punto de partida firme. Además los Nationals —añadió— son un equipo de Washington, D. C.

—¿En serio?

Fijó con agotamiento la vista en el césped verde de la pantalla. No confiaba en él, Anderson lo sabía; pero lo necesitaba. Se necesitaban mutuamente.

ahatma Gandhi nombró un comité de quince personalidades destacadas —integrado por parlamentarios, líderes nacionales y miembros de los medios de comunicación— para estudiar el caso [de Shanti Devi, una niña que desde los cuatro años de edad recordaba haber vivido otra vida como una mujer llamada Ludgi, de Mathura]. El comité convenció a sus padres de que les permitieran acompañarlos a Mathura.

El 24 de noviembre de 1935, los miembros del comité partieron en tren hacia Mathura en compañía de Shanti Devi. El informe del comité explica lo que sucedió:

«Cuando el tren se acercó a Mathura, Shanti Devi empezó a rebosar alegría y cuando llegamos a Mathura nos dijo que las puertas del templo de Dwarkadhish estarían cerradas. Lo que dijo exactamente fue: "Mandir

ke pat band ho jayenge", *una expresión muy utilizada en Mathura.*

»El primer incidente que nos llamó la atención al llegar a Mathura se produjo en el mismo andén. La niña estaba en brazos de L. Deshbandhu. Apenas había dado él quince pasos cuando un hombre mayor, vestido con la ropa típica de Mathura y a quien la niña no había visto nunca, apareció delante de ella, entre la pequeña multitud, y se detuvo un momento. Preguntaron a la niña si podía reconocerle. La presencia de aquel hombre le produjo una reacción tan rápida que enseguida saltó al suelo, tocó los pies del desconocido con singular veneración y se apartó. Cuando se le preguntó al respecto, le susurró a L. Deshbandhu al oído que aquel hombre era su jeth *(el hermano mayor de su marido). El suceso fue tan espontáneo y natural que todos los presentes se quedaron pasmados. El hombre era Babu Ram Chaubey, el hermano mayor de Kedarnath Chaubey [el marido de Ludgi]».*

Los miembros del comité la hicieron subir a un tonga e indicaron al conductor que siguiera las instrucciones que la niña le diera. Por el camino, les fue describiendo los cambios que habían tenido lugar desde su época, y todos fueron acertados. Reconoció también los puntos de referencia que había mencionado antes de estar allí.

Cuando ya estaban cerca de la casa, se apeó del tonga al divisar una persona mayor entre el gentío. Lo saludó con una reverencia y explicó a sus acompañantes que era su suegro, y efectivamente lo era. Cuando llegó delante de su casa, entró sin dudarlo un instante y localizó enseguida su habitación. Reconoció asimismo varios objetos que habían sido de ella. Se la sometió a la prueba de preguntar dónde estaba el jajroo (el lavabo) y explicó dónde estaba. Se le preguntó qué quería decir katora. Y respondió correctamente explicando que significaba paratha (una especie de tortita frita). Ambas palabras se conservan solamente entre los chaubes de Mathura y la gente de fuera no las conoce.

Shanti pidió luego que la acompañaran a la casa donde había vivido con Kedarnath varios años. Guio al conductor sin la más mínima dificultad. Uno de los miembros del comité, Pandit Neki Ram Sharma, le preguntó sobre el pozo acerca del cual había hablado en Delhi. Shanti echó a correr hacia un punto concreto; pero, al no encontrar ningún pozo, se sintió confusa. Siguió diciendo no obstante, y con convicción, que allí había un pozo. Kedarnath retiró una piedra que había en el lugar que ella indicaba y, efectivamente, descubrieron un pozo. [...] Shanti Devi guio entonces al grupo hacia la segunda planta y les mostró un lugar donde encontraron una maceta con flores pero nada de dinero. La niña insistió en que allí había dinero. Kedarnath confesó posteriormente que después de la muerte de Ludgi había retirado el dinero de allí.

A continuación fueron a la casa de sus padres, donde al principio identificó erróneamente a su tía como su madre, aunque enseguida corrigió el error, cuando se sentó en su regazo. Reconoció asimismo a su padre. La madre y la hija lloraron profusamente al reencontrarse. Fue una escena conmovedora para todos los presentes.

Shanti Devi fue conducida al templo de Dwarkadhish y a los demás lugares que había mencionado y de este modo se pudo verificar la corrección de prácticamente todas sus declaraciones.

Doctor K. S. Rawat, *El caso de Shanti Devi*

13

Los Thomas de Ashview, Virginia, no eran gente con suerte.

Ryan «Tommy» Thomas murió con dieciséis años como consecuencia del choque entre su moto Honda Gold Wing y un Dodge Avenger en la autopista de Richmond.

Tomas Fernandez murió por causas desconocidas a los seis meses.

Tom Hanson, de dieciocho años de edad, falleció por una sobredosis de heroína en un apartamento en las afueras de Alexandria.

Thomas «Junior» O'Riley, de veinticinco años de edad, murió al caer de una escalera cuando estaba reparando el tejado de su vecino.

Anderson, sentado detrás de su mesa en un despacho completamente vacío, hizo clic para abrir la siguiente página de necrológicas de la edición online de *Ashview*

Gazette. Había empezado con el mes del nacimiento de Noah y estaba yendo hacia atrás. A falta de apellido para Tommy, sabía que la búsqueda le llevaría un tiempo, pero no le importaba; no había nada mejor que estar de nuevo en el terreno de juego intentando solucionar un caso. Si se veía obligado a leer cada nombre un par de veces para asegurarse de que no se le pasaba nada por alto, no había nadie que lo viera.

De entrada había confiado en que con introducir simplemente en Google los nombres de «Thomas», «Tom» o «Tommy», acompañados por cosas como «Ashview», «niño», «disparos», «ahogamiento» y «muerte», encontraría algo, pero tal vez el nombre era demasiado común o el periodo de tiempo demasiado extenso (si utilizaba como referencia los libros de Potter, eran unos quince años). El inventario de fallecimientos de la Seguridad Social, que era irregular por lo que a los niños se refería, resultó también inútil para ese caso.

Tom McInerney había fallecido de un aneurisma con veintidós años.

Tommy Bowlton había muerto por inhalación de humo con doce, junto con sus dos hermanas, a resultas de un incendio que se había producido en su casa una Nochebuena. (La edad parecía adecuada, pero teniendo en cuenta que Noah no presentaba fobia al fuego ni la Navidad, y había hablado de un hermano, decidió descartarlo por el momento).

Thomas Purcheck se mató de un disparo mientras limpiaba su rifle, pero cuando se produjo el accidente estaba viviendo en California y tenía unos sólidos cuarenta y tres años.

Se vio obligado a reconocerlo: echaba de menos estar metido en un caso. Echaba de menos incluso las máquinas de microfichas que se veía obligado a utilizar antes de que todo estuviera en internet y que estaban invariablemente metidas en un rincón, rodeadas por estanterías repletas de polvorientos atlas y enciclopedias. Las máquinas eran para él como viejas amigas, aquella forma tan especial que tenía el pomo que accionaba el cursor de encajar en el hueco de su mano, el modo en que el texto se desplegaba horizontalmente por la pantalla.

Trabajar entre las estanterías siempre le recordaba la universidad, aquel día que tropezó por casualidad con un pequeño libro publicado en 1936 titulado *Una investigación sobre el caso de Shanti Devi* y había regresado corriendo a Wright Hall para compartirlo con Angsley, su compañero de habitación. Durante los años siguientes, habían pasado horas en Mory's, tomando cervezas y reflexionando sobre las implicaciones, leyendo las teorías de la reencarnación de Pitágoras y McTaggart, de Benjamin Franklin y Voltaire.

Pero siempre volvían a Shanti Devi. La niña que al parecer recordaba de forma asombrosa la vida de otra persona.

De existir aquel caso, de ser real, especulaban, tenía que haber más. De modo que durante el resto de años de carrera, y luego durante su época como residente, Anderson dedicó su tiempo libre a localizar esos casos. Encontró muchas cosas interesantes: menciones de vidas pasadas que iban desde los *Upanishads* hasta los teólogos cristianos del siglo III, pasando por Madame Blavatsky y la Sociedad Teosófica, junto con numerosos y fascinantes estudios de adultos que realizaban regresiones a vidas pasadas al ser sometidos a hipnosis, aunque siempre se cuestionó hasta qué punto todo aquello podía proporcionar información que resultara de utilidad. Asimiló también los escépticos: la historia de Virginia Tighe, la ama de casa de Colorado cuyos recuerdos de haber sido Bridey Murphy en otra vida, que rememoraba cuando era sometida a hipnosis, guardaban una similitud sorprendente con la vida de una vecina de su infancia, y los trabajos de Flournoy, que diagnosticó un trastorno de personalidad múltiple a una médium que recordaba una vida pasada.

Pero por mucho que buscó, Anderson había sido incapaz de encontrar otro caso de un niño que recordara espontáneamente una vida anterior.

Por aquel entonces no había internet, evidentemente. Para los investigadores, su aparición lo cambió todo.

Anderson maldijo en silencio y prestó de nuevo atención al ordenador. Tenía que esforzarse más. Su concentración ya no era la que había sido. Siempre estaba a punto de emprender un vuelo hacia el pasado. En casa de Janie Zimmerman, la excitación de saber que estaba ante un buen caso le había estimulado el cerebro y renovado su capacidad; cuando había estado con el niño, su boca había logrado pronunciar las palabras adecuadas, como sucede con los tartamudos, que a menudo son capaces de cantar a la perfección. Con Noah, había cantado.

Pero en aquel momento las palabras de la pantalla del ordenador empezaron a temblar ante sus ojos y tuvo que calmar los nervios. No podía permitir que le flaquearan las fuerzas. Con frecuencia se sentía como el arqueólogo que tamiza la arena en busca de astillas de hueso, o fragmentos de cerámica. Era cuestión de sentarse bajo el sol abrasador o bajo el frío gélido del aire acondicionado y esperar a que lo que quisiera que hubiera allí acabara revelándose. La paciencia lo era todo. Acababas viéndote reducido a las palabras que veías escritas. Si las palabras titubeaban, permanecías quieto sentado hasta que volvían a adquirir sentido.

Ya había retrocedido cinco años desde la fecha de nacimiento de Noah.

Echó un vistazo rápido a las necrológicas de los Thomas de más edad que habían sucumbido a la gripe, al cáncer de páncreas y de próstata, a la neumonía y a la encefalitis.

T. B. (Thomas) Mancerino Jr., de diecinueve años de edad, falleció en Ashview Lake el día de los Caídos como consecuencia de un accidente de barca.

Tom Granger, de tres años de edad, murió de sarampión. (¡Sarampión! ¿Por qué la gente dejaba de vacunarse cuando los datos eran tan impecables y la conexión entre vacunas y autismo carecía totalmente de base científica?).

Tommy Eugene Moran, de ocho años de edad, falleció ahogado…

Estudió los datos con más detalle.

Tommy Eugene Moran, de ocho años de edad, hijo de John B. y Melissa Moran, con domicilio en Monarch Lane, 128, falleció ahogado en la piscina de su casa el pasado martes en un trágico accidente. Según explican los vecinos, era un niño alegre que sentía pasión por los reptiles y sus queridos Nationals...

Se recostó en la silla.

Esperabas y al final sucedía: aquel momento en que la arena se alteraba y atisbabas una cosa blanca y aparecía la astilla de hueso.

14

Janie estaba sentada en un banco en la estación de autobuses Greyhound de Baltimore, drogándose el cerebro con café del malo, intentando fingir que su plan era racional. «Esto puedo hacerlo —pensó—, siempre y cuando no me concentre en lo que "esto" significa realmente».

Noah, al menos, parecía tomárselo con filosofía: la aventura, la estación de autobús. Se había quedado maravillado con el tamaño del Greyhound, asombrado al descubrir que un autobús podía tener lavabos. «¡Y nos toca sentarnos justo al lado!», había exclamado.

Ahora estaba extasiado con la máquina de videojuegos, aunque no tuviera monedas que meterle. Al parecer le daba igual y se conformaba con mover el mando de un lado a otro, disfrutando con el movimiento y el sonido de las imágenes sin darse cuenta de que él no las controlaba. Lo cual, al fin y al cabo, era un poco como lo que estaba pasando, ¿no? Piensas que controlas la situación, pero estás simplemente viendo cómo se mueven las luces.

Corrió hacia ella.

—¿Dónde vamos, mami-mamá? ¿Dónde vamos?

Llevaban horas manteniendo aquella conversación de manera intermitente.

—Ahora cogeremos otro autobús que nos llevará hasta Ashview.

—¿De verdad? ¿De verdad que vamos?

Empezó a dar saltos sobre un pie y luego sobre el otro, su cara esbozando una expresión que Janie no conocía del todo. Era excitación pero también algo más... ¿Ansiedad? (De ser así, sería comprensible). ¿Miedo? ¿Incredulidad? A aquellas alturas, creía conocer de sobra todas las expresiones de su hijo.

—¿Cuándo llegaremos?

—En un par de horas.

—Vale —dijo Noah.

—¿Vale? ¿Te apetece ir?

Abrió sus ojos azules de par en par.

—¿Me tomas el pelo? ¡Pues claro que me apetece ir! ¿Y Jerry?

La pregunta la pilló por sorpresa.

—Nos espera allí.

—¿Podré volver a ver *Nemo* en el autobús?

—Lo siento, cariño, ya te he dicho que mi ordenador se ha quedado sin batería.

—¿Me das un zumo de manzana?

—Eso también se nos ha terminado.

Tenía ganas de que llegara ya el autobús. Cuando estaba en movimiento, todo iba bien. Se sentía impulsada, dejando sus pensamientos atrás, como un montón de ropa abandonada en la orilla.

Anderson le había entregado un montón de papeles. Los llevaba enrollados en el bolso, sujetos con una goma elástica. El relato que había publicado la prensa sobre un niño que había perecido ahogado en Ashview, Virginia. El niño se había ahogado en la piscina de su casa. El chico encargado del mantenimiento de la piscina se había olvidado de cerrar bien la puerta que daba acceso al jardín y la madre estaba ocupada en el sótano con la colada después de dejar a su hijo viendo la tele en el salón. Un simple error con consecuencias terribles.

Tommy Moran: el hijo de una desconocida.

No tenía valor para mirar aquellas páginas. Las tenía delante por el lado no impreso. La pizarra en blanco que al parecer Noah no poseía.

Tommy Moran, Tommy Moran.

—Mire los hechos —le había dicho Anderson en el transcurso de su segunda visita. Estaban otra vez sentados en la cocina. Era última hora de la tarde; Noah ya estaba dormido. Anderson estaba aparentemente sereno, pero el entusiasmo de su mirada era indiscutible. Había sacado los papeles del maletín y los había dejado delante de ella—. Hay similitudes importantes.

Leyó por encima la primera página: una lista con los comentarios de Noah y con las similitudes entre Noah y Tommy. Las palabras se proyectaron hacia ella. Ashview.

Obsesión por los reptiles. Seguidor de los Nationals. Una casa roja. Ahogado.

¿Y qué tenía que ver todo aquello con el bienestar de Noah?

Dejó los papeles de lado.

—¿Cómo ha obtenido esta información?

—En parte es... —Hizo un gesto vago—. Con el ordenador. También me he puesto en contacto con la madre. Me confirmó que la casa es roja y que tiene otro hijo que se llama Charles.

—¿Que ha hablado con la madre de Tommy Moran? —Se dio cuenta de que estaba gritando e intentó contenerse. No quería despertar a Noah—. ¿Por qué no me lo consultó primero?

Anderson se mantuvo imperturbable.

—Quería asegurarme de que el caso era sólido. Fue por correo electrónico. Le hablé sobre mi trabajo, sobre las similitudes...

—¿Y respondió?

Anderson asintió.

—Bien, imaginemos que digo que sí, ¿entonces qué más pasa?

—Entonces pasa que vamos con Noah a la casa y averiguamos si es capaz de identificar miembros de la familia de su antigua personalidad, lugares favoritos..., esas cosas. Paseamos con él por allí, vemos qué reconoce.

Janie reflexionó sobre lo que Anderson estaba diciendo. El final lógico del camino que había tomado.

Había oído historias de madres que habían trabajado incansablemente hasta revertir gran parte de los síntomas del autismo que padecían sus hijos, de madres que habían construido rampas para sus hijas minusválidas, que habían aprendido el lenguaje de los signos para poder comunicarse con sus hijos sordos. ¿Cómo saber cuándo parar, si se trata de tu propio hijo?

Conocía la respuesta. No se para nunca.

Fue directa al grano.

—¿Y todo este proceso servirá para curar a mi hijo?

—Podría ayudarlo, sí. A menudo tiene efectos beneficiosos para el niño.

—¿Y si no accedo?

Anderson se encogió de hombros. Contuvo el tono de voz, pero se notaba que había tensión.

—La decisión recae en usted. Y supongo que cerraría el caso.

—¿Y Noah se olvidará algún día de todo esto?

—Es bastante habitual que los niños acaben olvidando con cinco o seis años.

—Noah solo tiene cuatro.

A Anderson le brillaron los ojos.

—Sí.

—No sé si podré resistir uno o dos años más.

Siguió mirándola estoicamente desde el otro lado de la mesa de la cocina. Se habían reunido dos veces, habían compartido horas intensas en una misma habitación, pero seguía sin confiar en él. No lograba discernir si aquella luz que veía en su mirada pertenecía a un genio o a un chalado.

Su forma de hablar tenía algo de forzado, de dubitativo, algo que permanecía escondido, aunque también podía tratarse simplemente de la naturaleza reticente de los científicos... Pero, con todo y con eso, se portaba muy bien con Noah, era amable y paciente, como si le preocupara lo que le sucedía, y era psiquiatra, y además había gestionado muchos casos similares. ¿Podía confiar en todo eso?

Experimentó de nuevo aquella corriente de miedo que llevaba ya meses agitándose en su interior, como un río que corre por debajo de una capa fina de hielo. La oía rugir en sueños. Cuando se despertaba, no recordaba nada excepto la náusea de aquella sensación; permanecía acostada en la cama, percibía su fuerza tirando de ella y pensaba: «Mi hijo es infeliz y no puedo ayudarlo».

—¿Sigue con su plan de escribir sobre el tema?

Anderson se recostó en la silla y se quedó mirándola. Respondió tan lentamente que resultó enervante. A Janie le entraron ganas de zarandearlo.

—Estoy interesado en documentar el caso. Sí.

—El caso, el caso. El caso es un niño, Jerry. Noah es un niño.

Se levantó, un destello de exasperación cruzándole la cara.

—Lo sé. ¿Cree que no lo sé? Soy psiquiatra...

—Pero no es padre.

El enfado desapareció de su rostro con la misma rapidez con que se había apoderado de él. Volvía a mostrarse impasible. Resignado. Cogió su maltrecho maletín y la miró brevemente, la contención brillando en su mirada.

—Infórmeme de qué decide.

Se quedó muchísimo rato sentada en la cocina, repasando los documentos que le había dejado. Tenía tantas preguntas que no podía ni cuantificarlas. ¿Qué querría Noah de aquella familia? ¿Qué podrían hacer por él? ¿Era una locura meterse en aquello? A lo mejor la que estaba enferma era ella. A lo mejor se trataba de un síndrome raro que hacía que las madres arrojaran a sus hijos en el ojo del huracán de la pseudociencia *new age*.

Pero no; no estaba neurótica. Si hacía todo aquello era por Noah. No porque Noah estuviera alterando de un modo tan terrible la vida de ambos y la estuviese llevando a la bancarrota (lo cual era cierto), sino porque ver su carita cuando lo acostaba, esa noche y todas las noches («Quiero ir a casa. ¿Podré ir pronto a casa?»), le partía el corazón.

15

Durante el trayecto desde su casa en Connecticut hasta Ashview, Virginia, Anderson fue multado dos veces por exceso de velocidad. Condujo sumido en un estado de gran excitación, sin apenas respirar; no podía controlar el velocímetro ni centrarse casi en el GPS. Con la mirada fija en el parabrisas, pensando en su nuevo caso norteamericano, tenía la sensación de que todo volvía a empezar.

Recordaba su primer caso como si hubiera sucedido todo el día anterior.

Tailandia. 1977. El río.

Era primera hora de la mañana y ya hacía calor. Estaba desayunando con su viejo amigo Bobby Angsley en la terraza del hotel. Río arriba, hacia la ciudad, el resplandor mantecoso del sol rebotaba sobre el templo del Amanecer, diseminando en el aire un colorido que recordaba una joya. Delante de ellos, un perro intentaba cruzar el río, su cabeza apelmazada asomando por encima del oleaje.

Anderson tenía *jet lag* y llevaba tres días sin beber. Las gafas de sol le otorgaban a todo un almibarado tinte amarillento. Centró la atención en su amigo, que flirteaba con la camarera que acababa de dejar sobre el mantel de muselina blanca, junto al plato de galletas, una salsera con crema inglesa. Tenía una cara perfectamente simétrica, como las caras que aparecen en sueños.

—*Kap khun kap* —dijo Angsley, uniendo las manos para imitar a un tailandés educado, aunque también era posible que se hubiera convertido en uno más de ellos, Anderson no estaba del todo seguro.

Solo le había visto dos veces desde que se graduaron en la universidad, hacía ya diez años, y ambas ocasiones habían sido una decepción para los dos. Seguían trayectorias distintas: Anderson estaba ascendiendo con rapidez en el seno de la universidad e iba camino de convertirse en pocos años en director del departamento de Psiquiatría, mientras que Angsley seguía una dirección distinta, o, mejor dicho (por lo que vio Anderson), no seguía dirección alguna. Le habría sorprendido encontrar a su amigo asentado en algún lado; desde que acabó los estudios, estaba en movimiento constante y se alojaba brevemente en los hoteles más elegantes y con las mujeres más espléndidas de un sinfín de ciudades importantes, desde Nairobi hasta Estambul, intentando, sin conseguirlo, agotar el dinero producido por varias generaciones en el negocio del tabaco.

La camarera desapareció con la bandeja plateada por las puertas abiertas que daban acceso al vestíbulo. En las cercanías, un cuarteto de cuerda interpretaba *The Surrey with the Fringe on Top*.

—Mira lo que te he traído.

Angsley movió de arriba abajo sus cejas color panocha, buscó en el interior de una bolsa de papel que tenía a los pies y, con un gesto teatral, extrajo un objeto que dejó encima de la mesa. El objeto se derrumbó sobre la tetera de plata, sus piernas abiertas sobre la tela blanca: cabello de lana de color rojo, piernas cubiertas con medias a rayas, un par de redondeles rojos a modo de mejillas.

—¿Me has traído una muñeca de trapo Raggedy Ann? —Anderson se quedó mirándole desconcertado aunque, poco a poco, fue comprendiéndolo—. Es para hoy. Para regalársela a la niña.

—Confiaba en encontrar una de porcelana, pero solo tenían esto. Las tiendas de por aquí... —dijo, negando con la cabeza.

—¿Pero estás loco? No se le puede regalar una muñeca al sujeto de un experimento.

¿Era eso? ¿Un experimento?

—Por el amor de Dios, tío, relájate. Anda, cómete tú también una galleta.

Le dio un mordisco a una galleta enorme, derramando una lluvia de migas sobre el mantel. Su cabello pelirrojo clareaba prematuramente por la parte superior de la cabeza y sus facciones se habían difuminado y adquirido un tono rosado por culpa de un exceso de sol y whisky tailandés, lo que le daba un aspecto de calabaza blanda. A lo mejor también se le había ablandado el cerebro.

—Es un soborno. —Anderson frunció el entrecejo—. La niña dirá todo lo que quieras que diga.

—Considéralo un gesto de buena fe. Ten por seguro que una muñeca Raggedy Ann no la empujará a alterar su relato. No creo que lo haga. —Angsley lo miró fijamente—. Me parece que debajo de esas gafas de sol hay una mirada de odio, ¿no?

Anderson se quitó las gafas y parpadeó, deslumbrado, mirándose las manos.

—Simplemente pensaba que buscabas una valoración científica. Creía que era por eso por lo que me habías hecho venir.

—Bueno, la verdad es que siempre fue un poco un engaño, ¿no?

El amigo de Anderson esbozó una sonrisa de oreja a oreja, un punto maligna, mostrando sus dientes torcidos, tan perturbadora como la de la muñeca de trapo.

Un error, se dijo Anderson. Todo aquello había sido un error. Hacía tan solo unos días, se encontraba en Connecticut, caminando sobre la nieve para llegar al laboratorio. Estaba estudiando los efectos a corto y a largo plazo de los estímulos eléctricos traumáticos sobre el sistema nervioso central de los ratones. Había abandonado el experimento en un punto crucial.

—Tenía entendido que esto era un trabajo serio —dijo muy despacio, el tono de queja resonando en el ambiente como el lamento de un niño.

Angsley se mostró dolido.

—La verdad es que, si no recuerdo mal, no opusiste mucha resistencia cuando te pedí que vinieses.

Anderson apartó la vista. El perro seguía en su intento de cruzar el río. ¿Llegaría a la orilla o se ahogaría? Dos niños lo animaban desde la orilla opuesta, dando brincos en el barro. El olor fétido del río se mezclaba en la nariz con el aroma floral del té.

Lo que Angsley acababa de decir era cierto. Le había apetecido mucho emprender aquel viaje. Había sido una sensación, más que cualquier otra cosa, lo que lo había conducido hasta allí, una oleada de nostalgia que se había apoderado de él en el instante en que había escuchado la voz emocionada de su amigo después de los meses oscuros transcurridos desde la muerte del bebé, cuando todo a su alrededor se había desmoronado.

Sheila y él vivían en infiernos separados y apenas se hablaban. Él iba superando las jornadas, estudiaba sus ratas, anotaba debidamente los resultados, bebía más de lo debido; pero la mayoría de los días tenía la sensación de que gran parte de él no era ni mucho menos mejor que las alimañas que estudiaba. De hecho, las ratas tenían más chispa.

El entusiasmo infantil de Angsley había viajado la larga distancia que los separaba como un recuerdo del interés que en su día le despertaba la vida y que tal vez podría recuperar de aprovechar bien la oportunidad; en cualquier caso, sería una válvula de escape, un respiro, lo que estaba buscando noche tras noche en el fondo de la copa.

—He oído cosas que parecen extraordinarias. Es como una repetición de Shanti Devi —le había dicho Angsley por teléfono y, al escuchar la mención de aquel nombre, Anderson se había reído por primera vez en muchos meses—. Te pagaré el viaje, por supuesto, por el bien de la ciencia.

—Ve —le había dicho Sheila; con los ojos inyectados en sangre, su mirada acusadora.

De modo que había aprovechado aquella oportunidad, aquel respiro. Estaba aprovechándolo. Se había sentido aliviado al dejar atrás Connecticut, con las Navidades que se acercaban y su esposa rabiosa y destrozada. A Angsley no le había contado nada de lo sucedido, prefería no hablar del tema.

—Shanti Devi —dijo ahora Anderson, en voz alta. Lo más probable era que no pasara nada, lo sabía. Pero el nombre fue, de todos modos, como un bálsamo para su lengua que lo devolvió una década atrás, al sabor de la cerveza y de la juventud—. Resulta difícil creerlo.

El rostro de Angsley se iluminó.

—Es por eso por lo que tenemos que ir. Aunque, si no quieres, no vengas.

El perro sarnoso había conseguido cruzar y trepaba por la fangosa orilla del lado opuesto. Se sacudió el pelo y los niños gritaron y se apartaron para evitar las gotas de agua pestilente que se arremolinaban y destellaban bajo la luz.

—Nada de muñecas —dijo Anderson.

Angsley le dio unos golpecitos cariñosos en la mano.

—Se trata solo de conocer a la niña.

La niña vivía a varias horas al norte de Bangkok, en un pueblo de la provincia de Uthai Thani. La barca avanzó lentamente entre los barrios más pobres de las afueras de la ciudad, luego pasaron por delante de viviendas de mayor tamaño y de un carácter más rural, casas de madera rematadas con embarcaderos adornados con diminutos templos también de madera, moradas espirituales para los muertos. Los flanqueaban arrozales que tenían en aquel momento una tonalidad marrón dorada y que estaban salpicados de vez en cuando por algún que otro búfalo de agua o una pequeña cabaña. Anderson notó que las imágenes pasaban a ocupar en su cabeza el espacio de los pensamientos, reconfortándolo, hasta que su ser quedó reducido a poco más que una mano blanca que rozaba la superficie del agua. El *jet lag* pudo por fin con él y se quedó dormido sentado, acunado por el rugido ronco y continuo del motor.

Cuando se despertó, un par de horas después, notó que el aire ardía y le quemaba los pulmones y al abrir los ojos se quedó deslumbrado por la luz del sol. Comprendió que había soñado con el bebé. En el sueño, Owen era un niño sano y precioso que tenía los ojos azules como los de Sheila y que lo observaba pensativo. El bebé estaba sentado y extendía los brazos hacia él, como habría hecho el niño que podía haber sido.

Se aproximaron a una pequeña casa de madera construida sobre pilares y rodeada por una densa vegetación. Anderson no se tomó la molestia de averiguar cómo había hecho Angsley para identificar aquella casa en particular entre las viviendas similares que flanqueaban el camino que partía desde el embarcadero. Una anciana barría el suelo bajo la sombra de la casa, mientras un montón de gallinas revoloteaban alrededor de sus tobillos. Angsley la saludó con el típico *wai*, la cabeza inclinada sobre las manos, un gesto que dejó al descubierto el cuero cabelludo rosado de la coronilla. Estuvieron hablando un momento.

—El padre está trabajando en el campo —dijo Angsley—. No quiere hablar con nosotros.

—Tu tailandés es bueno, ¿no? —preguntó Anderson, planteándose entonces que deberían haber contratado los servicios de un intérprete.

—Lo suficiente.

Tendría que serlo.

Subieron la escalera. Una habitación sencilla, limpia, con ventanas con lamas de madera dominando los campos de cultivo y el cielo azul. Una mujer estaba colocando en la mesa diversos cuencos metálicos con comida. Iba vestida con una tela de colorido estampado similar a la que llevaba la anciana, anudada por encima del pecho. Era encantadora, pensó Anderson, o debía de haberlo sido hasta hacía muy poco, puesto que la ansiedad parecía haber capturado en su red su belleza. Cuando les sonrió, sus ojos oscuros se rodearon de arrugas de preocupación y sus labios de color granate se separaron para dejar al descubierto una dentadura roja.

—Remolacha —murmuró Angsley—. La mascan. Es un estimulante. —Bajó la cabeza en señal de respeto y juntó las manos—. *Sowatdii-Kap.*

—*Sowatdii* —respondió la mujer, mirando primero al uno y luego al otro.

Anderson buscó a la niña con la mirada y la descubrió en cuclillas en un rincón, observando los lagartos amarillos que jugueteaban entre el polvo del techo. Se quedó consternado al ver que no llevaba nada encima. Era frágil, casi esquelética, y llevaba la cara y su vientre cóncavo pintados con un polvo blanco que imaginó que serviría para aislar el cuerpo del calor: dos círculos en las mejillas, una línea recorriéndole la nariz.

La mujer les había preparado un auténtico banquete para tratarse de un poblado como aquel: arroz blanco y curry de pescado, a pesar de no ser más que las diez de la mañana, y vasos metálicos con un agua que, pensó Anderson, le sentaría mal solo probarla. Pero no podía correr el riesgo de ofender a la mujer, de modo que llenó su agitado estómago, el sabor del metal tapizándole la boca. Al otro lado de la ventana, un hombre guiaba un búfalo de agua por un campo dorado. El sol se filtraba entre las lamas de las ventanas.

Angsley se acercó a la niña.

—Te he traído una cosa.

Sacó la muñeca de la bolsa y la niña la cogió con sobriedad. La retuvo un momento y enseguida la acunó.

Angsley levantó las cejas mirando a Anderson, que se había quedado en el otro extremo de la estancia, como queriéndole decir: «¿Lo ves? Le encanta».

Después de que se retiraran los restos del desayuno, se instalaron alrededor de la mesa de madera. Dos hombres blancos, una mujer nerviosa y una niña desnuda que no podía tener más de tres años con una grotesca muñeca de trapo pelirroja en brazos. La niña permaneció sentada sin decir nada al lado de su madre. Tenía una marca de nacimiento irregular a la izquierda del ombligo, como una mancha de vino tinto. No soltaba a la muñeca mientras observaba a su madre que, con manos ágiles, cortaba papaya en tiras largas y regulares.

Se dirigieron entonces a la madre. Angsley habló primero en tailandés y luego en inglés, para que Anderson supiera qué preguntaba.

—Cuéntenos cosas sobre Gai.

La mujer asintió y no dejó de mover las manos. Las tiras de papaya iban cayendo en un cuenco metálico. La niña se estremecía cada vez que el cuchillo cortaba una tajada.

La madre hablaba con voz tan baja que Anderson no entendía cómo Angsley podía oírla y luego traducir.

—Gai siempre ha sido distinta. —La voz de Angsley, traduciendo, sonaba casi como la de un robot—. No come arroz. Intentamos preparárselo a veces, pero ella llora y lo escupe. —La madre esbozó una mueca—. Es un problema. —Se escuchaba primero la voz fina y tensa de ella y luego la voz grave y plana de Angsley. La emoción primero, luego el significado—. Temo que se muera de hambre.

Como si hubiera recordado de repente aquello, cogió un trozo de papaya del cuenco metálico y se lo pasó a su hija. La niña sujetó la muñeca con la mano izquierda y capturó, como con pinzas, la papaya con la mano derecha. Anderson se fijó en que tenía tres dedos deformados. Era como si alguien le hubiera dibujado aquellos dedos con torpeza, a toda prisa, sin pararse a prestar atención a los detalles de las uñas y los nudillos. La niña lo sorprendió mirándole los dedos y cerró la mano en un puño. Anderson apartó la vista, avergonzado por haberse quedado mirándola de aquella manera.

La madre dejó de pelar papaya y soltó un chorro de palabras. A Angsley le costó seguirle el ritmo.

—Mi hija dice que antes vivía en una casa más grande en Phichit. Que el tejado era de metal. Dice que nuestra casa no es buena. Que es demasiado pequeña. Y es cierto. Somos pobres.

Hizo una mueca y levantó una mano para realizar un gesto con el que abarcar la sencilla habitación. La niña se quedó mirándolos, mascando papaya, y apretujó aún más el cuerpo blando de la muñeca.

—Y llora todo el día. Dice que echa de menos a su bebé.

—¿A su bebé?

La niña observaba a su madre. Era como un conejo en medio de un campo, en estado de alerta.

—A su niño. Llora y llora. «Quiero a mi bebé», dice.

Anderson notó que el corazón empezaba a latirle un poco más rápido. Su cerebro, sin embargo, se mantenía al margen.

—¿Cuánto tiempo lleva diciendo esto?

—Un año, quizás. Le decimos que se olvide del tema. Mi marido dice que pensar en otra vida trae mala suerte. Pero ella sigue hablando.

La madre sonrió con tristeza, dejó el cuchillo y se puso de pie, como lavándose las manos con respecto al asunto. Los hombres se levantaron también.

—Solo unas preguntas más.

Pero ella negó con la cabeza, sin dejar de sonreír, y desapareció por una puerta que había al fondo de la estancia.

Los hombres pudieron ver su figura en sombras removiendo algo en una cocina de carbón.

La niña seguía sentada a la mesa, acariciando el absurdo cabello de la muñeca, canturreando sin seguir melodía alguna. Anderson se inclinó ligeramente sobre la mesa.

—Gai. Ha dicho tu madre que vivías en Phichit. ¿Por qué no me lo cuentas?

Angsley tradujo sus palabras. Anderson contuvo la respiración. Esperaron. La niña los ignoró y siguió jugando con la muñeca, cuyos ojos inexpresivos de botón parecían burlarse de ellos.

Anderson se levantó y rodeó la mesa para acercarse a Gai; se puso en cuclillas junto a su silla. Debajo de los círculos de polvo blanco, se intuían los pómulos altos de su madre, sus mismos ojos ansiosos. Anderson decidió acomodarse en el suelo y se sentó con las piernas cruzadas. Durante mucho tiempo, casi un cuarto de hora, permaneció simplemente sentado a su lado. Gai le enseñó la muñeca y él sonrió. Empezaron a jugar en silencio. La niña le dio de comer a la muñeca y luego se la pasó a él para que le diera también.

—Un bebé muy guapo —dijo él, al cabo de un rato.

La niña pellizcó con cariño la nariz pintada de la muñeca.

—Un bebé guapo de verdad —insistió Anderson con voz amable y empleando un tono de admiración.

Siguió la traducción de Angsley, los tonos en tailandés flotando por el aire como avioncitos de papel, cogiendo altura y cayendo luego en picado, sin dar en el blanco. A saber si estaría diciéndolo correctamente.

La chiquilla rio.

—Es un niño.

—¿Y tiene nombre?

—Se llama Nueng.

—Bonito nombre. —Hizo una pausa—. ¿Y qué le das de comer?

—Leche.

—¿No le gusta el arroz?

La niña negó con la cabeza. Estaba a escasos centímetros de él y podía oler el aroma a papaya en su aliento, también un olor pizarroso, seguramente de la pintura que llevaba en la cara.

—¿Por qué no le gusta?

La niña hizo una mueca de asco.

—El arroz es malo.

—¿No tiene buen sabor?

—No, no, no, no es bueno.

Anderson dejó pasar un momento.

—¿Te pasó algo comiendo arroz?

—Me pasó una cosa mala.

—Ah. —De repente cobró conciencia de todos los sonidos de la estancia: de la voz de Angsley, de los arañazos de los lagartos rascando el techo, de los veloces latidos de su corazón—. ¿Qué pasó?

—No me pasó ahora.

—Entiendo. Te pasó en otro tiempo.

—Cuando era mayor.

Anderson miró la luz del sol que se filtraba entre las lamas y se proyectaba en el suelo de madera, los círculos blancos que resplandecían en la cara de la niña.

—Ah. Cuando eras mayor. ¿Vivías en otra casa?

La niña movió afirmativamente la cabeza.

—En Phichit.

—Ya. —Se obligó a respirar con normalidad—. ¿Y qué pasó?

—Una cosa mala.

—¿Pasó una cosa mala con el arroz?

La niña estiró el brazo por encima de la mesa para alcanzar el cuenco de papaya, cogió un trozo y se lo llevó a la boca.

—¿Qué pasó, Gai?

La niña les sonrió con la fruta ocultándole los dientes, la sonrisa anaranjada de un payaso. Meneó la cabeza.

Esperaron un buen rato, pero no dijo nada más. El búfalo de agua se había perdido de vista al otro lado de la ventana y el sol parecía haber incendiado los campos. Abajo, las gallinas se reían de ellos.

—Supongo que esto es todo —dijo Angsley.

—Espera.

La niña había acercado de nuevo la mano al cuenco de papaya pero esta vez cogió el cuchillo de pelar que había dejado allí su madre. Lo cogió con la mano que mostraba aquella imperfección. Estaban tan extasiados, aquel par de hombres adultos, observándola, que de entrada no reaccionaron: no cogieron el cuchillo para alejarlo del bebé. La niña cogió la muñeca, le hizo sujetar el cuchillo entre sus dedos de trapo y, en un único y convencido movimiento, lo dirigió hacia su propio cuerpo, deteniéndose justo antes de que le penetrara el abdomen, la punta rozando la marca de nacimiento de color vino.

No fue hasta entonces que Anderson se abalanzó sobre ella y arrancó el cuchillo de entre sus diminutos dedos malformados. La niña le dejó hacer.

Y dijo algo más. Estaba mirándolo, su expresión de urgencia debajo de aquel polvo blanco. Una niña fantasma, se dijo Anderson. Un sueño. Y entonces pensó: «No, la niña es real. Esto es la realidad».

Hubo un silencio.

—¿Y qué? ¿Qué ha dicho?

Angsley frunció ligeramente el entrecejo.

—Creo que ha dicho: «El cartero».

Ya era tarde cuando Anderson y Angsley emprendieron el camino de regreso en la barca. La camioneta que habían contratado y que los había llevado ida y vuelta a Phichit los había dejado en la orilla y ahora estaban volviendo hacia Bangkok, sumidos en el silencio. Anderson estaba de pie en proa. Angsley sentado a su lado, fumando.

La barca se deslizaba por el agua, pasando por delante de cabañas con pequeños embarcaderos rematados con casas de los espíritus, templos en miniatura construidos para dar cobijo a los fantasmas y apaciguarlos; pasaron junto a mujeres que se estaban bañando y niños que nadaban en las fangosas aguas del río.

Anderson se desabrochó la camisa. Se quitó zapatos y calcetines. Necesitaba chapotear en el agua, notarla salpicándole los tobillos. Se quedó pues con la camisa abierta y la camiseta al aire, el sol de última hora de la tarde rugiendo sobre su cabeza. Tenía absolutamente todos los pelos de punta.

Pensó en Arjuna, que rezaba al dios hindú Krishna para que le mostrara la realidad: «La realidad, el fuego de mil soles ardiendo simultáneamente en el cielo». Pensó en Heráclito: el hombre no puede sumergirse dos veces en el mismo río, porque no es el mismo río, y tampoco él es el mismo hombre. Pensó en los informes de la policía y del forense, que hablaban sobre el cartero de Phichit que había hundido un cuchillo en el lado izquierdo del abdomen de su esposa porque esta había quemado el arroz, matándola y cortándole con la embestida tres de los dedos de la mano derecha, con la que la mujer había intentado protegerse.

El barquero hizo algo con el motor y la barca dio un repentino salto hacia delante y brincó por encima del río, salpicándolos con el frescor del agua.

Anderson recordó sus tiempos de estudiante universitario, cuando Angsley y él se quedaban despiertos hasta las tantas hablando sobre el caso de Shanti Devi y los textos de Platón y de cualquiera que se hubiera tomado en serio cualquier teoría de la reencarnación, desde Orígenes y Henry Ford hasta el general Patton y Buda. Creía haber perdido la fe en todo aquello. La supervivencia de la conciencia después de la muerte: era un santo grial o un sueño de flipados, un tipo de estudio inadecuado para un científico de su calibre. Pero, aun así, había seguido investigando sobre el tema a su manera, manteniéndose al corriente de los estudios sobre percepción extrasensorial que llevaba a cabo el grupo de J. B. Rhine en Duke y explorando en su propio trabajo las conexiones entre mente y cuerpo. El estrés mental provocaba dolencias físicas, de eso estaba seguro; ¿pero por qué había gente que superaba los traumas con resiliencia mientras otra vivía asolada por fobias y sudores nocturnos? Tenía claro que los factores genéticos y medioambientales no eran la explicación de todo. No creía tampoco que fuera una cuestión de suerte. Buscaba algo más.

Algo más.

En su cabeza, las conexiones empezaron a engendrar conexiones, que se ramificaban como un cristal cuando se resquebraja.

No se trataba solo de naturaleza o alimentación, sino que había más elementos que provocaban singularidades en la personalidad, fobias. ¿Por qué había bebés que nacían tranquilos y otros que eran inconsolables? ¿Por qué había niños con motivaciones y habilidades innatas? ¿Por qué los había que creían que deberían ser miembros del sexo opuesto? ¿Por qué Chang, aquel gemelo siamés tan irritable, al que le gustaba beber y salir de juerga, tenía un carácter tan distinto al de su hermano Eng, acomodaticio y completamente abstemio? Sin lugar a dudas, en aquel caso los factores genéticos y medioambientales eran exactamente iguales. Y luego estaban las malformaciones congénitas, claro está; los dedos deformados de la niña ofrecían un vínculo evidente entre su vida actual y otra vida, y podría incluso explicar…

Owen.

Anderson se sentó. Tenía la boca seca; el sol le había abrasado la piel de la nariz, las mejillas y el cuello y sabía que luego lo pasaría fatal. Cuando cerró los ojos, vio formas amorfas que se movían con rapidez delante de un telón de fondo anaranjado agresivamente brillante. Las formas se fusionaron en una cara que no era una cara, y se permitió ver de nuevo a su hijo.

Sheila lo había acusado de incapacidad de amar a Owen durante su breve y torturada vida, puesto que no había tenido valor suficiente para coger al bebé en brazos y acariciarlo como ella hacía. Cierto, había sido incapaz de mirar a su hijo, pero había sido por lo mucho que lo quería y por la sensación de impotencia que le provocaba ver que no podía hacer nada por ayudarlo; su propia ignorancia lo había atormentado. ¿Por qué tenía que sucederle aquello a ese niño, de esa manera?

En el hospital, antes de que Sheila se despertara, había acariciado la diminuta mano de su hijo imperfecto y había mirado aquella carita terrible e inocente hasta que no había podido mirarla más, y ya no había vuelto a mirarla. Había salido de la Unidad de Cuidados Intensivos Neonatales, había recorrido el pasillo y había accedido al área de maternidad; se había acercado a la ventana detrás de la cual los demás bebés dormían y lloriqueaban, sus cuerpecillos rosados y rebosantes de salud.

¿Por qué? No había un motivo claro: hay bebés que nacen como había nacido Owen y otros que nacen perfectamente. ¿Qué sentido tenía todo aquello, qué ciencia? ¿Podía tratarse simplemente de mala suerte, de una jugada desgraciada de la ruleta cromosómica? ¿Por qué ese niño había nacido así, sin que hubiera indicadores genéticos ni factores medioambientales que lo provocaran?

A menos que…

Abrió los ojos.

Bobby Angsley lo observaba con una débil sonrisa en los labios.

—He estado haciendo un seguimiento de este fenómeno —dijo Angsley en voz baja—. En Nigeria. En Turquía. Alaska. Líbano. Creías que estaba pasándomelo bien. Pues sí, estaba pasándomelo bien. Pero también estaba observando. Escuchando.

—¿Y oíste algo?

—Murmullos, en su mayoría. Historias contadas por la noche después de tomar varios vasos de *raki*, o en poblados, bajo la luz de la luna en compañía de antropólogos… Hay mujeres antropólogas que son sorprendentemente atractivas, sexys al estilo de Margaret Mead.

—Ya.

Anderson puso cara de exasperación y movió los pies mojados para que les diera el sol.

—No, escúchame bien —dijo rápidamente Angsley, y la intensidad de su voz obligó a Anderson a levantar la vista—. ¿Sabías que en Nigeria hay un poblado igbo donde a los niños que mueren les amputan el dedo meñique y les piden que regresen solo si la próxima vez lo hacen para disfrutar de una vida más larga? Y entonces, cuando luego tienen otro hijo y ese hijo nace con el meñique deformado, lo cual al parecer pasa algunas veces, lo celebran con regocijo. Y a los tinglit, a los tinglit de Alaska, sus moribundos o sus muertos se les aparecen en sueños y les cuentan qué cuerpo femenino los dará de nuevo a luz. Y no quiero ni empezar a contarte lo de los drusos... —Se llevó un pitillo a la boca, como para tener una barrera física que le impidiera continuar, pero se lo sacó enseguida—. Mira, ya sé que todo esto suena a folclore. Pero existen casos.

—¿Casos? —Anderson intentó desentrañar lo que Angsley estaba contándole. Allí había capas debajo de capas—. ¿Casos verificables?

—Bueno, ya sabes que no soy Charles Darwin. Que no soy muy buen científico. Que carezco de... rigor.

Anderson se quedó mirándolo.

—No me has hecho venir solo por lo de la niña.

Angsley le devolvió la mirada.

—No.

Sus ojos ardían de pasión.

Al doblar un meandro del río, apareció ante ellos una ciudad, como un regalo: las estupas doradas del palacio real, los brillantes tejados rojos y verdes del templo.

Si pudieran hacerlo…, si tuvieran casos verificables…, serían capaces de conseguir lo que nadie había logrado hacer todavía, ni William James, ni John Edgar Coover de Stanford, ni J. B. Rhine de Duke, que se había encerrado tantos años en su laboratorio con sus tarjetas de percepción extrasensorial. Habrían encontrado pruebas de la supervivencia de la conciencia después de la muerte.

—Tenemos que volver mañana, a primerísima hora —dijo lentamente Anderson. Estaba haciendo planes a medida que hablaba—. Cogeremos a la niña e iremos con ella a Phichit, para ver qué puede identificar. Quedamos en el vestíbulo del hotel a las cinco y media.

Angsley rio entre dientes y maldijo para sus adentros.

—De acuerdo.

Se produjo una pausa. Anderson apenas podía respirar.

—Bobby —murmuró Anderson—. ¿De verdad hay más casos como este?

Angsley sonrió. Le dio una calada profunda al cigarrillo y expulsó una bocanada de humo.

La luz de las estupas era cegadora bajo el sol poniente, pero Anderson no podía dejar de mirarlas. Se moría de impaciencia de que llegara el día siguiente. Había mucho trabajo que hacer.

«Recalculando».

¿Cuántas veces habría dicho eso el GPS? ¿Dónde estaba?

En algún punto debía de haber tomado el cruce equivocado.

Anderson se detuvo a un lado de la carretera enfangada y salió del coche. Los camiones circulaban a toda velocidad por la autopista, que apestaba a asfalto y a tubo de escape y desprendía una falsa sensación de importancia: América. Miró a su alrededor en busca de algún cartel indicador; según el último que había visto, estaba en las afueras de Filadelfia. ¿Cómo podía haberse desviado tanto?

Intentó alejar de su cabeza las imágenes y los sonidos de Tailandia. Percibía la presencia de su amigo muy cerca, como si acabara de marcharse.

Su mejor amigo, que ya no estaba; como todo lo demás: el Instituto ya no estaba, el estupendo edificio que Angsley, él y el dinero de Angsley habían construido. Y la emoción con la que lo construyeron, cuando el campo de investigación se abría ante ellos para ser descubierto y los casos fluían uno tras otro, obligándolos a viajar por todo el mundo: a Tailandia, Sri Lanka, Líbano, la India, cada caso más novedoso y cautivador que el anterior. Además, lo habían manejado bien, hasta la muerte inesperada de Angsley, seis meses después de la de Sheila, mientras ascendía una colina de su propiedad en Virginia: su corazón se detuvo, sin más.

En el funeral (católico, tradicional; Anderson debería haber comprendido ya en aquel momento que la viuda iría chupando el dinero de la fundación como si fuera la sangre de las venas de su marido), observó una expresión de sorpresa estampada en el rostro de Angsley que ni siquiera el director de la funeraria había sido capaz de borrar. «Ay, amigo mío», había pensado al ver aquel cuerpo que tan bien conocía inyectado con formaldehído, las mejillas maquilladas con colorete, listo para ir al mausoleo familiar, que no era el lugar de enterramiento que habías imaginado, los huesos sin ornamentos en lo alto de una colina, bajo la luz directa del sol.

«Ay, amigo mío. Me has ganado. Ahora tú ya lo sabes, y yo todavía no».

Angsley estaba muerto. El Instituto clausurado, los archivos enviados. Solo quedaba una cosa que hacer, solo un caso más que investigar. Lo único que le quedaba por hacer era terminarlo.

16

Ashview, Virginia, puso muy nerviosa a Janie. Era un barrio residencial de Washington, repleto de aquellas supermansiones de familia americana perfecta que ella siempre había despreciado: casas que carecían por completo de carácter histórico, que ocupaban hasta el último centímetro de espacio permitido con garajes inmensos y poco prácticos. Pero aun así… se vio obligada a reconocer que la zona podía resultar seductora para un niño, las impresionantes casas nuevas con sus amplios y verdes jardines, los robles que flanqueaban tan pulcramente las calles, sus ramas verdes arqueándose hasta tocarse por encima de la calzada.

Habían recorrido de arriba abajo la calle principal varias veces. Se habían parado en tres colegios diferentes (uno de los cuales, al parecer, era donde había estudiado Tommy Moran). Todos eran bonitos a su manera, con sus amplios campos de béisbol y sus patios.

—¿Reconoces algo? —preguntaba constantemente Anderson, pero Noah no decía nada.

Parecía pasmado, distraído, observaba detenidamente los edificios desde el asiento de atrás y murmuraba de vez en cuando, en sonsonete: «Ash-view, Ash-view».

—Por aquí ya hemos pasado —le dijo Janie a Anderson.

Los había recogido en la estación de autobuses y habían ido directamente al centro.

—Una vez más. Cogeremos un camino distinto.

Dieron media vuelta y recorrieron de nuevo la avenida principal de la población. Janie ya se la sabía de memoria. Starbucks, una pizzería, una iglesia, otra iglesia, un banco, la gasolinera, una ferretería, el ayuntamiento, los bomberos; pasando por delante de sus ojos una y otra vez, como una ciudad en un sueño.

Miró de reojo a Anderson. Conducía muy rígido, la mandíbula apretada en un gesto de determinación. Tenía veinticuatro años más que ella y sesenta y cuatro más que Noah, pero no mostraba el más mínimo signo de cansancio.

—No creo que vaya a reconocer nada.

—Es bastante habitual. Hay niños que se sienten más unidos a la casa que a la ciudad. Cada uno recuerda cosas distintas.

Llegaron por fin a una verja. Anderson cruzó unas palabras con el vigilante, que comprobó un listado y les indicó a continuación que pasaran. Avanzaron despacio por una calle flanqueada por casas más grandes si cabe, más nuevas aún. En las colinas que se alzaban detrás de ellas, resplandecía un campo de golf de color verde intenso. Anderson detuvo el coche enfrente de una casa de ladrillo gigantesca que le hizo pensar a Janie en una mujer vulgar con un exceso de accesorios. La única señal de vida humana era un camión volquete de plástico volcado en el camino de acceso, junto a la puerta principal, sus ruedas en el aire, como un escarabajo patas arriba.

Permanecieron sentados en silencio en el coche. Janie observó a su hijo por el espejo retrovisor. Su expresión le resultaba indescifrable.

—Pues bien —dijo Anderson por fin—. Aquí estamos.

—Son ricos —dijo de pronto Janie—. Tommy era rico. —Aquello era como una bofetada.

—Por lo que parece, sí —replicó Anderson, que consiguió esbozar una sonrisa tensa.

No era de extrañar que Noah quisiese volver ahí, pensó Janie. ¿Quién no querría? Y qué si el diseño de la casa era nefasto. ¿Quién podía ser feliz en una casa pequeña de solo dos habitaciones en una planta baja habiendo tenido esto?

Anderson se giró hacia el asiento de atrás y su cara y su voz se suavizaron para dirigirse a Noah.

—¿Ves algo que te resulte familiar, Noah?

Noah se quedó mirándolo. Tenía la mirada un poco vidriosa.

—No sé.

Anderson asintió.

—¿Por qué no entramos y lo averiguamos?

Noah se emocionó de pronto. Se quitó él solo el cinturón de seguridad, saltó del coche y echó a correr por el camino de acceso.

Abrió la puerta un hombre vestido con polo y pantalones de algodón de color beis perfectamente planchados. Tenía la tez rubicunda, la expresión exasperada, el cabello pelirrojo y escaso, y se quedó mirándolos con el desaliento de un diabético que se tropieza con un grupo de Girl Scouts cargadas con bandejas de galletas. Janie intentó no mirarlo, ni mirar a Noah, que estaba inspeccionando los mocasines náuticos del hombre. Se contuvo de preguntarle: «Cariño, ¿es este tu papá de la otra vida?», y a punto estuvo de estallar con una risilla nerviosa.

El hombre les lanzó una mirada furibunda.

—Supongo que tendrán que pasar todos —dijo por fin, apartándose y manteniendo la puerta parcialmente abierta, de tal modo que se vieron obligados a ponerse de lado para poder entrar. El recibidor era del tamaño del salón del apartamento de Janie en Brooklyn—. Que sepan que yo no estoy de acuerdo con nada de todo esto —prosiguió—. De modo que si esperan algún tipo de compensación, permítanme que les diga que...

—No queremos negociaciones —replicó Anderson con firmeza.

Janie comprendió que también debía de estar nervioso. Se fijó en que sujetaba el maletín con excesiva fuerza. El hombre lo miró entrecerrando los ojos.

—¿Perdón?

—Compensaciones, quería decir.

—De acuerdo.

Les indicó que pasaran a un amplio salón. Janie intentó relajarse y limitarse a respirar; en el ambiente olía a algo dulce que se cocía en el horno y había también un aroma a desinfectante cítrico que le quedó atrapado en el pecho. En algún rincón remoto de la casa, zumbaba un aspirador.

La habitación estaba decorada con gusto, en un estilo neutro, con lujoso mobiliario en color beis y cuadros de flores en las paredes. Al otro lado de las puertas acristaladas del extremo opuesto del salón, se veía una gran piscina cubierta con una lona gris. Parecía una costra en medio del jardín.

—¡Ah, ya están aquí!

Una mujer rubia y menuda les sonrió afectuosamente desde una galería que dominaba el salón. Sostenía en la cadera, como si estuviera hecho de aire, un bebé grande y rollizo de alrededor de un año. Era guapa, con cara redonda y facciones elegantes y delicadas.

La mujer se sumó rápidamente a los tres y el grupo se congregó, con cierta incomodidad, delante de la chimenea. La mujer sonrió con amabilidad a Janie y a Anderson, como si estuvieran allí para tomar el té, y les dio la mano. Llevaba el cabello pulcramente recogido en la nuca con un pasador de esmalte que conjuntaba a la perfección, según pudo apreciar Janie, con la blusa de seda de color amarillo canario.

—Gracias por haber venido hasta aquí —dijo—. Soy Melissa.

Melissa se volvió hacia Noah y también le tendió la mano. Él se la estrechó con solemnidad. Todos los presentes los observaron conteniendo la respiración, el escéptico marido desde el umbral de la puerta, los otros dos adultos con ansiedad. Noah arrastró con timidez los pies sobre la alfombra y Janie observó disgustada que la zapatilla deportiva del pie izquierdo tenía un agujerito cerca del talón. Otra cosa que se le había pasado por alto.

Melissa sonrió a Noah con dulzura.

—¿Te gustan las galletas de avena y pasas?

Su voz era suave y aguda, como la de una maestra de parvulario. Noah asintió y la miró con los ojos abiertos de par en par.

—Sabía que te gustarían. —Cogió mejor al bebé, meneándolo en sus brazos—. Enseguida estarán. También he preparado limonada con menta, por si les apetece.

Era de lo más atractiva, con aquel cabello rubio, su amplia sonrisa…, como Noah. Cualquier desconocido pensaría que era la madre del niño. Era la madre que elegirías en un catálogo: «Quiero esta». Estaba claro que cualquiera querría volver a una casa tan grande como aquella y con una mamá de rostro dulce que preparaba galletas. Janie se cruzó de brazos. La piel de la parte posterior de sus antebrazos siempre tenía granitos, una afección que nunca había conseguido remediar. Noah tenía el mismo problema. En aquel momento, deseó tocarlo y palpar la rugosidad de sus antebrazos. «Es mío —pensó—. Y ahí está la prueba».

—Siéntense, ¿quieren? —les imploró Melissa.

Se hundieron en el mullido sofá esquinero. Melissa dejó el bebé en el suelo y empezó a caminar sobre unos pies rechonchos y tambaleantes sujetándose en los muebles. Noah se sentó pegado a Janie, sumiso, cabizbajo, su mirada ilegible bajo los parpados entrecerrados. Janie intentó impregnarse del calor de su cuerpecito.

Anderson abrió el maletín y sacó un papel.

—Traigo una lista de cosas que ha dicho Noah. Si no le importa repasarla para ver qué se corresponde con…

Janie miró de reojo la hoja.

Noah Zimmerman:
— Conocimiento excepcional de los reptiles.
— Sabe anotar la puntuación de un partido de béisbol.
— Le gusta el equipo de béisbol de los Nationals.
— Habla sobre una persona llamada Pauly…

Melissa cogió el papel y lo miró. Parpadeó varias veces.

—Reconozco que cuando me envió el mensaje de correo me mostré escéptica. Y sigo siendo escéptica. Pero hay tantas… similitudes… Y, bueno, la verdad es que intentamos ser amplios de miras, ¿verdad, John? —John no dijo nada—. O diría que yo, al menos, lo intento. He trabajado mucho a nivel espiritual desde… —Se interrumpió. Los ojos de Janie se dirigieron automáticamente hacia la ventana, hacia la piscina cubierta. Cuando volvió a mirar a Melissa, ella la estaba mirando con una expresión intensa y ojos húmedos—. Me alegro de que hayan venido —dijo. Pestañeó para evitar que le cayera una lágrima y se levantó casi de un brinco—. Uy, tengo que ir a mirar esas galletas. Vigila un momento a Charlie, ¿quieres, cariño?

John asintió con sequedad.

—Disculpe —dijo Anderson de repente, levantándose también—. Me permite ir al…

—Por allí.

John movió la cabeza en dirección al recibidor. Anderson volvió a disculparse y la estancia se quedó en silencio. Noah fijó la vista en sus zapatillas. Janie vio que el bebé intentaba superar el complicado golfo que se expandía entre el sofá y el sillón. El bebé dio un paso, se tambaleó y cayó. Rompió a llorar. John corrió a cogerlo en brazos.

—Tranquilo, no pasa nada —dijo, acunándolo de manera automática—. Tranquilo, no pasa nada.

Anderson recorrió el pasillo y pasó por delante de una puerta entreabierta, detrás de la cual había una habitación pintada en color amarillo pastel llena de animalitos de peluche y con una cuna, y luego por delante de otra puerta, cerrada, con un cartel donde podía leerse «NO ENTRAR» escrito en infantiles letras de palo de colorines. Las letras eran alegres, como si estuvieran riendo. Se detuvo, miró hacia ambos lados y abrió un poco la puerta.

Era una habitación de chico. Parecía que hubiera sido utilizada hasta ayer mismo y no que llevara vacía cinco años y medio. La colcha, estampada con pelotas y bates de béisbol, estaba pulcramente recogida debajo de la almohada; los trofeos de béisbol y de fútbol dispuestos encima del escritorio resplandecían con todo el brillo del oro falso, como si acabaran de ser conquistados; había una bandeja con guantes de béisbol y otra con pelotas justo debajo de un banderín de los Nationals y un póster enmarcado con distintos tipos de serpientes. En la esquina había una mochila azul, con el monograma «TEM». Daba la impresión de que seguía llena de libros de texto. En la estantería del rincón había varios libros de Harry Potter, junto con una enciclopedia de béisbol y tres libros de consulta sobre serpientes.

Anderson cerró la puerta y corrió hacia el cuarto de baño.

Una vez dentro, corrió el pestillo, se refrescó la cara con agua y observó alarmado la cara grisácea reflejada en el espejo.

No eran ellos.

Lo había sospechado desde el instante en que habían entrado en la casa, pero ahora estaba seguro.

Charlie era un bebé —demasiado pequeño para coincidir en el tiempo con la anterior personalidad— y era imposible que Noah lo recordara. A Tommy le gustaban las serpientes, no los lagartos. Y Noah no daba la sensación de reconocer nada. No era aquella familia.

Él era el culpable de todo, naturalmente. No estaba en plenas facultades. Había sido incapaz de dar con la palabra «lagartos» y por eso había escrito «reptiles». No había preguntado la edad del hermano menor, Charlie. Errores pequeños, aunque de importancia crucial, que no eran propios de él pero que lo habían encaminado hacia la dirección equivocada, hacia unas consecuencias desastrosas.

Había sido excesivamente impaciente. El movimiento de avance le había resultado tan placentero que el deseo de trabajar y seguir adelante le había llevado a olvidarse casi de lo que le ocurría.

Se pasó la mano por el pelo. El caso estaba acabado. Él estaba acabado. Su fe en las palabras se había quebrantado por fin y, con ella, la confianza en la capacidad profesional que aún pudiera quedarle.

¿Ahora qué? Se había equivocado. Entraría en el salón y haría las rectificaciones pertinentes. Y luego volvería a casa. ¿Volvería y reanudaría el trabajo? Imposible reanudarlo; estaba acabado. Eso estaba claro. Un fin adecuado para una carrera profesional larga y deshonrosa. Aunque había que reconocer que se había esforzado para alcanzar aquel oscurantismo.

Se apoyó en el lavabo y se preparó para enfrentarse a lo inevitable.

17

Janie olió las galletas desde el otro extremo del salón.

—¡Espero que les gusten calentitas! —exclamó Melissa, portando la bandeja como indicaban los manuales de la perfecta anfitriona.

Había salido de la cocina más alegre y, en cierto sentido, más luminosa, con las mejillas encendidas y los labios untados de pintalabios rosa. Le dio una galleta a Noah y dejó el resto de la bandeja en una mesita auxiliar. El olor dulzón camufló el hedor a cítrico y amoniaco de los productos de limpieza y el olor rancio de Noah, que viajaba con él a todas partes. Janie se preguntó si aquella mujer lo habría notado.

John miró a Melissa por encima de la cabeza del bebé.

—Charlie está mojado —dijo, y esbozó una mueca de asco.

Melissa soltó una carcajada.

—Pues cámbialo.

Las miradas de la pareja se cruzaron y Janie tuvo la inequívoca impresión de que antes de aquella visita había habido más de una discusión. John suspiró y padre e hijo abandonaron la estancia.

Noah seguía sentado muy quieto en el sofá, las manos colgando entre las piernas, la boca llena de galleta. No mostraba indicios de querer levantar la cabeza.

—Y bien. —Melissa se volvió hacia Janie y la miró con una sonrisa—. Me han contado que Noah es un seguidor de los Nationals.

—Sí.

—¿Cuál es tu jugador favorito, Noah?

—El Zimmernator —le respondió Noah a la alfombra, con la boca llena.

—Le gusta Ryan Zimmerman. Por el apellido, claro —añadió Janie.

Pero Melissa había abierto los ojos como platos.

—¡También era el favorito de Tommy!

Al escuchar el nombre, Noah levantó de repente la cabeza. Era imposible no darse cuenta de ello.

Melissa se puso blanca. Miró a Noah. Se pasó la lengua por los labios en un gesto de nerviosismo.

—¿T-Tommy? ¿Eres Tommy?

Noah asintió, dubitativo.

—Oh, Dios mío —dijo Melissa, llevándose las manos a la garganta.

Su sonrisa de color rosa se quedó flotando en su cara, incorpórea, como si no tuviera relación alguna con los ojos azules, que pestañeaban para impedir que saltaran las lágrimas.

¿Estaría Janie soñando? ¿Era verdad lo que estaba pasando?

—Tommy. Ven aquí —estaba diciendo la otra madre. Tenía sus pálidos brazos extendidos—. Ven con mamá.

Noah la miró, boquiabierto.

La mujer cruzó la corta distancia que los separaba, tiró de él para levantarlo del sofá y lo levantó para abrazarlo como un muñeco de trapo.

No podía ser, se dijo Janie. Noah tenía en los brazos los mismos granitos que ella. Segundos después de que naciera, se lo había acercado al pecho y él había mamado al instante, «como un viejo profesional», había dicho con orgullo la enfermera.

—Ay, mi bebé. —Melissa empezó a llorar pegada a la cabeza de Noah—. Lo siento muchísimo.

—¡Oh! —dijo Noah. Su frente empezaba a adquirir un color rosa por encima de los brazos de ella y la palabra emergió como el pío de un pajarito.

Después de salir del cuerpo de Janie, el médico lo había levantado para que ella pudiera verlo. Estaba todavía unido a ella por el cordón umbilical, cubierto de sangre y vérnix blanquecino. Tenía la cara colorada, aún desfigurada, era precioso.

—Lo siento mucho, mi bebé. Cometí un error —dijo Melissa. Su voz sonaba ronca. El rímel empezó a ensuciarle la cara—. Sé que lo hice mal. Siempre compruebo que esté el pestillo. Creí haberlo comprobado. Hice muy mal.

Janie apenas podía verle la coronilla a Noah. Distinguir la cara era imposible.

—¡Oh! —volvió a piar—. ¡Oh!

—¡No cerré el pestillo! No lo hago nunca. Me equivoqué. —Lo agarró entonces por los brazos, que habían quedado completamente rígidos, y la piel de Noah se llenó de manchitas bajo la presión de los dedos de Melissa, adquiriendo un tono tan intenso como la camiseta roja de los Nationals—. ¿Pero por qué te ahogaste, bebé? ¿Por qué? ¡Habías ido a clases de natación!

—¡Oh! —dijo Noah.

Pero entonces, de repente, Janie se dio cuenta de que no estaba diciendo «Oh». Sino que estaba diciendo «No».

—No —repitió Noah. Estiró el cuello para liberar la cabeza y Janie vio que tenía los ojos cerrados con fuerza. Que intentaba escabullirse sin éxito del abrazo de aquella mujer—. ¡No, no, no!

—No sabía que irías a la piscina —estaba diciendo Melissa, casi sin aliento—. Jamás me imaginé que harías eso. ¡Pero si sabías nadar! Nadabas. Oh, Dios mío, cómo me equivoqué, Tommy. ¡Tommy, mamá se equivocó!

En aquel momento, levantó las manos para secarse los ojos y Noah aprovechó para liberarse.

Cruzó corriendo el salón. Temblaba de un modo tan violento que le castañeteaban los dientes. Janie se acercó a él.

—¿Estás bien, Noah?

—Tommy —dijo Melissa, intentando alcanzarlo.

Noah miró a una mujer, luego a la otra.

—¡Vete! —gritó—. ¡Vete!

Se alejó de las dos todo lo que pudo, tumbando por el camino la mesita auxiliar y derramando las galletas por el suelo.

—¿Dónde está mi mamá? —gritó, volviéndose hacia Janie—. ¡Dijiste que vería a mi mamá! ¡Lo dijiste!

—Noah —dijo Janie—. Mira, cariño...

Pero Noah cerró los ojos, se tapó los oídos con las manos y empezó a canturrear en voz alta.

Anderson entró corriendo en el salón, seguido por John con el bebé, que no llevaba nada más que pañales. John asimiló la escena, miró primero a Noah y luego a su esposa, cuyas lágrimas marcaban como rodadas sus mejillas.

—¿Qué has hecho? —dijo.

En la cocina, Noah se sentó en la mesa con los ojos cerrados y las manos tapándose los oídos. Seguía canturreando. No quería mirar a Janie, y, cuando ella le puso la mano en el hombro, se movió para eludirla. Sobre la encimera de mármol había otra bandeja de galletas. Su aroma impregnaba toda la habitación, un olor potente y mareante, como un error cuya solución llegaba demasiado tarde.

Anderson tosió para aclararse la garganta antes de hablar. A Janie le costó mirarlo.

—Ha sido un error —dijo, dirigiéndose a todos y a nadie—. Me he equivocado al evaluar la antigua personalidad. —Nadie le respondió—. Permítanme que me explique… —dijo, pero no continuó. Parecía haber perdido todos sus puntos de referencia, si acaso alguna vez los había tenido.

Melissa estaba derrumbada en una silla al otro lado de la mesa. Se había mordido el labio y le sangraba. En el cuello de la blusa amarilla había una mancha de sangre, otra mancillando sus dientes blancos.

—Creía que iba a obtener respuestas —murmuró.

Janie vislumbró un mechón gris entre la mata de cabello rubio.

El marido tenía en la mano un paquete de toallitas infantiles y estaba limpiando la cara a su mujer mientras sujetaba al bebé con un brazo, cogido como si fuese un balón gigante de fútbol que no paraba de moverse.

—No hay respuestas —dijo John—. Fue un accidente.

Limpió con delicadeza las marcas negras que le ensuciaban la cara y la barbilla. Ella le dejó hacer, las manos muertas en su regazo. Sin maquillaje parecía aún más joven, una niña.

—Es lo que dices siempre —gimoteó Melissa—. Pero fue culpa mía.

—El chico de la piscina dejó el pestillo abierto. —El bebé rompió a llorar—. Lo sabes. Podría haberle pasado a cualquiera. Fue una casualidad.

—Pero las clases…

—No era un gran nadador.

—Pero si yo hubiera comprobado el pestillo…

—Ya es hora de acabar con esto, Mel.

«Es hora de acabar con esto».

Aquellas palabras despertaron por fin a Janie de su encantamiento. Aquella mujer había perdido a su hijo, pensó. Había perdido a su hijo. Dejó que las palabras calaran en su interior. Vio, no pudo evitar verlo, a un niño rubio de dulce aspecto luchando por salir del fondo de la piscina. Su pequeño cuerpo muerto flotando en el agua azul cristalina. Un niño muerto: todo partía de ese hecho, ¿verdad? De todas las cosas malas que podían suceder, aquella era la peor. Y ellos habían ido a su casa y le habían hecho aquello, a una mujer que había sufrido ya lo inimaginable: le habían dado esperanzas y luego se las habían arrancado con amargura, y que lo hubieran hecho intencionadamente o no carecía de importancia. Lo había hecho ella; no podía culpar a Noah de nada. Anderson había seguido los dictados de su ética de un modo que no alcanzaba a asimilar. Pero ella era madre y tendría que haberlo pensado antes. Se había comportado con crueldad con aquella mujer. Lo que había hecho era inadmisible, y todo porque era incapaz de enfrentarse a la verdad. ¿Y cuál era esa verdad?

Que Tommy Moran había muerto y no iba a regresar.

Y que el caso de Anderson estaba acabado.

Y que Noah estaba enfermo.

«Es hora de acabar con esto».

El bebé seguía llorando.

—Mel. —El marido le acariciaba la cabeza como si ella fuese un cachorrito—. Charlie tiene hambre. Te necesita.

Melissa cogió el bebé de brazos de su marido en un gesto mecánico. Se subió la blusa y el sujetador con un gesto rápido y ágil y apareció de repente un pecho redondo, su enorme pezón rosado tan inesperado como una nave espacial. Janie se dio cuenta de que Anderson apartaba la vista, pero ella no consiguió hacerlo. Melissa acercó el bebé hambriento al pecho y, pasados unos instantes, su rostro adquirió una expresión más tranquila.

Janie notó como si la sensación de vergüenza le goteara poco a poco cuello abajo. Había hecho pasar a Noah por todo aquello, confundiéndolo más si cabe y sin un buen motivo que respaldara su decisión.

—Lo siento —le dijo a Melissa.

Melissa cerró los ojos, concentrándose en lo que le sucedía a su cuerpo, y Janie recordó el cosquilleo de los pechos al llenarse y cobrar vida con la subida de la leche, el tirón en el pezón que provocaban los dientecitos afilados y, luego, la increíble imagen del bebé chupando la leche con la boca.

—Ahora tendrían ustedes que marcharse —dijo John, aunque no era necesario.

Los acompañó en silencio por la casa, Janie guiando a Noah con ambas manos en su espalda, las de él tapándose aún los oídos, Anderson detrás. John abrió la puerta. Ni los miró.

Los tres bajaron rápidamente la escalera y salieron a la hermosa calle. La brisa agitaba los árboles, los campos de golf resplandecían a lo lejos. Un chaval en bici pasó zumbando por su lado, completamente concentrado, atropellándolos casi, las ruedas bamboleándose de un lado a otro. Janie lo perdió rápidamente de vista.

En el coche siguieron en silencio. Janie tomó asiento en la parte posterior, al lado de la sillita que ocupaba Noah. Noah seguía sin abrir los ojos y sin quitarse las manos de los oídos. Al cabo de un rato, sin embargo, dejó caer las manos y Janie vio que se había quedado dormido.

«Noah está enfermo».

Intentó que las palabras salieran con normalidad de su cabeza. Pero permanecieron allí carentes de sentido, como un pedazo de plutonio de aspecto inocente.

Anderson giró por una calle, luego por otra y el vigilante de seguridad los despidió cuando cruzaron la verja. Habían regresado al mundo, a la realidad confusa y frenética. Al llegar a Main Street giraron de nuevo en dirección al motel. La mujer del GPS entonaba su indiferente melodía:

«Siga recto durante tres kilómetros. Luego gire a la izquierda por Pleasant Street».

«Pleasant», pensó Janie. La palabra resonó en su cerebro, transformada en «psicosis».

Al otro lado de la ventana, el instituto acababa de cerrar sus puertas y un montón de niños grandes corría hacia el aparcamiento, gritándose entre ellos con voces potentes y exuberantes.

«Gire a la izquierda por Psicosis Street. Recalculando».

Recalculando. Medicando.

«Siga recto durante tres kilómetros por Psicosis Street. Medicando. Medicando».

Circulaban ahora por una calle secundaria, pasaron por delante de un banco, por una calle preciosa con casas más pequeñas, los porches adornados con banderas norteamericanas. Calle secundaria. Efectos secundarios.

«Siga recto durante cinco kilómetros. Luego gire a la izquierda por Catherine Place».

Catherine, Catatónica.

«Gire a la izquierda por Catatónica Place. Medicando».

Anderson la miraba por el espejo retrovisor.

—Janie, necesito disculparme —dijo en voz baja—. Es evidente que no era la personalidad antigua correcta. Tendría que haberlo visto. Ha habido cosas que he pasado por alto y que no debería haber pasado por alto.

—¿Cosas?

Janie sacudió la cabeza en un intento de despejarla.

—Sí, el hijo menor, Charlie. Es demasiado pequeño para que Tommy lo conociera… Creía que tenían un hijo llamado Charlie de más edad.

¿En qué momento dejas de intentarlo cuando se trata de tu hijo? Tiene que haber un momento en que decides parar.

Es hora de acabar con esto.

«Gire a la izquierda por Negación Road. Medicando. Medicando».

Daba la impresión de que el coche circulaba por las calles siguiendo su libre albedrío. Anderson seguía hablando.

—Y utilicé la palabra «reptiles». Cuando debería haber dicho «lagartos». El error ha sido mío. No es muy propio de mí, pero no hay excusas. No fui preciso. No capté la diferencia entre serpientes y lagar…

—Jerry. Pare el coche.

Se detuvo a un lado de la calle. Mantuvo la vista fija en el frente, las gotas de sudor brillándole en el cuello.

—¿Sí?

—Aquí hemos acabado, Jerry.

—De acuerdo, por supuesto, la casa no era la correcta.

Pero este hombre era tonto ¿o qué?

—No, me refiero… a que hemos acabado de mirar colegios, tiendas y casas. Se ha acabado. Por favor, llévenos al motel.

—Allí es donde vamos.

—El GPS ha dicho a la izquierda. Y usted ha girado a la derecha. Tres veces, para ser exactos.

Anderson frunció el entrecejo.

—No.

—¿Por qué cree que no para de decir «recalculando»?

—Ah. —Agarraba el volante con tanta fuerza que los nudillos se le quedaron blancos—. Ah.

Anderson miró por el parabrisas, como si estuviera perdido en alta mar. Janie intentó mantener un tono de voz frío.

—Jerry. Escúcheme bien. No existe ninguna personalidad anterior. Noah se lo ha inventado todo.

Anderson siguió con la mirada fija delante de él, como si las respuestas estuvieran allí, en el asfalto.

—¿Qué quiere decir?

Janie miró a su hijo dormido. Estaba desplomado en la sillita, su reluciente cabeza ladeada hacia un hombro, sus claras pestañas aleteando. El cinturón de seguridad le había dejado una marca en la mejilla.

—Que se lo ha inventado. Porque tiene esquizofrenia —dijo.

Lo había dicho, esa palabra que sonaba como si todas las funciones vitales se desbocaran al mismo tiempo.

Abrió la puerta del coche y salió a la calle. Se dobló hacia delante, las manos en las rodillas, secuestrada tras una densa cortina de pelo. La sensación de vértigo era brutal. Se arrodilló en el arcén. El asfalto era duro y firme, como la realidad.

—¿Se encuentra bien? —preguntó Anderson, que se protegía los ojos del sol con la mano y parecía andar con paso inestable.

La gente como ellos dos, la gente desesperada, era peligrosa, pensó Janie de repente. Visualizó a la otra madre, el rastro negro de las lágrimas sobre sus mejillas. Le sobrevino una sensación de náusea, cargada de culpabilidad. Aunque se dio cuenta de que una parte de ella se sentía aliviada. Acababa de cerrar una puerta. Había vuelto a la vida real, por terrible que fuera.

Anderson se pasó la mano por la cara.

—Le dieron un diagnóstico —dijo por fin.

Janie miró a su alrededor, como si deseara que alguien pudiera contradecir todo aquello: la hierba, el asfalto, los coches que circulaban en dirección al supermercado o el centro comercial.

—Sí.

Anderson movió la cabeza.

—¿Quién?

—No fue exactamente un diagnóstico. Más bien una sugerencia. Proviene del doctor Remson. Un psiquiatra infantil de Nueva York. Uno de los mejores, por lo visto.

Esto último lo dijo para herirlo. Él lo aceptó sin reaccionar.

—¿Por qué no me lo dijo?

—Supongo que temía que no quisiera trabajar con nosotros.

Los ojos de Anderson echaron chispas.

—Ni se imagina lo que dirían mis colegas si... —Aspiró lentamente y, con esfuerzo, intentó bajar el tono de voz—. Debería... —Le tembló un poco el labio, pero se tranquilizó rápidamente. Apaciguar aquella fachada debía ser duro, pensó ella—. Debería habérmelo dicho.

«Sus colegas me importan un rábano —pensó Janie—. Lo que suceda después de la muerte también me importa un rábano. Lo único que me importa es este niño. Es lo único que me ha importado de verdad en la vida».

—Sí. Debería habérselo dicho —reconoció sombríamente—. Pero cuando el que está enfermo es tu hijo, no te comportas con normalidad. No ves con claridad. —Se secó con la mano los ojos húmedos—. Fue una irresponsabilidad por mi parte. —Y lo decía en serio.

Anderson hizo un brusco gesto de negación con la cabeza.

—Noah no tiene esquizofrenia —sentenció.

Janie notó que la esperanza bullía otra vez en su interior, pero la aplacó con rapidez antes de que pudiera hacerle más daño.

—¿Y eso cómo lo sabe?

—Es mi opinión profesional.

Janie se incorporó y esbozó una débil sonrisa.

—Lo siento, pero la verdad es que ahora mismo su opinión no me convence mucho. —Ignoró la mueca que hizo él—. Además, ya ha visto cómo se ha comportado hoy Noah.

—La personalidad antigua era incorrecta. —Anderson inclinó la cabeza—. Ha sido culpa mía. Ya sé que es frustrante. Pero…

—Se acabó. Caso terminado, Jerry.

—Sí. Por supuesto. —Asintió lentamente—. Por supuesto. Tan solo necesito un… —dijo.

Caminó unos metros hasta alcanzar la hierba y se detuvo para mirar a su alrededor, como intentando averiguar hacia dónde debía dirigirse.

—¿Mamá?

Noah estaba despertándose. Se desperezó y esbozó una demoledora sonrisa en dirección a Janie.

—¿Qué tal te encuentras, cariño? —Le acarició el pelo, frotó la marca roja que le había dejado el cinturón en la cara—. ¿Tienes hambre? En el bolso tengo una barrita de cereales.

Siguió sonriendo, adormilado.

—¿Ya hemos llegado?

—Estamos casi en el motel.

—No, mami-mamá —dijo con voz paciente, como si ella fuera tonta—. ¿Cuándo llegamos a Asheville Road?

*C*on ocho meses de edad, Sujith Jayaratne, un niño de una barriada de la capital de Sri Lanka, Colombo, empezó a mostrar un miedo intenso a los camiones e incluso a la palabra lorry, *una palabra inglesa que significa «camión» y que ha entrado a formar parte del idioma singalés. Cuando tuvo edad suficiente como para empezar a hablar, explicó que había vivido en Gorakana, un pueblo situado a doce kilómetros de donde residía, y que había muerto atropellado por un camión.*

Realizó numerosas declaraciones sobre aquella vida. Su tío abuelo, un monje de un templo cercano, escuchó algunas de ellas y mencionó el caso de Sujith a un monje joven del templo. La historia interesó mucho a aquel monje, que decidió hablar con el niño —por entonces tenía poco más de dos años y medio— sobre sus recuerdos y tomó notas de las conversaciones antes de intentar verificar cualquiera de sus declaraciones. Las notas documentaban que Sujith afirmaba ser originario de Gorakana y vivir en el distrito de Gorakawatte, que su padre se llamaba Jamis y tenía un problema en el ojo derecho, que había asistido a una kabal iskole, *que significa «escuela desvencijada», y que allí tenía un maestro que se llamaba Francis, y que daba dinero a una mujer llamada Kusuma, que le preparaba* nool puttu, *un tipo de comida [...] explicó que vivía en una casa encalada, que tenía el lavabo al lado de una valla y que se lavaba con agua fría.*

Sujith había contado también muchos detalles sobre su vida anterior a su madre y a su abuela, de los que nadie tomó nota hasta después de que la antigua personalidad quedara identificada. Les explicó que se llamaba Sammy, y a veces se llamaba a sí mismo «Gorakana Sammy» [...] explicó que su esposa se llamaba Maggie y su hija Nandanie. Había trabajado en el ferrocarril y en una ocasión había ascendido al Pico de Adán, una elevada montaña de la zona central de Sri Lanka [...] explicó que el día de su fallecimiento Maggie y él habían discutido. Después de la pelea, ella se marchó de casa y él se fue a la tienda. Cuando estaba cruzando una carretera, lo atropelló un camión y murió.

El joven monje se desplazó hasta Gorakana en busca de una familia que tuviera un fallecido cuya vida concordara con las declaraciones de Sujith. Después de bastante esfuerzo, averiguó que un hombre de cincuenta años de edad llamado Sammy Fernando —o «Gorakana Sammy», como lo llamaban muchos— había fallecido atropellado por un camión seis meses antes de que naciera Sujith. Todas las declaraciones de Sujith coincidían con detalles de la vida de Sammy Fernando, excepto la afirmación de que había fallecido inmediatamente después de que el camión lo atropellara. Sammy Fernando falleció un par de horas después de ser ingresado en el hospital como consecuencia del accidente.

Doctor Jim B. Tucker, *Vida antes de la vida*

18

Denise se despertó con el nombre en la punta de la lengua. Con su sabor en la boca, salobre y amargo, como tierra y mar simultáneamente. Se concedió diez segundos para seguir tumbada sin moverse, tiempo que fue siete segundos excesivo, y salió de esa cama. Se vistió con cuidado, asegurándose de abotonar correctamente la blusa y la americana, verificando las medias para asegurarse de que no tuvieran carreras, peinando y recogiendo el cabello en un moño y colocando las horquillas suficientes para que no se moviera. Las normas sobre cómo ir vestido en la residencia eran tan relajadas que eran ridículas (vaqueros y chándal, por el amor de Dios), pero ella llevaba toda la vida vistiendo con un estilo profesional, incluso en sus primeros años como maestra en prácticas, y no iba a dejar de hacerlo ahora. Además, era importante tanto para los pacientes como para las familias: enviaba un mensaje de respeto.

Hizo la cama, recogió el camisón, lo metió en la cesta de la ropa sucia y solo entonces se permitió ir al cuarto de baño. Escondido en el armarito de encima del lavabo, detrás de la aspirina y los tampones, estaba el frasco de pastillas que le había dado el doctor Ferguson. Sacó una pastilla y la dividió en cuatro partes con el cuchillo para untar que guardaba en la estantería. Incluso media le provocaba una sensación de flojedad y mareo leve que no le gustaba en absoluto, y si se tomaba una entera iba todo el día atontada, pero con un cuarto solía tener bastante. Se la tragó sin agua y devolvió el frasco a su lugar, cerrando luego el armarito hasta que escuchó el «clic».

Hecho. Y allí estaba. Aquella mezcla borrosa, pero conocida, de piel, ojos castaños y cabello negro. El cabello estaba creciendo y se veían las raíces; hacía tiempo que tendría que haber ido a la peluquería. Ojalá pudiera hacer lo que hacían muchas otras mujeres negras, cortárselo casi al uno y dejarlo natural. No podía evitar mirar cuando veía mujeres con el pelo así; le maravillaba la simplicidad, la pureza, la ausencia de complicaciones. Pero ella no se sentiría cómoda con un look de ese estilo, se sentiría… poco preparada.

Abajo, enchufó la cafetera y encendió la radio, cascó unos huevos en la sartén. Oyó que Charlie correteaba ya por arriba, haciendo lo que fuera que hacían los chicos quinceañeros por la mañana. Ponerse una camiseta y unos vaqueros era cuestión de un momento.

—¡Charlie! ¡El desayuno!

Se apoyó en la encimera de la cocina, mientras vigilaba los huevos en la sartén y escuchaba las noticias por la radio. Al otro lado de la ventana, una capa de hielo brillaba por encima de los tallos de los maizales recién plantados. Había sido un invierno largo y seguiría siéndolo, sus vueltas victoriosas lejos todavía de alcanzar la meta de la primavera. En el jardín, un pájaro solitario intentaba beber, una y otra vez, del bebedero congelado.

Charlie bajó las escaleras saltando. Siempre le sorprendía que aquel cuerpo enorme con sus ganas de saltar pudiera haber salido de su menuda figura, que fuera suya aquella forma descomunal que entraba y salía a toda velocidad de sus jornadas. Charlie se dejó caer en la silla de la cocina y empezó a marcar un ritmo en la mesa con la ayuda del tenedor y el cuchillo.

Denise le sirvió los humeantes huevos y se sentó.

—Te he preparado unos huevos.

—Gracias, mamá.

Se levantó de un brinco para servirse un vaso de zumo.

—Siéntate, Charlie, me da vueltas la cabeza solo de verte.

—¿Has dormido bien? ¿Te ha despertado otra vez ese perro?

Denise se detuvo un instante a calibrar su respuesta. ¿Habría gritado otra vez en sueños? ¿Era por eso por lo que se lo preguntaba?

—He dormido bien.

—Estupendo.

Se dejó caer de golpe en su asiento.

No, Charlie no había oído nada. Soltó el aire que había retenido. Aunque esto no significaba, evidentemente, que no hubiera gritado.

Se quedó sentada sin moverse, oyendo el sonido de la radio sin concentrarse en lo que decían. La pastilla empezaba a surtir efecto; se dejó arrastrar por las cadencias de la voz, una voz masculina que rebosaba cordura y monotonía, que suavizaba la intensidad de las guerras, los terremotos y los huracanes con su ritmo sereno y predecible. El mundo podía acabarse, se acabaría, y siempre podrías contar con que aquella voz seguiría allí para contarte cómo se había acabado todo.

—¿Mamá?

—¿Mmm?

—Te preguntaba si queda algo de beicon.

Se obligó a levantarse y se sintió mareada. Abrió la puerta de la nevera y se quedó allí unos instantes, aferrada a ella, la mirada fija en los objetos resplandecientes y fríos de su interior. Allí estaba, el paquete brillante. Lo sacó.

—No hables con la boca llena.

Se acercó a los fogones, puso el beicon en la sartén. Chisporroteó y escupió minúsculas gotas de aceite sobre su falda marrón buena. Al segundo de recibir la primera oleada de aquel olor, supo que no podría comer ni un bocado. Nunca había sido consciente de lo poco apetitoso que podía llegar a ser el beicon.

Terminaron las noticias y sonó música clásica. Cuando Charlie estaba en casa, siempre ponía la emisora de música clásica. Pensaba que era bueno para él que oyera aquel tipo de música, del mismo modo que por las noches, cuando él estaba en casa, veía informativos o documentales de naturaleza cuando en realidad lo que le habría gustado ver habría sido alguno de aquellos *reality shows*, la válvula de escape que significaba observar a gente rica y tonta portándose mal. El doctor Ferguson era de la opinión de que, después de todo lo que había pasado, ella podía relajarse con esas cosas, pero había sido justo al contrario.

Envolvió el beicon en papel de cocina y lo llevó así hasta el plato de Charlie. Dejó caer sobre los huevos los brillantes fragmentos y tomó de nuevo asiento.

—¿No comes, mamá?

—Espera. ¿No tenías tu examen de Educación cívica esta mañana? No hemos repasado…

—Fue el viernes. Creo que me fue bonito.

—¡Charlie Crawford!

—Me fue bien. Creo que me fue bien.

—¿Es así como habláis en clase de Inglés? ¿Por eso solo sacaste un aprobado alto?

Charlie agachó la cabeza y empezó a engullir el beicon.

—No.

—Porque ya sabes que si quieres entrar en una buena universidad tienes que hacerlo mejor que eso. Es lo que dijo el asesor académico…

—Lo tengo todo controlado.

Levantó la vista y luego volvió a bajarla hacia el plato para acabar con lo que quedaba de comida. A saber si era verdad. Charlie siempre había sido buen estudiante, pero los niños a esa edad, cuando las hormonas se ponen en marcha, se vuelven impredecibles. En un abrir y cerrar de ojos, el hijo de Maria Clifford, que vivía en su misma calle, había pasado de estar en el cuadro de honor a colgar los estudios y ponerse a trabajar en la gasolinera.

—Ten, mamá, coge un poco de beicon. Está bueno.

Charlie dejó un trozo en la mesa y se quedó mirándola hasta que ella lo cogió.

—¿Por qué te metes conmigo esta mañana?

—Porque no comes.

—Como. ¿Lo ves? —Denise cogió la puntita de beicon y la depositó en la lengua. La boca se llenó de sabor a cosa quemada. Lo trasladó hacia el hueco de la mejilla; lo escupiría en cuanto su hijo se marchara—. Mira. Hoy intentaré salir puntual y cenaremos los dos como Dios manda, ¿te parece bien?

—No puedo. Tengo ensayo.

—Ensayo.

—Sí.

—¿No crees que deberías estudiar en lugar de aporrear tambores en un sótano?

—En un garaje.

—Me has entendido perfectamente.

Charlie se encogió de hombros y se levantó de la mesa. Cogió la mochila del suelo. El perro de los vecinos empezó a ladrar otra vez. Se le oía desde Asheville Road, y seguramente incluso desde la autopista.

—Alguien tendría que matar a esa cosa, hacerle un favor al mundo —dijo Charlie, de camino hacia la puerta.

—Sé amable.

Sonrió a su madre a través del tupido velo de sus miedos.

—Yo siempre soy amable.

Y se fue.

Lo primero que hizo Denise fue escupir el beicon. Lo segundo, apagar la radio. Cómo odiaba aquella música. En la residencia también sonaba todo el día, obligando a los ancianos a tragarse la música igual que se tragaban los medicamentos. «Engúllela, es buena para ti, aunque lo único que haga es atontarte todo el día». Los hispanos, al menos, traían su propia música, melodías rítmicas y chillonas con las que se podía bailar, por mucho que ella no lo hiciera nunca. Era consciente de que siempre pasaba más tiempo de lo debido en la habitación de la señora Rodríguez, aseando aquel cuerpo rollizo y moreno con la música sonando de fondo, las flores encima de la mesa y la hija de la mujer sentada tan tranquila al lado de la cama haciendo crucigramas, por mucho que la señora Rodríguez llevara ya más de dos años sin reconocer a ninguno de los suyos. Le gustaba dedicarse al aseo de los ancianos. A aquellas alturas ya estaba inmunizada contra los olores, y la piel de la señora Rodríguez era menos frágil que la de la mayoría; no tenía que preocuparse porque sus huellas le quedaran marcadas, como sucedía con los blancos. Resultaba relajante poder tocar a alguien de aquella manera, sin ningún tipo de deseo ni discusiones. Solo piel contra piel. Un cuerpo, un paño, un servicio de utilidad. Por eso se quedaba más tiempo. Sabía que no era justo para los demás pacientes, que no tenían ni familiares, ni flores, ni música. Se dijo a sí misma que hoy no se quedaría allí tanto rato.

Se levantó para disfrutar del silencio, lavó los platos mientras visualizaba la habitación de la señora Rodríguez. Después de recogerlo todo, se apoyó en la encimera y miró el reloj, intentando no pensar en nada. Las siete. Las siete y media. Sabía que el nombre seguía corriendo libremente en algún espacio recóndito de su cabeza y que la pastilla lo amortiguaba lo suficiente como para no oírlo. Cuando la manecilla de los minutos alcanzó las siete cincuenta y cinco, apuró la taza de café y soltó el aire, aliviada.

Porque ya había empezado. Su jornada, larga, larguísima.

La residencia de ancianos Oxford había sido un lugar con aspiraciones. Las plantas artificiales, las columnas y los cuadros con paisajes de montaña que colgaban en las paredes eran la prueba. Incluso el nombre, que no tenía relación alguna con la reconocida universidad; simplemente a alguien le había parecido que sonaba bien. Pero era evidente que por el camino algo había ido terriblemente mal. Los suelos de linóleo estaban violentamente estampados con las rayadas de un exceso de sillas de ruedas, camillas y palos de suero; el vestíbulo olía solo un poco a productos de limpieza Lysol y a los pitillos del vigilante de seguridad, y mucho a la piel rancia y correosa de los muy viejos y los muy enfermos. El techo de encima de la entrada del ascensor se caía a tiras como consecuencia de las humedades y llevaba tanto tiempo sin reparar que la herida se había vuelto negra, como una rodilla pelada que había acabado en gangrena.

Era una cuestión de preocuparse por el tema, creía Denise. Como a nadie le preocupaba, no pasaba nada. La dirección había cambiado tantas veces que nadie estaba seguro ni de quién era ni de dónde estaba el actual propietario; los pacientes no estaban lo suficientemente implicados como para quejarse, y tampoco aparecían muchos familiares, a pesar de que la residencia estaba solo a veinticinco kilómetros de la ciudad. Era un círculo vicioso: era un lugar tan deprimente que nadie quería ir, y como no iba nadie ni se quejaba nadie, era cada vez más deprimente. En otro momento de su vida, Denise habría asumido la carga de adecentar el lugar, de empezar a hablar con los responsables de limpieza para averiguar qué tipo de limpiador utilizaban, si acaso lo hacían, pero últimamente no tenía interés por asumir otras responsabilidades que no fueran las propias.

Hacía la parte que le correspondía; mantenía una expresión agradable y desempeñaba su trabajo como mejor podía a pesar de la tremenda tormenta de mierda que a veces le caía encima (no le gustaba utilizar palabras malsonantes, pero había situaciones que lo exigían). Seguía adelante a pesar del techo podrido y de la desenfrenada falta de personal que dejaba a los pacientes sin vigilancia, a veces durante varias horas seguidas, y a pesar de que el almacén se quedase sin reservas de Dilaudid y de morfina justo cuando más los necesitabas. Estaba agradecida por tener trabajo, agradecida por el sueldo que recibía y por que sus tareas absorbieran de tal modo su cuerpo y su atención, y le dejaran poco tiempo para pensar. Aun así, últimamente notaba que la cabeza se le iba un poco más de lo que le gustaría. Por ejemplo, el señor Costello, que se estaba muriendo de cáncer de pulmón. ¿Por qué le habría preguntado si tenía miedo? ¿De dónde había salido aquella pregunta?

Tal vez la ecuanimidad del señor Costello hubiera podido con ella. Tenía tubos que le conectaban la nariz con la bombona de oxígeno que había al lado de la cama, apenas comía otra cosa que no fueran sorbetes y huevos revueltos, pasaba la mayor parte del día durmiendo mal y, con todo y con eso, sus adormilados ojos verdes, que supervisaban la desintegración de su cuerpo, parecían siempre risueños; satisfechos, incluso.

—¿Cómo voy?

Denise estaba verificando el oxígeno.

—Muy fuerte todavía.

—Maldita sea. Yo ya esperaba estar muerto a estas alturas.

—Vamos, no diga eso.

—Creerá que miento, pero no.

—¿No tiene miedo?

Las palabras habían salido de su boca antes de que cayera en la cuenta de que estaba pronunciándolas.

—No. Soy el último mohicano. Todos los demás ya se han ido.

Agitó la mano, como si su mujer y sus amigos acabaran de salir de la habitación.

—Pues eso está bien —replicó ella, añadiendo rápidamente—: Lo de que no tenga miedo, me refiero.

Él la miró con curiosidad. Era un anciano muy inteligente. Había sido algo… ¿Químico? ¿Ingeniero?

—¿Por qué debería tener miedo?

Denise sonrió.

—No sabía que fuera usted creyente, señor Costello.

—Ah, no, no lo soy.

—Pero sí piensa que hay algo más. Después de esto.

—La verdad es que no. Aunque creo que es probable.

—Entiendo, sí. —Notó que empezaba a sudar—. ¿Y eso no le preocupa? ¿No le resulta desagradable esa idea?

—¿Pretende convertirme a estas alturas? —preguntó él—. ¿O es más bien al revés?

No sabía muy bien a qué se refería con aquello de «al revés», pero no le gustó.

—Siento haberle molestado —murmuró, concentrándose de nuevo en la bombona de oxígeno. Estaba medio vacía.

—¿Sabe lo que resulta desagradable de verdad, señora Crawford? Esos tubos metidos en la nariz. Son un auténtico fastidio. ¿Cree que podría quitármelos?

—Sabe muy bien que no puedo hacerlo.

El señor Costello sonrió testarudo.

—¿Y por qué no? ¿Dónde estaría la diferencia?

—Si le pongo un poco de vaselina estará mejor.

—No, no. No se moleste.

El señor Costello se miró las manos. Tenía la piel frágil, como el papel de seda que se utiliza para enviar cartas al extranjero, pensó Denise. Se preguntó si aún se utilizaría ese papel, si la gente escribiría todavía aquel tipo de cartas. Seguramente todo debía de funcionar ahora con el correo electrónico. Las únicas cartas que ella había recibido habían sido las de Henry, hacía muchísimo tiempo. Finos sobres azules procedentes de Luxemburgo, de Manchester y de Múnich que llegaban a su pequeño buzón de Millerton, Ohio. Luego se quedaba en la acera, percibiendo en la mano el calor de sus latidos. Pasaba horas interminables observando las letras trazadas con desenfado con tinta azul sobre la delicada superficie, intentando descifrar las palabras, deleitándose con las tiernas frases desechables: «... y deseando que estuvieras aquí para escucharlo». Eran los primeros tiempos, antes de que Henry y ella se casaran, cuando ella era maestra auxiliar y él tocaba en los clubs de Dayton y hacía giras.

¿Pero qué estaba haciendo?, se dijo. ¿Por qué pensar en eso ahora? ¿Qué le pasaba?

—Durante toda mi vida he pensado: «Mueres y estás *kaput*» —estaba diciendo el señor Costello—. Estás acabado y estás acabado. Pero ahora, si quiere que le sea sincero, no estoy siempre tan seguro. No creo en Dios ni en nada de eso. No me malinterprete. Lo que pasa es que imagino que no tengo una mala sensación al respecto, supongo.

—Me alegro de oír eso —dijo ella.

Siguió manipulando la bombona de oxígeno. Decidió que aún no era necesario cambiarla. Que a lo mejor le sobreviviría.

A las cuatro, después de acabar con las bacinillas, dar la vuelta al señor Randolph, ver qué tal iba la señora Rodríguez, simplemente porque le gustaba ver la media sonrisa agotada de la mujer varias veces al día, llamó a Henry. Lo hizo desde la enfermería, y escuchó el teléfono sonar y sonar, y, justo cuando estaba a punto de colgar, la voz resonó en su oído.

—¿Diga? ¿Diga?

No dijo nada. Oía de fondo música que le resultaba familiar. Thelonious Monk, *Pannonica*. Fue como un golpe fuerte en las rodillas. Aún estaba a tiempo de colgar.

—¿Denise? ¿Eres tú?

—Soy yo.

Henry rio entre dientes.

—Conocería ese silencio donde quiera que estuvieras.

—Pues bien —dijo ella. Y le dio otra ración.

—¿Va bien Charlie?

—Sí, va bien.

¿Cuántos meses llevarían sin hablar? Había perdido la cuenta.

—¿Y tú cómo estás?

—Estoy bien, Henry. ¿Y tú?

—Bueno, ya sabes. Al final se cargaron al director, lo mandaron a tomar viento, y ahora tenemos otro, igual de gilipollas. Y no me empieces ahora con lo del dinero. Ahora ya no tengo ni aula ni piano. Voy de aula en aula con un carrito, como si estuviera vendiendo rosquillas. Ya me contarás cómo se puede hacer algo con un carrito.

—Pues no lo sé.

No le apetecía hablar sobre enseñanza. Pero visualizó igualmente el aula, la sensación del polvo de la tiza en los dedos, las paredes cubiertas con cartulinas de colores. Hoy en día ya no utilizaban tiza. En el instituto de Charlie solo tenían pizarras electrónicas.

—Los hago cantar *a capella*. Y si quieres que te diga la verdad, un chaval de segundo cantando *a capella* es de lo más penoso. «*This land is your land…*».

Canturreó desafinando a propósito; el sonido llenaba su silencio. «Lo intenta —pensó ella—. Se esfuerza de verdad».

—¿Y qué hace Charlie?

—Sigue loco con esa banda. Se pasa el día ensayando.

—¿Ensayando? ¿Y es bueno?

—No lo sé. —Lo reflexionó—. Es posible.

—Pues que Dios lo ayude.

—¿Te has vuelto religioso?

—Un batería necesita toda la ayuda que sea posible.

Rieron, un destello de la antigua complicidad que le provocó a Denise una punzada en la garganta.

—Podrías llamarlo, ya sabes. Oír qué te cuenta. Sé que te echa de menos. No lo dice, pero lo sé.

—No lo dice, vaya.

Denise notó que la rabia empezaba a abrasarlo.

—Es un chico cerrado. Un adolescente. Eso es todo. No significa nada.

—¿No?

—Henry.

—Solo dime una cosa. ¿Pronuncias alguna vez mi nombre en esa casa? ¿Piensas alguna vez en mí? ¿O es como si nunca hubiera vivido allí? Porque esa es la sensación que me da.

—Por supuesto que hablamos de ti, constantemente —replicó, mintiendo—. Han pasado cinco años, Henry, y creo que ambos necesitamos...

—Cinco años no son nada. Cinco años es una mierda.

Denise puso mala cara. Sabía que hablaba así para provocarla. Y a ella no tenían que provocarla.

—De acuerdo. Bueno, sobre este tema, voy a...

—¿Denise? ¿Sabes qué día es hoy?

No dijo nada.

—Por eso me has llamado, ¿verdad? Para hablar de Tommy.

El nombre la sorprendió. Se pasó unos instantes sin respirar.

—No —dijo.

—Lo veo constantemente. ¿Sabes? En sueños.

—Mira, Henry. Voy a colgar.

Pero siguió allí, aferrada a él.

—Está a los pies de la cama, mirándome, ¿sabes? Con esa mirada que tenía. Como si quisiera que lo ayudaras pero sin pedírtelo.

Denise siguió en silencio. Era por esto por lo que no habían salido adelante: ella se puso en movimiento, como si pudieran encontrar a Tommy de esa manera y solo de esa manera, mientras él seguía paralizado, cabizbajo, dejando que los hechos lo destrozaran una y otra vez.

—¿Sigues pensando que Tommy regresará algún día? No pensarás eso, ¿verdad? ¿Denise?

Su voz denotaba una urgencia que llegaba hasta el fondo…, una voz que era como una mano hurgando en su interior, enrollando sus tripas sobre sí mismas una y otra vez, como si fueran una madeja de lana. De repente se dio cuenta de que el nombre no había dejado de repetirse desde que se había levantado con él por la mañana. Que llevaba todo el día allí, como un telón de fondo. Iba a vomitar. Si no colgaba el teléfono, acabaría vomitando. Le empezaron a temblar las manos.

—¿Denise?

Se armó de valor para decir algo. Pero no había nada que decir.

Colgó.

Iba a vomitar.

No. No iba a vomitar. (Para empezar, no había comido nada en todo el día).

Bien. Entonces necesitaba una pastilla.

No. No la necesitaba.

Cerró los ojos y contó hasta diez.

Luego hasta veinte.

Siempre volvía a casa por el camino más largo, por la autopista hasta la salida y, luego, desde allí, retrocedía un poco, pero hoy se metió en el coche y, sin comunicarse ni a sí misma qué estaba haciendo, se dirigió hacia la calle principal y giró a la derecha en el semáforo. Luego siguió recto para atravesar la ciudad, pasó por delante de las diversas consultas médicas, de la tienda de todo a cien, de la licorería y del Taco Bell, por delante de los bomberos y de los grandes almacenes con puertas y ventanas tapiadas, en dirección a los maizales donde estaba el desvío hacia su casa, y McKinley.

La escuela de enseñanza primaria de McKinley era una caja achaparrada de hormigón con estrechos agujeros verticales; se construyó en los sesenta, cuando no creían en las ventanas, y tenía ese aspecto sombrío de cárcel que a veces tienen las iglesias y las escuelas de aquella época. El interior era otra historia, las paredes de los pasillos repletas de dibujos y viñetas, las aulas vibraban con la fuerza vital de los niños que estudiaban allí.

Llevaba años evitando aquel edificio, como esa cara que intentas borrar de tu mente, pero allí estaba, donde siempre había estado, a apenas cinco minutos de su casa, y en aquel instante cayó en la cuenta de que durante los años que llevaba trabajando en la residencia había una parte de ella que sabía lo que pasaba, en cada momento, en aquella escuela: a las 8.45 sonaban los timbres y los alumnos formaban filas para entrar en las aulas, a las 12.40 era la hora de la comida, a las 13.10 empezaba el recreo. Había impartido clases allí durante once años y tenía los ritmos incrustados en los huesos.

Aparcó delante de la escuela, a dos puertas de casa de los Sawyer, donde Tommy iba algunos días al salir para jugar a videojuegos con Dylan. Los videojuegos en casa de los Sawyer, recordó ahora, eran más violentos que los que ella le dejaba a Tommy y habían discutido por eso. Henry y ella discutían sobre si tendrían que decirle algo al respecto a Brenda Sawyer o, mejor dicho, era ella la que albergaba dudas, puesto que su repulsa hacia los juegos violentos entraba en pugna con su reticencia natural a decir a los demás cómo debían educar a sus hijos, hasta que Henry se hartó del tema y juró llamar por teléfono a Brenda y decirle que su hijo ya no mataría a tiros a nadie más, aunque fuera en un juego.

Y al final…, al final no había habido necesidad de solucionar el asunto. No habían tenido oportunidad de comprender, o de averiguar, qué tipo de padres acabarían siendo con Tommy cuando él tuviera nueve años y medio, u once, o quince. Los Sawyer habían formado parte de la multitud que durante las primeras semanas se había dedicado a pegar carteles de Tommy por todo Greene County, que, con emoción contenida, había obsequiado con rosquillas y café a los agentes de policía, con una intensidad que Denise había agradecido de entrada pero que, a medida que los días pasaban, había acabado molestándola sin que pudiera evitarlo. Brenda y Dylan habían estado entre los pocos que habían seguido pasándose por su casa un mes después de la desaparición de Tommy, con un plato de comida casera y unas flores, como si les hubiera resultado imposible decidir qué llevar. Denise los había observado desde la ventana de su dormitorio, madre e hijo esperando en el umbral de la puerta con expresión nerviosa, había visto sus cuerpos distenderse de alivio al comprender que finalmente no los iban a dejar pasar. Habían dejado la comida y las flores en la entrada y, en cuanto se habían alejado, ella había tirado a la basura las flores y aquellos fideos asquerosos que la mujer había preparado, había lavado y frotado con fuerza la fuente de cristal y había mandado a Henry a devolvérsela aquella misma tarde, para poder quitarse de encima a aquella gente para siempre.

Allí estaba la casa gris de los Sawyer con el aro de baloncesto, igual que siempre, y allí estaba McKinley. En el despacho había luz. Demasiado tarde para las extraescolares y tampoco había coches suficientes como para sugerir que estuvieran celebrando alguna reunión; de modo que imagino que serían los vigilantes. O el doctor Ramos, que siempre trabajaba hasta muy tarde.

Si es que seguía siendo el director. Lo más probable, de todos modos, era que hubiera ascendido. Siempre había sido un hombre ambicioso.

De pronto se apagó la luz. Tenía que marcharse. Pero permaneció sentada en el coche hasta que la robusta figura de Roberto Ramos salió del edificio y se dirigió hacia su coche, que estaba estacionado en el aparcamiento. El mismo Subaru. Hurgó en el bolsillo para buscar las llaves y entonces, como por instinto, levantó la vista y vio el coche aparcado al otro lado de la calle. Sus miradas se cruzaron incluso a tanta distancia, una figura alta con abrigo negro, una camioneta desvencijada. Denise se estremeció y se frotó los brazos. A lo mejor se limitaba a saludarla con la mano y luego subía al coche y se marchaba. Confiaba en que lo hiciera.

Pero allí estaba, dando unos golpecitos a la ventana. Denise esperó un microsegundo y abrió la puerta. Ramos entró rápidamente y se sentó a su lado, una oleada de aire y de calor humano, tan intensa —aquellas mejillas sonrosadas, el cabello negro, la bufanda roja— que le dolieron incluso los ojos de mirarlo. Supo que era un error haber ido hasta allí. Demasiados errores en lo que iba de día. Fijó la atención en el volante.

—Denise. No sabes cuánto me alegro de verte.

—Solo pasaba por aquí de camino a casa. Ahora trabajo en la residencia Oxford, en Crescent Avenue.

—Sí, ya había oído algo.

Ramos se frotó las manos. Llevaba guantes de invierno.

—Vaya primavera que llevamos. Parece mentira que estemos en abril.

—Sí.

—¿Qué tal te tratan en esa residencia?

—Bien, gracias. Son buena gente, la mayoría, claro.

—Me alegro. Aquí dentro está helado, ¿podrías…?

Denise puso el coche en marcha. La calefacción cobró vida.

Estuvieron un rato sin decir nada, entrando en calor.

—Así está mejor, ¿no te parece?

Denise asintió.

—Te echamos de menos. Te echo de menos. La mejor maestra de primero que hemos tenido nunca.

—Seguro que no es verdad.

Ramos dejó la mano enguantada encima de la mano desnuda de Denise y ella le dejó hacer, el calor apagado de su piel atravesando lentamente el cuero. Su director; habían trabajado juntos muchos años. Hacía ya seis años. Poco tiempo, por mucho que durante aquel periodo ella hubiera vivido mil vidas.

Nunca habían hablado de lo sucedido entre ellos, y ella lo agradecía. Pero, aun así, era uno de los pocos recuerdos que guardaba —que soportaba recordar—, aquella media hora, seis años atrás, después del baile de San Valentín en la escuela. Ocho meses después de que Tommy hubiera desaparecido.

Eran aquellos meses, al principio, en los que pensaba que tal vez podría reemprender la vida a partir de donde la había dejado, que todo le sería más fácil si continuaba adelante con lo que había hecho siempre, cuidar de Charlie, dar sus clases. Cada noche seguía entrando en *encontraraTommy.com*, claro está, y dejaba octavillas nuevas en la biblioteca cuando veía que otras habían acorralado a las viejas, cuando la barbilla de Tommy quedaba tapada por una oferta de clases de yoga o de «mi bebé y yo». Ya no tiraba a la basura las octavillas ofensivas, sino que se limitaba a apartarlas, a alejarlas varios centímetros del rostro dulce de su niño, y luego se marchaba.

El doctor Ferguson pensaba que volver al trabajo tal vez no fuera malo para ella, cualquier cosa con tal de volver a la realidad. Pero la tristeza nunca acabó de abandonar del todo la cara de los demás maestros cuando la miraban;

cuando entraba en la sala de profesores notaba que las risas cesaban en seco aunque, la verdad, siempre había sido así. Nunca supo muy bien por qué. A lo mejor la tenían por demasiado recatada para el tipo de chistes que contaban, pero entonces a ella le habría gustado escucharlos. Tampoco los padres se sentían cómodos con ella, pero eso le daba igual. Era un robot, no una mujer, aunque eso no tenía por qué saberlo nadie. A los niños les daba un poco de miedo que les diera clase la mujer cuyo hijo había desaparecido, sabían que no estaba del todo bien, que le pasaba algo que eran incapaces de expresar en palabras.

Pero estaba bien. Sobre todo cuando tenía cosas que hacer. Por eso se presentó como voluntaria para controlar a los jóvenes el día del baile de San Valentín, y por eso se había quedado hasta tarde, limpiando.

Solo quedaban ellos dos. El doctor Ramos había dicho a los demás profesores que podían marcharse y ella había sido la única que se había resistido. Estuvieron trabajando en silencio, retirando los banderines como si fueran telarañas del color de los caramelos, barriendo migas de madalenas, confeti y corazones de papel.

—De verdad que tendrías que marcharte ya a casa —había dicho él al cabo de un rato—. Ya acabo yo. Seguro que tu marido estará esperándote.

—No —replicó ella.

No quería marcharse. En casa no tenía nada que hacer.

—¿Perdón? No te he oído bien.

—Solo quería decir que Henry está por ahí de gira y Charlie se queda esta noche en casa de su abuela. ¿Por qué no te marchas tú, y le compras por el camino unas flores a tu mujer?

—Cheryl y yo estamos separados. —Se sentó en las graderías y se tiró del pelo con las manos—. No quería decirlo.

—No lo sabía. Lo siento.

—Yo también. Son cosas que pasan. —De pronto, sus ojos se humedecieron—. Mierda. No era mi intención hacer esto. Lo siento mucho, Denise. Soy un imbécil.

Nunca antes la había llamado Denise. Siempre señora Crawford. Ella tomó asiento a su lado.

—¿Por qué lo sientes?

—Siento estar aquí sentado, sintiendo lástima de mí mismo cuando tú…

—Calla, no digas eso. —Lo interrumpió rápidamente—. ¿Y no puedes solucionarlo con tu mujer?

—Ella no quiere. Cree que hay… —Hizo una mueca—. Que hay alguien más. —Se encogió de hombros, los ojos cada vez más rojos. Sacó una petaca del bolsillo de la chaqueta y le dio un trago, meneó la cabeza—. Mierda. Siento…

—¿Puedo beber un poco?

—¿Qué? —La miró de reojo, sorprendido, y por primera vez fijó la vista en sus ojos—. Por supuesto.

Denise cogió la petaca, bebió un trago, luego otro. El licor le quemó los labios, suave y áspero al mismo tiempo.

—¿Qué es esto?

Él sonrió al ver su reacción.

—Whisky del bueno. ¿Te gusta?

—Es… interesante.

—Sí.

Estuvieron un rato sentados en las gradas, bebiendo, el calor del whisky chapoteando en el interior de ella. El local estaba en silencio y todo brillaba, los deslumbrantes montones de corazones de caramelo y claveles pisoteados repartidos por distintos rincones del reluciente suelo de madera. Un bosque de banderines rojos a medio retirar colgaba todavía del techo. Un espacio de sobra conocido inmerso en la rareza. Denise bebió un trago más y se relamió.

—Está bueno.

—Sí.

Un globo rosa se despegó del techo y empezó a descender lentamente hacia el suelo.

—No sé cómo lo haces —murmuró él—. Siguiendo adelante de esta manera. Eres una mujer asombrosa.

—No.

Aquel tipo de conversaciones le despertaban recelos. Ni que estuviera en posición de elegir qué era capaz de soportar y qué no. Puso la mano en el brazo de él. Tenía la visión agradablemente borrosa.

—Eres un buen hombre y ella es una estúpida. Cualquier mujer debería sentirse feliz de tenerte a su lado.

Le habría gustado decir más cosas que no podía decir. Cosas que tenían que ver con el hecho de que Henry llevaba ya varias semanas ausente, con cómo sonaba su voz cuando ella lo llamaba por teléfono, un tono de voz distante, como si dondequiera que estuviera lo atrajera de tal manera que le impidiera estar con ella ni unos segundos siquiera. Y ella en casa con Charlie, noche tras noche intentando ser una madre para él, dándole la cena, bañándolo y leyéndole cuentos antes de meterse en una cama que era un vacío. No se permitió expresar en voz alta aquellas cosas, pero es posible que Roberto las escuchara. Se volvió hacia ella con una expresión inquisitiva y ella lo besó, o dejó que él la besara, o, en cualquier caso, sus labios se unieron y Denise sintió que su corazón espectral empezaba a dar vueltas, que giraba y giraba a toda velocidad hasta que no quedó nada de él... La antigua Denise jamás haría una cosa como aquella, jamás se dejaría caer sobre las duras graderías metálicas ni besaría a un hombre con la tremenda fuerza que recorría todo su cuerpo. La nada de su interior se llenó de pronto con el ambiente cargado del gimnasio, con el olor a balones de baloncesto, a sudor, a colchonetas de plástico, a claveles, con el sabor de aquel whisky, con el deseo que se elevaba para llenar, como el humo, hasta la última rendija vacía que encontrase a su alcance.

No sabía qué instinto la llevó a apartarse un poco, a colocar ambas manos sobre el pecho de él con una pizca de fuerza, un empujón minúsculo que ella no quería ni pensaba dar pero que fue suficiente para que él retrocediera, abochornado, y desapareciera corriendo, dejando a su paso una ristra de disculpas. Debió de ser la madre que llevaba en su interior, que seguía viva, incluso en aquellas circunstancias, la que la apartó de aquel momento de olvido que tanto ansiaba. Después de aquello, se quedó en el gimnasio una hora más, barriendo, frotando contra sus labios ardientes los pétalos marchitos y resbaladizos de un clavel.

No podía volver a hacerlo. Ni lo del whisky ni lo del hombre. No cuando la atracción era tan fuerte y Charlie era aún tan pequeño. Al día siguiente llamó para decir que estaba enferma, y al otro, y ya no volvió nunca más a la escuela. No respondió a las llamadas ni a los mensajes de Roberto. Presentó todo el papeleo necesario y se quedó en casa. Nadie le preguntó al respecto; era como si durante todo ese tiempo hubieran estado esperando que sucediera.

—Si quisieras regresar —estaba diciéndole ahora Roberto, acariciando el borde de la guantera como si fuera una caja fuerte que tal vez decidiera abrir—, podríamos encontrar algo…, podríamos emplear otra especialista en lectura.

Denise negó con la cabeza.

—No puedo volver.

Él se encogió de hombros con resignación.

—De acuerdo.

—¿Qué tal te va todo, Roberto? Pareces cansado. ¿Estás bien de salud?

—Estoy bien, sí. He…, mi esposa ha tenido un bebé.

—¿Un bebé?

—Hace dos meses.

Sonrió aun sin quererlo, la luz pura y azul de su alegría abriéndose paso entre la tensión reinante en el coche, sorprendiendo a Denise como si de pronto hubiese salido un pájaro de la guantera y estuviera revoloteando por encima de su cabeza.

—Estoy cansado, ya sabes cómo van estas cosas. Pero está bien. Bien de verdad.

—¿Así que volviste con Cheryl?

—¿No te enteraste? Me casé con Anika. ¿Anika Johnson? Ahora es Anika Ramos. Daba clases de…

—Pero si es…

—¿Sí?

Ramos la miró fijamente.

—Es encantadora.

—Sí.

«Si es de lo más vulgar», era lo que iba a decir. La señorita Johnson, con su pelo liso de rata de color castaño y su tez cetrina, sus labios finos como una línea dibujada en la cara. Nada que ver contigo. Pero podía mantener la boca cerrada. Podía hacerlo.

La señorita Johnson era la maestra de Tommy y había enviado un predecible centro floral con una nota predecible: «… siento mucho todo lo que estáis pasando. Tommy es un niño encantador. Si hay algo que pueda hacer, bla, bla, bla». La vida seguía moviéndose a tal velocidad que ni podía seguirle la pista. Un nuevo bebé en el mundo. El mundo seguía girando, y girando… ¿Cómo era posible? Mientras ella estaba, estaba…

—¿Estás bien, Denise? ¿Puedo ayudarte en algo?

Estaba mirándola con ansiedad, como si buscara un dolor que pudiera arrancar de un plumazo con aquellos dedos fríos cubiertos con guantes.

Denise se apartó y recompuso las facciones hasta recuperar la cara que utilizaba día sí, día también, aquella cara que se había convertido en su cara.

—Estoy bien, gracias por preguntar.

Siguió sentada sola en la frialdad del coche. Apagó la calefacción en cuanto él se marchó, después de que abriera la puerta, dejara que el aire gélido de la noche entrara y volviera a cerrarla, las anchas espaldas de Roberto desapareciendo en la oscuridad. Lo visualizó acercando la cara a la piel suave y cálida del bebé, agradecido y con miedo. Ahora lo llevaba siempre con ella, aquel miedo que provocaba en los ojos de los demás padres.

El frío le permitió mantener la cabeza centrada, en estado de alerta. Iba a hacerlo. En cuanto se sentó allí supo que ese día ya no lo resistiría más. Iba a llamar.

Lo había ido atrasando durante todo el día, hablando con Henry, viendo a Roberto, haciendo todo lo que siempre intentaba no hacer, excepto la cosa más importante, la cosa que evitaba hacer cada hora de cada día, cuando tachaba los días del calendario cada vez que conseguía resistirse con éxito al impulso, meses y años de «X» pintadas de negro hasta que sus sesiones semanales con el doctor Ferguson pasaron a ser una cosa del pasado y llegó casi a olvidar qué era lo que tachaba. Pero ahora nada de todo eso tenía importancia, tenía que hacerlo, de modo que cogió el teléfono y marcó el número que llevaba grabado con trazo desigual en el corazón.

—Teniente Ludden al habla.

Había cogido el teléfono cuando estaba contándole algo a alguien, alguna historia; su voz había sonado desenfadada, chistosa. Se oían más voces de fondo, desabridas, rutinarias. Casi era posible oler el aroma del café siempre quemado de la comisaría.

—Ahora es teniente.

Él reconoció su voz, por supuesto, por mucho que hubieran pasado los años. Es imposible recibir la llamada de alguien a las once de la noche, luego otra vez a las ocho de la mañana, y luego otra vez al mediodía, así cada día durante años, y que no se te quede esa voz grabada con fuego en el subconsciente. Ese era el objetivo.

—Sí.

Denise percibió el agotamiento que desangraba la voz en cuanto oyó la de ella.

—¿Y cuándo ha sido eso?

—Me ascendieron el año pasado.

—Soy Denise Crawford.

—Lo sé. Buenas tardes, señora Crawford. ¿Qué tal está?

—Ya sabe cómo estoy.

Aquella era su personalidad real, su voz real, ronca y determinada. Tal vez por eso le había costado tanto no caer en la tentación de llamarlo.

—¿Y qué puedo hacer por usted esta tarde?

—Ya sabe qué puede hacer.

El teniente resopló.

—Si hubiera habido noticias, la habría llamado, señora Crawford.

—Solo quería verificarlo. La investigación. Cómo va todo.

—Cómo va la investigación.

—Sí.

Se produjo una larga pausa.

—Sabe que han pasado siete años.

Lo dijo el teniente con un hilillo de voz, casi suplicante. Sabía que había agotado a aquel hombre. Lo consideró una especie de victoria.

—Seis años, diez meses y once días, para ser exactos. ¿Está diciéndome que han cerrado la investigación? ¿Es eso lo que está diciéndome?

—Por lo que a mí se refiere, señora Crawford, este caso no se cerrará hasta…, hasta que encontremos a su hijo. Pero debe…, debe comprender que cada día tenemos nuevos casos. La gente sigue muriéndose en Greene County, señora Crawford, y esa gente también tiene madres, y también tengo que rendir cuentas con esas madres.

—Tommy no está muerto —dijo, sus palabras planas, automáticas.

—No he dicho que lo esté —replicó el teniente con voz cargada, desesperada.

Así era cómo se hablaban, la única relación verdadera que ella tenía en el mundo.

Denise miró por la ventanilla. Lo único que logró ver fue su reflejo, unos ojos que eran los de ella de verdad, que no eran feroces, como la voz, sino cansados, muy cansados. Notaba en la boca un sabor que llevaba allí todo el día, un sabor a quemado.

—Pero sigo teniendo los ojos abiertos. No lo olvido. ¿Entendido? No he olvidado a ninguno de ellos, y muy especialmente a Tommy. ¿Entendido?

—A lo mejor podría volver a repasar los archivos. A lo mejor se le pasó por alto algún detalle y ahora le llama la atención, después de todo el tiempo transcurrido. O a lo mejor ha ocurrido algo en alguna parte que podría tener alguna relación...

Hubo una pausa.

—Hay algo.

Se le aceleró el pulso. Ay, cómo lo conocía. Lo intuía en su silencio.

— ¿De qué se trata?

—No. No es nada.

—Hay algo.

—No.

—Sé que ha encontrado algo. Lo noto en su voz. Cuénteme de qué se trata.

—Hace unos meses desapareció un niño en Florida. Tal vez haya oído hablar del caso.

—Ya no leo los periódicos. ¿Y lo han encontrado? ¿Han encontrado a ese niño?

La voz le temblaba de excitación mientras sus entrañas se retorcían de envidia. La palabra resonaba en sus oídos: «encontrado», «encontrado».

—Encontraron el cuerpo.

Otra vez el dolor, la angustia. Por ella, por los padres del niño, por todos los padres del mundo.

—¿No se enteró?

—¿Cómo murió el niño?

—Asesinado.

—¿Cómo?

—Eso no puedo contárselo.

—Detective. Sabe que puedo oírlo. Lo sabe. Ahora cuénteme: cómo-fue-asesinado-ese-niño —dijo, esforzándose por mantener un tono de voz equilibrado.

—No, forma... Forma parte de la investigación. No lo sé ni yo. No es un caso que lleve yo, pero nos mantienen informados. Hay similitudes.

—¿Hay similitudes?

El teniente suspiró.

—El niño tenía nueve años. Afroamericano. Encontraron una bicicleta.

—¿Una bicicleta? Pero..., pero..., pero si había una bicicleta. Encontramos la bicicleta de Tommy, junto a la carreta.

—Conozco los detalles del caso, señora Crawford.

—Y el hombre que hizo eso, el que asesinó a ese niño de Florida...

—No ha sido capturado todavía, no. Están trabajando día y noche, se lo aseguro.

—Día y noche. Sí.

Ya sabía cómo iba eso de trabajar día y noche. Con urgencia durante un día, una semana, un mes, y luego una hora aquí, unos minutos allá.

—Mire, la mantendré informada si tenemos noticias. Aun en el caso de que encontraran al asesino, no existen grandes probabilidades de que haya una relación. Lo sabe,

¿no? Es más que probable que fuera algún conocido, un pariente, un amigo de la familia…

—¿Dónde encontraron el cuerpo?

—Señora Crawford.

—¿Dónde lo encontraron?

—En un riachuelo, detrás de la escuela del niño.

—Pero… hay riachuelos por todo el país. Hay que organizar una patrulla…

—Señora Crawford. No existe en el condado un solo centímetro que no haya inspeccionado yo personalmente. Lo sabe. La llamaré si encontramos algo relevante. Mire, aunque no lo haya, si encuentran a ese cabrón los de Florida, la llamaré el mismo día. ¿De acuerdo?

—¿Personalmente? —dijo, soltando el aire con amargura.

—Sí.

—Hoy es su cumpleaños.

—¿Qué?

—Es el cumpleaños de Tommy. Cumple dieciséis años.

Una pausa.

—Cuídese mucho. ¿Entendido? Señora Crawf…

Pero ya había colgado el teléfono.

19

En el motel, Anderson se tumbó en la cama, torturado por la angustia.

Había cometido un error. Sus facultades no funcionaban al cien por cien. No había sabido encontrar la palabra «lagartos» y había escrito «reptiles». Ya ni siquiera era capaz de seguir las instrucciones de un GPS; la voz decía una cosa y su cerebro escuchaba otra.

La impaciencia había podido con él. Un caso norteamericano, sólido y bien documentado: había pensado que con él conseguiría marcar la diferencia. Las últimas semanas había dejado volar la imaginación con aquella posibilidad, dormitando por las noches y soñando con la validación de sus teorías, pero al despertarse… un error tras otro. Y ahora, estaba acabado.

Oía al niño llorando en la habitación contigua, la madre intentando calmarlo. El llanto se le clavaba como agujas. Y a través de la fina pared no cesaba de escuchar las palabras «Asheville Road».

—¿Cuándo vamos a ir a Asheville Road? —había preguntado Noah alegremente al despertarse en el coche—. ¿Cuándo vamos?

Incluso en el estado desmoralizado en que se encontraba, aquellas palabras lo atravesaron, la excitación del niño encendiendo la suya. «¡Asheville Road!».

—Ya estamos en Ashview, cariño —le había replicado Janie.

—Pero no es este —dijo el niño con paciencia.

—Tal vez, cariño. —Janie miró con intención a Anderson, como si fuera capaz de ver su euforia y le doliera—. Aquí ya hemos acabado.

—¿Ahora vamos al sitio correcto?

—No creo, pequeño. No.

Noah se recostó en la sillita, mirándolos a los dos con expresión de incredulidad. Se dirigió entonces a Anderson:

—Dijiste que me ayudarías a encontrar a mi mamá.

—Ya sé que lo dije. —Movió la cabeza en un gesto de derrota. Les había hecho daño, tanto a la madre como al hijo—. Lo siento, Noah.

—Noey —dijo Janie—, ¿quieres un helado?

El niño ignoró a su madre. Sus ojos, clavados en los de Anderson, rebosaban una desesperación tan enorme que parecía desmesurada para un niño.

—Estoy muy frustrado.

Y volvió la cabeza, dejando de este modo de mirar a los dos adultos, se tapó la cara y rompió a llorar.

Anderson se levantó de la cama. Abrió el minibar, sacó una botellita de vodka, desenroscó el tapón y se la llevó a la boca, para experimentar. Llevaba décadas sin beber vodka. Depositó una mínima cantidad en la lengua y dejó que se quedara allí, mientras decidía, y a continuación engulló el contenido de un trago.

El vodka le calentó el cuerpo de forma agradable, como una mano invisible que lo acariciaba en puntos que hacía años que nadie tocaba. Su cerebro se estremeció al intuir su próxima aniquilación. Se pasó una mano por la cara y al retirarla vio que estaba manchada de óxido. ¿Y ahora qué?

Se miró al espejo. Un chorrito de sangre oscura de la nariz a la boca, las mejillas manchadas también. No podía mirarse a los ojos.

Se taponó la nariz con pañuelos de papel y regresó tambaleante a la cama. Estaba perdiendo el control; sus raíces se desprendían bajo el poder del licor como un árbol víctima de un vendaval, su cerebro virando de repente, de manera inexorable, hacia la única cosa en la que jamás se permitía pensar. El fichero que habría hecho pedazos, de no haber habido evidencias. Su peor caso.

Preeta.

Se tumbó en la cama e intentó volverla a colocar en el lugar donde la había mantenido guardada todos aquellos años, lejos de sus pensamientos diarios. Pero le resultaba imposible no verla. Una niña de cinco años correteando por el jardín con sus hermanos, persiguiendo una pelota, su cabello brillante agitándose. Se había sentido feliz con aquella deliciosa niña como sujeto de estudio, después de largo tiempo trabajando con los niños tímidos y maltratados de los lodazales.

Preeta Kapoor, delgada y encantadora, con ojos grandes y serios.

Creía que sería uno de sus casos más potentes.

La luz del sol se filtraba por las pequeñas ventanas de la casa de hormigón. La madre se había levantado para cerrar las persianas y dejar la estancia en penumbra. La mesa de latón brillaba a pesar de la oscuridad, a él le sudaban las manos. Percibía en la boca el sabor de los dulces y orondos *dumplings*: azúcar, rosa y leche.

Una imagen de madera de Ganesha en la esquina, sin más obstáculos. Un televisor junto a la pared, en la que estaban poniendo una película de Bollywood que no miraba nadie.

—Preeta no hablaba mucho durante sus primeros años —dijo su padre—. Hasta los cuatro, podría decirse que siempre estaba callada.

—Pensábamos que tal vez... —La madre puso mala cara.

—Tenía un retraso mental —prosiguió el padre—. Pero luego, a los cuatro, de pronto empezó a hablar. Y decía: «Necesito ir a casa».

—«Necesito ir a casa a buscar a mi hija», eso decía —añadió la madre—. Decía: «Esta no es mi casa, tengo una hija, tengo que ir a buscar a mi hija».

—¿Y cómo respondieron ustedes?

—Le dijimos que su vida ahora era esta, que a lo mejor estaba recordando otra vida. Pero ella… insistió. Y además, utilizaba palabras que no eran normales.

—¿Palabras? —Bebió un poco más de té—. ¿Qué tipo de palabras?

—Palabras raras —respondió la madre—. Creíamos que se las inventaba. Palabras de niños, no sé si me entiende.

—Sí, la entiendo.

—De modo que las investigué, para la familia —dijo su amigo, el abogado. Sacó unas notas del maletín—. Pensé que era interesante. El caso me interesaba.

—¿Y?

El abogado miró a Anderson moviendo un dedo.

—Jamás adivinará lo que encontré.

Anderson contuvo la impaciencia y sonrió al abogado, un hombre de mejillas rollizas y carácter alegre que sujetaba un pliego de papeles con un celo que Anderson conocía muy bien.

—¿Qué encontró?

—Las palabras son en khari boli, un dialecto de Uttar Pradesh, en el oeste, a más de ciento cincuenta kilómetros de aquí.

—¿Está seguro?

—¡Completamente seguro!

La actitud de aquel hombre exasperó un poco a Anderson; nadie se merecía estar tan seguro.

—¿Y no conocen ustedes este dialecto? —preguntó, dirigiéndose a los padres, que lo miraron plácidamente.

—No, qué va.

—¿Algún pariente? ¿Vecinos de esa región que pudieran conocerlo? ¿Algún conocido?

—Ya he preguntado al respecto —dijo el abogado—. Puede preguntar usted también si quiere. Aquí nadie habla este dialecto. Me he informado de todo.

Le pasó a Anderson sus notas. Anderson se ablandó un poco; al fin y al cabo, tampoco eran tan distintos. El abogado lo había documentado todo, todas las declaraciones de la niña desde el principio, con fechas.

—Me encantaría poder seguir adelante con el trabajo pero, por desgracia, tengo obligaciones.

Miró a Anderson, sus ojitos brillando. Otro hombre embelesado con los hechos.

Anderson miró los apuntes. Un montón de palabras en khari boli; pura jerigonza para su familia pero que Preeta conocía desde muy pequeña.

La niña comprendía palabras de un idioma que ni había estudiado ni había oído: su primer caso de xenoglosia. Había habido otros, pero aquel había sido el más potente.

La preciosa Preeta, con su cabello brillante y sus ojos serios.

Llamaron a la niña para que entrara en casa, pero no habló. Habló el padre, sus manos elegantes enmarcando las palabras en el aire para acompañar sus explicaciones, la madre haciendo circular otra bandeja con almendras asadas, crema de fruta y aquellos *dumplings* azucarados y rosas que a Anderson nunca le parecían suficientes…

—Por las noches siempre llora, y llora, y llora. Dice que echa de menos a su hija.

—Está preocupada por su hermana. Pregunta quién la cuidará. Cuenta que su marido no es un buen hombre. Que los suegros no son buena gente. Dice que quería volver a casa de sus padres pero que el marido no la dejaba. Quiere volver a casa y ver a su hermana.

La niña estaba sentada a la mesa escuchando todo aquello en silencio, la cabeza levemente inclinada, como si fuera un alumno castigado, las manos unidas en el regazo.

—¿Ha dicho el nombre del pueblo en Uttar Pradesh?

—Sí.

Por supuesto que irían. Había que ir, habría partido aquella misma tarde de ser posible. Pero resultó que tuvieron que esperar hasta la mañana siguiente. Los cinco, apiñados en la camioneta que había alquilado Anderson, viajaron por la campiña. El pueblo estaba solo a ciento cincuenta kilómetros, a tiro de piedra, pero estaban en la India: el viaje les llevó nueve horas.

Los suegros los rechazaron en la misma puerta. Anderson estuvo hablando con ellos en el umbral durante una infinidad de tiempo, la cabeza aplastada por el calor, murmurando en su tono más respetuoso y persuasivo, pero ellos no se movieron del sitio, le escucharon, con sus rostros inexpresivos, y dijeron que no con la cabeza.

No es que no creyeran, eso es lo que Anderson recuerda que pensó. Sí creían que era posible que la niña fuera su nuera, renacida, sí. Pero no querían saber nada de ella, ni en su otra vida ni en la actual. Ni siquiera se mostraron dispuestos a proporcionar el nombre de los padres de la antigua personalidad, ni el del pueblo donde vivía antes de llegar allí. La niña estuvo en silencio. Su recuerdo alcanzaba solamente aquel lugar, no otro. A saber por qué.

—¿Podríamos ver a la hija? —había dicho Anderson cuando la puerta ya se cerraba—. ¿A la hija de Sucheta? ¿Está en casa?

—No hay ninguna hija.

Los vecinos dijeron lo contrario. Había habido una niña, años atrás. Había muerto. Nadie sabía cómo.

Preeta había asumido la noticia en silencio. Había dado las gracias a los vecinos (identificando a dos de ellos por su nombre) y había echado a andar con determinación por un camino que conducía a la orilla del río que pasaba por el pueblo, donde había mujeres lavando ropa. Anderson la había seguido, mientras iba tomando notas con su bolígrafo azul, las hojas del cuaderno amarillo levantándose con el viento. La niña, con voz ronca e infantil, les había contado entonces cómo la trataban sus suegros y su marido. Cómo había dado a luz a una niña con solo catorce años, completamente sola en aquel pueblo, lejos de sus padres, y cómo, dos años más tarde, había vuelto a quedarse embarazada y había tenido otra niña. Esta vez su suegra había sido la partera.

Al instante le habían arrebatado a su segunda hija.

Le habían contado después que había nacido muerta, pero ella sabía que no era así, había escuchado su llanto.

Cuando ella los acusó de haber matado a su hija, la habían pegado, le habían dado patadas en la cara y en la barriga, aquella misma noche, justo después de dar a luz. Cuando sintió el dolor, pensó que tal vez nada de aquello había pasado y el bebé seguía en su vientre, pero esta vez dio a luz una triste cosa negra hecha de sangre y tejidos.

Tal vez habría muerto igualmente. Tal vez habría sufrido una hemorragia.

En cualquier caso, nadie llegaría a saberlo nunca. A la mañana siguiente, se había arrojado al río Yamuna.

La niña, Preeta, les contó aquella historia. Brotó de ella en forma de frases fluidas que iban mucho más allá de la niña que era por aquel entonces y que hablaba con voz ronca en la orilla de aquel río rápido y fangoso, mientras las mujeres lavaban la ropa sobre las piedras de la orilla y las hojas del cuaderno de Anderson se agitaban arriba y abajo, como si respiraran.

Había tomado notas.

El trayecto de nueve horas de regreso al pueblo transcurrió en silencio. Incluso la niña estuvo callada.

Les dijo que volvería a visitarlos cuando regresara a la India, para hacer el seguimiento, para ver si seguía recordando. El padre le había estrechado la mano con fuerza y cordialidad. La niña lo había abrazado por las piernas, sorprendiéndolo, al despedirse.

Preeta, con su cabello brillante y sus ojos tristes, diciéndole adiós desde el jardín…

No había nada que hacer excepto dejar que el recuerdo de todo aquello inundara su mente como el aroma del jazmín, como el aroma del fango rojo.

Cada pocos años, intentaba hacer el seguimiento de sus mejores casos. Pero estaba tremendamente ocupado, en la flor de la vida, siguiendo casos en Sri Lanka, Tailandia, Líbano, con la creación del Instituto, escribiendo artículos, su primer libro, luego intentando que lugares con fama y reputación lo aceptaran. Todo aquello llevaba tiempo y transcurrieron cuatro años antes de que volviera a visitar aquella zona de la India.

Les había escrito una carta con antelación pero no había recibido respuesta, de modo que hizo lo que siempre hacía en una situación así: viajar hasta el lugar para hacerles una visita.

La madre lo recibió en la puerta, distraída, con un nuevo bebé acomodado en la cadera. Se estremeció al verlo.

Habían regresado al pueblo sin él. Se lo explicó un poco después, en la misma estancia que recordaba con la ventana con persianas, la mesa de latón reluciendo en la penumbra, su Ganesha de madera. Pero esta vez habló la madre, mientras el padre permanecía sentado en las sombras, escuchando.

Preeta con nueve años. Le enseñó una fotografía. Tan encantadora como siempre, de extremidades largas y elegantes, con una sonrisa melancólica. Les había rogado con insistencia que quería volver allí, ver otra vez el pueblo, y al cabo de un tiempo sus padres, que la adoraban, cedieron a sus súplicas. El padre de vez en cuando tenía negocios que hacer por aquella zona. Vendía productos textiles en una ciudad próxima, de modo que se la llevó con él. Se habían hospedado en una casita del pueblo que daba alojamiento a los viajeros.

Cuando a la mañana siguiente el padre se despertó, la niña no estaba.

El mismo río, dos veces.

La gente del pueblo contaba que no había dudado un instante. Que la niña se había dirigido con determinación hacia el río y había bajado hasta la orilla, el fango rojo manchándole la parte posterior del sari, el color verde mar intenso ondeando como una bandera sobre las aguas grises. Todo había ido muy rápido. Ninguna de las personas que se dirigía al mercado aquella mañana había dicho una palabra. Se habían quedado conmocionadas viendo cómo la oscura y hermosa cabeza, cómo aquella cara seria, se tambaleaba sobre la superficie del río, cómo el tejido verde se extendía por encima del agua gris y se hundía luego bajo su propio peso, su luminosidad desapareciendo al verse engullida por el torrente de gris que la arrastraba hacia el meandro.

Nadie había saltado a por ella. No la conocían. Era una forastera en un pequeño pueblo. El río era peligroso. Nunca encontraron el cuerpo.

Anderson sintió que se ahogaba en aquella habitación oscura. Dio las gracias a los padres de Preeta, con voz débil y con un tono de disculpa, por dedicar su tiempo a relatarle la historia, y salió al exterior, al monzón. Permaneció un buen rato inmóvil, dejando que el cielo cayera sobre su cabeza. En un momento de confusión pensó que era su hijo el que había hecho aquello. El hijo que había perdido.

De no haber ido a visitarlos, nunca habrían ido a aquel pueblo y la niña habría acabado olvidando.

Le quedaba aún pendiente realizar un pequeño seguimiento del caso en el pueblo, tomar nota del relato del fallecimiento que pudieran hacer sus habitantes. Llevó a cabo su investigación y lo anotó todo, los detalles que le proporcionaron los testigos, su mano escribiendo las descripciones con tinta azul sobre papel amarillo mientras su ojo interno se sentía constantemente arrastrado hacia el río fangoso, hacia la tambaleante cabeza. Le resultó imposible mirar directamente el río, temeroso de que pudiera engullirlo.

Aquella noche decidió darse a la bebida para ahogar las penas, pero las preguntas revoloteaban sobre él como cuervos que estuvieran esperando a que abriera la puerta para saltarle a la cara.

Había sido por su culpa.

Era su culpa que los restos de la niña yacieran en algún lugar del fondo de aquel río. Era su culpa que aquella niña nunca llegara a tener unos hijos, una vida.

Su investigación era inútil. Peor.

Siempre había creído en la lucidez: en mirar con la mayor claridad posible lo que tenía delante, a pesar del deseo de desviarse hacia el consuelo de la ilusión y la proyección, y de realizar el seguimiento de los resultados con racionalidad. Motivo por el cual no podía protegerse de las preguntas que empezaban a surgir: ¿Qué significaba renacer únicamente para aliviar las angustias de la vida anterior? ¿Qué sentido tenía? ¿Qué significado?

Veía, de repente y por primera vez, el atractivo de la huida, del nihilismo. Pero incluso así, había una parte de él, el científico que llevaba dentro, que lo mantenía en su lugar, que le hablaba con claridad y firmeza por debajo de aquella cacofonía de culpabilidad y dolor: ¿Podía la necesidad suicida transmitirse de una vida a la otra como una fobia o como un rasgo de personalidad? ¿Podía existir un dolor tan inconcluso y tan potente que perdurara, que fluyera hacia la siguiente vida con la misma fuerza que un defecto congénito o una marca de nacimiento, y que no pudiera extirparse?

No era un hombre de oración, en absoluto, jamás, pero rezó de todos modos, de pie junto a la orilla de un río que no tenía el valor de mirar, para suplicar que la siguiente vida de Preeta se desarrollara muy lejos de allí.

Salió de aquel estado de desesperación a base de fuerza de voluntad. Durante el largo viaje en tren hasta Calcuta había sufrido el síndrome de abstinencia, el ansia apoderándose de sus nervios, las manos temblorosas como muestra de una adicción de la que apenas era consciente.

Cuando abandonó por fin aquel tren, conmocionado y sobrio, lo hizo sabiendo que había preguntas que no podría formular. Que había vínculos que no podría establecer. Era la única forma de continuar. Y así había continuado, trabajando sin cesar.

Hasta ahora.

En el minibar del motel había más botellitas, una fila entera. Anderson cogió la llave, volvió a abrir la portezuela y miró. Tenía la sensación de haber dejado de beber hacía solo unos días, no décadas. La posibilidad de beber y olvidar llevaba esperándolo pacientemente todos aquellos años. De acuerdo pues, se dijo. Cogió otra botellita de vodka.

No.

Corrió al cuarto de baño, escupió y se lavó la boca, se cepilló los dientes dos veces. No, así no. No después de tanto tiempo. Arrojó la llave de la nevera al inodoro y tiró de la cadena, pero se quedó en la taza, brillando como un tesoro en el fondo del mar.

Volvió a la cama y se estiró, intentando revivir el calor que el vodka le había provocado bajo la piel. Notaba el regusto del alcohol en la boca, por debajo del sabor del dentífrico. Al otro lado de la pared, el niño seguía llorando.

Mierda.

Le gustaba. Aquel niño. Noah.

Mierda. Mierda. Mierda.

Cuando Anderson se durmió por fin, soñó con Owen. Soñó que su hijo estaba sano, que Sheila era feliz y que no había ninguna necesidad de viajar a Tailandia, por mucho que Angsley le contara por teléfono. Podía quedarse en Connecticut con su familia y sus ratas de laboratorio.

Se despertó de repente, con un sentimiento de pérdida tan puro que al principio no podía ni hablar.

Se sentó en la cama. La habitación seguía a oscuras. Tenía la cabeza despejada.

«Puedo ayudarlo —se dijo—. Puedo ayudar a este niño. Me equivoqué, pero aún no es demasiado tarde para rectificar. Nos equivocamos de personalidad. De acuerdo. No es la primera vez. Ahora dispongo de la información que necesito. Convenceré a su madre. Lo haré bien, por Noah».

Pero se había dado por vencido, ¿no?

Se levantó y corrió las cortinas. Por la ventana, el amanecer empezaba a manifestarse al otro lado de aquel aparcamiento indiferente, su luz pálida iluminaba ya la calle. Otro día, le gustara a la gente o no. Y a pesar de todas sus aprensiones, se sentía hambriento de empezarlo.

Cogió el ordenador y lo encendió. Muerto de impaciencia, esperó a que arrancara. Abrió entonces la ventana de búsqueda y tecleó: «Tommy Asheville Road».

20

Janie abrochó el cinturón de Noah y luego hizo lo propio con el suyo con una sensación de sombría determinación.

En caso de que se produjera un cambio de presión en la cabina, estaba diciendo la azafata del vídeo, había que ponerse en primer lugar la máscara de oxígeno, tirar del cable y luego ayudar a los demás que pudieran necesitar ayuda. En el vídeo se veía un atractivo padre poniéndose la máscara de oxígeno con su plácida hija tranquilamente sentada a su lado, respirando el aire nocivo.

¿Qué tipo de idiota habría ideado aquella norma? No comprendían en absoluto la naturaleza humana.

Se imaginó la cabina llenándose lentamente de humo y Noah a su lado, respirando con dificultad. ¿De verdad creían que ella se acomodaría la máscara en la cara y respiraría aire limpio mientras su hijo asmático luchaba por respirar? Todo aquello partía del supuesto de que su hijo y ella eran dos entidades con corazón, pulmones y cerebros distintos. No eran conscientes de que cuando tu hijo lucha por respirar, tú también sientes el aire atrapado en los pulmones.

Entretanto, ella seguía mintiéndole a su hijo, razón por la cual el niño chillaba de angustia, molestando a los pasajeros del avión, impidiéndoles escuchar las instrucciones para abrocharse el cinturón, y poniendo en grave compromiso su ya perjudicado sentido común.

Noah quería ir a Asheville Road, e iban a Asheville Road, pero Noah no podía saberlo, todavía no, esta vez no. Brooklyn pasando por Dayton, eso le había dicho, agradeciendo que su hijo fuera aún demasiado pequeño para encontrarle el sentido a un mapa. No pensaba cometer dos veces el mismo error. Si cometía otro error, sería nuevo.

—¡Quiero ver a mi mamá! —gritaba Noah, y los demás pasajeros la miraban a ella como si también estuviera mintiéndoles.

El avión se preparó para el despegue y empezaron a moverse hasta que aceleró por la pista. Nunca le había dado miedo volar, pero los temblores iniciales del aparato al elevarse despertaron en ella una sensación de alarma.

Cuando estaba embarazada, había leído estudios que afirmaban que los niveles elevados de cortisol, la hormona del estrés, podían atravesar la placenta y llegar al feto, afectando a su desarrollo y provocando que pesara poco al nacer. Tenía sentido: no se trataba únicamente de las zanahorias que comiera y de las vitaminas que tomara; cualquier cosa que ella sintiera, el bebé lo sentía. Por eso había intentado estar lo más tranquila posible durante el embarazo y había rechazado un trabajo estupendo con una gran corporación para que las largas horas de trabajo y el estrés no tuvieran un efecto adverso sobre el desarrollo del bebé.

Notó que el cortisol se disparaba en su organismo y se preguntó si Noah podría también percibirlo, si las minúsculas partículas de su estrés se filtrarían en el aire que él respiraba y empeorarían la situación más si cabía. Pero no podía evitarlo. Desde hacía unas semanas el mundo se había vuelto más peligroso que antes. Era un mundo que se tambaleaba bajo sus pies, donde morían niños porque había madres que se olvidaban de cerrar un pestillo. ¿Cómo era posible que un hijo estuviera seguro en un mundo como aquel?

Desde que había bajado del autobús Greyhound hasta que había subido al avión con Noah y Jerry en el aeropuerto de Dulles, tenía la sensación de estar rodando por una pendiente. No podía parar. Si ponía las manos en el suelo en un intento de ralentizar la velocidad, se las destrozaría.

El avión se elevó hacia el cielo. La voz de Noah se transformó en un gemido agudo y ansioso. Y se quedó a solas con sus pensamientos. ¿Qué estaba haciendo? ¿Cómo era posible que hubiera aceptado volver sobre la misma idea después del último fiasco? ¿Cómo podía correr el riesgo de volver a hacerle tanto daño a una madre?

¿Cómo podía imaginarse que Noah no era única y exclusivamente de ella?

Pero entonces, como queriendo responder a su pregunta, le vino de repente la frase a la memoria:

«Tus hijos no son tus hijos».

¿Dónde lo había oído? ¿Quién lo había dicho?

Durante un breve instante, Janie apoyó la cabeza en el asiento de delante y dio unos golpecitos cariñosos en la rodilla de su hijo, que seguía gritando.

«Tus hijos no son tus hijos».

Lo recordó entonces, mientras escuchaba los gritos que la dominaban en forma de ondas de sonido y veía que la azafata la miraba desde el otro extremo del pasillo con mala cara: era una canción. Una canción de Sweet Honey in the Rock que había oído con Noah el verano pasado en el transcurso de un concierto gratuito que habían ofrecido en Prospect Park.

Fue una tarde de principios de julio, el ambiente suave y con una ligera brisa. Se había instalado en una manta en compañía de amigas y con humus, pita y zanahorias en cantidad suficiente como para alimentar a una pequeña ciudad llena de parvulitos. Las voces de las cantantes se habían fundido en una perfecta armonía *a capella* («Tus hijos no son tus hijos [...] aunque estén contigo, no te pertenecen») y Janie se había descalzado y meneado los dedos de los pies mientras escuchaba las preocupaciones de sus amigas (escuela pública o privada, maridos poco atentos). Ella no podía permitirse pagar un colegio privado y no tenía marido del que quejarse, pero se sentía feliz porque la canción se equivocaba y Noah era suyo, y hacía además una tarde preciosa y no podía imaginarse que en su interior quedara mucho más amor para nadie más.

¿Cómo se habría imaginado entonces que ahora estaría aquí, viajando a gran velocidad hacia una mujer que no los esperaba?

Aquello había sido tan solo el pasado verano, pero podría haber sido perfectamente en otra vida.

—¡QUIERO A MI MAMÁ! —volvió a gritar Noah, y el avión entero lo oyó; como si ella estuviera secuestrándolo, como si nunca hubiera sido del todo suyo.

Cuando el avión alcanzó la altura de crucero y Noah se agotó por fin y cayó en un sueño intermitente, Janie extendió el brazo hasta debajo del asiento de delante y sacó las hojas que Anderson había impreso la noche anterior. Copias de artículos publicados en el *Millerton Journal* y el *Dayton Daily News* sobre Tommy Crawford, que vivía en Asheville Road y tenía nueve años cuando desapareció. Era alumno de la escuela de enseñanza primaria McKinley, donde su madre trabajaba como maestra.

Uno de los artículos iba acompañado de la foto del colegio. La bandera de Estados Unidos a un lado, un cursilón fondo con un arcoíris sobre un cielo falsamente azul. Casi podías oír al fotógrafo diciendo: «Sonríe. Una gran sonrisa». Podía tratarse de cualquier niño, la verdad. Su color de piel era marrón claro. Era afroamericano. No sabía por qué debería sorprenderle aquel detalle. Le sonreía. Tenía una bonita sonrisa.

LAS AUTORIDADES SUSPENDEN LA BÚSQUEDA DEL NIÑO DESAPARECIDO

La policía de Greene County ha suspendido hoy la búsqueda de Tommy Crawford, de nueve años de edad, con domicilio en Asheville Road, 81, que desapareció del barrio de Oak Heights el 14 de junio. A pesar de que se teme que el niño haya fallecido, el detective James Ludden, que ha estado liderando los equipos de búsqueda, ha manifestado que «por lo que a mí se refiere, el caso no está cerrado hasta que encontremos al niño, de una forma o de otra.

Crawford, que estudiaba en la escuela de enseñanza primaria McKinley, es, según todos los testigos, un chico listo y popular. Sus padres lo describen como un niño alegre que adora el béisbol y a su hermano menor, Charles, de ocho años. «Charlie echa de menos a su hermano mayor —declararon sus padres, Denise y Henry Crawford—. Echamos de menos a nuestro querido hijo. Si alguien tiene a Tommy retenido o sabe dónde está, pedimos por favor que llame al...

Apartó la vista. Aquel trozo de papel estaba cargado de dolor.

Estaban entre las nubes, de camino a un lugar donde no había estado nunca. Viajaba por instinto, un misterio incluso para sí misma.

Janie creía en la estabilidad y la firmeza. Se enorgu-
llecía de ello. Decía: «Nada de galletas antes de acostarse»,
y lo cumplía. Había sido una mujer serena (casi siempre),
había sido constante (cuando le había sido posible). Eran
cualidades que los niños necesitaban.

Había intentado imponer orden en la vida de Noah
del mismo modo que su madre había impuesto orden en
la de ella después del caos que era vivir con su padre. No
recordaba prácticamente nada de su vida antes de que las
abandonara su padre. Tenía un recuerdo de estar encara-
mada a sus hombros en la feria del condado, aunque no
sabía muy bien si era un recuerdo real o extraído de una
fotografía. Recordaba un día que los dos fueron al centro
comercial por algún recado y él le había comprado espontáneamente un oso polar de peluche gigantesco, demasiado grande para cualquier habitación excepto para el salón,
y que su madre había puesto reparos pero que luego se
había echado a reír y lo habían instalado al lado de la tele.
Recordaba también el olor de su pipa y su whisky, el sonido de los golpes que pegaba toda la noche en la puerta
cuando regresaba borracho y su madre no lo dejaba entrar.
Recordaba a su madre, con un vaso de agua lleno de vino
tinto (la primera y única vez que Janie la había visto beber),
diciéndole con ese tono de despreocupación que siempre
la había caracterizado que había pedido a su padre que se
marchara y que no volvería nunca, y tenía razón; no volvió. Janie tenía diez años. Recordaba perfectamente aquel
día, la sorprendente imagen de su madre bebiendo, el modo en que el vino se zarandeaba mientras su madre habla-

ba y que ella se había puesto nerviosa temiendo que se lo tirara encima.

Después de eso, su madre recuperó su trabajo de enfermera y se acoplaron a un ritmo de vida regular. Había empezado a trabajar por las noches cuando Janie tenía trece años, pero siempre estaba en casa para supervisar sus deberes y se preocupaba de prepararle buenas cenas para que ella se las calentara en el microondas y de tenerle la ropa limpia y planchada para ir a la mañana siguiente al colegio. Cuando se sentía un poco sola por las noches, Janie se refugiaba en su cuarto, donde todo era exactamente como ella quería que fuese. Abría la puerta y veía sus pósters enmarcados con imágenes de neblinosos castillos europeos y caballos, el mobiliario pintado a mano con alegres colores primarios, los armarios organizados siguiendo un esquema de colores; un mundo codificado por colores.

A aquello le había seguido toda una vida de creación de espacios ordenados, ¿y de qué le había servido? Si el mundo no era un lugar ordenado.

Incluso su madre, al final, había sido un misterio.

Cuando la semana después de su muerte Janie había ido a su casa —durante aquellos días en que apenas era consciente de nada, en los que tenía el corazón congelado por el dolor, en los que solo las palabras más duras lograban de vez en cuando alcanzar la superficie y resquebrajarla (palabras como «por qué» y «huérfana», por mucho que, a su entender, su padre seguía vivo en alguna parte, y «Dios», en quien nunca le habían enseñado a creer pero contra el que igualmente se sentía furiosa)—, había encontrado en el cajón de la mesita de noche el tipo de libro del que su madre siempre se había burlado. Tenía incluso un arcoíris en la portada y un título de lo más *new age*: *Puedes cambiar tu vida*. Lo hojeó. Había capítulos sobre la meditación, el karma y la reencarnación, ideas que, aparentemente, su atea madre nunca había tenido en cuenta. Recordaba a su madre poniendo cara de exasperación y diciendo: «¿Y quién tiene tiempo de pensar en estas cosas? Cuando te has ido, te has ido». Pero el libro estaba manoseado y subrayado por todas partes, con párrafos marcados con estrellas y signos de exclamación. Había una frase, «Todo es una proyección de la mente», con tres estrellas.

¿Su madre habría perdido el sentido común en su desesperación por seguir con vida? ¿O había encontrado algo al final que le había provocado un cambio radical en su manera de ver las cosas? ¿O se trataría del libro de otra persona, de las estrellas de otra persona? Janie no lo sabía, y nunca lo sabría, de modo que lo desterró de su cabeza de forma permanente..., o eso creía.

«Hay más cosas en el cielo y en la tierra, Horacio». A su madre le encantaba decir esa frase. Era una mujer práctica, que trabajaba el día entero con instrumentos quirúrgicos, pero que siempre había sentido debilidad por Shakespeare. Janie nunca le había dado muchas vueltas a aquella cita; era algo que decía su madre, normalmente con cierto soniquete de impaciencia, en momentos en los que no encontraba respuestas: por qué su padre nunca la había llamado, por ejemplo, o por qué se había negado a someterse a otro tratamiento experimental.

La última vez que Janie había pensado en esa frase había sido la noche en Trinidad, cuando fue concebido Noah. Aquella noche, cuando Jeff se marchó, no podía dormir y regresó de nuevo sola a la playa. Era tarde y percibía, como siempre, su vulnerabilidad, la de una mujer sola, una vulnerabilidad exacerbada más si cabe por la cercanía del sexo, por la posibilidad de ser considerada una mujer imprudente. Había tenido con Jeff un momento de intimidad pura y se había inmerso en él, pero el momento se había esfumado, como la cerilla encendida que parpadea y se apaga dejando solo húmeda oscuridad. Había mirado el cielo, que se burlaba de los cielos nocturnos que ella conocía: aquello era la esencia del cielo, una inmensa profundidad de oscuridad y de luz. Su belleza, como si de una pieza musical se tratara, había agitado su soledad hasta transformarla en algo que iba más allá, que la había obligado a levantar la vista y mirar hacia el exterior y no hacia dentro. Había sentido el impulso de arrojar su confusión a aquella inmensidad, como si fuera una botella con un mensaje que se lanza al mar, con la esperanza de que algo (¿Dios? ¿Su madre?) estuviera allí, escuchándola.

—Holaaaa —había gritado, medio en broma—. ¿Hay alguien ahí?

Sabía que no habría respuesta.

Pero aun así, de pie en la orilla, con las olas del mar retirándose para dejar al descubierto la brillante desnudez de la arena salpicada aquí y allá con conchas y piedras, y luego cubriendo de nuevo aquella crudeza con su eterna cortina, se había visto imbuida por una sensación increíble de paz. Había notado que había algo. ¿Sería Dios? ¿Sería su madre?

«Hay más cosas en el cielo y en la tierra, Horacio», había pensado.

Había sido Noah. La respuesta era Noah, era Noah quien estaba allí. Y con eso había tenido bastante.

Por lo tanto era apropiado, pensó ahora, mirando la gran inmensidad de cielo azul, que Noah la devolviera a aquel punto, a las preguntas abstractas, que en ese momento resultaban insoportablemente relevantes. Porque la reencarnación era una patraña, o no lo era en absoluto. Porque Noah estaba enfermo, o no lo estaba. Era imposible saberlo. Era imposible razonarlo, o al menos era imposible hacerlo a partir de las cosas que ella sabía, o podía imaginarse.

A pesar de todo lo que conocía o desconocía sobre la vida, a pesar de los miles de casos inexplicables detalladamente analizados, a pesar de sus momentos de pánico y de tantos años de sentido común, no le quedaba más remedio que dar el salto.

21

Eres demasiado serio para la playa», le decía ella. Se estaba riendo de él.

—Disculpe, caballero.

No era Sheila, sino la azafata, que se cernía sobre Anderson para ofrecerle agua y pretzels. Se despertó de repente y cogió la bolsita pero rechazó la bebida, aunque estaba seco, por miedo a despertar al niño que dormía a su lado al coger la bandeja.

La madre del niño estaba sentada al otro lado de su hijo, mirando por la ventanilla.

¿Cómo se llamaba?

Había caído en paracaídas. Se había ido.

Tenía la cabeza tan despejada como siempre. Lo único que le faltaba era aquella palabra. La tenía ahí, justo delante, provocándolo, pero su cerebro titubeaba, se negaba a agarrarla aun teniéndola al alcance de la mano. Se sentía como Tántalo, muerto de hambre y sed, intentando hacerse sin éxito con el agua fresca y las uvas que tenía a su alcance.

Tántalo, castigado por los dioses por haber contado a los humanos sus secretos inmortales. Tántalo tenía grandes esperanzas depositadas en el ser humano, ¿y dónde lo llevaron esas esperanzas? A la perdición. Al destierro en el Tártaro. ¿Y cómo era posible que pudiera recordar el nombre y la historia de Tántalo y no el nombre que necesitaba recordar? Ah, el cerebro: a saber por qué recordaba lo que recordaba o perdía lo que perdía. Y allí estaba él: Jerome Anderson en el Tártaro, la región más profunda del infierno.

La situación se deterioraba con rapidez. El nombre de la mujer estaba en la carpeta, claro, en la libreta amarilla que guardaba en el maletín que tenía a sus pies. Podía agacharse y sacar la libreta. Conseguir aquella pieza de información. ¿Pero cuándo volvería a extraviarla y qué más extraviaría? Era consciente de que no debería estar allí, sobre todo teniendo en cuenta que el caso no avanzaba según el protocolo. Tal vez haría bien dejándolo estar. Pero él era el hombre que nunca dejaba nada, y por eso estaba allí, y sabía además cómo hacerlo, desde el momento en que volvió a casa después de trabajar con Angsley en Tailandia en sus primeros casos.

Dos meses después había entrado por la puerta de casa, rebosante de energía.

Sheila estaba esperándolo en el sofá, sus piernas fuertes dobladas bajo el cuerpo. Estaba igual: aquella cara en forma de luna, tan elegante como siempre, con las pequitas esparcidas sobre la nariz, la nube de cabello rubio. Él, en cambio, era otro hombre.

Lo taladró con una mirada inquisitiva, como si estuviera evaluando la situación —él no le había escrito durante aquellos dos meses, con la excepción del telegrama que le había enviado para anunciarle su regreso—, mientras la ternura de la escena se apoderaba de él: el viejo sofá rojo con el relleno asomando por los bordes y la joven esposa que intentaba comprender si él seguía siendo su marido, la concreción y el estilo que constituían la vida en el momento de vivirla, la intensidad de la ilusión. Antes de besarla o de quitarse la chaqueta, había extraído las carpetas del maletín y las había dejado sobre la mesita de centro.

Las fotos no eran bonitas, pero quería que ella las viese. Las puso delante de ella, las de los muertos y las de los vivos, las malformaciones, las marcas de nacimiento y los informes forenses que hablaban de las heridas de las personalidades anteriores. La niña con una mano con dedos deformados, la mujer asesinada por quemar el arroz. Cuando hubo terminado con el último e improbable detalle, miró a Sheila e inspiró hondo, preguntándose qué diría, con la sensación de que su vida entera, su matrimonio, la única cosa que significaba algo para él además de su trabajo, colgaban de un hilo.

—La verdad es que me has sorprendido, Jerry —dijo.

Estaba perpleja, atónita y risueña a la vez. Allí estaba, lo que más amaba de ella, aquella sombra de alegría al descubrir cómo iba a ser su vida a partir de entonces.

—Por un momento, cuando has entrado, he pensado que ibas a decirme que habías encontrado otra mujer.

—Quiero consagrar mi vida a esto. Quiero volver, entrevistarlos a todos de nuevo en un par de años. Encontrar más casos.

—¿Sabes que lo pasarás mal con todo esto? ¿Qué nadie se lo tomará en serio?

—Me da igual lo que piense la gente. Lo único que me importa es lo que pienses tú —dijo, aunque no era totalmente cierto, como se vio después.

—Renuncias a una carrera prometedora.

—Conseguiré que funcione. Lo haré por nosotros —añadió, las palabras flotando con torpeza entre los dos—. ¿Qué opinas?

Tardó unos instantes en responder, y él contuvo la respiración durante tanto tiempo que empezó a marearse por la falta de oxígeno.

—No lo sé, Jerry. ¿Cómo quieres que lo sepa? Lo que estás contándome... —Negó con la cabeza—. ¿Cómo es posible?

—Pero ya ves los datos. Te los he mostrado. ¿Qué otra explicación puede haber? ¿Crees que mienten? ¿Qué motivos tendrían para mentir? Esas familias no reciben dinero a cambio, no buscan ser el centro de atención, créeme... Y, sí, es posible que esos niños tengan algún tipo de percepción extrasensorial especial, ya lo he pensado, pero no se limitan a hablar sobre la vida de otra gente, esos niños dicen que son esa otra gente. Y si descartas eso, ¿qué otra explicación le ves? Las marcas de nacimiento, las deformaciones, su encaje con el tipo de muerte, que no siempre es perfecto, no, pero la conexión existe, una conexión visible, y eso que no he hecho más que empezar. Hay demasiados ejemplos para tratarse de algo fortuito. No puede ser fortuito...

—Es por Owen, ¿no?

Anderson dejó de hablar. Ella siempre adivinaba la verdad.

Sheila, asombrada, miró cada uno de los papeles esparcidos sobre la mesita. Las anotaciones, las caras, los cuerpos con marcas de nacimiento, otros cuerpos con deformaciones, ninguno tan terrible como el de Owen.

—¿Crees que nuestro hijo nació como nació porque..., porque le pasó algo en una vida anterior? ¿Es eso?

Frunció el entrecejo, pensativa.

—Siempre has sido un hombre sensato, Jerry. Un hombre cauto. No me parece que esto haya cambiado, incluso si... —Meneó la cabeza—. Si tú crees que es posible, yo también. Confío en ti.

Él se agarró a sus palabras.

—Es lo único que te pido.

—Sé que, de todos modos, seguirás adelante hasta que acabes con el tema.

La miró a los ojos.

—Supongo que sí.

Sheila suspiró y lo miró de reojo, una mirada de cansancio, de humor, de reproche. Fue como si desde aquel mismo momento supiese que nunca acabaría con el tema, que nunca jamás tendrían más hijos, que pasaría el resto de sus días viviendo con aquella obsesión, hasta que no le quedara otro remedio que sumarse a ella.

Y ahora él seguía adelante, ¿no?

A pesar de estar viviendo con capacidades limitadas, seguía adelante. Ahora, además, había decidido prescindir de cualquier protocolo. La mujer —esa mujer cuyo nombre se le escapaba— había insistido en ello.

Ella había abierto la puerta de la habitación del motel instantes después de su dubitativa llamada. Le había entregado las páginas que había impreso en la oficina del motel con toda la investigación que había llevado a cabo, investigación que hablaba de un niño desaparecido llamado Tommy Crawford que vivía en Asheville Road.

—Me toma el pelo —había dicho ella al darse cuenta de lo que le estaba enseñando.

Pero había cogido los papeles y los había mirado por encima mientras Noah dormía profundamente en la cama.

—¿Cree que se trata de la antigua personalidad? —preguntó por fin.

—Sí.

Ella había cogido otra vez el pliego de hojas y lo había vuelto a dejar.

—Los casos de gente que se reencarna en personas de otra raza o cultura no son excepcionales —dijo Anderson en voz baja, intentando mantener bajo control su sentido de urgencia—. Ha habido numerosos casos de niños en la India que recuerdan haber vivido una vida anterior en otra casta. Y niños birmanos que recuerdan haber vivido vidas anteriores como soldados japoneses que perdieron la vida en Birmania durante la Segunda Guerra Mundial.

—Bien. Si hacemos esto… —Le lanzó una grave mirada de advertencia—. Si vamos a Ohio…

Anderson notó que el corazón le daba un vuelco. No pudo evitarlo.

—¿Sí?

—Vamos ahora. Hoy.

—Esto no funciona así —respondió muy razonablemente Anderson—. Primero tendríamos que enviar un correo electrónico a la familia. O una carta, a ser posible. No se trata de aparecer de repente en la puerta de su casa.

Aunque en Asia lo había hecho así muchas veces, cuando la familia de la antigua personalidad carecía de teléfono o de medio de contacto. Pero las familias de Asia no eran como las familias norteamericanas y había más probabilidades de que sintieran cierta curiosidad al verlo.

—Pues eso es justo lo que vamos a hacer —dijo ella—. No pienso abordar a otra madre de luto sin estar segura. Otra vez no. Si Noah no reconoce nada, daremos media vuelta y volveremos a casa, y aquí no ha pasado nada.

La calma que había mantenido Anderson empezó a disiparse. Aquella mujer no podía estar hablando en serio.

—Es mejor ponerse en contacto con la familia.

—Yo pienso ir, con usted o sola. Pienso coger el primer vuelo.

—No es sensato.

—Que sea lo que sea. No pienso volver a casa con Noah para volver a empezar con todo esto. Por lo tanto, es ahora o nunca. Y si lo hacemos… —Enderezó la espalda—. Usted no escribirá nada sobre el tema. ¿Entendido? Se trata de mi hijo, no del legado que usted quiera dejar.

Intentó sonreír. Pero estaba agotado.

—A la mierda con mi legado.

Su legado…, hubo un momento en que había albergado grandes esperanzas al respecto, pero no había llegado muy lejos. Había muchas cosas que todavía desconocía. ¿Por qué algunos niños nacían con recuerdos de vidas pasadas y con el cuerpo marcado con las huellas de antiguos traumas? ¿Estaba relacionado (tenía que estarlo) con el hecho de que en el setenta por ciento de los casos las vidas que recordaban aquellos niños eran de personas que habían fallecido como consecuencia de una muerte traumática? Si la conciencia sobrevivía a la muerte —y él había demostrado que así era—, ¿cómo se relacionaba con lo que Max Planck y los físicos cuánticos habían descubierto: que los sucesos no se producían a menos que fueran observados y que, por lo tanto, la conciencia era fundamental y la materia derivaba de ella? ¿Convertía todo esto el mundo en una especie de sueño, en el que las vidas, como sucedía con los sueños, fluían unas detrás de las otras? ¿Entonces era posible que algunos de nosotros —aquellos niños— nos despertáramos de esos sueños con excesiva brusquedad y ansiáramos regresar a ellos?

El cielo azul se extendía sin fin al otro lado de la ventanilla. Había tantas cosas que le habría gustado poder explorar más a fondo. Le habría gustado profundizar en la naturaleza de la realidad. Le habría gustado terminar aquel libro. Pero ahora su mente estaba hecha añicos y lo único que deseaba era ayudar a un niño.

Miró al pequeño que dormía apoyado contra él, su cuerpo acurrucado sobre el brazo de Anderson. Podía haber sido un niño cualquiera, sumido en sus dulces sueños. Era un niño cualquiera.

—Usted le cae bien —dijo la mujer.

—Y a mí me cae muy bien Tommy.

La mujer inspiró profundamente.

—Noah.

—¿Qué?

—Se llama Noah.

Por supuesto.

—Lo siento mucho. No sé qué me ha pasado.

«Jerry. Jerry. Serénate».

La mujer se había quedado blanca.

—Lo siento. Estoy un poco cansado.

—Tranquilo —dijo ella; aunque giró la cabeza y se mordió el labio.

Noah. Tommy. Todo se reducía a nombres. La evidencia de que uno era esta persona y no otra. Si se perdían los nombres —cuando se perdían—, lo único que quedaba era una larga y confusa extensión de humanidad, como un banco de nubes en el cielo... Y, entonces, ¿qué?

Tenía que mejorar. Tenía que prestar más atención a los nombres. Noah, Tommy. Los enrollaría y llenaría con ellos las grietas que hubiera en su mente, de un modo similar a lo que hacía esa gente que metía trocitos de papel con deseos entre las piedras del Muro de las Lamentaciones.

Miraron los dos al niño dormido.

—Sabe que no puedo prometerle nada —murmuró Anderson.

—Por supuesto que lo sé.

Aunque mentía. Creía que aquel hombre le había prometido que todo se arreglaría.

22

Denise se sentó en la punta de la silla e inspeccionó el cuenco con M&M's que siempre estaba intacto en la mesita auxiliar de la consulta del médico. ¿Acaso no se los comía nadie? ¿Serían los mismos M&M's que veía desde hacía casi siete años? Alguien, pensó, debía de estar realizando algún tipo de experimento. Poner todos los verdes encima y ver qué pasaba. Hacer quedar mal al buen doctor.

—¿Denise?

—Le escucho.

No le apetecía mirarlo, pero pensó que seguramente tomaría nota del detalle si no lo hacía. La preocupación parecía alargar aún más la elegante cara caballuna del doctor.

—Digo que todo el mundo puede sufrir una regresión de vez en cuando —estaba diciendo el doctor Ferguson—. Son cosas que pasan.

Denise miró de nuevo el cuenco de M&M's.

—A mí no.

—Es excesivamente dura consigo misma. Ha hecho un trabajo increíble empezando una nueva vida. No lo olvide.

—Una vida para mí.

Lo dijo igual que podría haber dicho: «Doscientos gramos de salami, cortado fino, por favor», o: «Hora de tomar sus medicinas, señor Randolph». Aunque lo que quería decir, y cualquiera que no fuera tonto podía verlo, era: «Mi vida es una mierda».

El doctor Ferguson no era tonto. Denise notó que se quedaba mirándola.

—Está decepcionada consigo misma.

Se llevó a la boca un M&M verde. El azúcar se transformó en polvo al entrar en contacto con la lengua. No le supo a nada.

—Se acabó.

—¿Y eso qué significa?

Podía contarle la verdad. ¿A quién contársela, si no?

—Se acabó. Todos estos años he trabajado duro para mostrarme serena frente a Charlie, y una sola llamada telefónica me ha llevado otra vez al punto de partida, como si todo hubiera sucedido ayer mismo. Y no puedo… —Respiró hondo—. No puedo hacerlo.

Notó que el doctor elegía con cautela sus palabras.

—Comprendo que debe de ser terriblemente turbador volver a sentirse así.

Denise hizo un gesto de negación con la cabeza.

—No puedo.

El doctor cruzó una de sus flacas piernas sobre la otra.

—¿Y qué otra alternativa tiene?

La nuez de Adán del doctor se movió de forma visible en su garganta, como la de Ichabod Crane en una película que había visto. «Supongo que eso me convierte en la jinete sin cabeza», pensó. Y así era, más o menos. Ya no le quedaban ni ideas ni sentimientos. Era como si estuviera viéndose a sí misma desde una gran altura, como dicen que ven los muertos su propio cuerpo instantes después del fallecimiento.

—Digamos que estoy estudiando qué opciones tengo.

—¿Insinúa que está pensando en el suicidio?

Tomó nota de su preocupación. Era como si una burbuja de pensamientos, sin significado alguno, flotara por encima de la cabeza del doctor. Denise se encogió de hombros. Una costumbre de Charlie que le fastidiaba mucho pero que en aquel momento le resultó de gran utilidad.

—Porque si se refiere a eso, si lo piensa en serio, tengo que tomar medidas, como sabe.

Aquel hospital. Los sofás llenos de manchas, los suelos con baldosas rotas, las caras vacías mirando televisores sin sentido. Se estremeció.

Lo que era evidente era que el médico no le haría una receta si veía que había tendencias suicidas. Y necesitaba una receta. No sabía por qué había dicho eso.

—Sabe que nunca haría eso. Jamás. Jamás le daría esa satisfacción.

—¿A quién se refiere?

Lanzó una mirada fulminante al doctor.

—Al hombre que me robó a Tommy, por supuesto.
—En el instante en que lo dijo supo que era la verdad, que
no podía hacerlo. Mierda. Y se tranquilizó, también—.
Y, naturalmente, tampoco podría hacérselo a Charlie.

Claro que no podía. ¿No existía acaso una minúscula parte de ella que quería todavía algo de esta vida? ¿Arrojar al viento aquellos fragmentos de su persona para ver si
eran capaces de echar raíces en otro lado?

—¿Qué dijo el detective Ludden cuando lo llamó?

—¿Se refiere a anoche o a esta mañana?

«Muy bien, doctor, ahora ya ve de qué vamos, ¿no?».
Una pausa.

—Cuando sea.

—Dijo que los detectives de Florida estaban trabajando duro en el caso. Es lo que siempre dice, «están trabajando duro, señora», muy educado, ya me entiende. Y sé
que piensa que estoy loca. Todos lo piensan.

—¿Quiénes son «todos»?

—Todo el mundo. ¿Piensa usted que estoy paranoica? No estoy paranoica. Pero cada vez que me tropiezo
con alguien, me lanza esa mirada, incluso ahora, es sutil
pero yo la veo, como si se sorprendiesen, como si…

—¿Cómo si qué?

—Como si hubiera algo en mí que no funciona del
todo bien y yo no tuviera que estar andando por ahí tranquilamente, como si tuviera que estar…

—¿Sí?

—Muerta. Porque Tommy está muerto.

Era la primera vez que lo decía y al instante quiso desdecirse. Las palabras habían caído de su boca como canicas y se esparcían ahora por el suelo, sin posibilidad de recuperarlas.

La gente tenía razón, claro. ¿Por qué tenía que seguir respirando? Durante todos aquellos años había seguido adelante no solo por Charlie, sino también por Tommy, para estar perfecta cuando volviera.

Pero no podía seguir fingiendo: Tommy estaba muerto y ella era una... ¿Qué era? No era una viuda, tampoco una huérfana. No había palabra para definir lo que era.

—Entiendo —dijo el doctor Ferguson, pasándole una caja de pañuelos de papel por encima de la mesa.

Se miraron. Ella se dio cuenta de que él esperaba que se echara a llorar. La caja cuadrada la observaba con expectación, su piel de cartón nadando entre absurdas burbujas azules y verdes, un pañuelo asomando con obscenidad por la abertura, reclamando lágrimas, pidiendo su —¿cómo lo llamaban a eso los libros?— catarsis. El doctor quería ver cómo se derrumbaba por fin. Pues por sus narices que no iba a verlo. ¿Para qué servía, al fin y al cabo, la catarsis? Después tenías que coger fuerzas otra vez y seguir adelante con tu vida, con una vida que era un montón de mierda. Se levantó.

—¿Dónde va?

—Mire. ¿Piensa darme la receta o no?

—No es aconsejable en...

—¿Sí o no? Porque si no la buscaré en otro lado. Sabe perfectamente que ya encontraré quien me la haga si no lo hace usted.

El médico dudó, pero acabó pasándole la hoja.

—Vuelva a verme pronto, ¿de acuerdo? ¿La semana que viene?

Todavía tenías que coger fuerzas, cruzar esa puerta y enfrentarte al resplandor del sol de la tarde reflejándose en los parabrisas de los coches estacionados en el aparcamiento.

Todavía tenías que localizar tu coche, meter la llave en el contacto y escuchar el grito potente que daba al cobrar vida. Tenías que conducir hasta la carretera, donde se sumaría a las demás cosas vivas y en movimiento que se encaminaban hacia un lugar u otro, como si la rotación del mundo dependiera de los viajes a la tintorería o al centro comercial. Tenías que dejar la carretera y acceder al aparcamiento de las tiendas, salir del coche y hacer cola en el mostrador con toda la demás gente que buscaba los remedios que les concederían una hora más o un día más, lo quisieran o no, y tenías que meter media pastilla en la boca, solo media, tragarla, dura y seca, y notar cómo te rascaba la garganta. Después, como no había comida en casa y tenías otro ser humano al que cuidar además de a ti misma, tenías que andar hasta el Stop & Shop. Tenías que entrar y aguantar el parpadeo de aquellas luces intensas, intensísimas, de las hileras de productos y colores que te asaltaban, los tomates tan rojos que te herían los ojos, el naranja feroz de las bolsas de Doritos, el verde fluorescente de los envases de 7-Up, todo lo que gorjeaba sin cesar a los vivos: «¡Cógeme! ¡Cógeme! ¡Cógeme!».

No podías quedarte allí plantada eternamente, como si nunca hubieras entrado en un supermercado. Necesitabas, incluso entonces, sobre todo entonces, cuando la inercia empezaba a flaquear, seguir moviéndote. Llenabas el carrito con lo que tu familia necesitaba. Metías en él un pollo muerto y desplumado, una caja grande de copos de maíz y un cartón de leche. Metías brócoli para Charlie, la única verdura que comía, y unas cebollas Vidalia para Henry por si acaso aparecía algún día, y también metías una bolsa de tomates pera. Sabías que Charlie no se los comería y que tú preferías un bistec, pero los comprabas de todos modos, ¿verdad?, por su piel roja y suave que te miraba a través de la redecilla de la bolsa, los cogías porque a Tommy le gustaban, porque le gustaba retenerlos entre los dientes y apretarlos mientras correteaba por todos lados, y porque querías demostrarte que aún te acordabas de lo que le gustaba a Tommy, por mucho que te abriera un enorme agujero en el corazón.

Después tenías que hacer cola ignorando que la señora Manzinotti estaba mirándote desde la sección de productos lácteos, de modo que te ponías a hojear las revistas donde aparecían famosos que se separaban o se enamoraban o ambas cosas, dándote cuenta de reojo de que la señora Manzinotti venía hacia ti y confiando en que siguiera ignorándote como hizo durante los primeros años, que continuara evitando el contacto visual, que se encogiera

SHARON GUSKIN

como deseando escabullirse cuando pasabas por su lado en el mercado o la ciudad. Pero allí estaba, rebosante de alegría y determinación, avanzando decidida hacia ti, como si todo hubiera acabado y tuviéramos que seguir adelante con nuestra vida como antes, ¿verdad que sí? Da igual si estás preparada; tienes que estar preparada, y rápido. De modo que hablabas sobre lo agradable que era que por fin hoy empezara a notarse la primavera (como si te hubieras dado cuenta) y le preguntabas por el señor Manzinotti, y por Ethan y Carol Ann, y cuando ella preguntaba: «¿Y qué tal va Charlie?», tú le respondías: «Estamos bien, gracias», como si tu propia historia fuera un artículo de una revista que cualquiera pudiese hojear y devolver al exhibidor, como si tu dulce niño no estuviera (dilo) hecho pedazos en algún lugar bajo tierra.

Y mientras pagabas en la caja, se te ocurría que había un hombre en Florida deteniéndose en una gasolinera justo en aquel mismo instante. Lo veías con total claridad, comprando una bolsa grande de Doritos, otra de tiras de carne de buey deshidratada y un Red Bull, dejando luego la bolsa en el mostrador con el empleado para dirigirse a los baños y mear antes de continuar viaje. Y los ojos de aquel hombre, unos ojos sin arrepentimiento reflejados en el espejo del cuarto de baño, fueron los últimos ojos que Tommy vio antes de...

No.

No, porque Tommy estaba vivo.

Vivo en la tierra, aquí y ahora, con todas las cosas que hacían que Tommy fuera su Tommy: su amor por los tomates, el arroz inflado y el cacao; su inexplicable odio por las fresas; su forma de agarrarle la mano cuando por las noches ella lo dejaba en su cuarto, cuando le suplicaba que se quedara unos minutitos más (¿Por qué habría soltado aquella mano para darle un beso de buenas noches? ¿Por qué no se habría quedado aquellos minutos que él tanto ansiaba?); el hoyuelo en la mejilla que aparecía cuando esbozaba aquella sonrisa ingenua y engañosa después de hacer alguna travesura, como la vez que pinchó el globo de su hermano en el camino de vuelta a casa después del desfile de carnaval y dijo que había sido un accidente.

Tommy estaba vivo en esta tierra y nadie podía decirle lo contrario.

Tommy estaba vivo en esta tierra y algún día volverían a verse.

Sucedía a veces. Con esa niña de Utah, por ejemplo. La niña de rostro sincero y amigable y cabello rubio, que parecía recién salida del establo de las cabras de la organización juvenil 4-H y no de aquel purgatorio forzado. Allí estaba, en la portada de la revista, y Denise todavía guardaba el ejemplar en el cajón de la mesita de noche: la niña había desaparecido de su habitación una noche y cinco años más tarde estaba de nuevo en su casa y el monstruo que lo había hecho encerrado en la cárcel para toda la eternidad y un día. Estaban las fotografías de la niña con su familia, sentada en el sofá con su madre rodeándola con el brazo, la mano del padre reposando sobre su hombro con toda naturalidad. Había vuelto a ir al colegio, explicaba el artículo. A tocar el piano. Una sonrisa tímida, cintas azules en el pelo. La niña estaba intacta. Más o menos. Podía pasar. Eran cosas que pasaban. Las probabilidades eran las mismas para un niño que había ido en bicicleta a casa de su mejor amigo un sábado por la mañana y había caído en el abismo de la tierra.

Pero aquellos pensamientos, igual que sucedía con las páginas de la revista, estaban ajados ya por el uso. Lo que la hizo volver al otro pensamiento. Lo que la llevó a pensar de nuevo que no podía más.

No puedo aferrarme a la esperanza y tampoco puedo vivir sin ella, pensó.

Salió del aparcamiento. Al llegar al cruce, en lugar de girar a la derecha en dirección a casa, giró a la izquierda y se descubrió conduciendo hacia Dayton. Dejó atrás los campos verdes, sin saber muy bien adónde iba, hasta que vio el cartel que anunciaba un nuevo Staples más allá del centro comercial. Le sonreía con su gran sonrisa de neón, como si estuviera esperándola, como si fuera una devota que había encontrado el camino.

Sintió una leve emoción al ver que nadie la miraba dos veces después de cruzar la puerta. Todo el mundo seguía con lo que estaba haciendo, que era nada, al parecer. Una chica con unas rastas horrendas hojeaba una revista. Un chico blanco con un gorro de punto (¿Por qué llevarían esas cosas estando dentro de un edificio? A menos que fueran calvos, y ese chico no lo era) estaba marcando algún producto en la caja. Escuchó las nerviosas escalas de sus carcajadas resonando en el establecimiento.

Deambuló un rato por los largos pasillos repletos de productos, todos ellos con un objetivo claro, empapándose de gélido aire acondicionado. En el pasillo diez cogió una reluciente grapadora y continuó hasta el fondo, donde estaban las fotocopiadoras, sintiendo el peso del objeto en la mano.

Había una cola de gente con papeles en la mano. Vendiendo coches, tal vez, o buscando alumnos de piano. Se puso en la cola, una persona más con la necesidad de multiplicar de forma exponencial sus anhelos, sujetando con la otra mano la octavilla que guardaba en la guantera precisamente por esta razón. Esperó a que llegara su turno y entregó entonces la octavilla a un chico de poco más de veinte años, un chico de piel oscura y con una simpática cara de aburrimiento.

Tal vez Tommy llegaría a ser así algún día, se dijo. Tal vez Tommy consiguiera un trabajo en Staples. Siempre podía haber encontrado algo peor. Pero ya estaba permitiéndose pensar otra vez. Lo sabía. Era como si su mente consciente estuviera aún en el aparcamiento de Stop & Shop y estuviera dejando que aquella otra parte de sí misma se apoderase de nuevo de la situación.

—Doscientas copias, por favor.

El chico le cogió la hoja sin mirarla. «Que Dios te bendiga —pensó—. Que Dios te bendiga por no mirar». Los de la tienda de fotocopias del pueblo ya estaban acostumbrados a verla; el sentimiento de lástima de sus miradas ya no era fresco, sino que se había congelado con los años y se había transformado en algo familiar, automático, como si Denise fuese un chucho perdido que pasaba por allí de vez en cuando para que le dieran un currusco de pan o unas palmaditas cariñosas.

Pero Denise no necesitaba ni palmaditas ni lástima recalentada. Necesitaba doscientas fotocopias.

—¿Las quiere impresas sobre distintos colores, señora? ¿O todas en papel blanco?

—¿La cara se vería bien en colores?

—Por supuesto. Solemos hacerlo.

—Pues entonces esta vez házmelo en hojas de distintos colores.

—De acuerdo. ¿Qué colores prefiere?

—Elige tú mismo.

—Yo lo haría en amarillo, verde y rojo. ¿Qué le parece?

—Estupendo.

Sonrió al chico. Se quedó junto al mostrador, percibiendo el borde duro y afilado bajo los dedos. La sensación de la pastilla viajando por su organismo. El peso de la grapadora en la otra mano. Henry había tirado la que tenían. Veintinueve dólares le había costado y él la había tirado directamente a la basura.

«Tienes que dejar lo de las octavillas», había dicho.

Las palabras fluyeron por su cabeza con la frialdad del aire acondicionado, como si estuviera escuchándolas de pasada, como si las estuvieran pronunciando unos desconocidos.

«—¿Qué derecho tienes a presentarte aquí y decirme lo que tengo que hacer?

»—Me lo ha contado Charlie. Por eso lo hago. Por nuestro hijo. Dice que ni siquiera estás en casa la mitad de las noches para cenar con él.

»—El niño come. Basta con que lo mires. No está muerto de hambre.

»—No se trata de eso. Te estás desgastando, y estás desgastando también a Charlie. Y a mí.

»—¿Y a ti qué te importa?

»—Tienes que parar. Por favor.

»—No puedo. ¿Y si...?

»—Pues ve al médico. Busca algún tipo de ayuda.

»—¿Y dónde estará la diferencia, Henry? ¿Y si alguien ve uno de estas octavillas y...?

»—Por el amor de Dios, Denise».

El chico de Staples estaba de vuelta.

—En realidad, el rojo es un poco oscuro para una cara. ¿Qué le parece en azul? El azul es muy luminoso.

—Estaría bien.

Esperó. Solo tenía que esperar, los dedos tamborileando sobre el mostrador, la cara de Tommy multiplicándose en verde, azul y amarillo. Dejó que su mente descansara sobre todas aquellas caras que iban saliendo de la máquina, pensando: «A lo mejor esta. A lo mejor esta será la que marque la diferencia».

23

Charlie Crawford volvía lentamente a su casa en bicicleta después de salir de la de Harrison Johnson, la cabeza rebosante de riffs, el cuerpo palpitando con la emoción de la victoria y de la hierba de primera categoría que Harrison siempre tenía a mano gracias a aquel amigo de su hermano que trabajaba en la pizzería.

Ba DA DA ba DA DA DA DA. La manera de prolongar aquel último acorde, arrastrándolo y luego sosteniéndolo para que resonara por todo el garaje... Lo había sabido al instante: no la había jodido. Lo había notado al ver que Harrison y Carson paraban de tocar y se quedaban escuchándolo por una puta vez, al percibir los gestos de asentimiento que le habían hecho a regañadientes cuando salió por la puerta al terminar el ensayo. Sabía que habían pensado ponerlo de patitas en la calle y sustituirlo por ese niñato de Mike, del centro de estudios superiores, era consciente de que nunca lo habían considerado lo bastante bueno, que siempre había sido el chaval de la batería que vivía en el barrio y que más o menos sabía marcar el ritmo. Pero hoy, hoy les había demostrado lo bueno que era. Había matado a aquel cabrón, lo había dejado tirado MUERTO en la carretera.

Vale, vale, tal vez no hubiera sido el mejor solo de batería de todos los tiempos, tal vez no fuera como, por ejemplo, Lars Ulrich, pero en su vida aquello equivalía a una victoria de mil pares de cojones y pensaba llevarla con él hasta casa y disfrutar de la MARAVILLOSA hierba del hermano de Harrison que fluía por su cuerpo y hacía que todo fuera estupendo, tan, tan estupendo, que dio una vuelta adicional a la manzana, pasando por delante del asqueroso perro de los vecinos hasta llegar al punto donde empezaban los maizales y regresó, sin temer siquiera entrar en el camino de acceso a su casa donde, gracias a Dios, no estaba el coche de su madre. ¿Podría haber una noticia mejor? Cogería una tarrina grande de helado, subiría a su habitación y enviaría un mensaje de texto a Gretchen. O, mejor aún, pensaría en Gretchen sin el estrés de tener que enviarle un mensaje, se tumbaría en la cama con el subidón y pensaría en los pechos de Gretchen saltando al ritmo de su matador solo de batería, sus rodillas abriéndose y cerrándose, con esa minifalda vaquera que llevaba anteayer en clase…, o, espera, mejor aún, pasar por completo de Gretchen —demasiado trabajo— y entrar directo en internet, ¡preparados, listos, ya! Eso sí que era una forma agradable de pasar la tarde.

Dio la vuelta a la manzana en sentido contrario, sintiendo el burbujeo de la anticipación, sus temores volando como alas por encima de los oídos, pero entonces decidió ponerse a ello lo más pronto posible, antes de que le bajara el colocón. Nunca se había arriesgado a entrar con hierba en casa. Para empezar, tenía a su madre pegada al culo y estaba seguro de que lo mandaría directo a una academia militar en caso de descubrirle un solo porro en el bolsillo, lo cual, la verdad, era difícil de controlar. Estar concentrado y que no se le extraviara ni un solo porro era complicado cuando uno se colocaba con la frecuencia que lo hacía él. Hasta el momento, sin embargo, su madre se había limitado a olisquearlo alguna vez al llegar a casa, como si fuese un bistec de carne podrida en la nevera. Lo más probable era que ni siquiera supiera cómo olían los porros, aunque a veces él llegaba con un sudor que apestaba. Por suerte, nadie metía las narices en la taquilla del instituto. Podría tener un arsenal allí dentro y a nadie se le habría ocurrido.

Dejó la bicicleta en el jardín y corrió hacia la puerta. Pero vio enseguida que había gente merodeando por la casa, mirando. Eran blancos. Un hombre, una mujer y un niño. Vaya. A lo mejor eran testigos de Jehová, aunque casi todos los testigos de Jehová que andaban por allí eran negros. Ni siquiera sabía que hubiera testigos de Jehová blancos. ¿Habrían llegado los mormones hasta tan lejos? Había que reconocerlo, lo de ir acompañados por un niño era un buen punto. Cerrarle la puerta en las narices a un niño tenía que ser difícil.

Y un niño gracioso, además. Saltaba sin cesar como si fuera un canguro y gritaba: «¡Es esta, es esta, es esta!». Estaba dándole golpecitos cariñosos al revestimiento de aluminio como si la casa fuese un enorme perro rojo.

—¿Puedo ayudarles en algo? —dijo Charlie.

Asumió su mejor sonrisa de joven bien educado, que sabía esbozar a la perfección por encima de la mirada de colgado. Era su especialidad, de hecho. Estaba seguro de que si le tocara sentarse en el despacho de la directora Ranzetta, la mujer no se daría ni cuenta. Y lo había hecho, en realidad.

Los tres se quedaron mirándolo.

La mujer tomó por fin la palabra.

—¿Está en casa el señor o la señora Crawford?

Los evangelistas estos hacían bien los deberes, estaba claro.

—Mamá no está en casa. Si quieren venir en otro momento… —dijo, mirándolos con ojos esperanzados.

La mujer y el viejo se miraron. Daba la impresión de que, aun sin decir nada, no estaban de acuerdo. Como si la mujer tuviera un plan estructurado y el viejo quisiera largarse de allí.

¿Serían del colegio? No los reconocía, pero el viejo tenía pinta de inspector escolar y la mujer podía ser de la administración, o incluso una poli, con aquel nerviosismo que transpiraba. A lo mejor habían encontrado la hierba que guardaba en la taquilla y pensaban encerrarlo, o expulsarlo o mandarlo a rehabilitación como aquel tonto del culo de sociales al que pillaron con una botella de *schnapps* de menta en el pupitre. ¿*Schnapps*? ¿Por eso te trincan? ¿Por tener una botella de *schnapps* en el pupitre?

¿Pero por qué habrían venido con ese niño si su intención era trincarlo? Eso sí que no lo pillaba. El niño daba un poco de miedo. Lo miraba fijamente con unos ojos raros y muy brillantes.

—Bueno. ¿Qué quieren de mi madre?

Charlie dejó de lado la sonrisa de chico bien educado y los miró a los tres entrecerrando los ojos.

—Es un asunto que queremos tratar con ella, me temo —respondió la mujer, que parecía tensa.

Vaya.

Se le ocurrió una idea. Destellaba en su cabeza como una posibilidad, de modo que la soltó.

—¿Son de la tele?

—¿Qué?

—Sí, ya saben, de *Los más buscados de América* o algún programa de ese estilo.

—No, no somos nada de eso. Lo siento.

—Ah.

Su madre siempre hablaba de ir a un programa como ese, a hablar del caso. Pero, por lo que él sabía, no se ocupaban de casos de niños negros desaparecidos. Solo de chicas blancas guapas.

¿Quién era entonces esa gente? Los miró fijamente, sus ojos envalentonados con la hierba, y vio que parecían incómodos. «Estupendo —pensó—. Largaos de aquí, blancos desconocidos».

Una pausa. Nadie dijo nada durante aquel rato excepto el niño, que seguía saltando y murmurando para sus adentros: «Es esta, es esta».

«Largaos, largaos, largaos, blancos desconocidos», repitió Charlie en silencio.

—Volveremos luego —dijo el viejo.

«Aleluya. Señor, tiene usted poderes paranormales». (A lo mejor aún le daba tiempo para una sesión de porno).

—¡No! —El niño tenía esa voz ridícula de niño pequeño, como si anduviera por la vida cargado de helio—. ¡Quiero quedarme!

—Volveremos enseguida, cariño. ¿Vale?

La mujer le alborotó el pelo al niño. Ya no tenía pinta de policía.

—¡No!

El niño empezaba a ponerse nervioso.

—Volveremos, Noah. Tranquilo.

El niño rompió a llorar. El hombre se agachó a su lado y le preguntó en voz baja algo que Charlie no logró discernir. El niño asintió. Y entonces lo señaló.

—Pues claro. Es Charlie —dijo.

El viejo y la mujer miraron a Charlie, que empezó a sudar, como si hubiera hecho algo malo.

—Oigan, que yo no le hecho nada al niño —dijo—. Ni siquiera lo conozco.

Los miró con expresión suplicante. A lo mejor lo que pasaba era que aquella hierba no era tan buena como cabía esperar y se estaba volviendo paranoico.

—¿Te llamas Charlie? —preguntó el viejo.

—Sí.

Se quedaron inmóviles, los cuatro en el pequeño umbral de la puerta, el niño rubio sin dejar de llorar, poniendo a Charlie de los nervios.

Al final cayó en la cuenta de que era posible que su madre conociera a aquella gente. Al fin y al cabo, sabían cómo se llamaba. Si los encontraba esperándola en la puerta, lo mataría.

—¿Quieren pasar?

—Estaría bien, gracias —dijo el viejo—. Hemos hecho un viaje muy largo.

¿Qué haces con un abuelo, una mujer y un niño con mocos en el salón de tu casa? El viejo tomó asiento con expectación en la punta del sofá y empezó a tomar notas en una libreta amarilla empleando un trazo minúsculo y enmarañado.

—Es esta —volvió a decir el niño.

Estaba emocionado, y empezó a corretear por el salón, la mujer (seguro que era la madre) pisándole los talones.

Sabía que tenía que hacer algo. La idea se cernió sobre él lentamente, una densidad brillante en el extremo opuesto de la estancia que poco a poco fue adquiriendo peso y movimiento, apoderándose de su cerebro como un fantasma servicial. Comida. Cuando viene gente a casa les ofreces comida.

—¿Les apetece comer algo? ¿Un tentempié o algo?

—Sí, estaría bien —dijo el viejo, sinceramente agradecido, como si no hubiera comido en todo el día.

Cuando Charlie regresó de la cocina (con las manos vacías excepto unos vasos con agua del grifo; en la nevera solo quedaba un bote viejo de salsa para pasta y en el congelador el helado que se reservaba para él), el niño estaba de pie delante de la chimenea, señalando el cuadro de la granja que el abuelo Joe había pintado cuando todavía vivía.

—Esto estaba arriba —estaba diciendo el niño—. En la buhardilla.

—Sí, lo pusimos aquí después de que mi padre se fuera... —Y se quedó en silencio—. ¿Qué has dicho?

—¿Papá no está?

—Mi padre vive ahora en Yellow Springs.

—¿Y por qué se ha ido a vivir allí?

—Bueno, mi madre y él ya no se llevaban bien, así que...

El niño lo miraba con los ojos como platos. Aquel chaval era raro de verdad.

—Mis padres... están separados.

—¿Separados?

El niño puso cara de intentar asimilar lo que acababa de escuchar.

—¿Sabes lo que quiere decir «separados», cariño? —dijo la mujer—. Es cuando un padre y una madre deciden vivir en casas distintas.

Pero el niño se dirigía hacia el piano y levantó la tapa.

—¿Dónde está toda la música?

—No tenemos.

—Había música.

Charlie empezaba a no entender nada. A asustarse. Su comprensión de la situación empezaba a fallar. Cabía la posibilidad de que la hierba del amigo del hermano de Harrison llevara algo más, peyote o vete tú a saber qué. Había oído que había gente que lo hacía, lo de mezclar la hierba con sustancias que te hacían viajar a lugares locos, aunque no alcanzaba a entender por qué lo hacían, para él la gracia estaba en suavizar la realidad.

Miró al niño. Se había sentado en el taburete del piano. «Pruébalo, Charlie, pruébalo».

—¿Tocas el piano?

El niño se quedó sentado sin decir nada.

—No, no sabe tocar —dijo la mujer.

Entonces el niño se puso a tocar el piano. El tema de la banda sonora de *La pantera rosa*. Lo adivinó enseguida, en cuanto sonaron un par de notas. Llevaba años sin oír esa melodía, pero cuando la tocaba su hermano la oía todos los días, a veces durante un par de horas seguidas hasta que su padre amenazaba con estrangularlo, y supo sin que hubiera la más mínima sombra de una sombra de duda que estaba Jodido. Estaba Jodido. Estaba Jodido y a punto de cagarse de miedo, allí mismo, delante de todos aquellos blancos.

—Deja de tocar eso —dijo.

El niño siguió tocando.

—Deja de tocar eso.

Oyó que el coche enfilaba el camino de acceso, el inequívoco silbido del silenciador.

«Dios mío, gracias, por fin ha llegado mamá».

—Oye, niño.

La puta pantera rosa.

—¿No me conoces, Charlie?

Oyó el portazo del coche. Su madre estaba sacando algo del maletero. «Entra ya, mamá. Entra y soluciona esta mierda, sácamela de las manos».

—No —dijo Charlie—. No, no te conozco.

—Soy Tommy —dijo el niño.

Intentó aferrarse a los últimos vestigios del colocón, pero ya no quedaba nada, se le había pasado hacía un buen rato.

24

Visto en retrospectiva, lo habían hecho todo mal. Anderson estaba en la cocina de casa de los Crawford intentando comprender con detalle cómo había permitido que la situación se descontrolara.

Había estudiado casi tres mil casos y siempre realizaba un análisis a toro pasado y un seguimiento, no solo para no perder la pista de los sujetos, sino también para aprender y mejorar en su trabajo. Ahora estaba en su último caso y se sentía casi como en el principio, novato y poco capacitado. Era un caso relevante, en eso había acertado: relevante no porque fuera el caso norteamericano que por fin agitaría al mundo entero y demostraría que había pruebas de la existencia de la reencarnación, sino porque era el caso que demostraba de una vez por todas que él estaba acabado.

Tendría que habérselo imaginado. ¿En qué estaría pensando? No tendrían que haber abordado al adolescente, tendrían que haberse marchado de allí de inmediato y reorganizarse. Casi tres mil casos y, entre ellos, cincuenta o sesenta norteamericanos bastante aceptables: sabía que no estaba en la India, donde la gente le daba a conocer posibles casos de renacimientos y lo animaba a observar marcas de nacimiento apenas visibles. En la India deseaban que tuviera éxito, les emocionaba la posibilidad de que alguien pudiera demostrar lo que ellos ya sabían. En los casos norteamericanos, tenías que andarte con cuidado. Avanzabas despacio, muy despacio, para explicar a qué te dedicabas, empleando modales lo más delicados posibles, dejando claro que lo único que pretendías era hacer preguntas.

Deberían haberse marchado antes de que llegara la madre.

Tendría que haber previsto que el adolescente se adelantaría a los acontecimientos tal y como lo había hecho. «Mamá, este niño dice que es Tommy», antes de que la pobre mujer cruzara incluso la puerta.

Y lo que es más importante, tendría que haber caído en la cuenta de que no habían localizado el cuerpo, así que la mujer no sabía que su hijo había muerto.

«Mamá, este niño dice que es Tommy», había dicho el adolescente, mientras la mujer todavía estaba abriéndose paso, entrando la cadera primero, la bolsa de la compra pegada al pecho y un fajo de papeles bajo el brazo.

«Este niño dice que es Tommy», y el niño dentro tocando el piano, y Anderson paralizado por culpa de su jodida timidez verbal y también por la euforia que inundaba los centros de dopamina de su cerebro: la euforia que siempre acompañaba la verificación de que un caso acababa de dar en el blanco, puesto que estaba seguro de que el niño no había tocado jamás el piano y de que la melodía que tocaba tenía un significado para la familia de la antigua personalidad.

Música: ¿acaso existía algo más potente para evocar lo que se había perdido? ¿Era tan sorprendente que cuando la mujer se giró hacia el salón lo hiciera con los ojos llenos de esperanza, con esa esperanza feroz y desesperanzada que tiene a veces el rostro de los enfermos terminales cuando hablan de nuevos tratamientos? ¿Era tan sorprendente que, por un instante, la madre hubiera pensado que su hijo desaparecido estaba allí en el salón, que estaba vivo y había encontrado el camino de vuelta a ella?

¿O que cuando sus ojos se fijaron en aquel niño blanco, en Noah, un niño que de pronto echó a correr hacia ella como un misil rubio guiado por calor y que se arrojó contra sus piernas, se quedara destrozada? Había tenido que procesarlo todo a la vez —la esperanza, el shock del desengaño y la fuerza vital de Noah impactando contra su cuerpo— en el umbral de su casa, sin quitarse el abrigo, con las llaves en la mano y una bolsa de la compra en los brazos.

Anderson tendría que haberse hecho cargo de la situación en aquel momento. Tendría que haber establecido un sentido del orden. Haberle cogido la bolsa. «Señora Crawford, soy el profesor Anderson, tome asiento, por favor, y le explicaremos el porqué de nuestra presencia aquí». Esas eran las frases que tenía en la cabeza. Se oyó pronunciándolas en tono tranquilizador. Pero había dudado, había querido asegurarse de que las palabras eran las correctas, y, antes de que le diera tiempo a hablar, Janie se había abalanzado a por Noah, lo había agarrado por el brazo y había intentado despegarlo de las piernas de la mujer.

—Cariño, suéltala.

—No.

—Tienes que soltarla. Lo siento mucho —le dijo Janie a Denise, mientras seguía intentando separar a Noah de la mujer, pero él estaba aferrado a ella, conteniendo ambas piernas entre sus bracitos.

—¿Se trata de una broma pesada?

—Noah, estás molestando a esta señora. Suéltala ahora mismo.

—¡No! —gritó él—. ¡Es mi mamá!

—Esto es una locura —dijo Denise Crawford.

Movió la pierna intentando liberarse del niño. Seguía con la bolsa de la compra en brazos. Nadie se la había cogido. El adolescente contemplaba la escena boquiabierto. Anderson observaba también, formando mentalmente las palabras que quería pronunciar. Noah seguía pegado a Denise y Janie intentando tirar de él, enlazados ambos en una batalla de voluntades que recordaba una lucha primitiva entre madre e hijo, hasta que el fajo de papeles que Denise sujetaba bajo el brazo empezó a soltarse y, en un esfuerzo más por recuperar el control, volvió a mover la pierna, o lanzó un puntapié, y Noah cayó al suelo.

Cayó de espaldas y la cabeza impactó con un sonoro golpe contra el suelo de madera.

El sonido le provocó a Anderson un escalofrío.

El niño no se movía. Se había quedado tumbado en el suelo con los ojos cerrados. Anderson escuchó un grito sofocado —de Janie—, luego el sonido de los papeles de Denise al caer y esparcirse por todas partes, Tommy Crawford sonriendo en verde, amarillo y azul.

En un instante, Janie estaba junto a su hijo.

—¿Noah?

Anderson se serenó y corrió también junto al niño. Le buscó el pulso y los fuertes latidos dieron vida de nuevo al salón.

Noah abrió los ojos. Pestañeó, miró el techo. Las pupilas parecían normales.

—¿Sabes quién soy? —le preguntó Anderson.

La mirada del niño pasó lentamente del techo hacia Anderson. Lo miró con expresión triste, como si la pregunta le hubiese decepcionado.

—Pues claro que sé quién eres. Sé quién es todo el mundo.

Anderson se incorporó y se sacudió con la mano las rodillas del pantalón.

—Creo que está bien.

—¡Eso no puede saberlo! —gritó Janie—. ¿Y si tiene una conmoción?

—Controlaremos los síntomas. Pero no es probable.

—¿En serio? ¿Cómo lo sabe?

La pregunta se quedó vibrando en el aire. «No confía en mí —pensó Anderson—. Y tiene sentido. ¿Por qué tendría que hacerlo?».

—¡Ay! —Otro golpe sordo, esta vez fue la bolsa de la compra que cayó cuando por fin Denise la soltó, y las cebollas rodaron por el suelo emitiendo el sonido de la bola de un pinball. Denise miró a Noah, bajó la vista hacia el desastre que se había formado en el suelo y movió la cabeza—. Lo siento...

Noah intentó sentarse. Su rostro estaba contorsionado.

—¿Mamá?

—Lo siento mucho —insistió Denise.

Se vio que le flojeaban las piernas y Anderson temió por un momento que acabaran cediéndole, que cayera también, que fuera el remate de aquella comedia. Pero lo que hizo la mujer, en cambio, fue agacharse, recoger los papeles y ordenarlos pulcramente.

Janie cogió a Noah en brazos.

—Ven, cariño. Vamos a buscar un..., un vaso de agua, ¿vale?

No esperó respuesta. Se incorporó y abandonó la estancia.

—No pretendía... hacer daño a nadie... —dijo Denise con voz ronca, perpleja, recogiendo una a una las octavillas.

—Mamá —dijo el adolescente—. Deja esos papeles.

—No, tengo que...

—Deja en paz esas octavillas.

—No es culpa de usted —dijo Anderson—. Sino mía.

Denise lo miró, pero él no pudo mirarla a los ojos.

SHARON GUSKIN

Diez minutos más tarde, Anderson estaba sentado en el sofá, dejando que la ira y la confusión de la mujer cayera con todas sus fuerzas sobre él. Sabía que se lo merecía.

—¿Pero qué demonios dice?

—A lo mejor deberíamos discutirlo cuando esté un poco más recuperada —replicó lentamente Anderson—. Del shock.

—Oh, estoy recuperada.

La señora Crawford estaba de pie, cerniéndose sobre él. No daba la sensación de estar muy estable.

Todo lo cual demostraba que la forma de abordar el caso era tremendamente importante, pensó Anderson. No tendría que haberle hecho caso a Janie. Tendría que haberse puesto en contacto con la mujer por correo electrónico antes que nada. Ponerla sobre aviso.

La señora Crawford se cruzó de brazos y Anderson percibió la rabia que empezaba a acumularse en su interior y que se revelaba en forma de voz temblorosa y ojos brillantes.

—A ver si lo he entendido bien. Piensa que mi hijo se ha…, se ha reencarnado en ese niño. ¿Es eso lo que piensa?

—Señora, intentamos no extraer… —La miró. A la mierda con todo—. Sí. Eso es lo que pienso.

—Pues están ustedes como cabras.

—Señora. Siento que…, siento que haya llegado a esta conclusión. —Respiró hondo. Estaba acostumbrado a enfrentarse a gente que se resistía a creerle. ¿Por qué tenía que afectarle tanto ahora? Porque le costaba encontrar la claridad necesaria para explicar lo que tenía que explicar—. Si me permite un momento, le explicaré algunas de las cosas que dice Noah y luego usted puede decidir si está de acuerdo con ellas o…

—Esto es una especie de vudú de locos.

—Esto no tiene nada que ver con el vudú —dijo Janie, desde el umbral de la puerta.

Anderson se sintió tremendamente aliviado al verla allí.

—¿Cómo está Noah?

—Bien. Por el momento. Pero no quiere hablar conmigo. Charlie lo ha instalado en la cocina y está mirando dibujos animados en su ordenador. —Janie se volvió hacia Denise—. Mire —dijo—. Sé que todo esto parece una locura, y de lo más disparatado…, y la verdad es que es disparatado, pero por otro lado también… —Miró a Anderson, su mirada sorprendida, sus ojos abiertos como una ventana—. También es cierto.

Anderson experimentó una oleada de gratitud. Aún cabía la posibilidad de que no se hubiera ido todo a la mierda.

—Mire, no queremos molestarla. Es lo último que queremos —dijo Janie con nerviosismo, y Denise rio, un sonido horroroso.

—Crean ustedes lo que les venga en gana. Están en su derecho. Pero no nos metan a mi familia y a mí.

—¿Tommy tenía un lagarto que se llamaba Colacuerno? —preguntó de repente Anderson.

El rostro de Denise, por encima de sus brazos cruzados, se volvió indescifrable.

—¿Y qué si lo tenía?

—Noah recuerda haber sido un niño que se llamaba Tommy que tenía un lagarto al que puso el nombre de Colacuerno y un hermano llamado Charlie. Habla mucho de los libros de Harry Potter y le gusta el equipo de béisbol de los Nationals. —La fluidez con que mencionaba nombres propios dejó sorprendido a Anderson, como si hubiera una parte intacta de su cerebro extrayendo toda la información necesaria. Era una de las peculiaridades de la afasia, coger provisiones de los documentos de investigación, solo que aquello no era investigación, era su vida, era aquel momento—. Mencionó también algo de un rifle de calibre cincuenta y cuatro.

Denise esbozó una fina sonrisa.

—¿Lo ven? En casa nunca hemos tenido armas. Jamás permití a los niños jugar con armas, aunque fueran de juguete.

—Dice que echa de menos a su madre. A su otra madre —añadió en voz baja Janie—. Llora sin parar.

—Mire, no sé por qué su hijo dice estas cosas. Si tiene algún problema, lo siento de verdad. Pero todo eso son tonterías, un puñado de coincidencias mal concebidas, y además están abordando a la persona equivocada, porque, si quieren que les sea sincera, me trae sin cuidado. —Denise volvió a reír, si es que podía llamarse a eso risa. Anderson intuyó el dolor detrás de aquella fachada furiosa, como los relámpagos que destellan a lo lejos. No había forma de penetrarla—. Mire, yo no soy pastor de la iglesia y, por lo que veo, tampoco lo son ustedes. Y no pienso seguir aquí, en el salón de mi casa, especulando sobre el más allá, porque nada de todo esto cambiará nada. Porque nada sirve para devolverme a mi hijo. Tommy está... —Se interrumpió. Meneó la cabeza y volvió a intentarlo—. Mi hijo está muerto.

Las palabras retumbaron en la estancia. Los miró de uno en uno, como si alguno de ellos pudiera contradecirla. Anderson deseó de pronto volver a ser un médico residente, con su bata blanca, cuidar enfermos; ser cualquier cosa menos lo que era, estar en cualquier lado menos donde estaba: en aquel salón, mostrándose de acuerdo con una madre, reiterando que su hijo estaba muerto.

—Lo siento mucho —dijo Janie, la voz espesada por las lágrimas.

Pero Denise Crawford no lloraba. Sino que siguió hablando, con una voz tan gélida que Anderson notó su frialdad calándole en los huesos; era ese dolor frío que conocía tan bien.

—Está muerto. Y no volverá nunca. Y ustedes..., ustedes deberían avergonzarse de lo que hacen.

—Señora Crawford...

—Creo que ahora deberían marcharse. Ya han hecho suficiente. Váyanse.

Janie intentó sonreír.

—Señora Crawford, nos marcharemos, nos iremos sin ningún problema, solo le pido que vea a Noah unos minutos... No tiene que decir nada, solo sentarse un poquito con él y... ser su amiga.

—Ustedes han convencido a este niño de que es otra persona. Y lo han traído hasta aquí desde Dios sabe dónde.

—Nueva York.

—¿Por qué será que no me sorprende? Le han lavado el cerebro a este pobre niño y lo han arrastrado hasta aquí desde Nueva York. Y ahora pretenden que yo les siga la corriente como si fuera un juego. —Negó con la cabeza—. Pues para mí no es un juego. Salgan de mi casa.

—Tampoco es un juego para nosotros —dijo Anderson muy despacio, con voz firme—. Escúcheme, señora… Sé que ha sufrido una pérdida. Una pérdida terrible. Comprendo cómo se siente.

—¿Lo comprende? ¿Por qué? ¿A quién ha perdido usted?

—Perdí a mi…, mi… —Buscó la palabra, pero se quebró bajo sus pies como el peldaño de una escalera y cayó dando tumbos en un agujero oscuro. Visualizó el rostro de su esposa. Estaba decepcionada con él—. A mis seres queridos —dijo, incapaz de encontrar nada más.

Había perdido el nombre de su esposa. El de su hijo.

Denise Crawford se enderezó en toda su estatura. Era casi tan alta como Anderson.

—He dicho «Fuera».

«Esta es la razón por la que pasé tantos años en Asia», se dijo. Esto era lo que pasaba con los casos norteamericanos. Se quedó inmóvil. Incapaz de pensar.

Janie se quedó mirándolo y él la siguió por el pasillo.

«Lo siento —pensó Anderson—. Siento haberla metido en esto. Siento haberle hecho creer en este patético saco de huesos».

—¿Qué le contamos a Noah ahora? —susurró Janie, enojada. Su proximidad en el pasillo y el calor de su aliento en la cara le golpearon con fuerza y retrocedió por instinto ante aquella intensidad—. ¿Cómo puedo hacerle entender esto?

—Ya lo solucionará.

—¿Eso es todo lo que tiene que decir? ¿Eso es todo? ¿Que ya lo solucionaré?

En algún lugar cercano empezó a sonar una batería, un sonido que auguraba cosas nefastas, un ritmo inexorable, que guiaba al ejército hacia su propia derrota. Anderson se obligó a levantar la cabeza y mirarla a los ojos.

—Lo siento.

Janie le dio la espalda y abrió la puerta de la cocina. Pero no tuvo necesidad de solucionar nada, porque Noah se había ido.

25

Aquello era como un castillo de naipes que se derrumba, pensó Anderson. Todo lo que podía salir mal había salido mal. Y él, viendo cómo se desplegaba la histeria, se sintió más inútil que nunca. Había buscado las palabras, pero no estaban allí.

Aquello no habría pasado nunca en la India. En la India comprendían que la vida seguía su curso, te gustara o no: la vaca en la carretera, el golpe de volante que te salva o te mata. Terminaba una vida y empezaba otra, que podía ser mejor que la anterior, o podía no serlo. Los indios (y los tailandeses y los ceilandeses) lo aceptaban del mismo modo que aceptaban los monzones o el calor, con una resignación que era puro sentido común.

Malditos americanos. Americanos que no sabían nada sobre montañas de estiércol quemándose ni de golpes de volante, americanos que no podían evitar aferrarse a la vida que vivían como el que se aferra a una rama fina y largui-rucha que a buen seguro acabará partiéndose..., y cuando las cosas no salían como esperaban perdían los papeles.

Él incluido.

Lo cual era una explicación tan buena como cualquier otra para lo que pasó aquella tarde.

Pero culpar a Estados Unidos no servía de nada.

Porque también en la India las cosas salían mal de vez en cuando, ¿o no?

El ser humano era tan complejo que resultaba impo-sible predecir cómo reaccionaría ante lo imposible.

Imposible.

Anderson seguía inmóvil en el centro de la cocina, intentando reorientarse. En la nevera había una fotografía de un sonriente equipo de la Little League. La observó con detalle e identificó a Tommy en la parte inferior izquierda, sujetando un cartel donde podía leerse: «CAMPEONES DE LA LITTLE LEAGUE, MILLERTON SOUTHERN DIVISION, "LOS NATIONALS"».

Ah, los Nationals. La pieza que faltaba. Había olvi-dado que a veces los equipos de aficionados adoptaban los nombres de los equipos de las ligas profesionales. Una buena prueba, aunque no le produjo ninguna satisfacción. ¿De qué le servía ahora disponer de buenas pruebas?

Salió de la cocina decidido a buscar al niño.

Janie estaba junto a la puerta trasera de la casa de Denise, observando una gran extensión de nada.

Había bajado la guardia durante un simple minuto, pero el minuto había sido excesivamente largo y ahora Noah había desaparecido.

Había repasado otra vez la despensa, el salón y el cuarto de baño de la planta baja y el adolescente estaba mirando de nuevo en las demás dependencias de la casa, pero Noah no estaba.

Tenía que haber salido por la puerta de atrás mientras ella hablaba con Denise y Charlie se iba a ensayar con su batería. Debía de haber pensado que Denise lo había rechazado y que por eso le había arreado aquel puntapié. Seguro que lo había pensado. O a lo mejor había pensado que todo era culpa de él, culpa de él cuando era culpa de Janie... Pero ahora no había tiempo para pensar en esas cosas. Luego tendría tiempo de sobra para echarse cosas en cara.

Abrió la puerta de atrás: una extensión de césped embarrado con zonas amarillas y zonas verdes de hierba nueva, una cabeza en la que asoman canas pero en sentido contrario. Un bebedero para pájaros acunaba un charquito de agua oscura, una hoja dando vueltas y vueltas en el centro. La silueta de un árbol, brotes asomando en la punta de las ramas. Más allá, se acababa el jardín y empezaban los campos, que se prolongaban hasta donde alcanzaba la vista.

—¿Noah?

Había olvidado lo silencioso que llega a ser el campo. Se oyó el ladrido de un perro.

—¡Noah!

¿Podía alejarse mucho un niño de cuatro años?

Por su cabeza pasaban fragmentos de palabras de consuelo: en cualquier momento, no te preocupes, todo irá bien, siempre ha ido bien, en algún lado tiene que estar. Por debajo de ellas, el pánico creciendo como una riada, arrasando todo a su paso. El césped extendiéndose hacia los tallos bajos y verdes de los maizales recién plantados.

—¡Noah!

Echó a correr.

Los tallos del maíz le pinchaban los tobillos mientras corría por los campos en busca de una cabeza rubia. Los tallos más tiernos crujían bajo sus pies.

—¡No-ah!

Podía estar en cualquier parte. Podía estar acurrucado sobre el suelo húmedo, por debajo de su campo de visión, rodeado por tallos verdes. Podía estar en los árboles que se veían más allá de los campos, entre las sombras oscuras del bosque.

Tal vez fuera por el nombre. Era un niño terco. A lo mejor lo hacía expresamente y si decidía utilizar el otro nombre daría señales de vida.

—¿Tommy? —Fue como si le arrancasen el nombre de la garganta, como si arañara el aire—. ¡Tommy!

—¿Noah? ¿Tommy? ¡Noah!

El sonido reverberó contra la extensión llana de tierra y contra la bóveda gris del cielo.

—¡Tommy! ¡Noah! ¡Tommy! —gritó Janie, explorando aquel mundo verde y gris.

¿Buscaba una cabeza rubia u oscura? ¿Tendría que perderse una segunda vez, sería aquel su destino? ¿Perderse y perderse y volverse a perder?

«No. Estás cayendo presa del pánico. Tiene que estar por algún lado. Lo encontrarás enseguida».

«O tal vez no».

—¡Noah! ¡Tommy!

Fue más allá de los campos y se introdujo en el bosque, hasta que perdió por completo el sentido de la orientación. ¿Cómo pretendía ayudar a su hijo cuando ella misma también se perdía?

Pensó entonces, sin poder evitarlo, en Denise Crawford. Denise, que debió de estar en aquel mismo lugar no hacía mucho tiempo, gritando aquel nombre, vociferando a un cielo indiferente hasta quedarse afónica y, sumida en el pánico y en la tristeza, Janie comprendió que la distancia entre ella y aquella mujer se había reducido a nada. Eran madres. Eran iguales.

26

Denise estaba tumbada en la cama. Había querido colaborar en la búsqueda del niño pero sus piernas no le respondían y aquel médico, o lo que fuese, le había echado un vistazo y había insistido en que se acostara. El dolor de cabeza había sido terrible pero se estaba amortiguando con rapidez gracias a las dos pastillas más que se había tomado. Cuando se había mirado en el espejo del armarito del botiquín, había sentido tentaciones de tragarse el contenido del frasco entero y acabar con todo de una vez, pero se había consolado por el momento con solo un par más, que se había metido en la boca y había engullido en seco, sin agua, y después se había guardado el resto en el bolsillo.

Ahora no sentía dolor, ningún dolor, muchas gracias, y estaba en un sueño, en una realidad alternativa donde todo había dado la vuelta y se había transformado en algo completamente distinto. Unos demonios habían intentado engatusarla y ella había hecho daño a un ángel que quería algo de ella, pero ya se habían marchado.

Esquirlas de voces afiladas, cortando el aire. La vida era un vaso de cristal que se había hecho añicos y ellos eran los fragmentos. La gente era los fragmentos.

Alguien estaba llamando a Tommy.

Pero Tommy no estaba.

Tommy había desaparecido. Se oyó a sí misma llamándolo. Había dado la vuelta y regresado de nuevo a aquel lugar, al día que nunca había dejado atrás.

Creía haberlo guardado, creía haberlo superado, haberlo esquivado, sin olvidar, sin olvidarlo nunca, pero creía haber dado un rodeo lo suficientemente grande como para eludirlo, para poder ir superando los días, pero se equivocaba, porque siempre había estado allí, representándose sobre el telón de su alma. Nunca lo había dejado atrás. Aquel día.

¡Tommy!

Se había despertado al oír que los niños estaban peleándose. Henry había regresado la noche anterior con los regalos de última hora que había comprado en algún aeropuerto y, como era habitual, se había confundido y a Tommy le gustaba más el regalo de Charlie que el que le había correspondido a él. Así que los niños estaban peleándose y ella se había despertado y, aún medio dormida, había pensado: «Mierda». Inconsciente. Sin tener ni la menor idea de lo que aquel día le traería. Simplemente pensando: «Mierda», porque los niños se estaban peleando y porque

Henry estaba agotado a su lado, durmiendo para recuperarse de las actuaciones que lo mantenían despierto hasta las tantas y de otra gira que se había hecho interminable y que seguía convirtiéndola en la madre soltera que nunca había querido ser. La noche antes habían acabado discutiendo como siempre, ella pidiéndole que volviera a dar clases, que así tendría unos ingresos regulares, que estuviera con la familia, y se habían peleado delante de los niños, algo que siempre intentaban no hacer.

—Quieres quitarme lo que más amo —había gritado Henry.

Quitarme lo que más amo.

Se había despertado y había oído a los niños peleándose y había pensado: «Mierda, y ahora me toca encima lidiar con esto, yo sola, como siempre», y se había acercado de mala gana a la puerta y había gritado: «¡Solucionad esto de una vez, niños, o despertaréis a vuestro padre!». Así era como había empezado aquel día.

Tommy había querido ir a jugar a casa de Oscar y ella le había dicho que podía ir, porque Henry estaba durmiendo y los niños peleándose y había pensado que mejor no verle el pelo un rato.

Así había pasado el día, sin ver el pelo a Tommy. Charlie tranquilo, jugando con su nuevo juguete. Henry durmiendo. Luego habían comido sin prisas y ella había decidido preparar lasaña para cenar. Mientras cocinaba, había mirado por la ventana y había visto que los narcisos empezaban a florecer junto al bebedero de los pájaros y había pensado que Henry estaba en casa, y todo estaba tranquilo, y se había sentido afortunada. Tenía a Henry en casa, y a Charlie y a Tommy, y una casa con un bebedero para pájaros, y pronto llegarían las vacaciones de verano y se sentía afortunada por poder disfrutar de aquel momento de tranquilidad, de aquella vida, de aquel día.

¡Tommy!

Llegó la última hora de la tarde, pronto anochecería, y fue a buscar a Tommy para que volviera a casa a cenar.

Caminó tranquilamente. No había motivos para ir con prisas. Era sábado. Los campos verdes brillaban bajo la luz del atardecer. Se acercaba el verano, y con él la dulzura en el ambiente.

Pasó por delante de la casa de los vecinos y de aquel perro que siempre ladraba, por delante de los buzones de los Clifford y los McClure, y giró hacia la calle sin salida donde vivía Oscar, un conjunto de casas dispuestas en forma de herradura y a la sombra de unos árboles altos que se mecían a merced de la brisa. Uno de los árboles debía de estar enfermo; vio que había un hombre encaramado a él, podando las ramas. Se quedó observándolo y pensó que era una lástima tener que cortar las ramas de aquel viejo árbol que llevaba siglos en pie mientras a su alrededor la primavera engullía el mundo. En la calle, la gente estaba fuera, los niños montados en sus monopatines, los mayores escuchando la radio, lavando el coche. Oscar estaba lanzando a canasta en el camino de acceso a su casa, su madre en el jardín, regando los tomates. Denise se fijó en los tomates al subir la escalera; eran pequeños y redondos, verdes todavía en la rama, como una promesa.

Oyó el silbido de la pelota de baloncesto al pasar por el aro. El ruido del chorro de agua que uno de los vecinos proyectaba sobre el coche para quitarle el detergente. El zumbido de la sierra en el árbol y el crujido lento de la rama al empezar a caer.

Si se pudiera volver atrás —pero no se podía—, si se pudiera volver atrás, volvería a aquel momento, viviría allí, en aquel camino de acceso en plena primavera, oyendo cómo la pelota de baloncesto de Oscar pasaba por el aro, esperando a Tommy. Volvería al momento justo antes de que la madre de Oscar levantara la vista de los tomates y Denise leyera la sorpresa escrita en la cara de otra madre, y su vida se partiera en dos.

A partir de entonces, su vida se reduciría a la parte que estaba viviendo y a la parte que vivía en la oscuridad, en la que algo le estaba pasando a Tommy en algún lado.

Y estaba volviendo a pasar, nunca había dejado de pasar, el momento en que Tommy había desaparecido. Estaba encerrada en su interior y jamás saldría de él, por muchas pastillas que tomara. Ella se había quedado allí, en aquel día, y simplemente se había imaginado que había ido hacia delante, que había criado a Charlie de la mejor manera posible, que había seguido trabajando.

Denise miró el techo, la cabeza le daba vueltas. Todo giraba a una velocidad excesiva y los fragmentos caían a su alrededor como trozos de cristal. Las luces azules y blancas del coche de policía reflejándose en la ventana. El coche que había llamado cuando ya era demasiado tarde, porque llevaba horas desaparecido, porque nunca había llegado a casa de Oscar.

Siguió tumbada en la cama, acariciando las pastillas que guardaba en el bolsillo. Le gustaba su tacto, suaves, desmenuzándose por los lados. Amigas. Se llevó otra a la boca, estaba seca y amarga, pero una pastilla más no era nada.

Las sacó del bolsillo y las miró.

Doce pequeñas amigas, que le guiñaban el ojo, que la llamaban.

27

Janie volvió de los maizales y se sentó a la mesa de la cocina al lado de Anderson. Escondió la cabeza entre las manos e intentó silenciar el alboroto que rugía en su interior. Anderson hablaba por teléfono con alguien, muy despacio. Se preguntó cómo podía permanecer tan sereno habiendo desaparecido Noah. Pero Noah, al fin y al cabo, no era su hijo. Aquel hombre era un desconocido, un investigador. El pánico que sentía era única y exclusivamente de ella, igual que lo era Noah.

Anderson intentó tranquilizarla con la mirada. Ella lo evitó e inspeccionó la cocina de Denise. La ventana desde la que se veían el bebedero de los pájaros y los maizales. El cuadro con un bodegón de melocotones encima de los fogones. El reloj en forma de gallo, con su sonoro tictac. No le gustaba pensar en el sufrimiento que habría vivido aquella estancia.

Anderson colgó.

—Ya viene la policía.

—Bien. —Estaba ronca de tanto gritar—. ¿Ha…?

—He mirado por toda la casa.

—¿Y la señora Crawford?

—Descansando, pero el niño no estaba.

—¿Y ese adolescente?

—Buscando.

—¿Ha mirado en el sótano?

—Y en la buhardilla. Volveremos a mirar luego, lo encontraremos —dijo Anderson.

Estaba exhausto, aunque también centrado y alerta. Era una de esas personas, pensó Janie con amargura, que cobra vida con las adversidades. Siempre había confiado en ser también así, pero en ese momento no pensaba que fuera cierto.

—Creo que voy a dar una vuelta en coche por el barrio —dijo Janie. Se levantó—. Deme las llaves.

—Descanse un momento —dijo Anderson.

—Estoy bien.

—Un momento.

—¡No!

—Podrá ser de más ayuda si mantiene la calma.

Volvió a sentarse. Le temblaban las rodillas.

—¿Cómo ha podido pasar? ¿Cómo he permitido que pasara? ¡Tiene cuatro años!

—No puede ir muy lejos.

—¿Que no puede? —Se giró hacia Anderson—. No tendríamos que haber venido. No tendría que haber formado parte de este experimento de locos. ¿En qué demonios estaba yo pensando?

—En intentar ayudar a Noah.

—Pues ha sido un error.

—Míreme. —Su mirada era franca—. Encontraremos a Noah.

Noah. La palabra provocó una avalancha de añoranza. ¿Y si no volvía a tenerlo más entre sus brazos? ¿Y si no volvía a sentir sus bracitos rollizos, su cabeza suave? Jamás había entendido a la gente que calificaba a sus hijos de deliciosos, pero ahora sí, quería encontrarlo para comérselo, para aspirarlo e introducirlo de nuevo en su cuerpo para no volver a perderlo jamás.

Anderson se levantó y le sirvió un vaso de agua.

—Tenga. Beba.

Janie cogió el vaso y se lo bebió entero.

—¿Y si tiene un ataque de asma? ¿Y si el hombre que se llevó a Tommy sigue por ahí?

Anderson volvió a llenar el vaso, se lo pasó a Janie y volvió a beber.

—Ahora, respire hondo.

—Pero…

—Respire hondo.

Respiró hondo. El reloj de la cocina de Denise seguía con su tictac; su tictac no había cesado en todos aquellos años.

—Estoy bien. Puedo conducir.

—¿Está segura?

—Estoy segura.

Le pasó las llaves.

—Vaya con cuidado, Janie.

—De acuerdo.

Cogió las llaves y se levantó; cuando llegó a la puerta de la cocina, se giró para mirar a Anderson. Se había servido también un vaso de agua y se había sentado a la mesa, mirándolo. Parecía cansado.

Él no podía prever nada de lo que había pasado. Le dolía haber sido tan dura.

—¿Cómo lo hizo? —le preguntó en voz baja.

—¿Hacer el qué?

—Cuando perdió a un ser querido. ¿Cómo lo soportó?

—Respiras hondo una vez —dijo y bebió un poco de agua—. Luego otra.

Janie se quedó allí, inmóvil, con las llaves en la mano.

Sonó el timbre.

Anderson levantó la vista.

—Ya está aquí la policía.

*U*n caso que implicó varios reconocimientos es el de Nazih Al-Danaf, de Líbano. A muy temprana edad, Nazih describió una vida anterior a sus padres y a sus siete hermanos, todos los cuales se mostraron dispuestos a ser entrevistados. Nazih describía la vida de un hombre que su familia no conocía. Explicaba que el hombre llevaba pistolas y granadas, tenía una bella esposa y niños pequeños, vivía en una casa de dos pisos rodeada de árboles y había una cueva cercana. Contó también que tenía un amigo mudo y que un grupo de hombres le había disparado.

Su padre explicó que Nazih les pidió que lo llevaran a su antigua casa, que al parecer estaba en un pueblo a poco más de quince kilómetros de donde vivían. Con seis años de edad, lo llevaron a ese pueblo, en compañía de dos de sus hermanas y un hermano. Cuando estaban a un kilómetro del pueblo, al llegar a un cruce con un camino de *tierra, Nazih les pidió que pararan. Les explicó que era un camino sin salida que conducía a una cueva, pero ellos siguieron adelante sin confirmarlo. Llegaron a un punto en el centro del pueblo donde confluían seis calles, y el padre de Nazih le preguntó cuál debían seguir. Nazih señaló una de las calles y dijo que continuaran por ella hasta encontrar otra calle empinada, donde verían su casa. Cuando llegaron al primer cruce con una calle empinada, la familia empezó a preguntar a los vecinos si conocían a alguien que hubiera fallecido según Nazih explicaba.*

Rápidamente averiguaron que un hombre llamado Fuad, que tenía una casa en aquella calle y que había fallecido diez años antes del nacimiento de Nazih, encajaba con el relato del niño. La viuda de Fuad preguntó a Nazih: «¿Quién construyó los cimientos de la verja que hay a la entrada de la casa?», a lo que Nazih respondió correctamente: «Un hombre de la familia Faraj». El grupo entró entonces en la casa, donde Nazih afirmó que Fuad guardaba las armas en un armario, y era cierto. La viuda le preguntó si ella había sufrido un accidente en su anterior casa, y Nazih le proporcionó detalles precisos sobre aquel accidente. Le preguntó también si recordaba por qué su hija pequeña había caído gravemente enferma, y Nazih respondió correctamente que la niña había consumido sin querer unas pastillas de su padre. También describió con precisión un par de sucesos más de la vida de su antigua personalidad. La viuda y sus cinco hijos se quedaron impresionados con el nivel de conocimientos demostrado por Nazih y quedaron convencidos de que era la reencarnación de Fuad.

Poco después de aquel encuentro, Nazih visitó al hermano de Fuad, Sheikh Adeeb. Cuando Nazih lo vio, echó a correr hacia él y dijo: «Ahí viene mi hermano Adeeb». Sheikh Adeeb le pidió a Nazih una prueba de que era su hermano, y Nazih dijo: «Te regalé una Checki 16». Una Checki 16 es un tipo de pistola de fabricación checoslovaca que no es común en Líbano y, efectivamente, Fuad había recibido una como regalo por parte de su hermano. Sheikh Adeeb le preguntó entonces dónde estaba la casa en la que había nacido, y Nazih lo guio calle abajo y dijo: «Esta es la casa de mi padre y esta [la casa contigua] es mi primera casa». Entraron en esta última casa, donde vivía todavía la primera esposa de Fuad, y cuando Sheikh Adeeb le preguntó quién era, Nazih le dio correctamente el nombre.

Doctor Jim B. Tucker, *Vida antes de la vida*

28

Paul Clifford se despertó poco a poco y evaluó su estado. Un día más y seguía intacto, más o menos. Tal vez tuviera la nariz rota; le dolía como un demonio y notaba el escozor de la sangre seca en el labio superior. Probablemente no, pensó. Siempre había tenido suerte en ese sentido. Se metía en follones de la hostia, perdía el conocimiento y luego, cuando se despertaba, descubría que seguía vivo en este planeta de mierda. Un desarrollo decepcionante de los acontecimientos, como le dijo una vez su antiguo padrino de Alcohólicos Anónimos, cuando lo llamó en medio de una borrachera especialmente épica. Hoy estaba tumbado bocabajo sobre hormigón, ni tierra ni moqueta. Eso quería decir que estaba en el sótano de la casa de su madre.

Notó una punzada de dolor cerca de las pelotas y se dio cuenta de que era una pala de ping-pong. La noche anterior, debía haberse caído después de darse con la mesa, y allí se había quedado. Notaba también una sensación rara en los labios, los tenía hinchados; se pasó la lengua por el interior de la boca. Sabía a sangre, a tierra, a mal aliento y a vómito. Sí, tenía un poco de vómito pegado al pelo, aunque no entendía cómo podía haber vomitado algo. Llevaba días sin comer.

Levantó la cabeza. El dolor era matador, claro. Con cuidado, la apoyó de nuevo en el frío hormigón. Era agradable, como una almohada. A lo mejor se quedaba allí un rato. No recordaba qué había pasado ni con quién se había peleado, pero tenía la sensación de que era más de mediodía y de que había vuelto a cagarla, pero bien. Seguro que el señor Kim no le dejaba trabajar en la gasolinera. Lo que significaba que Jimmy lo echaría a la calle. Iba retrasado en el pago del alquiler, aunque, de todos modos, lo de tener que pagar alquiler por un sofá nunca le había encajado del todo. Era un timo, ¿no? Así que daba igual.

El trabajo en la gasolinera, sin embargo, no estaba mal del todo; el continuo de gente entrando y saliendo le mantenía la mente ocupada. Cuando trabajaba, su madre le daba menos la lata con lo de sacarse el graduado escolar o volver a Alcohólicos Anónimos. Había intentado decirle a su madre que no pensaba volver ahí, pero ella no lo entendía y él no podía explicarlo. Ella insistía en preguntar: «¿Por qué?».

«Por preguntas como esta, precisamente por esto», replicaba él.

En Alcohólicos Anónimos siempre estaban igual. Querían que les contases tu «historia». Tu «historia». Pretendían sonsacártela, una mala infancia, lo que fuera, y no le hacían ni caso cuando les decía que él no tenía ninguna historia que contar. Su padre era un cabrón, y cuando Paul tenía quince años se había divorciado de su madre y se había casado con la compañera de trabajo a la que se estaba follando, pero muchos padres hacían mierdas de ese estilo. ¿Qué tenía que ver eso con que él hubiera salido así? Estaba allí, ¿no? Pero eso no les bastaba. Querían tu sangre, eso era lo que querían. Aquella asesora de la última vez no paraba nunca con el rollo. Lo miraba y lo miraba como si pensara que mentía. Su cerebro había empezado a experimentar aquella mareante sensación que era como tener una ruleta dentro que giraba y podía detenerse en cualquier momento en el número equivocado. Y había tenido que salir inmediatamente de la habitación. Se había largado por la puerta de atrás, había ido directo al supermercado y se había comprado una cerveza. Solo una cerveza. «¿Estás feliz, mala puta?», había pensado mientras se la bebía de un trago. Se había metido en el sótano de casa de su madre con ese sabor en los labios y el olor de una chica que no podía olvidar en la cabeza y luego, en plena noche, se había pulido todo el coñac de la casa, el NyQuil, el licor de saúco y todo lo demás, y durante todo el día siguiente no había pensado en nada y luego ella lo había echado.

Oía a su madre y a su hermano moviéndose por arriba, haciendo lo que fuera que hacían durante todo el día.

Desde el sótano olió a perritos calientes. Estaba resacoso, aunque también muerto de hambre, con náuseas y hambriento al mismo tiempo, una combinación que cualquiera creería imposible pero que él experimentaba constantemente. Mataría por un perrito caliente aquí y ahora, incluso por un sándwich de mantequilla de cacahuete, pero no quería correr el riesgo de subir porque, con una sola mirada, su madre sabría qué pasaba. Su madre no era idiota, por mucho que aún lo dejara dormir en el sótano de vez en cuando.

Siguió allí hasta que oyó que su madre y Aaron terminaban de comer y escuchó el portazo de la puerta mosquitera después de que salieran. Tal vez Aaron tuviera algún combate de lucha libre en el instituto.

Cuando se marcharon, pasó un buen rato sin encontrar la energía necesaria para levantarse y se quedó tumbado en el suelo del sótano donde tantas horas había pasado de pequeño jugando a hockey de mesa, a ping-pong y a videojuegos. Reflexionó sobre el hambre que tenía y lo hundido en la mierda que estaba.

Entonces, empezó a percibir de nuevo en la cabeza aquella sensación de nerviosismo, como si fuese a estallar, y palpó el suelo para ver si encontraba algo y tropezó con una botella de vodka que debía de haber comprado la noche anterior. Quedaba un culín, pero no era bastante.

Se obligó a subir las escaleras para buscar comida. A lo mejor encontraba una botella de Amaretto escondida o algo que todavía no había descubierto, aunque la verdad es que lo dudaba, después de lo de la última vez.

Había alguien fuera; oyó pisadas en la gravilla. Tal vez era uno de esos repartidores de pizzas que se había equivocado de dirección. En aquel momento sería capaz de comerse una pizza entera, por mucho que llevara champiñones. Encontraría suelto para pagar por algún lado. Tenía que haber monedas entre los cojines del sofá, seguro. Abrió la puerta.

Era un niño.

Un niño pequeño, rubio. Plantado en el camino de acceso, mirando la casa. Llevaba un lagarto en el hombro. Una imagen de lo más estrafalaria. Conocía a todos los niños del vecindario y aquel niño no era ninguno de ellos.

—Hola —dijo Paul.

El niño parecía muy nervioso. A lo mejor alguno de los otros lo había desafiado a llamar a la puerta. Todas las madres del vecindario habían aconsejado a sus hijos no hablar con él; lo sabía por la cara de susto que ponían cuando a veces él les decía «hola». Le dolía la cabeza solo de pensarlo. Quería que aquel niño se largara.

—¿Puedo ayudarte en algo?

El niño siguió allí plantado. Sin decir nada. Era un niño raro. A lo mejor le pasaba algo. Igual era mongolito o algo por el estilo. ¿Cómo lo llamaban ahora? Sí, síndrome de Down. Tenía un amigo con una hermana que tenía eso y a veces la niña también se quedaba mirándolo, sin venir a cuento. Pero aquel niño tenía ojos normales, ojos grandes y azules que lo miraban como si le hubiera robado un caramelo o algo así.

Paul sonrió. Tenía que intentar ser agradable. No era más que un niño. Por mucho que todo el mundo opinara lo contrario, no era tan cabrón.

—¿Necesitas algo?

—¿No me conoces? —dijo el niño, que parecía decepcionado.

Probablemente Paul había dicho algo que no debía. Fue como si una oleada de agotamiento lo barriera de pronto. A veces, intentar ser agradable con la gente era durísimo.

—No conozco niños pequeños.

—Mi hermano se llama Charlie.

—Vale. —Se le ocurrió una cosa—. ¿Te has perdido? ¿Quieres pasar y llamar a tu madre?

—¡No! ¡No! —El niño empezó a chillar—. ¡Déjame en paz!

—Vale, vale. Tengo…, tengo que irme. Buena suerte en tu vuelta a casa.

Si el niño empezaba a asustarse no quería tener nada que ver. Seguramente haría bien llamando a la policía. Aunque tal vez ya lo habría hecho algún vecino. Se dispuso a cerrar la puerta.

—Espera.

Se giró.

—¿Qué pasa?

El niño tenía la boca torcida.

—¿Por qué me hiciste eso?

—¿Hacerte qué?

Parecía que se le iban a salir los ojos de las órbitas.

—¿Por qué me hiciste daño?

Paul empezó a sudar. El sudor olía a alcohol y le entraron ganas de beberlo.

—No te conozco de nada. ¿Cómo te voy a haber hecho daño?

—Me hiciste mucho daño, Pauly.

¿Cómo demonios sabía su nombre? Hacía años que nadie lo llamaba Pauly.

—No sé de qué hablas.

—Yo iba a casa de Oscar y me paraste. Estabas siendo amable y entonces me hiciste daño.

Entonces Paul empezó temblar. A lo mejor era el delírium trémens. ¿Pero cómo era posible?

—No sé a qué te refieres. No te he visto nunca. No te he hecho daño.

—Sí, sí que me hiciste daño. Con la escopeta.

Se quedó paralizado. No se lo podía creer.

—¿Pero qué dices?

—¿Por qué lo hiciste? Yo no te había hecho nada.

Se estaba volviendo loco. Eso era lo que pasaba. Era igual que aquella mierda de terror que había leído en el instituto antes de colgar los libros, el corazón que aún latía debajo de las tablas de madera del suelo hasta que perdías por completo la puta cabeza. Aquel niño ni siquiera estaba allí. Pero lo veía allí, pataleando el suelo, con las manos cerradas en puños, asustado y furioso al mismo tiempo. Un niñito rubio. Nada que ver con el niño que estaba muerto. ¿Estarían gastándole una broma? ¿Pero quién más podía saberlo?

—Ni siquiera me dejaste probarla —dijo el niño—. Dijiste que lo harías.

—¿Cómo sabes todo eso? No lo sabe nadie —dijo Paul.

Seguramente estaba borracho todavía. A lo mejor era eso. Aunque no se sentía borracho.

El niño seguía allí con los puños cerrados, todo su cuerpo temblando.

—¿Por qué lo hiciste, Pauly? No sé por qué.

De nuevo aquella sensación en la cabeza, giraba y giraba como una puta ruleta, solo que esta vez no había manera de pararla, esta vez apuntaba hacia donde había estado apuntando todo el tiempo.

29

Janie siguió conduciendo, sumergida en un mundo dividido, un mundo Con Noah y Sin Noah. Las farolas encendiéndose una a una, el leve traqueteo del asfalto agrietado bajo los neumáticos, las casas de dos pisos con sus canastas de baloncesto, sus verdes céspedes adoptando matices grises con la oscuridad, el aire nocturno enfriándose con rapidez, tarareando junto con el atardecer: todo aquello era Sin Noah y, por lo tanto, inútil.

El mundo medía casi un metro de altura, tenía la piel clara, el pelo rubio, las venas latiendo llenas de vida.

Sus ojos solo podían ver eso. Reconocer eso. Janie veía, aunque no asimilaba, las formas de un mundo Sin Noah.

Pero su cerebro; su cerebro...

Era culpa suya. No podía dejar de pensar en eso. Tantos errores, tantos lugares donde podía haberse desviado de este camino, tantas cosas sencillas que podía haber hecho. Podría no haber llamado a Anderson. Podría haberse quedado con Noah en la cocina mientras él veía un vídeo. Podría haber ido a comprobar qué tal seguía. Debería haber ido a comprobar. ¿Por qué no lo había hecho? Solo tenía cuatro años.

Era culpa suya.

Había creído que viajar hasta aquí tal vez lo habría ayudado, cuando en realidad tendría que haber corrido con todas sus fuerzas en dirección contraria. Recordar no era la respuesta. La respuesta era olvidar. No había otras vidas, no había otros mundos. Solo este, aquí y ahora, esta vida inexplicable repleta de asfalto agrietado, y con Noah. Solo pedía eso. Solo quería eso. Pero había cometido un error y tal vez lo había perdido… ¿para siempre?

No. Por supuesto que no. Enseguida lo encontraría.

Pero estaba oscureciendo. Su hijo deambulaba por algún lado, perdido y solo. Pronto, la oscuridad engulliría su chaqueta roja, su cabello rubio. ¿Cómo lo encontraría entonces?

Bajó la ventanilla y el aire nocturno inundó el coche con toda su frescura y densidad Sin Noah.

—¡No-ah!

Sus ojos barrieron el paisaje, sin encontrar nada.

Anderson salió a la calle para alejarse de la casa de los Crawford, la linterna que llevaba en la mano proyectando su inútil hilillo hacia la cara ancha y desdeñosa del atardecer.

Oscurecía, y Noah estaba ahí fuera, en alguna parte, y la necesidad de que todo saliera bien latía en su interior, bombeándole el cuerpo con esa punzada de energía temeraria que transmitían las hormonas segregadas por la médula adrenal: la adrenalina, que aumentaba la frecuencia del latido cardiaco, las pulsaciones y la presión arterial, que elevaba los niveles en sangre de la glucosa y los lípidos, que hacía rebotar su cerebro desde la pared del presente hasta diez, veinte, treinta años atrás.

Preeta Kapoor.

El mismo río, dos veces.

¿Quién era él para jugar con vidas, pasadas y presentes, como si fuera un dios? Cuando las personas no están hechas para recordar. Por eso la mayoría no recordamos. Las personas están hechas para olvidar. Lete: el río del olvido. Solo algunas almas perdidas han olvidado beber de sus aguas sanadoras, se han olvidado de olvidar.

Pero aquí estaba él, caminando por unas calles residenciales que le resultaban más desconocidas de lo que pudiera serlo cualquier pueblo indio, perdiendo en el cielo del atardecer el nombre de un niño perdido, arrancándoselo del pecho. Su último niño.

Noah, rubio y alegre, siempre dando saltitos.

Caminar y llamarlo, una boca, un par de ojos; ya no servía para nada más. Lete lo envolvía hasta que muy pronto acabaría olvidándolo todo, incluso los nombres de los niños perdidos.

30

Tenía que salir de allí.

Paul entró corriendo en la casa. El niño seguía gritando y llorando fuera.

Salió volando por la puerta de atrás, cruzó el jardín, saltó la valla de su casa, atravesó corriendo el campo en dirección al bosque. Cuando pasó cerca del viejo pozo, dio un gran rodeo, como si los huesos de su interior fueran a saltar y aporrearle la cara; la película que tenía en la cabeza era de locos, solo que aquello no era una película ni estaba en su cabeza. Corrió por el bosque, con paso inseguro, los pies resbalando sobre las agujas de los pinos pero impulsándolo hacia delante, sin cesar, como si pudiese superar de una vez por todas aquel 14 de junio del que supo que nunca podría librarse, que siempre estaría allí, de aquel niño que seguía en el jardín diciendo:

«¿Por qué me hiciste daño, Pauly?».

«¿Por qué me hiciste daño, Pauly?».

«¿Por qué lo hiciste?».

Y su corazón respondiendo: «No lo sé, no lo sé, no lo sé».

31

Estaba sentado a los pies de su cama. La piel suave y resplandeciente. Su sonrisa radiactiva.

«Hola, mamá».

Denise abrió los ojos.

Atardecía. Estaba sola en la habitación. Tommy no estaba. Había oído su voz en un sueño.

La palabra seguía zumbando en sus oídos. «Mamá».

La habitación estaba oscura. Se oían voces no muy lejos, puntitos de luz desplegándose por los campos.

¡Tommy!

Se incorporó rápidamente, mareada. Tenía en la boca un sabor amargo a medicamentos y, cuando pestañeó, notó que le dolían los ojos. Abrió la mano y vio las pastillas. A través de la ventana se veía el destello de las luces de la policía en los campos y el bosque. Abrió la ventana para que entrase aire fresco. La gente hablaba en la puerta de sus casas. Fragmentos de conversaciones taladraron sus oídos.

«… tenemos una docena de hombres en el bosque, teniente…».

«Cuatro años, responde al nombre de Noah…».

Se tumbó de nuevo. Todo volvía a ella como una avalancha, inundándole el cerebro: aquella gente en su casa, sus palabras enroscándose en sus oídos, hablándole sobre el más allá.

La misma vieja canción. Ya la conocía, aunque con un conjunto de respuestas distinto. Había nacido escuchándola.

Veía la tienda…, aquella tienda de campaña grande, en Oklahoma, en la que no había pensado desde hacía más de treinta años. Sentada con su abuelo, de quien todo el mundo pensaba que estaba como una cabra. Su madre decía que eran un montón de encantadores de serpientes, pero a ella le daba igual, le interesaba ver encantadores de serpientes y siempre quería ir dondequiera que fuera su abuelo. La tienda era grande y alta, como una carpa de circo. Estaba llena hasta los topes de gente; nunca había visto tanta gente en su vida, filas y filas. El pastor se colocó delante de todos y habló fuerte para que hasta el último de los presentes pudiera oírlo. Era un hombre alto y delgado, de piel marrón muy oscura, y a Denise le dio la impresión de que estaba enfadado, pero la gente no parecía darle importancia. Los había que permanecían sentados muy quietos escuchando al pastor, y otros que reían, suspiraban y gritaban.

Ella estaba sentada en las rodillas de su abuelito, que la quería más que nadie. No sabía cómo lo sabía, pero lo sabía. El abuelo tenía una mano en la cabeza de ella y de vez en cuando le tiraba de una trenza, como para decirle hola.

Recordaba que cantaron unos himnos muy bonitos y que luego el pastor empezó a hablar. Habló con esa voz que utilizaba la gente cuando citaba las Escrituras.

«Y los israelitas estaban agotados de su viaje, sus esperanzas desvaneciéndose en el desierto.

»Y hablaron en contra de Dios y dijeron: ¿Acaso puede Dios servir una mesa en esta tierra?

»Y Dios hizo llover maná para saciarlos y les dio trigo de los Cielos...».

Recordaba que había reído, que le había parecido graciosa la idea de preparar una mesa en medio del campo. Se recostó contra el pecho de su abuelito, que seguía con la mano en su cabeza y su olor a jabón, a hierba y a estiércol, y se adormiló pese a tanto jaleo. Pero, entonces, la voz grave del pastor empezó a gritar: «¿Quién quiere entrar en el Reino de los Cielos? ¿Quién está aquí para presenciarlo? ¿Quién está aquí para ser sanado por su poder? Dad a conocer vuestra presencia».

Abrió los ojos y vio gente caminar por el pasillo. Tal vez «caminar» no fuera la palabra más acertada. La gente andaba arrastrando los pies, cojeando, rodando. Había gente en silla de ruedas y gente que llevaba en brazos niños mayores que ella pero que no caminaban. Se acercaban al pastor y decían su nombre, y todos ellos estaban emparentados. Soy la hermana Green. Soy el hermano Morgan. Así. Uno tras otro. Todos estaban enfermos. Formaban parte de una familia enferma, con dolor de muelas, cáncer de estómago, gota, pie zambo, ceguera y parálisis. Nunca jamás había visto tanta variedad de males.

Tal vez algunos sanaran aquel día, pero no creía. Si lo hicieron, no lo recordaba. Lo único que recordaba era la conmoción que fue saber que el mundo contenía tanto dolor, y la injusticia de que una familia tuviera que cargar con tanto sufrimiento.

Y ahora su abuelo estaba muerto. Había ido a Tulsa a comprar cosas para el tractor y se había derrumbado en la acera víctima de un infarto, y como a nadie le había parecido extraño ver a un negro allí tirado y nadie se había parado para llevarlo al hospital, había muerto en la acera bajo un sol abrasador. Su abuela había fallecido unos años después, de pena. Y su madre hacía unos años, de diabetes. Y ahora Tommy también estaba muerto.

Le había llegado el turno a ella.

—Lo siento...

Era la voz de Charlie. Débil, preocupada, transportada por el viento; habría reconocido la voz de su hijo donde fuera.

Charlie estaba allí, en algún sitio, con problemas. Pensando que todo era por su culpa.

No, no, Charlie. Tú no tienes la culpa. La culpa es mía.

Debería haber ido antes a ver cómo estaba. Debería haber llamado a la policía. Pero yo estaba disfrutando del silencio. Debería haber ido antes a ver cómo estaba y luego podría haber llamado a la policía porque el tiempo era esencial. ¿Acaso no era eso algo que sabía todo el mundo? Cuando un niño desaparecía, había que ponerse a ello enseguida, era la regla número uno, la regla de oro de la Biblia de la alerta AMBER. Llamar a la policía. Enseguida.

Pero ella no sabía que había desaparecido y por eso, cuando había llamado, ya habían transcurrido horas y horas.

No es culpa tuya, Charlie.

Se lo tenía que haber dicho, le tenía que haber dicho que no lo sintiera, que él no tenía nada de qué arrepentirse.

Tendría que haber sido mejor madre con Tommy. Y contigo. Contigo.

Había estado esperándola todo ese tiempo, su Charlie. Habían pasado los años y ella lo había dejado solo, le había perdido la pista, pero allí estaba, esperándola todavía en algún lado, esperando que ella le dijera: no fue culpa tuya, pequeño. Fue todo culpa mía. Mía.

¿Puede Dios poner una mesa en plena naturaleza?

Abrió la mano y miró las doce pastillas; estaban desmenuzadas de tanto presionarlas. Se las miró un momento y fue rápidamente al cuarto de baño. Las tiró en el lavabo, abrió el grifo para que corriera el agua y empujó los residuos blancos para que los engullera el desagüe. Se lavó bien las manos y se las secó. Se miró en el espejo, se alisó el pelo y se lavó la cara con una toalla húmeda. Los ojos no tenían remedio.

Bajó la escalera y emergió a la noche para localizar a Charlie.

32

El lagarto no estaba. Fue lo primero que vio Charlie. Alguien había cogido a Colacuerno del terrario que tenía en la habitación.

El colocón iba desapareciendo y lo único que notaba era la inquietante sensación de que la cosa no iba bien y de que jamás volvería a ir bien. Era una sensación conocida. La sensación de no estar colgado.

Estaba buscando al niño y entonces vio que Colacuerno no estaba y lo supo. Supo con toda seguridad dónde estaba.

Salió por la puerta de atrás, cruzó corriendo el jardín, pasó de largo el bebedero de pájaros y llegó al linde del bosque. Allí había un viejo roble con unas estacas clavadas en la corteza y, arriba, unas planchas de madera que había claveteado su padre en un intento fallido de construir una casa en el árbol. No llegó a estar terminada nunca; construir aquello era mucho más complicado estructuralmente de lo que su padre se imaginaba. Había jurado y perjurado que sería estable y aguantaría bien, pero nunca llegó a terminarla y su madre les había prohibido subir, puesto que no era más que una superficie sin nada, sin barandilla ni paredes que pudieran evitar una caída. Pero Tommy y él se escabullían igualmente y subían de vez en cuando, siempre que querían que nadie los encontrara. Estaba alta y en verano las hojas la ocultaban de la vista.

La llamaban su fuerte. Y ahí arriba guardaban algunas cosas: el diario que Tommy escribió durante unos meses, la colección de minerales de Charlie, revistas de armas y de coches que robaban de la consulta del dentista. A veces, Tommy subía incluso con Colacuerno y lo dejaba pasearse libremente como si estuviera en la selva. Hasta el año pasado, Charlie siguió subiendo allí para colocarse.

Pero ahora le costó pasar el cuerpo por el agujero.

El niño estaba sentado sobre las planchas de madera, a oscuras, con las manos en las rodillas, Colacuerno repantingado en su brazo. El niño estaba que daba pena. Los ojos llenos de lágrimas, la nariz moqueando.

Charlie se puso en cuclillas a su lado.

—Está todo el mundo buscándote.

—La habitación está distinta.

—¿Qué?

—Nuestra habitación. Las cosas ya no están.

—¿Qué cosas?

—Los libros de lagartos. Mi guante y mis bates y mi trofeo del campeonato.

—Ah, te refieres a las cosas de Tommy. Bueno, las guardamos un tiempo.

Le daba miedo mirarlo a los ojos. ¿Tendría aquel niño algún tipo de poder extraño, como esos niños raros que salían en las películas? A lo mejor veía muertos. A lo mejor al fantasma de Tommy le gustaba su compañía. Le daba igual lo que fuera; era espeluznante y no le apetecía en absoluto tener nada que ver con todo eso. Quería que el niño bajara del árbol, entrara en casa y luego saliera para siempre de su vida.

—¿Por qué sacaste mis cosas?

—No fui yo. Mi padre obligó a mi madre a hacerlo. Dijo que no era bueno para mí tenerlo todo aquí cuando volviera.

El rostro del niño se iluminó.

—¿Así que tú también has vuelto?

—Bueno, estuve en casa de mi abuela los primeros seis meses. Mientras mi madre y mi padre estaban siempre fuera buscando a…, buscando a Tommy.

Aquellos largos meses en casa de la abuela. Llevaba años sin pensar en esa temporada. Arrodillado en la alfombra de pelo largo, la música de góspel de la abuela sonando en el viejo tocadiscos, preguntándose qué estaría pasando en casa, si habrían encontrado ya a su hermano. Nunca hablaban del tema. «Si pasa algo, seremos los primeros en enterarnos —decía la abuela—, así que lo mejor es que los dejemos tranquilos para que hagan lo que tengan que hacer. Nosotros, lo único que podemos hacer es rezar para que vuelva a casa». Por aquel entonces ya estaba fastidiada, tenía los pies tan hinchados que ni apenas podía levantarse del sillón para arrodillarse. Pero él no podía rezar. Estaba demasiado asustado.

—¿Y quién cuidó de Colacuerno? —preguntó el niño.

—Me lo llevé a casa de la abuela —respondió, y se echó a reír—. Un día lo solté por la alfombra para asustarla. No le gustó ni una pizca.

—Ya, odia los lagartos.

—Sí.

—Y las serpientes.

—Sí.

Miró entre las ramas. Se veían las luces de los coches patrulla circulando por los campos y los bosques. Estaban buscando al niño, pero el niño flotaba por encima de todo aquello, el niño estaba en un lugar completamente distinto.

—Siento haberte roto el submarino —dijo el niño.

—¿El submarino?

—El submarino que te regaló papá.

—Ah.

La última vez que vio a Tommy. El último día. Tuvieron una pelea muy fuerte. Su padre había regresado de una larga gira y le había regalado a Charlie un reluciente submarino nuevo mientras que a Tommy solo le había regalado un libro, y el niño se enfadó que no veas. Tommy quería jugar con el submarino, solo una vez, decía todo el rato, pero Charlie nunca tenía nada que Tommy quisiera, sino que siempre era al revés, y le encantaba aquel reluciente submarino nuevo que Tommy quería, así que le dijo: «De ninguna de las maneras. Juega con tu submarino viejo apestoso».

«Solo una vez», le había dicho Tommy.

«No —dijo Charlie—. Es mío y no te lo dejaré nunca».

Tommy se lo había arrancado de las manos y había partido el periscopio en dos.

—Lo siento de verdad —estaba diciendo el niño.

—No pasa nada. Fue culpa mía. Tendría que haberte dejado probarlo un rato —dijo Charlie.

Entonces se dio cuenta de que le estaba hablando al niño como si fuese Tommy. Y luego pensó otra cosa (los pensamientos lo golpeaban como puñetazos, uno después de otro, haciéndole ver las estrellas), que solo Tommy y él sabían que Tommy había roto el periscopio. Nunca quiso meter en problemas a su hermano por lo que había hecho, pero Tommy desapareció antes de que Charlie tuviera oportunidad de hacer o decir nada. Contempló la oscuridad entre las ramas y sintió que lo invadía una increíble sensación de vértigo; se sentó y extendió las largas piernas sobre el suelo. Miró: aquello era su cuerpo, las piernas en carne de gallina, el pantalón corto, las zapatillas deportivas abotinadas.

—Lo rompí porque estaba enfadado. Era muy bonito —dijo el niño—. Nunca había tenido un submarino como aquel.

—No pasa nada.

Charlie estaba sentado con la boca abierta. Pensó que tenía que cerrarla.

—Eres él, ¿verdad? —dijo, cuestionándose sus propias palabras mientras iba pronunciándolas—. ¿Cómo puede ser que seas él?

—No lo sé —respondió el niño.

Se quedaron en silencio. El niño pasó la mano por encima de las protuberancias del dorso del lagarto.

—Gracias por cuidar a Colacuerno.

—De nada —dijo Charlie.

De pronto, se sentía orgulloso de haber mantenido con vida al lagarto de Tommy durante todos esos años. Su cuerpo se llenó de orgullo, como cuando era pequeño y hablaba bien y Tommy le decía: «¡Bien dicho, Charlie!».

El niño acarició al lagarto por los flancos. Colacuerno no dejaba de mirarlos con sus ojos amarillos. Charlie se preguntó si el lagarto había echado de menos a Tommy y si lo habría reconocido o si para el bicho era un día como cualquier otro.

—Siento lo que te pasó —dijo por fin Charlie.

—Tú no lo hiciste.

—Pero tal vez podría haberlo impedido.

—No, Charlie. Eras un niño pequeño.

Charlie tragó saliva. Le dolía el pecho. Las palabras le ardían en la garganta y al final logró pronunciarlas.

—Mamá me dijo que te avisara para que vinieses a casa a comer. Que fuera a casa de Oscar para avisarte de que vinieras a casa. Me dijo que te lo dijera. Pero yo estaba enfadado porque me habías roto el submarino y no quería hablar contigo, así que no fui. Y a lo mejor si hubiera ido habrías vuelto antes a casa y a lo mejor…

—No, Charlie. Ya estaba muerto.

—¿Sí? —dijo Charlie.

—Sí. Morí enseguida.

—¿Qué pasó? —preguntó Charlie.

Llevaba años esperando conocer la repuesta. El niño no respondió. Empezó a moquear de nuevo. El lagarto descendió de su brazo hasta el suelo y Charlie lo cogió. Mantuvo en la mano aquel cuerpo frío y vivo. Al cabo de un rato oyó un susurro abajo. Había alguien, era el sonido de la respiración. Pero no hablaba.

—Lo vi —dijo el niño por fin.

—¿A quién?

—A Pauly.

—¿Pauly?

—Pauly. El de nuestra misma calle.

—¿Te refieres a Paul Clifford?

El niño asintió.

—Es el que… me mató.

—¿Paul Clifford? ¿Pauly, el que vive en esta misma calle? ¿Que fue él quien te mató?

Asintió de nuevo.

—Joder. ¿Paul Clifford? ¿Qué te hizo?

—No lo sé. Fue todo muy rápido.

El niño respiró hondo.

—Yo iba en bicicleta a casa de Oscar y vi que el hermano de Aaron, Pauly, estaba por allí. Dijo…, dijo que tenía un rifle y que si quería probarlo, que sería un momento. Dije que vale porque solo era un momento y ya sabes que mamá no nos deja tocar armas.

—Sí.

—Así que fuimos al bosque a pegar unos tiros y él disparó a un montón de botellas y no me dejó disparar ni una vez. Y entonces le dije si me dejaba probarlo y me disparó.

—¿Que te disparó? ¿Porque querías que te dejara probarlo?

—No sé por qué. No lo sé. Yo estaba allí y luego ya no veo nada más, está todo negro. Y cuando me despierto estoy cayendo.

—¿Cayendo?

—Mi cuerpo cae, y es mucho rato, y el agua está fría. Hace mucho frío allá abajo, Charlie, el agua me cubre muy por encima de la cabeza, está fría y apesta. Intento mantener la cabeza fuera del agua y grito, y grito, pero él no me saca, Charlie, no quiere sacarme, y sigo gritando y gritando y cada vez me duele más todo, me duele todo el cuerpo, pero sigo gritando y no viene nadie y sigue sin venir nadie, y estoy muy solo allá abajo, totalmente solo, y no lo consigo. Lo intento, Charlie, lo intento con todas mis fuerzàs, pero ya no puedo mantener la cabeza fuera. Hace mucho frío y no puedo respirar. Veo el sol brillando a través del agua, brilla muchísimo y hace que el cubo de metal resplandezca. Brilla mucho. Lo veo brillar a través del agua. Y entonces me muero.

—Tío. Ay, tío. Ay, tío.

No pudo decir más que eso. Se imaginaba a su hermano Tommy ahogándose. Estaban todos allí abajo, Tommy, él, su madre y también su padre, todos allá abajo, ahogándose en el agua helada.

—Joder. Paul Clifford. ¿Por qué haría una cosa así?

—No lo sé. Intenté preguntarle por qué me lo había hecho pero no me lo dijo. Se marchó corriendo.

El niño se pasó un buen rato sin decir nada más. Los mocos de la nariz le resbalaban hasta la boca y se los secó con la manga. Murmuró algo en voz baja.

—¿Qué?

—Ella no me quiere, Charlie.

—¿Quién?

—Mamá. No quiere verme. Se ha olvidado de mí. Yo llevo intentando verla otra vez desde el día que nací.

Charlie no sabía qué decir. Le puso la mano en la espalda y lo acarició trazando pequeños círculos. La espalda del niño se movía al ritmo de las bocanadas de aire que intentaba inspirar. «Eso está bien —pensó Charlie—. Tú sigue respirando. Respira. Respira por todos nosotros. En este sentido, tienes bastantes cosas de las que ponerte al corriente».

Todos sus sentimientos hacia Tommy habían permanecido encerrados en alguna habitación recóndita de la que acababa de abrirse la puerta y ahora corrían desbocados.

Miró al niño. Un niñito blanco de nariz chata que no era su hermano. No podía asimilarlo. Ni siquiera podía intentarlo.

33

Tommy?

Denise estaba justo debajo del árbol cuando oyó el nombre salir de su propia boca. Le producía una sensación rara en la lengua y le sonaba raro a los oídos, como si lo estuviera probando, como si jamás en la vida hubiera dicho aquel nombre.

Se había quedado allí escuchando, a oscuras, y había empezado a notar que la cabeza le daba vueltas y no había encontrado nada a lo que sujetarse; no había nada a lo que agarrarse excepto aquellas dos voces que sonaban como si sus dos hijos estuvieran charlando en aquel desvencijado montón de madera que utilizaban como escondrijo. Sus dos hijos, los habría reconocido dondequiera que fuese, pero no podía ser. Los había oído, pero no. Sabía que tenía que hacer algo pero no sabía qué, y ya no sabía qué era real y qué no, y entonces había oído su propia voz pronunciando aquel nombre.

—¿Tommy?

No quería mirar. No quería ver. El que estaba allá arriba no era Tommy. Sabía que no era Tommy. Lo oía y no lo oía. Tommy estaba muerto y este era otro niño.

Pero se agarró de todos modos a los peldaños de madera claveteados en el tronco del árbol y trepó hasta asomar la cabeza por el agujero, hasta conseguir pasar el cuerpo por él.

Aquel niño no se parecía en nada a su hijo. Era un niño blanco y su cabello dorado resplandecía incluso en plena noche, como el de los niños que salían en las fotos de los catálogos de JCPenney. No tenía nada que ver con su dulce niño de piel marrón clara, una piel que parecía tener una luz interior, y con aquella sonrisa que te partía el corazón. No tenía nada que ver con su niño desaparecido.

El que estaba allí sentado, con la mano de Charlie en la espalda, era otro niño.

Entonces levantó la vista y la vio. Estaba lleno de arañazos, las mejillas manchadas de tierra, sangre y lágrimas, como si acabara de salir de las entrañas del infierno.

—Ay, pobrecillo.

Extendió los brazos y el niño gateó y se arrojó sobre ella, presionando con tal fuerza su cuerpecillo contra el suyo que le cortó la respiración y la tumbó sobre la madera, un contacto real, áspero y duro contra la espalda.

No sabía si Tommy estaba ahí dentro. No sabía cómo sería eso posible. Pensó que era muy probable que las ganas que tenía de que fuera verdad la llevaran a cometer un error. Pero había reconocido su mirada, sus ojos mirando los de ella; era la mirada de alguien perdido, como ella.

34

Paul se despertó. Estaba oscuro. Se sentía limpio. Limpio. Debía de haberse desmayado. Estaba tumbado sobre un lecho de agujas de pino, vislumbraba el cielo nocturno entre las copas de los árboles. Era una noche despejada. Las estrellas lo observaban. Había muchas. No se cernían sobre él ni pretendían juzgarlo. Lo observaban, simplemente. «Nada de todo esto importa —le decían las estrellas—. Sea lo que sea, no importa».

No quería moverse. Si apartaba la mirada del cielo, no sabía qué podía pasarle.

Los hombres se estaban acercando. Los oyó moverse entre la maleza. Intuyó la luz de las linternas invadiendo la oscuridad. Avanzaban por el bosque. Era como una película, solo que en la película también habría perros. En la película echaría a correr. Pero no. Siguió tumbado y en calma, mirando el cielo.

—¿Qué ha sido eso?

—¡Creo que he visto algo!

Había voces de verdad y también esas voces agudas de juguete que suenan por los *walkie-talkie*.

—¡Aquí hay algo!

No es algo. Pensó. Alguien.

Pensó que debería echar a correr. Debería salir huyendo. El niño sabía algo y se lo había contado a esa gente y ahora iban a por él. Pero era como si estuviera hundiéndose cada vez más en las agujas de los pinos y en la tierra.

Empezó a recordar aquel día. El 14 de junio. Comprendió en aquel momento que nunca lo había dejado realmente atrás, que se había quedado allí, en aquel día, escuchando los gritos del niño desde el fondo del pozo.

Todo había empezado con el gato.

Se había fijado en ese gato hacía un par de meses. Su cuerpo flacucho con manchas blancas y negras era parte del paisaje, como lo era la hierba color marrón caca, el maizal o la valla gris que separaba el jardín de su familia del de los McClure, por donde el gato cruzaba a diario. Lo veía sin pensar mientras se preparaba para ir al instituto, su manera de pasear por la valla, colocando un pie detrás del otro como si siguiera un plan maestro paso a paso. Envidiaba a aquel gato sarnoso que podía ir donde le viniese en gana.

Entonces un día, mientras él estaba fuera entreteniéndose tirando una pelota de tenis contra la pared del cobertizo, el gato se subió a la valla y se quedó mirándolo. Fue una sensación que le atravesó el cuerpo, la mirada fija del gato. Últimamente nadie lo miraba así. Nadie lo miraba a los ojos de aquella manera. El hombre invisible, así se sentía a veces. El instituto era tres veces más grande que la escuela de secundaria donde había estudiado hasta entonces y nadie prestaba mucha atención a los pequeños. Además, no tenía amigos desde que vendieron la casa buena y se mudaron a la casa desvencijada de alquiler donde vivían ahora, al otro lado de la ciudad. Todos sus amigos iban al otro instituto. Nadie se metía con él, pero por las tardes se sentía solo, hacía los deberes, jugaba a videojuegos y se entretenía tirando la pelota contra la pared del cobertizo.

Al día siguiente, salió a tirar la pelota y el gato estaba allí otra vez, en la valla, y le trajo un cuenco con leche y el gato bajó enseguida a beber.

Hizo lo mismo al día siguiente, y al otro, hasta que el gato empezó a aparecer siempre que lo veía salir por la puerta de atrás, como si fuese su mascota. Un día, el gato se acercó y se frotó contra su pierna. A lo mejor tenía pulgas o vete tú a saber. Emitía un ruidito. Ronroneaba. La sensación le subió por la pantorrilla y se extendió por todas partes. Fue como si su cuerpo entero canturreara.

Luego, aquel sábado, se levantó tarde y vio al gato allá fuera, y mientras estaba preparándole la leche oyó un grito.

—¿Qué haces?

Al levantar la cabeza vio que su padre lo miraba fijamente. Estaba sentado en el salón, con un zapato en la mano, la cara colorada.

Paul se sobresaltó tanto que le tembló la mano, la leche se derramó por encima del borde del cuenco, cayó en la mesa y de allí al suelo, formando un charco en el linóleo.

—¡Te he preguntado qué haces!

Levantó la vista. Era la escena habitual. Su madre leyendo en el sofá, su hermano pequeño jugando con los cromos de jugadores de béisbol en el suelo, delante de la tele, su padre viendo las noticias desde su silla, solo que no estaba mirando las noticias. Le miraba a él.

Fue como cuando estás a oscuras y alguien enciende de repente la luz. El charco de leche iba creciendo en el suelo.

—Limpiar —dijo.

Cogió un trapo de la cocina y lo secó todo. Esperaba que su padre lo dejara ahora en paz. Paul se pasó la lengua por los labios. Su padre seguía mirándolo.

—¿Ahora bebes la leche en un cuenco?

—No.

—¿Y entonces qué haces?

Miró el pie descalzo de su padre, que descansaba sobre la alfombra. El pie más feo que había visto en su vida, los dedos hinchados por la artritis y por tener que estar todo el día de pie calzado con sus zapatos buenos. En los viejos tiempos, le preparaba el café a su madre y luego se marchaba silbando mientras ellos desayunaban, y los fines de semana dormía hasta tarde y a lo mejor veía algún partido por la tele, pero, últimamente, los sábados se levantaba antes que todo el mundo y descansaba los pies descalzos en la alfombra mientras lustraba los zapatos. Su padre seguía mirándolo con ojos entrecerrados, dos rendijas rojizas en una cara gris, como si fuera culpa de Paul que la vida le hubiera dado aquel vuelco y ahora tuviera que pasarse el día de pie intentando vender aparatos de música a gente que solo quería altavoces para el iPod.

—Es para el gato.

—No tenemos ningún gato —replicó su padre.

—Pero ahí fuera hay uno.

Su padre se levantó de la silla.

—¿Y te crees que es tuyo? Ese gato no tiene nada que ver contigo. No es tu gato. ¿Crees que voy a daros de comer a ti y a un gato? Búscate un trabajo y paga la leche. Entonces podrás tener ese gato de mierda.

—Está en el instituto —dijo su madre desde detrás del libro y sin levantarse del sofá—. Su trabajo de momento es ese.

—Pues entonces tendría que hacerlo mejor.

—Ya lo está haciendo bien.

Notó que su padre volvía a encenderse. Miró a la pared. Últimamente, le costaba muy poco encenderse.

—¿Y a ti te parece bien un aprobado en gimnasia? ¿Cómo puedes sacar solo un aprobado, si vas a todas las clases, a no ser que seas una nenaza?

Su madre levantó la vista, como si le fastidiara que la interrumpieran cuando estaba leyendo. Siempre leía novelas de esas de crímenes reales con fotografías asquerosas.

—Es solo el primer año. Dale un respiro, Terrance. Él no es como tú.

Su padre había sido campeón de lucha libre cuando estaba en el instituto. En la antigua casa tenían todos sus trofeos en una estantería. No sabía dónde habían ido a parar. Su madre lo había tirado casi todo.

Su padre aporreó el zapato con el betún.

—Insisto. Es una puta decepción.

Paul no dijo nada. Al principio pensó que su padre se refería al tipo que salía en aquel momento en la tele, un senador que hablaba con el periodista, pero luego se dio cuenta de que estaba hablando de él.

—Terrance... —dijo su madre, pero con voz muy débil, como si aquella palabra agotase toda la energía, que no era mucha, para empezar. Cuando llegaba a casa después de trabajar el turno de noche en Denny's, le gustaba no hacer nada de nada.

—Como si tuviéramos dinero para un gato —espetó su padre, y volvió a mirar las noticias.

Paul terminó de limpiar la cocina, se fue a la habitación y cerró la puerta. Encendió la PlayStation y empezó a eliminar campesinos de uno en uno, aniquilándolos con sus lenguas de fuego.

Al cabo de un rato pasó al siguiente nivel pero seguía aún con aquella sensación nerviosa. Cuando salió de la habitación, se habían marchado todos. Su padre se había ido a trabajar y su madre debía de haberse llevado a Aaron al parque o algo así. Se quedó un momento quieto, inspirando hondo el ambiente de la casa vacía. Puso la tele y buscó un partido de béisbol o cualquier cosa para distraerse, pero no había nada. Abrió la nevera y no encontró ningún yogur de los que le gustaban. Le decía a su madre que se los comprara, pero seguía comprando otros. Tampoco había ningún refresco.

—Ahora tenemos que apretarnos el cinturón —decía su madre.

Una puta decepción.

Se bebió una cerveza de su padre. Pensó que a lo mejor se sentiría más feliz y se relajaría, como le pasaba a veces a su padre cuando la bebía, pero le revolvió el estómago y le dio mareo. Dando tumbos, fue a la habitación de sus padres. Abrió algunos cajones, vio que contenían la ropa interior de su madre y los cerró enseguida. Se agachó junto a la cama y sacó los rifles que había debajo. Su padre los guardaba en los estuches originales. Se suponía que no podían tocarlos, pero de vez en cuando le gustaba mirarlos cuando se quedaba solo en casa. Cuando era pequeño, su padre se lo llevaba a veces al bosque para practicar puntería. «¡Esta es buena, Pauly!», le decía cuando le daba a una lata, y entonces le alborotaba el pelo. Cuando era pequeño siempre hacía cosas así con él.

Antes su padre cazaba, pero un día le oyó decir a su madre que últimamente su padre siempre estaba con resaca y era incapaz de dar en el blanco.

Paul levantó con cuidado la tapa de los estuches y acarició el metal. Eran preciosos.

Sacó uno de los rifles del estuche. Le apetecía volver a notarlo entre las manos, recordar la sensación de tener ese poder. Pensó que le sentaría bien disparar. Le aliviaría esa presión que tenía en la cabeza y la sensación rara que le había dejado la cerveza en el estómago. Disparar a un blanco en un árbol e imaginar que era la cara de su padre. Una puta decepción. Cuando se había esforzado muchísimo en el nuevo colegio y había sacado notable en casi todo, e incluso un sobresaliente en Biología. Cogió algunas balas de la caja que había debajo de la cama, se escondió el rifle debajo de la camiseta y salió por la puerta de atrás.

Pasó por el agujero que había en la valla y llegó a los maizales. Había un camino de tierra que serpenteaba entre ellos y que terminaba en el bosque. Era un día agradable de primavera y le sentó bien andar por ese camino entre el maíz crecido, notar el rifle en el estómago. Empezó a percibir el hormigueo de la emoción. Estaba pensando que era una lástima que no hubiera por allí ninguno de sus amigos para verlo con el rifle cuando oyó el chirrido de unos neumáticos en la tierra y vio un niño que se acercaba en dirección contraria montado en una Schwinn, las manos levantadas por encima del manillar, una sonrisa de loco en la cara, como si supiera que su madre lo mataría si lo viera en la bici a aquella velocidad y conduciendo sin manos.

El niño ralentizó al verlo y devolvió las manos al manillar para esquivarlo.

Paul lo había visto por el vecindario e incluso había jugado un partido de béisbol con él una vez en Lincoln Park. Era de la edad de Aaron pero era enrollado; era un lanzador realmente bueno, para tener solo nueve años. Aaron siempre contaba que jugaba con los niños de doce.

Era negro, como muchos niños de por allí, lo que hacía que le cayese bien, aunque no sabía por qué. El niño pasó por su lado con la bici y lo saludó (¿por qué no podría ser ese niño su hermano en lugar del pesado de Aaron?) y entonces pensó, bueno, ¿y por qué no? No se lo enseñaría a un amigo pero siempre era mejor eso que nada. Estaba cansado de estar siempre solo. Se llamaba Tommy.

—¡Hola, Tommy! —dijo.

Tommy había pasado ya de largo; puso los pies en el suelo y lo miró.

—¿Quieres ver una cosa?

Tommy retrocedió un poco y lo miró por encima del manillar, como si pensara que le estaba tomando el pelo.

—¿Qué tipo de cosa?

—Una cosa muy guay. Ven. —Tommy bajó de la bici y se acercó a Paul—. Pero no puedes contárselo a Aaron. Si se lo cuentas, me enteraré y te arrepentirás.

—No se lo contaré.

No era muy buena idea, pensó Paul. Si se lo contaba a Aaron, su hermano se chivaría y tendría problemas. Pero Tommy lo esperaba dispuesto a cumplir su promesa. Si ahora se echaba atrás, sería un perdedor. Sería el hazmerreír de todo el barrio.

Paul empujó el rifle hacia arriba, más arriba, hasta que asomó por encima del cuello de la camiseta.

—Mira esto.

—Caray. Qué guay. —Tommy parecía realmente impresionado—. ¿Es tuyo?

Sonrió. Le gustaba el niño. Era un niño de puta madre.

—Sí. Es auténtico. Un Renegade calibre 54. Estoy haciendo prácticas de tiro. ¿Quieres disparar?

—No sé.

La expresión de Tommy era vacilante. Sonrió y luego hizo una mueca, como si le costara decidirse. Paul le leyó los pensamientos. «A mi madre no le gustaría», estaba pensando. Por algún motivo, aquello hizo que a Paul le apeteciera aún más que el niño lo acompañase.

—Vamos. Es una oferta única. Termina hoy.

—Iba a casa de Oscar.

—Vamos. Solo un rato. No se lo diré a nadie. Seguro que no lo has probado nunca.

Tommy se quedó mirándolo con una expresión rara, como si quisiera decirle a Paul que aquello no estaba bien. Como si de verdad quisiera ir a casa de su amigo pero también le apeteciera probar el rifle y no supiera muy bien hacia dónde tirar.

—Seguro que disparas bien, siendo tan buen lanzador como eres.

Sabía que con eso lo convencería y así fue.

—Vale, de acuerdo. Pero solo un disparo.

Tommy dejó la bicicleta al lado del muro de maíz y siguieron caminando hasta adentrarse en el bosque.

Cuando iban a practicar tiro, su padre siempre llevaba un cartón con una diana dibujada, pero no se le había ocurrido cogerlo. Recordaba que en una ocasión habían ido a disparar a un lugar del bosque donde había un viejo pozo con un cubo colgando en lo alto y un montón de desperdicios y trastos, de cuando los hippies y los motoristas frecuentaban esa parte del bosque.

—Oye, Tommy, mira esto.

Buscó una botella de refresco y la colocó en el borde del pozo. Cogió a continuación la escopeta, la sopesó, miró a través del visor y, sin pensárselo dos veces, disparó. El retroceso casi lo tumba, pero lo de apuntar no era tan distinto a lo de los videojuegos.

—¡Bien! —dijo Tommy—. Buen disparo.

Miró al suelo y vio que había dado a la botella y la había hecho caer al pozo. Su parte no pensante era la parte que lo había logrado. Cada vez que pensaba demasiado, la pifiaba.

—Sí. Gracias.

Los videojuegos le habían ayudado a mejorar un montón la coordinación entre la mano y el ojo. Su padre siempre le pegaba la bronca cuando jugaba, pero si lo viera ahora dejaría de llamarlo nenaza de una vez por todas. Aunque, a buen seguro, lo mataría por haberle cogido el rifle.

—¿Me preparas otra? —le pidió a Tommy.

—Vale.

Tommy corrió hasta el pozo y colocó otra botella. Era un niño enrollado.

Apuntó a la botella y acertó otra vez. Fabuloso. Dos de dos.

El niño llegó corriendo, casi sin aliento.

—Eres bueno.

Tommy lo miraba como si acabara de ganar el campeonato del mundo de puntería.

—¿Crees que lo lograré otra vez?

Tommy movió la cabeza en sentido afirmativo.

—Pues claro, Pauly. ¿Pero me dejas tirar ahora a mí?

El niño se moría de ganas de coger el rifle y demostrarle lo que era capaz de hacer. Paul se preguntó si el niño sería mejor tirador que él. Era posible que sí.

—Solo un disparo más —dijo Pauly.

Tommy colocó otra botella en el muro del pozo y se apartó.

Paul apuntó a la botella pero luego cambió de idea y apuntó hacia el cubo oxidado que colgaba y capturaba el reflejo del sol. Pensó en la cara de su padre cuando había dicho «una puta decepción» y apretó el gatillo. Al instante escuchó el sonido metálico de la bala al dar en el blanco y rebotar. ¡Ja!

El cubo se quedó balanceándose en la cuerda. «Ahora inténtalo tú, niño», pensó.

—¡Lo he conseguido! —Se giró hacia el niño. Excitadísimo—. Tres de tres —estaba diciendo, pero el niño no estaba.

Estaba tumbado en el suelo.

Tommy no se movía. Y tenía una extraña mancha roja en la espalda.

Paul miró a su alrededor. El bosque estaba en silencio. No había nadie. Ni siquiera se oía el canto de los pájaros. Era un día cálido y despejado. Era como si no hubiera pasado nada. Cerró los ojos y deseó retroceder quince segundos, retroceder hasta justo antes de dispararle al cubo, pero cuando los abrió el niño seguía en el suelo.

¿Por qué no había apuntado a la botella en vez de al cubo? De haber apuntado a la botella, la bala no habría rebotado. La botella se habría hecho añicos.

Dejó que la corriente de aquel pensamiento lo arrastrara durante un tiempo que era incapaz de calcular (¿un minuto? ¿una hora?), como si rindiéndose a ella pudiera permanecer allí, en el pasado. Pero el presente se manifestó finalmente en forma de sequedad en la boca y del retumbo del corazón que le llenaba la cabeza. No había vuelta atrás. Estaba allí. El cuerpo de Tommy estaba allí. Su vida se había ido a la mierda. Y seguramente pasaría lo que le quedara de ella en la cárcel. Se acabaron las esperanzas. Ya no podría ser veterinario, ni nada.

Aquello era irreal. Su vida se había acabado por culpa de un cuerpo que yacía allí. Pero si el cuerpo no estuviera allí, su vida no se habría acabado y continuaría como siempre.

Cerró los ojos y los abrió, volvió a cerrarlos. Pero cada vez que los abría el cuerpo seguía allí y ya no soportaba mirarlo.

¿Cómo era posible que la vida acabara tan rápidamente? La tenías ahí, delante de ti, aunque no fuera perfecta, pero al menos era tuya, y luego, en un abrir y cerrar de ojos, había desaparecido. Dejó caer el rifle en el suelo. No alcanzaba a comprenderlo.

No tenía ninguna intención de matar a Tommy, pero nadie lo creería. Lo tomarían por un racista porque Tommy era negro. Su padre lo mataría. Lo estrangularía con sus propias manos. Su madre no le volvería a dirigir la palabra jamás.

¿Y si hacía desaparecer el cuerpo? La vida del niño estaba acabada. No pretendía matarlo, pero estaba muerto. ¿Por qué tenía que acabar también la vida de Paul? No quería echar a perder su vida. Era consciente de que hacía tan solo una hora no le parecía gran cosa, pero en aquel momento ansiaba recuperarla por encima de todo.

Cogió el cuerpo de Tommy y lo llevó hasta el pozo. Pesaba menos de lo que imaginaba y arrojarlo al agua salobre del fondo fue sencillo. Escuchó el sonido del impacto. Observó la tierra, el lugar donde el niño había caído, pero no había sangre ni indicio alguno de que allí hubiera pasado algo. Se quedó junto al pozo, respirando con dificultad, intentando poner en orden sus pensamientos. Ya estaba hecho, pensó. Se había acabado. Aquello no había pasado. Nunca había conocido a aquel niño. Escuchó su respiración y el ladrido de un perro a lo lejos, en la carretera, y luego oyó un chapoteo y algo que parecía una voz.

Era el niño. Tommy. Gritando. No estaba muerto. Estaba vivo, en el pozo, al menos parte de él estaba allí. A lo mejor estaba muriéndose en el fondo. Seguramente estaría casi muerto. Moriría en cualquier momento.

Paul no tuvo valor suficiente para mirar hacia abajo ni para responder. Tenía la voz atorada en la garganta. Corrió en busca de una rama, de una cuerda o de cualquier cosa que pudiera servirle para tirar de él, pero no había nada, no había manera de sacar a alguien de un lugar tan profundo y mucho menos a una persona que probablemente se estaba muriendo como consecuencia de una herida de bala. Podría correr e ir en busca de ayuda, pero la casa más próxima debía de estar a casi un kilómetro, y cuando llegara con alguien el niño ya estaría muerto, ¿y qué explicaría entonces? ¿Que Tommy se había disparado y se había arrojado al pozo? Se quedó paralizado, intentando pensar qué diría, qué haría, los pensamientos corriendo por su cabeza y sin dejar de escuchar aquella voz, que era como si estuviera dentro de su propio cuerpo, diciendo: «¡Ayúdame, Pauly! ¡Sácame! ¡Sácame! ¡Sácame!», y luego, solamente: «¡Mamá! ¡Mamá! ¡Mamá!», y luego, por fin, nada.

Se había acabado. Después de mucho rato, asomó la cabeza por el borde del pozo y vio la misma agua verde, oscura y sucia que siempre había visto allí. El sol seguía brillando. Cogió el rifle de su padre y las balas, y echó a correr hacia el bosque, hacia el camino que se abría entre los maizales, y siguió corriendo, pasó de largo la bicicleta de Tommy, hasta que llegó a su casa. Guardó el rifle de su padre en el estuche y lo metió de nuevo bajo la cama, se bebió otra cerveza y se puso a ver la tele. «Se ha acabado», pensó.

Por la noche, la policía estuvo llamando a la puerta de todas las casas del vecindario y su madre salió con los demás a buscar por los campos y por el bosque. A la mañana siguiente, empezó a ver la cara sonriente de Tommy en todos los postes y escaparates de la ciudad. Vaciaron el estanque que había al otro lado de los maizales. Alguien dijo haber visto a Tommy en Kentucky, pero fue una falsa alarma. Se llevaron al maestro de informática de la escuela de primaria para interrogarlo, pero regresó enseguida a su puesto de trabajo. Paul se imaginaba que acabarían encontrando a Tommy en el pozo, pero no pasó nada.

Solo que nada no era nada. La «nada» se había asentado en su interior como uno de aquellos parásitos sobre los que hablaban en clase de biología, como uno de esos gusanos que había en África que se te metía por un dedo del pie cuando estabas nadando y, antes de que te dieras cuenta, te había devorado por completo. Cada vez que escuchaba el nombre de Tommy o veía su cara, cada día al principio, y luego cada vez menos a medida que fueron pasando los meses y los años, tenía la sensación de que aquel gusano se había comido otra parte de él. Le había podrido el cerebro y había sido incapaz de volver a concentrarse en los estudios. Una vez, cuando estaba realmente jodido, vio la cara de Tommy en un póster y pensó que era su cara muerta sonriéndole. La «nada» era eso.

Hasta hoy, que había oído la voz de Tommy saliendo de la boca de un niño blanco.

La gente estaba cada vez más cerca. Los oía abrirse paso entre los arbustos. Debería echar a correr. Pero se quedó quieto, escuchando su respiración, rítmica y tranquila. Mirando las estrellas. «Esto es lo que se debe de sentir cuando liberas la mente», pensó. Hacía tiempo que no se sentía tan despejado. En su día había deseado ser una buena persona o, como mínimo, no ser malo, pero había disparado a Tommy Crawford y le había entrado miedo después de dejarlo morir en el pozo. No era su intención, pero lo había hecho.

Los haces de luz de las linternas barrieron la tierra y las raíces de los árboles y llegaron hasta su cara. Pestañeó ante la luz cegadora. Era la policía. Habría reconocido aquellas voces planas de robot en cualquier parte.

Cerró los ojos y volvió a ver las estrellas. La presión que sentía siempre en la cabeza se le estaba quitando; soltó el aire hacia el cielo. Había reprimido aquellas palabras durante muchísimo tiempo («fui yo; lo hice yo») y ahora por fin podía soltarlas. Lo único que tenía que hacer era hablar.

35

Lo primero que vio Janie fue la luz de la linterna, moviéndose al otro lado de la carretera. Cuando se puso a la altura de Anderson, él la miró desde el otro lado de la ventanilla del coche sin reconocerla, tenía la camisa por fuera del pantalón, la mirada perdida. Verlo de aquella manera la sorprendió. No se había dado cuenta de que quisiera tanto a su hijo. Abrió la puerta, él parpadeó y entró en el coche sin decir palabra.

—Voy a pasar otra vez por la casa —dijo Janie, que no quería dejar de moverse ni de pensar.

—De acuerdo —dijo él, con un gesto de asentimiento.

Continuaron hacia la casa en silencio.

Cuando Janie aparcó, había un detective con un traje marrón al lado de un coche. Caminaba de un lado a otro de espaldas a ella, gritando al teléfono. Janie salió del coche y las palabras flotaron sin querer hacia ella:

—Tenemos que vaciarlo ahora mismo, maldita sea. Me da igual lo profundo que sea, si él dice que el cuerpo del niño está allí...

Las frases empezaron a resonar en la cabeza de Janie, a trocitos. Mezcladas.

«Vaciarlo».

«El cuerpo del niño».

Notó que se iba. Aquello no era real. No permitiría que fuese real. Se alejaría todo lo posible de donde fuera que estuviera sucediendo aquello.

—Entré en la casa.

Oyó la voz de Anderson, pero las palabras no tenían sentido.

—Vamos.

No entender el significado de las palabras era bueno. Si te permitías entenderlo, las percibías y a saber qué podía pasar.

Anderson le había dado la mano e intentaba tirar de ella, pero ella no sentía los pies siquiera. En el mundo irreal, la carne era así. Como una sombra. El hombre que tenía a su lado era una sombra, el detective era una sombra, y las figuras que avanzaban lentamente por el jardín hacia donde estaba ella eran sombras, dos sombras altas, una bajita, como un niño, como...

¡Noah! El corazón de Janie explotó. Echó a correr.

Estaba agarrado a la cintura de Denise Crawford y la miraba. Su precioso y sucio Noah, con un rastro de mocos pegado a las mejillas. Janie estaba delante de él, pero él no apartaba los ojos de la cara de la otra mujer.

¿Noah?

No la miraba. ¿Por qué no la miraba? ¿Cómo podía ser? Notó que le fallaban las rodillas. Se estaba cayendo, pero había algo detrás, sujetándola por los brazos, manteniéndola en pie. Era Anderson. Se dejó abrazar por él.

—¡Noah! ¡Soy yo! ¡Soy mamá!

Entonces Noah se giró. La miró con una expresión de perplejidad, desde muy lejos, igual que un pájaro en medio de un bosque miraría a un ser humano que pasara por abajo.

Todos lo observaron, vieron cómo intentaba respirar, y no lo conseguía.

«Respira, Noah, respira».

Nunca había estado tan mal. Janie lo llevaba en brazos en el coche, el inhalador en la boca. Ni siquiera se molestó en colocarlo en la sillita.

Las luces azules y rojas destellaban al otro lado del parabrisas, abriéndoles paso. Si Noah hubiese estado despierto, le habría encantado. Una escolta de policía solo para él, con sirena y luces.

«Respira». Tenía la cabeza apoyada en ella, como si fuese un bebé. A pesar de la preocupación, era un alivio volver a tenerlo entre sus brazos después de pensar que nunca jamás volvería a verlo. «Respira».

—Se pondrá bien, ¿verdad? —preguntó el chico Crawford.

Había insistido en acompañarlos y estaba sentado al lado de Janie, tamborileando con las manos sobre las rodillas en un movimiento rítmico y nervioso de percusión. A Janie le habría gustado que su madre le dijera que parase, pero Denise daba la impresión de que no se enteraba de nada. Ocupaba el asiento del acompañante y, con voz aturdida, le iba diciendo a Anderson por dónde tenía que ir.

—Se pondrá bien —respondió Janie, hablando más para sí misma que para los demás—. Le iría bien un albuterol más potente, pero ya se lo darán en el hospital.

—¿Le había pasado alguna vez? —preguntó el adolescente.

—Sí. Tiene asma.

—¿En serio?

—Sí, en serio.

—¿Así que es asma?

—Sí.

—Uf, vaya alivio. Pensé que tal vez había tenido un recuerdo repentino de lo que le había pasado y que estaba..., que estaba ahogándose de nuevo.

Janie estuvo unos instantes sin decir nada. Tenía en brazos a su niño, que intentaba seguir respirando y que no tenía nada que ver ni con aquella historia ni con ninguna historia. Anderson intervino desde su puesto de conductor.

—No funciona así. Aunque a veces existe cierta conexión entre el tipo de muerte y ciertas... anomalías. A veces, los individuos que padecen asma tuvieron una personalidad anterior que falleció ahogada o asfixiada.

«Cierra el pico, Jerry», pensó Janie.

—Es bueno saberlo —replicó Charlie finalmente.

Anderson lo miró por el retrovisor.

—¿Te dijo algo relacionado con un ahogamiento?

—Sí. Que se ahogó en el pozo. Se puso bastante nervioso.

—No entiendo nada. —Janie se volvió hacia Charlie—. ¿Te contó que se ahogó en un pozo? ¿Y por qué tendría que contarte eso?

—Porque piensa que es mi hermano.

Janie se quedó mirándolo: un adolescente con una camiseta sin mangas de los Cleveland Indians y pantalón corto, su cuerpo largo y musculoso irradiando juventud.

—¿Y te has creído lo que te ha dicho?

—La verdad es que no te queda otro remedio si escuchas todo lo que dice, ¿no?

Janie abrazó con fuerza a Noah. Estaba recostado en su pecho, la mano sujetándole el brazo. Notaba la respiración raspándole las entrañas.

—Espero que no.

—¿Usted no se lo cree? —dijo Charlie, mirándola.

—No, no me lo creo —respondió Janie, y era cierto.

—¿No quiere creerlo? —insistió. Era más intuitivo de lo que parecía.

—Supongo…, supongo que querría que fuese solo mío.

Charlie rio.

—¿Te parece divertido?

La sonrisa le ocupaba toda la cara. Era como la sonrisa de Noah. Como la sonrisa de Tommy.

—Mire, señora, sin ánimo de ofender, pero usted no sabe nada —dijo Charlie—. Jamás será completamente suyo.

36

anie pensó que recordaría aquella imagen toda la vida: Noah en la cama del hospital, pálido pero respirando, una mano sujetando la mascarilla del albuterol cerca de la boca, la otra agarrada a lo primero que había encontrado, la mano de Denise. Denise estaba sentada a su lado, cogiéndole la manita.

Janie estaba sentada en una silla al lado de Denise. Se había planteado de entrada pedirle que la dejara sentarse al lado de su hijo, pero no quería correr el riesgo de inquietar a Noah. En un momento dado, Denise le había soltado un poco la mano y se había movido, como queriéndole ofrecer a Janie el lugar que le correspondía junto a Noah, pero Noah la había agarrado por la muñeca y, por encima de la mascarilla, la había mirado a los ojos. Se habían observado durante un momento como dos caballos que se reconocen desde extremos opuestos de un campo, y luego Denise se había encogido levemente de hombros, se había relajado de nuevo en la silla y había descansado la otra mano sobre la de Noah.

Al cabo de un cuarto de hora, Janie ya no podía más.

—¿Noah? Voy a salir. Solo un momentito. Estaré justo aquí fuera, en la puerta —le dijo, y los dos habían girado la cabeza y la habían mirado como si ni siquiera fueran conscientes de que ella estaba en la habitación.

Janie no quería dejarlo de aquella manera, pero tenía que salir. Necesitaba aire. Se dispuso a salir de la habitación.

—¿Mamá?

Janie y Denise se giraron a la vez. El niño se quitó la mascarilla.

Miró a Janie.

—¿Volverás?

Jamás se había imaginado que podría saborear aquel repentino resplandor de miedo que tenía la mirada de su hijo. Pero aquel día todo salía al revés.

—Pues claro que sí, cariño, vuelvo en un minuto. Estaré justo aquí en la puerta.

—Vale. —Esbozó una sonrisa adormilada y feliz—. Hasta ahora, mami-mamá.

—Vuelve a ponerte la mascarilla, cariño.

Volvió a acercarse la mascarilla a la cara con la mano que no estaba aferrada a la de Denise. Y entonces la despidió levantando un pulgar.

Janie corrió la cortina, cerró la puerta con cuidado y dejó las palmas de la mano descansando en la madera;

apoyó también la frente. «Respira una vez, luego otra». Se hacía así. «Respira, luego otra vez».

—Se pondrá bien, seguro.

Se giró. Vio un anciano arrugado en una de las sillas del pasillo. Era Anderson. ¿Cuándo se había vuelto tan frágil?

—Le darán el alta enseguida —añadió.

—Sí.

Se sentó a su lado y parpadeó al mirar el techo, al ver los pequeños cadáveres negros de los bichos muertos atrapados en el fondo del globo de luz. «Respira, luego otra vez».

—Vaya día —dijo Anderson.

—Tendría que volver a entrar. No conozco de nada a esa mujer.

—Noah sí.

Silencio.

—En la mayoría de los casos acaban olvidando con el tiempo —dijo Anderson—. La vida presente acaba ganando.

—¿Es malo confiar en que así sea?

El cuerpo rígido de Anderson se destensó un poco. Le dio unos golpecitos a Janie en la mano.

—Es comprensible.

Cuando Janie cerró los ojos, el óvalo brillante de luz siguió resplandeciendo en el interior de sus párpados. Volvió a abrirlos. La cabeza le daba vueltas.

—Ese hombre…, el que tiene la policía. ¿Es el que mató a Tommy?

—Posiblemente.

—¿Tendrá que estar Noah presente? ¿En el juicio?

Anderson hizo un gesto negativo con la cabeza, una tímida sonrisa en las comisuras de la boca.

—Las personalidades previas no suelen actuar como testigos.

—Imagino que es así —dijo ella—. Pero sigo sin entender cómo lo han encontrado ahora.

—Supongo que ha tenido que ver con Noah.

Se lo preguntaría más adelante. Lo averiguaría más adelante. Un cuerpo solo era capaz de asimilar una cantidad determinada de información de una sola vez. «Respira. Luego otra vez».

Anderson tenía la espalda recta como una tabla, las manos en el regazo. Estaba en estado de alerta total, inmóvil.

—No tiene por qué esperar aquí —dijo Janie—. Puede irse al hotel. Coja un taxi. Descanse.

—Sí, descansaremos… el día después de hoy.

—Mañana.

—Eso es. Mañana.

La palabra se quedó flotando en el ambiente.

—Y el mañana —murmuró él.

—Y el mañana —dijo ella— «… se desliza de día en día, con paso mezquino».

Él se quedó mirándola, perplejo.

—«Hasta la última sílaba del tiempo dado. Y todos nuestros ayeres han alumbrado a los necios el camino hacia el polvo de la muerte».

—Se sabe los versos de Shakespeare —dijo Janie, pensando que tal vez él también tuviera una madre acostumbrada a citar a Shakespeare.

De repente tuvo la sensación de que su madre estaba allí con ellos. Y a lo mejor estaba. ¿Podía la gente renacer y además estar aquí, como un espíritu? Pero era una pregunta para otro momento.

Anderson sonrió a regañadientes.

—Recuerdo algunas palabras.

—Todo el mundo se olvida a veces de palabras. —Recordó que a menudo Anderson le daba la sensación de que sustituía unas palabras por otras. Recordó la confusión que le había provocado el GPS—. Pero no se trata solo de eso, ¿verdad?

Anderson se quedó unos instantes en silencio.

—Es degenerativo. Afasia. —Sonrió escuetamente—. De esa palabra sí que no me olvido.

—Ah. —Fue como un golpe, y eso era en realidad—. Lo siento mucho, Jerry.

—Pero la vida es algo más que la memoria. O eso me dicen al menos.

—Existe el presente.

—Sí.

—La memoria puede ser una maldición —dijo, pensando en sí misma, en Noah.

—Es lo que hay.

Silencio.

—Bueno, entonces creo que me voy a ir yendo.

Anderson apoyó las manos en las rodillas, como si se dispusiera a levantarse.

—En realidad…, ¿podría quedarse unos minutos más? —dijo Janie, incapaz de impedir que se notara la necesidad en su voz.

Los ojos de Anderson parecían de plata bajo la luz intensa de los fluorescentes.

—De acuerdo.

—Gracias.

—¿Le traigo algo? —dijo él—. ¿Un café?

Janie negó con la cabeza.

—O, si tiene hambre, podría ir al…, podría…

—Jerry.

—¿Sí?

Parecía…, ¿qué parecía? Por vez primera, ahora que su desesperación empezaba a esfumarse, lo vio tal y como era: vio lo duro que había trabajado toda la vida, y con qué valentía lo había hecho; vio lo cansado que estaba ahora y su intensa sensación de fracaso.

—Gracias —dijo Janie.

—¿Por qué?

—Gracias por todo lo que ha hecho por Noah.

Anderson hizo un débil gesto de asentimiento. Los ojos le brillaron por unos instantes y los cerró. Se acomodó en la silla, estiró sus largas piernas hacia un lado para no importunar el tráfico del pasillo. Janie notó que la tensión escapaba de pronto de él, que abandonaba su cuerpo y se dispersaba en el aire. Anderson apoyó la cabeza contra la pared, al lado de Janie, el cabello de él casi rozando el de ella.

Exhaló lentamente el aire.

—De nada.

*U*na noche de 1992, al salir de trabajar, John McCon-
nell, un policía jubilado de Nueva York que trabajaba como vigilante de seguridad, se pasó por una tienda
de productos electrónicos. Vio que había dos hombres ro-
bando y desenfundó la pistola. Otro ladrón, que estaba en
aquel momento detrás del mostrador, empezó a disparar
contra él. John intentó devolver los disparos y, aun habiendo caído al suelo, se levantó y volvió a disparar. Recibió seis
impactos. Una de las balas le entró por la espalda y le atravesó el pulmón izquierdo, el corazón y la principal arteria
pulmonar, el vaso sanguíneo que transporta la sangre desde el lado derecho del corazón hasta los pulmones para recibir oxígeno. Fue trasladado rápidamente al hospital, pero no sobrevivió.

John era una persona muy familiar y con frecuencia
le decía a una de sus hijas, Doreen: «Pase lo que pase, siem-

pre cuidaré de ti». Cinco años después del fallecimiento de John, Doreen dio a luz un niño al que llamó William. William sufrió un desvanecimiento al poco de nacer. Los médicos le diagnosticaron una afección que se conoce como atresia valvular pulmonar, en la que la válvula de la arteria pulmonar no se ha formado correctamente y por ello la sangre no puede desplazarse por ella hasta los pulmones. Además, como consecuencia del problema de la válvula, una de las cámaras del corazón, el ventrículo derecho, tampoco se había formado correctamente. El bebé fue sometido a varias intervenciones quirúrgicas. A pesar de que tendrá que tomar medicación siempre, ha salido airoso del proceso.

Las malformaciones congénitas de William guardaban un estrecho parecido con las heridas que habían acabado con la vida de su abuelo. Además, cuando alcanzó la edad necesaria para empezar a hablar, comenzó a dar detalles de la vida de su abuelo. Un día, cuando tenía tres años, su madre estaba en casa intentando trabajar en su despacho y William tenía una rabieta. Cansada, le dijo al final:

—Siéntate o te pegaré un cachete.

A lo que William replicó:

—Mamá, cuando tú eras pequeña y yo era tu papá, te portabas mal muchas veces y nunca te pegué.

William comentó en numerosas ocasiones que era su abuelo y explicaba los detalles de su muerte. Le contaba a su madre que cuando falleció había varias personas disparando y formulaba muchas preguntas sobre el suceso.

Una vez le dijo a su madre:

—Cuando tú eras pequeña y yo era tu papá, ¿cómo se llamaba mi gato?

A lo que ella le respondió:

—¿Te refieres a Maniaco?

—No, ese no —replicó William—. El blanco.

—¿Boston? —dijo su madre.

—Ese —dijo William—. ¿Verdad que yo lo llamaba siempre Jefe?

Y así era. La familia tenía dos gatos, Maniaco y Boston, pero John siempre se refería al blanco como Jefe.

Doctor Jim B. Tucker, *Vida antes de la vida*

37

Los huesos no mienten. Eso es lo que dicen los arqueólogos, y tienen razón.

Los huesos no inventan historias porque quieren que los creas. No van repitiendo cosas que puedan haber oído casualmente por ahí. No tienen percepción extrasensorial. Son verificables, llevan en sus fisuras la verdad de nuestra débil materialidad y nuestra unicidad. La raja en el fémur, los orificios en los dientes. De modo que no podía haber mayor prueba, en opinión de Anderson, que los huesos identificados como los de Tommy Crawford, que fueron descubiertos en un viejo pozo en medio del bosque, no muy lejos de casa de los Clifford.

Anderson estaba con Janie, Noah y la familia de Tommy, mirando el agujero en la tierra en el que acababan de depositar el caro féretro cubierto con flores también carísimas que empezaban ya a marchitarse debido al calor.

Pensó que tendría que estar observando la reacción de los presentes, pero no lo estaba haciendo; todo lo contrario, estaba pensando en que, cuando llegara su momento, no quería nada parecido. Deseaba que abandonaran su cuerpo despedazado en lo alto de una montaña para que se desintegrara y sirviera de alimento para los buitres, como hacían los monjes tibetanos, hasta que la parte corpórea de Jerry Anderson quedara reducida a un montón de huesos sobre una piedra. Estaba pensando que ya no faltaba mucho tiempo, que nunca permitiría que su cuerpo sobreviviera a su mente.

El padre del niño, Henry, estaba también junto al agujero, con la pala en la mano. La llenó de tierra y la arrojó sobre el ataúd. Dio la impresión de que la tierra se quedaba flotando inmóvil en el aire y que luego caía con un ruido sordo. Cogió entonces una nueva palada sin detenerse ni un instante, convirtiendo el proceso en un prolongado movimiento continuo, la palada y la tierra cayendo, la palada y la tierra cayendo, su cara empapada de sudor.

Lo miraban todos. Noah, hundido, entre Denise y Janie, su manita agarrada a la de Janie. Charlie rodeando con un brazo los hombros de su madre.

Naturalmente, no había datos suficientes para convencer a nadie que no estuviera abierto a dejarse convencer. La gente siempre encontraba las respuestas que quería oír. Siempre era igual. Y siempre sería igual. Anderson había intentado protegerse contra eso en su propio trabajo, había contratado investigadores que verificaran una y otra vez sus datos y colegas que revisaran sus artículos, animándolos a adherirse a los niveles más elevados de escepticismo que les fuera posible; aquella gente siempre había querido confiar en él. Y, durante mucho tiempo, había creído que si conseguía liberar su trabajo del más mínimo matiz de subjetividad, sería solo cuestión de tiempo que la comunidad científica acabara aceptando sus datos; era algo que formaba parte de la batalla que había estado librando, solo que ahora era última hora de la mañana, el ambiente era caluroso, el aroma de la tierra era intenso y fresco y notaba que su capacidad de lucha empezaba a abandonarlo. Que la gente creyera lo que le viniera en gana.

El detective Ludden, por ejemplo: la respuesta que más sentido tenía para el detective Ludden era la de la percepción extrasensorial. Era algo que siempre dejaba perplejo a Anderson. Un hombre profesional y racional, con un intelecto afiladísimo y harto de ver mundo, que se agarraba a la supuesta percepción extrasensorial de Noah como respuesta preferible a la de que un fragmento de la conciencia de Tommy siguiera presente de un modo u otro después de su muerte. Un vendedor de samosas de las calles de Nueva Delhi o un taxista de Bangkok se reirían de lo absurdo de esa ingenuidad. Pero los poderes psíquicos eran un fenómeno con el que, al menos, los departamentos de policía de Estados Unidos tenían cierta experiencia; todos habían escuchado historias de pistas generadas de esta manera, algunos incluso contrataban médiums de vez en cuando. De manera que el pequeño Noah Zimmerman era un médium tremendamente poderoso que había intuido los últimos momentos de la vida de Tommy Crawford. Lo que te haga más feliz, detective.

Tenía que reconocer que, una vez hechas las paces con ese aspecto del caso, el detective se había mostrado sorprendentemente dispuesto. Antes incluso de haber identificado los restos, había entrevistado a Noah. Había tomado notas detalladas y las había utilizado para llenar todos los espacios en blanco, para conseguir una confesión más completa, y eso que el asesino no había omitido nada. Anderson entendía que el detective deseara que los hechos se presentaran del modo más completo y claro posible, que quisiera saber qué había pasado, pero ¿acaso no era lo que todos querían?

Todo cuadraba, más o menos, con las pruebas. Los huesos, las costillas destrozadas por la bala.

El padre quería la muerte para el asesino, pero la madre era de la opinión de que eso tampoco tenía mucho sentido. Los fiscales habían descartado la pena de muerte, puesto que el acusado había confesado y era un adolescente cuando se produjo el crimen. Y, al fin y al cabo, tendría que bregar con la culpa toda la vida. De nada serviría posponerlo a la siguiente. De modo que Anderson estaba de acuerdo con Denise en la inutilidad de la pena de muerte, por mucho que ella siguiera negándose a utilizar la palabra «reencarnación».

El espíritu de Tommy, así lo denominaba ella.

Lo que te haga más feliz, amiga mía. Lo que te haga más feliz.

Últimamente había estado pensando mucho en el karma. En su trabajo nunca se había centrado mucho en eso —bastante le costaba ya encontrar pruebas que verificaran que la conciencia seguía existiendo y no quería mezclarlo con la complejidad de las ramificaciones morales a lo largo del tiempo—, pero de vez en cuando había llevado a cabo búsquedas de datos para intentar averiguar si había relación entre el tipo de vida que llevaba la gente y su siguiente vida. No tenía nada concluyente, aunque una pequeña fracción de aquellos que llevaban una vida tranquila y acomodada recordaba una vida anterior en la que solía meditar o llevar una conducta piadosa. Últimamente estaba dándole vueltas, sin embargo, a la idea de que la ignorancia, el miedo y la rabia, igual que sucedía con los traumas, quizá pudieran transferirse de una vida a otra, y que para superarlos serían necesarios varios ciclos vitales. Y si el miedo y la rabia podían persistir, también podían hacerlo emociones más fuertes, como el amor. ¿Qué era lo que llevaba a determinados individuos a reencarnarse en el seno de su propia familia? ¿Qué era lo que hacía que algunos niños recordaran parientes del pasado? Y, de ser así, a lo mejor ese fenómeno, esos recuerdos de niños que tan concienzudamente había estudiado, no iría en absoluto en contra de las leyes de la naturaleza. A lo mejor lo que venía a demostrar ese fenómeno era la ley fundacional de la naturaleza y él había estado documentándola y analizándola durante más de treinta años sin saberlo: la fuerza del amor.

Movió la cabeza de un lado a otro. Tal vez se le estuviera ablandando el cerebro.

O tal vez no. Durante todos estos años había mantenido a raya todas aquellas preguntas, pero ahora giraban como un torbellino a su alrededor, tocándolo con respeto, de camino hacia alguna parte.

38

Denise jamás lo superaría. Lo sabía.

Los huesos de Tommy en el fondo del pozo.

Henry y ella habían pasado un rato con aquellos huesos. Cuando la policía terminó de examinarlos, etiquetarlos y fotografiarlos, en la funeraria les habían concedido un poco de tiempo antes del entierro. Los había abrazado contra su pecho, había acariciado con la punta de los dedos las suaves cuencas que en su día albergaron sus ojos brillantes. Estaba allí, y no estaba. En parte había deseado quedarse con aquellos huesos, poner los fémures bajo la almohada por la noche al ir a dormir, llevar la calavera en el bolso para estar siempre con él; comprendía perfectamente que la gente se volviera loca y cometiera locuras. Pero en parte sabía que aquello no era Tommy. Que Tommy no estaba allí.

Los huesos de Tommy, allí donde Noah decía que se había ahogado. Imaginaba que esa era la prueba, si era eso lo que andaban buscando, pero ella ya no buscaba. Por algún motivo, eso ya había dejado de importarle.

¿Pero cómo podía no importarle si aquel niño llevaba dentro una pequeña parte de Tommy? Algunos fragmentos de su amor. El amor que Tommy sentía hacia ella, sobrevivía, dentro de Noah. Eso era importante, ¿no?

Aunque, evidentemente, todos llevamos dentro pedacitos de otras personas. ¿Qué importancia tenía entonces que los recuerdos de su hijo siguieran existiendo en el interior de otro niño? ¿Por qué nos dedicábamos a acaparar amor, a acumularlo, cuando nos rodeaba por todas partes, cuando entraba y salía de nosotros como el aire, si acaso pudiéramos percibirlo?

Sabía que la gente no podía ir con ella hasta el lugar donde se encontraba ahora. Que la gente pensaba lo mismo que Henry, que se había vuelto majara. ¿Cómo podían los demás entender lo que ni ella misma entendía?

El corazón…, algo le había pasado a su corazón. Eso era lo que le diría, si creyera que podía escucharla. Sabía que lo tenía roto para siempre. Que estaba hecho pedazos y ya no tenía solución. Pero con lo que no contaba era con que se le quedaría abierto de par en par de aquella manera.

Jamás superaría la pérdida de Tommy. Lo sabía.

Ni volvería a ser la persona que era antes. No le quedaba resistencia, nada que la reprimiera, después de toda una vida reprimiéndose. Percibía hasta la más mínima brisa penetrándola hasta la médula. Resultaba aterrador, pero no podía hacer nada. Ahora tenía el corazón abierto de par en par y el mundo entero podía atravesarlo.

Después del entierro, Henry se quedó a su lado. El resto de la gente estaba junto a los coches, derritiéndose de calor, concediéndoles a ellos dos unos instantes para llorar la pérdida a solas. Estaban quietos delante de la tierra removida y las flores esparcidas, una composición surrealista y a la vez familiar que les gritaba: «Créetelo». Denise entornó los ojos bajo el sol y contempló las tumbas dispuestas en hileras ordenadas y los árboles arqueándose por encima de ellas. Árboles, piedra, tierra y cielo hasta donde alcanzaba la vista.

Henry le dio la mano y Denise notó que su piel se sorprendía con la sensación de alivio que le proporcionaba aquel contacto físico. Henry le apretó la mano y dijo:

—No iré a casa.

Todo el mundo se reuniría en su casa para la recepción que había preparado para después del funeral. Había contratado los servicios de un catering. Y ahora se sentía demasiado abrumada como para gestionar adecuadamente la oposición de Henry. Henry tenía que estar presente.

—Solo un rato, Henry. Por favor.

Él no le soltó la mano pero estaba furioso.

—No soporto la idea de tener que compartir mi espacio con esa gente.

Denise sabía a qué gente se refería.

—No te molestarán. Eso da igual, Henry.

Él le soltó la mano.

—¿Qué quieres decir con eso de que da igual? —Levantó la voz—. Y da igual que estén locos, eso también da igual, imagino.

Esperaba que pasar unos momentos con Noah les iría bien a los dos: Henry vería todo lo que había que ver y sacaría sus propias conclusiones. Sabía, además, que la frialdad de Henry le había hecho daño a Noah. Durante el funeral, se había dado cuenta de que el niño lanzaba miradas a Henry y estaba dolido.

—Te iría bien hablar con él. Y creo que también le iría bien al niño…

—No puedo creer que estés diciendo eso, precisamente tú, Denise… —Henry habló con voz ronca. Agachó la cabeza y Denise deseó acariciar aquella maraña de negro y gris que conocía tan bien, pero se contuvo. Los ojos de Henry, cuando volvió a mirarla, tenían una expresión suplicante—. Sé que es duro, que es brutal —dijo—. Pero jamás pensé que caerías en una cosa así. Aunque a lo mejor tendría que habérmelo imaginado, viendo cómo te aferrabas a la idea de que Tommy aún iba a volver. Y ahora has encontrado la manera de seguir creyéndolo, ¿no es eso? A pesar de los hechos consumados.

—Piensas que todo es pura fantasía.

—Pienso que estás haciendo todo lo posible por creer que Tommy sigue vivo. ¿Crees que a mí no me gustaría? ¿Crees que no lo busco por todas partes, crees que no veo a mi hijo en la cara de todos los niños? Pero tenemos que aferrarnos a la realidad.

«Realidad». La palabra le sentó como un bofetón.

—¿Y tú crees que no sé que Tommy está muerto? Estamos delante de la sepultura de mi hijo. Sé que está muerto. Sé que no regresará.

—¿De verdad piensas eso?

—No como Tommy. Pero... —Buscó con ansia las palabras más adecuadas—. Aquí hay una parte de él. Ay, Henry. No sé cómo decirlo, y ni siquiera sé si vas a creerme. Pero te juro que si pasaras un ratito con él... El doctor...

Henry resopló con sorna.

—El doctor Anderson dice que el niño sabe puntuar partidos de béisbol. Y nadie se lo ha enseñado. Tú se lo enseñaste, Henry.

Henry estaba negando con la cabeza.

—De lo contrario, ¿cómo podría saberlo si nadie se lo ha enseñado nunca?

No era el argumento que quería plantear, pero el argumento real no estaba basado en hechos, por muchos que hubiera recogido el doctor Anderson. Los hechos eran importantes, Denise lo sabía, pero también sabía que por muy larga que fuera la lista de peculiaridades o declaraciones, no conseguiría hacer cambiar de opinión a aquel hombre. No sabía qué podía conseguirlo.

—No sé —dijo Henry.

Por el tono pesado de su voz, Denise adivinó que estaba perdiéndolo, que la energía para continuar la conversación se estaba agotando. Si supiera encontrar las palabras adecuadas. Tenía la potente sensación de que su matrimonio, o lo que quedara de él, pendía de un hilo.

Henry se giró hacia ella, las arrugas de su cara hundiéndose, como si el dolor hubiera aumentado la fuerza de la gravedad.

—Sé que mi hijo está muerto. Lo sé porque he tenido sus huesos en mis manos. Y mi alma lo sabe, si acaso eso existe, cosa que dudo mucho. Si quieres que te sea sincero, Denise, me has decepcionado. Siempre fuiste una de las personas más razonables que había conocido en mi vida. Y ahora me dejas solo en todo esto. Nuestro hijo está muerto y tú me dejas solo para correr a hacerle caso a un niño blanco que está loco.

—No está loco. Si pudieras…

—Con toda esta mierda me estás matando. ¿Lo sabías? Estás matándome aquí y ahora. Has perdido la puta cabeza.

Denise miró al hombre que seguía siendo su marido. Estaba sufriendo y ella no podía ayudarlo. Estaba empeorando la situación. Le puso una mano en el hombro y percibió la tensión de la musculatura bajo los dedos, el dolor que pasaba del cuerpo de él al de ella como la corriente que acaba de encontrar un nuevo recipiente donde desaguar.

—Es posible —dijo. Sabía que sus pensamientos habían dejado de ser sus pensamientos; esa parte era cierta.

La mirada de Henry se ablandó un poco. Denise notó una sensación de alivio en el pecho.

—Podemos buscarte ayuda, Nise. —La rodeó por la cintura. Estaban abrazados, balanceándose levemente—. Tendría todo el sentido del mundo con todo esto… —Hizo un gesto con la mano abarcando la tumba, el cementerio—. Es comprensible. Lo entiendo. Te buscaremos un médico nuevo, si es necesario. Ese tal Ferguson nunca me gustó.

Se levantó el viento, los envolvió en un remolino. Denise se recostó en los brazos fuertes de su esposo y se sumió en aquella sensación de consuelo que tan familiar le resultaba. La echaba de menos. Lo echaba de menos. Los lirios de la tumba de Tommy se agitaron a merced del viento, como si movieran la cabeza. El aroma dulzón de las flores entró entonces en batalla con el olor potente a tierra removida. Y debajo de la tierra, el féretro, los huesos. Los huesos de Tommy. Pero no Tommy. Él estaba en todas partes, conectado a todo, incluyendo el viento, incluyendo a Noah. No sabía cómo era posible, pero no podía pretender lo contrario. Ni siquiera por Henry. Se soltó de su abrazo y se agachó, cogió un puñado de tierra y la dejó escapar entre los dedos.

—Lo siento, Henry. No quiero dejarte solo en esto, de verdad que no quiero. Yo también lo echo de menos, cada segundo de cada día. —Cogió más tierra y la dejó escapar otra vez, una lluvia seca entre los dedos. Pensó en la carita de Tommy. Se concentró en su sonrisa. Era incapaz de mirar a Henry—. Pero Noah no está loco. Lleva algo de Tommy dentro. Parte de los recuerdos de Tommy, parte de su... amor. También de su amor por ti... —empezó a decir, y se giró, pero las espaldas anchas de Henry estaban ya alejándose de ella.

39

Las recepciones de los funerales son siempre distintas entre sí, imaginaba Janie. No había estado en demasiadas. Los judíos celebraban la *shiva*, un tipo de festejo distinto aunque con el mismo tema.

Y alguna gente, como Tommy Crawford, tenía un velatorio. El acto había tenido lugar la noche anterior, en una silenciosa y abarrotada sala de la funeraria. Noah y ella habían durado allí dentro apenas unos momentos, durante los cuales habían contemplado el féretro de madera pulida cubierto de flores. El ataúd que contenía los huesos de Tommy, la fotografía del niño colocada a su lado.

Noah había mirado la fotografía. La piel oscura y suave, la sonrisa pícara.

—¡Soy yo! —había gritado Noah—. ¡Soy yo!

Janie había intentado sacarlo rápidamente de allí. Todas las cabezas se habían vuelto hacia ellos y la gente había empezado a murmurar. Había visto de refilón al padre de Tommy mirándolos con expresión furibunda mientras tiraba de Noah para salir de la sala, primero hacia al pasillo para luego emerger a la noche.

«Despiértate, Janie».

Pinchó unos cuantos trocitos de pavo con un palillo y los puso en un plato con un poco de ensalada de patata y un pepinillo para ella y un poco de queso y piña para Noah y mantuvo en equilibrio el plato sobre la palma de la mano. La sala estaba llena de gente desconocida, con trajes y vestidos oscuros. Gente que conocía a Tommy. Todo el mundo charlaba y se ponía al corriente de sus cosas. Tommy llevaba años muerto y la frescura de la conmoción y el dolor se había transformado, se había vuelto hacia dentro.

Un grupo de adolescentes, evidentemente incómodos con sus trajes, se había apiñado alrededor de la mesa de la comida. Tampoco sabían qué hacer con los platos. Los sujetaban con manos temblorosas y se llevaban a la boca paladas impresionantes de ensalada de patata.

Denise iba pasando entra la gente diciendo: «Gracias por venir, gracias por venir». Estaba encendida. No había palabras mejores para describir su estado. Janie sabía que debía de ser dolor, si tenía que calificarlo de algún modo. Pero uno no podía apartar la vista de ella.

La sala pareció ralentizarse. El sonido metálico de los cubiertos, los murmullos: se habían acabado por ahora, descansaban. Un río de sonido fluyendo por la estancia. Noah estaba en el otro extremo, con Charlie, el lagarto en el hombro, la cabeza grandota del adolescente mirando hacia abajo. El sol se filtraba con intensidad a través de las ventanas del salón y se reflejaba en el cabello de Noah. Era un día cálido, el calor resplandecía sobre sus rostros relajados y creaba una desagradable capa brillante por encima de la superficie de la ensalada de patata que llenaba el plato de Charlie.

Noah estaba hablando con Charlie, le estaba diciendo algo, algo que ella nunca sabría. Una gota en aquel océano.

«Despiértate, Janie».

Le vino a la cabeza una estrofa de un poema de Emily Dickinson.

Como un relámpago ha de explicarse a los niños
Con amabilidad para que se apacigüen.
La verdad debe deslumbrar gradualmente
O todos quedarán ciegos.

El calor de los cuerpos que llenaban la estancia. Noah al sol. No había donde sentarse, el salón se movía delante de ella, las paredes salieron disparadas hacia el cielo…

Se sentó en la alfombra. El plato en las rodillas.

Tantos desconocidos: gente mayor abrazándose, moviendo la cabeza con gestos de preocupación. Los adolescentes abatidos, incómodos. Anderson, de pie junto a la pared, observando. Denise. Charlie. Noah.

Era la única allí, además de Anderson, que no conocía a Tommy.

Y Noah, claro, pero no…, no contaba.

Tenía una risa nerviosa atascada en la garganta, parecían ratones hambrientos que querían salir. Se tapó la cara con las manos.

Pero no pasaba nada, de hecho, porque en realidad no se estaba riendo. Estaba llorando. Tenía lágrimas que lo demostraban, allí, en el plato de plástico, mojando los cubitos de queso. Y eso era correcto en un funeral. Preferible incluso. Confiaba en que la gente creyera que conocía a Tommy. Que pensaran que era su profesora de piano. Parecía una profesora de piano, ¿verdad? Aunque era incapaz de tocar una sola nota. A lo mejor tendría que aprender. Noah podría enseñarle la música de *La pantera rosa*...

Notaba la nariz mojada, percibía en los dedos la textura resbaladiza de los mocos, el sabor salado de las lágrimas.

—¿Te encuentras bien?

Denise estaba de pie delante de ella, con un plato en cada mano.

Levantó la vista.

—Yo...

—Ven conmigo.

El cuarto de Denise era soleado. Las cortinas estaban abiertas por completo y Janie tuvo que protegerse los ojos del resplandor. Se sentó en la cama. Tenía hipo y lágrimas en los ojos. Denise le pasó una caja de pañuelos de papel.

—Podría darte una pastilla, pero te quedarías fuera de juego.

—Creo que ya estoy fuera de juego.

Denise hizo un escueto gesto de asentimiento. Se había transformado en una mujer eficiente, una enfermera enérgica.

—¿Quieres un ibuprofeno?

No era lo que necesitaba, pero decidió aceptarlo.

—Estaría bien.

Se tumbó en la cama e intentó tranquilizarse mientras Denise buscaba la pastilla en el cuarto de baño. Pero entonces se levantó de repente.

—¡Ay! Noah. Tengo que volver.

—Ya se encarga Charlie de él. —Denise estaba de nuevo en el dormitorio con una pastilla en la mano y un vaso de agua en la otra—. Y está también ese doctor.

—Sí, pero…

—Estará bien. Siéntate.

Se sentó. La luz era cegadora. Cogió la pastilla que no necesitaba y se la tragó. No era el dolor lo que le causaba el mareo. Era la realidad. Estaba sentada encima de una abigarrada colcha con estampado de flores en el dormitorio de otra mujer, que era una habitación real, y la luz del sol que le atacaba los ojos era real y luego estaba la otra mujer, que también era real. Y la realidad de la situación era mayor que… Y ella ¿qué tenía que ver con todo eso? La cabeza le daba vueltas solo de pensarlo.

—Lo siento —dijo, sin pensar.

—¿El qué? —replicó Denise, sin que su rostro revelara nada.

—Haberte sacado de la… fiesta. —La palabra se quedó dolorosamente flotando entre ellas. Janie esbozó una mueca—. Quiero decir, el velatorio… No, eso no ha estado bien. Quiero decir que…

«Despiértate».

Denise recuperó el vaso de agua.

—Charlie se lleva muy bien con los niños —insistió, como si estuviera intentando devolverla a la realidad con su labia—. Llevo toda la vida intentando que se busque algún trabajillo de canguro por aquí. Para que gane un poco de dinero y no tenga que pasarse el día metiéndome mano en la cartera para comprar Dios sabe qué. Cómics, comida basura y videojuegos, básicamente. Y eso es solo lo que yo sé.

—Vaya. —Janie intentó concentrarse en lo que le decía aquella mujer—. Tener un adolescente en casa debe de ser duro… Yo, en este momento, solo intento que supere el parvulario.

—Charlie es buen chaval. Pero odia estudiar. Y además es disléxico. Así que… —Movió la cabeza con preocupación.

—Dislexia. ¿Cuándo te enteras de que puede tener eso? —No había pensado en eso. Una cosa más por la que preocuparse.

Denise le pasó otro pañuelo de papel y se quedó mirando a Janie mientras se sonaba la nariz.

—Normalmente es en primero, cuando empiezan a leer, es el momento en que las dificultades de aprendizaje empiezan a hacerse evidentes.

—Ah. Ya veo. —Intentó recordar si Noah tenía algún problema a la hora de reconocer las letras. Lo hacía bastante bien—. Y Tommy, ¿era también…?

—Solo Charlie —replicó en tono cortante.

Janie reflexionó unos instantes sobre el tema. Era algo hereditario, ¿no? ¿Y podrían heredarse cosas de la familia de la encarnación anterior? La cabeza volvía a darle vueltas. Respiró hondo. ¿Dónde terminaba Tommy y empezaba Noah? ¿Qué tenían que ver con todo aquello Henry y Denise? Quería preguntárselo a Denise, pero no tenía el coraje necesario.

—Supongo que cuando llegan a la adolescencia los conoces bastante bien, tanto por dentro como por fuera.

Denise esbozó una pequeña sonrisa por primera vez.

—¿Lo dices en serio? La mayoría de las veces no tengo ni idea de la mitad de las cosas que le pasan a Charlie por la cabeza. Es como si... hubiera desaparecido para mí.

Las palabras fueron como una punzada en el ambiente. Y la cara de Denise se volvió hermética de nuevo. Janie ansiaba llenar el espacio entre ellas pero no acertaba a encontrar lo que tenía que decir.

Miró a su alrededor. No había mucho que ver excepto fotografías: fotografías de colegio de Charlie y de Tommy colgadas en la pared (reconoció la que salía en el artículo del periódico), otras en la mesita de noche. Una instantánea enmarcada de un niño pequeño correteando para arrojarse en brazos de una mujer joven y guapa con pendientes de aro.

—Esa es del día que Charlie aprendió a caminar —dijo simplemente Denise. Estaba justo al lado de Janie, mirando por encima del hombro—. Pasó de dar tan solo un par de pasos a cruzar toda la habitación. Parece que esté caminando hacia mí, pero en realidad caminaba hacia su hermano, que estaba justo detrás. Era su ídolo.

Janie observó de nuevo la fotografía. No había caído en la cuenta de que la mujer que aparecía era Denise. Cogió la fotografía que había al lado de esa.

Una imagen de Tommy saltando desde una balsa de madera. Era una instantánea, pero la cámara había capturado el reflejo del sol en el agua, la rugosidad de la madera de la balsa. Tommy estaba en el aire, las piernas extendidas; reconoció el sentimiento de euforia de su cara. Conocía aquella expresión. No podía apartar la vista de la fotografía.

Denise la observó también.

—Eso era junto a la casa del lago. Íbamos todos los veranos. —Su voz se volvió pensativa—. A Tommy le encantaba ese lugar.

—Lo sé —dijo Janie—. Noah me ha hablado de él.

—¿Sí? ¿De verdad?

—Les contó a sus maestras sus vacaciones favoritas —le explicó Janie.

Las palabras flotaron en su cabeza unos instantes y esperó la aparición de los celos. Pero, mirando aquella fotografía que contenía lo que parecía una destilación de la alegría de Noah, no sintió celos en absoluto. Sino que algo muy distinto la invadía: gratitud. Allí, con Denise, había disfrutado de una buena vida; y por primera vez se dio cuenta de que no podía separar aquello del niño cariñoso y exuberante que había nacido de ella.

Denise le cogió con cuidado la fotografía y volvió a dejarla en la mesita.

—Cuando teníamos que volver a casa, lloraba y lloraba sin parar —recordó—. «¿Cuándo volveremos, mamá? ¿Cuándo volveremos?». Todo el rato igual en el coche. Nos volvía locos.

—Me lo imagino —dijo Janie—. Se apega mucho a las cosas. Siempre ha sido ha así.

¿Pero qué quería decir «siempre»? ¿Cuándo empezaba ese «siempre»?

—Llevamos años sin ir por allí. —La mirada de Denise se volvió confusa—. Tal vez...

La idea resplandeció en la habitación, el espejismo de un lago con un niño rubio lanzándose a sus aguas. Janie apartó la vista del niño de la fotografía; era un plan demasiado ambicioso. La fantasía se desvaneció antes de que cualquiera de ellas se atreviera a darle voz.

—Te veo muy serena con respecto a todo esto —dijo Janie.

—Serena. —Denise rio entre dientes—. Bueno, la verdad es que no nos conocemos, ¿no?

—No. No nos conocemos.

Se oyeron carcajadas en el salón.

—Creo que debería volver —dijo Denise—. Tengo la casa llena de gente. Y me parece que se están divirtiendo en exceso. Esto es un funeral, al fin y al cabo.

La fuerza de voluntad mantenía en su lugar la sonrisa que tiraba hacia arriba de las comisuras de sus labios. Se alisó el cabello hacia atrás, en dirección al moño, por mucho que no hubiera ni un solo pelo fuera de lugar.

—Sí, de acuerdo. Solo una cosa más.

La mujer se quedó inmóvil, a la espera. Las preguntas burbujeaban dentro de Janie y sabía que no podría reprimirlas mucho tiempo más.

—¿Y si Noah no supera todo esto? ¿Y si quiere estar siempre aquí, igual que quería quedarse en el lago?

Denise cerró la boca con fuerza.

—Tu hijo se recuperará. Su mamá lo ama con locura.

—Su mami-mamá —dijo Janie.

—¿Qué?

—Yo soy mami-mamá. Tú eras mamá. Te llamaba así. —Denise frunció el entrecejo y la miró con recelo. Janie comprendió que no tendría que haberlo dicho. Pero ya era demasiado tarde—. ¿Y tu hijo? —preguntó.

—Charlie también se recuperará —dijo Denise, aunque con un tono de incertidumbre, con ganas claras de marcharse de allí.

—Me refiero a tu otro hijo.

No era la forma correcta de decirlo, aunque no sabía si existía una forma correcta. «¿Qué piensas de todo esto? —es lo que deseaba preguntarle—. ¿Qué significa?».

Fue como si Janie acabara de dar un paso en falso. Los ojos de Denise echaban chispas.

—Tommy ya no está.

—Lo sé. Lo sé. Pero...

—No.

—Pero Noah...

—Noah es otra persona —replicó con rabia. Le brillaban los ojos—. Es tu hijo.

—Sí. Sí, lo es, pero…, pero tú misma lo has visto, ¿verdad? Dijiste que lo habías visto, que sus recuerdos parecían reales. Eran reales. ¿O no lo eran? Y los huesos estaban…

No había forma de articular lo que quería decir. Movió la cabeza con desesperación.

Denise continuó inmóvil, entornando los ojos para defenderse del sol que le daba en la cara.

—Y… —continuó Janie, lastimeramente, ya no podía parar—. ¿Te sirve de consuelo? ¿Te ayuda en algo?

Denise siguió sin decir nada. Estaba justo bajo un rayo de sol que iluminaba las partículas de polvo. Parecía a la vez extasiada y completamente a la deriva y, de pronto, Janie se avergonzó de sí misma por formular tantas preguntas.

—No lo sé —respondió por fin, muy despacio.

—Es que… parece como si supieses algo.

—¿En serio? —Denise se echó a reír—. Porque yo precisamente esperaba que fueses tú quien supiera.

Entonces ambas rompieron a reír, unas carcajadas roncas e incontrolables que le provocaron a Janie dolor de estómago, una burla a la broma que el universo les había gastado a las dos. El momento se prolongó más de lo que Janie había imaginado posible, hasta que las dos se serenaron, boqueando para coger aire. Denise lloraba de risa y se limpió las mejillas con las manos.

—Ay, Dios mío. Pensarán que he estado llorando a moco tendido aquí dentro —dijo.

Sus palabras cayeron como una sombra que cubrió la habitación.

—No les diré nada.

—Mejor que no.

Se miraron. A pesar de que cada una tenía su papel en todo aquello, estaban conectadas.

—Supongo que es mejor que salgamos —dijo Janie a regañadientes—. Antes de que Noah se coma todos los *brownies*.

Denise se secó los ojos con un pañuelo de papel.

—Ay, déjalo que disfrute.

—Me parece que ya has olvidado cómo se comportan los niños de cuatro años cuando les da un subidón de azúcar. Se convierten en pequeños maniacos.

—No lo he olvidado.

Tenía la cara fresca y seca. Costaba imaginar que hacía tan solo un minuto estuviera llorando de risa. Janie abrió la puerta y dejó que el sonido humano las engullera.

—Eso es bueno —dijo Janie. Al menos era algo que decir. Janie se quedó en el umbral de la puerta prestando atención a los sonidos procedentes del salón donde seguía sentado Noah. Por algún motivo que desconocía, la idea de reunirse de nuevo con él le ponía nerviosa—. Ya no sé quién es —dijo—. O tal vez sea que ya no me conozco ni a mí misma. —Pensó por un momento que tal vez no era adecuado decir esas cosas, sobre todo decírselas a Denise, pero tampoco sabía a quién podía decírselas si no, ni qué era adecuado y qué no.

Denise se limpió la cara seca con otro pañuelo, lo tiró a la papelera y levantó la vista.

—Estás aquí —dijo en voz baja—. Y Noah está en mi salón, esperándote. ¿No tienes suficiente con eso?

Janie asintió, sorprendida por la veracidad de aquellas palabras. Claro que tenía suficiente. Entró en la habitación donde se encontraba su hijo.

—Sí que ayuda —dijo de pronto Denise. Janie se giró hacia ella. La expresión de Denise era de emoción—. Por supuesto que ayuda. No en cuanto a lo de echarlo de menos, en eso no, pero... —Se interrumpió.

Se quedaron un rato en silencio, el aire que las envolvía rebosante de todo lo que no sabían.

Noah levantó la vista cuando Janie volvió al salón. Estaba sentado en el sofá. Esos ojos azules siempre la desarmaban, llegaban a algún lado de ella donde no llegaba nadie. Se instaló a su lado.

Se quedaron mirando a los adolescentes, que seguían junto a la mesa del comedor, picoteando ensalada de patata y hablando en voz baja, sus cuerpos moviéndose con torpeza en esos trajes que no sentaban bien a nadie.

—¿Podemos irnos ya, mami-mamá? —dijo Noah.

—¿No te apetece pasar un ratito más con los amigos de Tommy?

Hizo un gesto de negación con la cabeza.

—Son todos tan... mayores.

—Ah.

—Esto es un asco —dijo uno de los adolescentes, y estalló en carcajadas aunque paró de repente, como si recordase entonces dónde estaba.

Le habría gustado poder hacer algo para aminorar la tensión y la tristeza que embargaba la carita de Noah, ¿pero qué? Por mucho que intentara ayudarlo, la solución siempre había quedado fuera de su alcance.

—Todo es diferente —dijo Noah.

—Sí, ya me imagino.

Noah hizo un mohín.

—Ay, cariño. Lo siento. ¿Pensabas que todo seguiría igual?

Asintió.

—¿Volveremos pronto a casa?

—¿Te refieres a Brooklyn? Sí.

—Ah.

Noah pestañeó varias veces y miró a su alrededor. Janie siguió la dirección de su mirada.

Antes no había asimilado la estancia en su totalidad, estaba tan confusa que no había podido verla bien. Era agradable, el interior de aquella pequeña casa de estilo campestre en un barrio residencial. La habían decorado con muebles confortables de madera oscura y complementado con cojines azules. Debajo de la escalera había un piano vertical, un poco maltrecho por las esquinas, pero la madera seguía reluciente. El ventanal rectangular daba a una calle con árboles crecidos. La repisa de la chimenea de ladrillo estaba repleta de recuerdos y figuritas: un gatito de cerámica acurrucado, algunas velas, un angelito de madera que sujetaba una mariposa hecha de alambre, un trofeo de béisbol. La casa de los sueños de Noah, y la protagonista de sus propias pesadillas, no tenía nada extraordinario. Era simplemente una casa. Pero aquí se había sentido amado.

—Podemos quedarnos si quieres, Noah.

—Quiero ir a casa, pero también me apetece quedarme.

Visualizó su apartamento, la acogedora habitación de Noah, los tigres sobre el escritorio, las estrellas.

—Lo sé.

—¿Por qué no puedo tener las dos cosas?

—No lo sé. Tenemos que aprovechar lo mejor que podamos todo lo que tenemos. Ahora estamos en esta vida. Juntos.

Noah asintió, como si eso ya lo supiera, y se encaramó a su regazo. Recostó la cabeza contra la barbilla de Janie.

—Estoy tan contento de haber venido contigo…

Janie le hizo volverse para poder verle la cara. Creía conocer ya las distintas facetas de Noah —el Noah malhumorado y desconsolado, el Noah asustado, el niño revoltoso y cariñoso que tan bien conocía—, pero aquello era nuevo. Intentó que no se le notase el nerviosismo en la voz.

—¿Qué quieres decir?

—Después de que me marchase del otro lugar.

—¿Qué lugar?

—El lugar al que fui cuando me morí.

Lo dijo así, simplemente. Tenía una mirada pensativa, los ojos excepcionalmente brillantes, como si acabara de pescar un pez sin esperárselo y estuviera admirando las escamas plateadas reluciendo bajo el sol.

—¿Y cómo era?

Una pregunta sencilla, pero la respuesta contenía todo un mundo. Janie contuvo la respiración y esperó a que respondiera.

Noah hizo un gesto negativo con la cabeza.

—Es un lugar que no puede describirse, mamá.

—¿Y estuviste mucho tiempo allí?

Se lo pensó.

—No sé cuánto. Pero entonces te vi y vine.

—Me viste. ¿Y dónde me viste?

—En la playa.

—¿Me viste en la playa?

—Sí. Estabas allí. Te vi y vine contigo.

Por mucho que creyera que los límites de su mente ya habían sido forzados al máximo, en aquella inmensidad siempre había un nivel más.

Noah pegó la frente a la de ella.

—Me alegro tanto de que esta vez seas tú mi mamá —dijo Noah.

—Yo también —dijo Janie. Eso era todo lo que necesitaba.

—Oye, mami-mamá —susurró Noah—. ¿Sabes qué hora es?

—No tengo ni idea, bicho. ¿Qué hora es?

—¡Hora de comer otro *brownie*!

Apartó la cabeza y sus ojos brillaron con aquella alegría pícara tan habitual en él. Janie comprendió que el otro niño se había marchado por el momento, que había devuelto el pez al mar.

40

Cuando los invitados se marcharon, y después de que Janie y Anderson ayudaran a Denise y Charlie a guardar toda la comida que había sobrado, después de que Janie recogiera la mesa mientras Denise pasaba el aspirador para recoger todas las migajas, después de que el salón quedara perfectamente limpio y ordenado, los sujetos del último caso de Anderson tomaron asiento en el sofá: Charlie, Denise, Noah y Janie.

Anderson se instaló en el sillón delante de ellos. El sillón le envolvía el cuerpo. Se dejó absorber por él.

Había oscurecido. Los cinco, silenciosos desconocidos unidos por lo desconocido.

—¿Así que os marcháis mañana? —dijo por fin Denise.

—Sí —respondió Janie, casi como queriendo disculparse—. Tenemos el vuelo por la tarde.

Habían realizado la visita, habían sido interrogados por la policía, habían asistido al funeral. Y ahora tenían que continuar con su vida, retomar el trabajo y las responsabilidades. Todos menos él, pensó Anderson. Curiosamente, la idea no le preocupaba. Se preguntó por qué.

—¿Y ahora qué hacemos? —le preguntó Janie a Anderson.

Todos los presentes se quedaron mirándolo.

Aún quedaba algo de papeleo pendiente. El papeleo era un tema que antiguamente le importaba mucho; ahora nada, en absoluto.

Anderson se encogió de hombros.

—¿Lo dejamos aquí entonces? ¿Esto es todo? ¿No… —Janie miró a Denise— seguimos en contacto?

—Puede haber visitas. Si les apetece. —Anderson sonrió—. Eso depende de ustedes.

—Ah. —Janie miró a su alrededor—. ¿Cree que sería buena idea?

—Eso depende de ustedes —repitió Anderson.

Notó que sus palabras sonaban frívolas incluso para sus propios oídos. Estaba experimentando una emoción que no era habitual en él. ¿Por qué se sentía tan relajado?

—Podría ir yo a visitaros —dijo de pronto Denise—. Podría ir a Brooklyn.

Janie se sintió aliviada.

—Ay. Eso estaría muy bien. ¿Verdad, Noah?

—No inmediatamente, claro está —añadió enseguida Denise—. Creo que todos necesitamos un poco de tiempo…,

pero me gustaría ir algún día y ver dónde vives —le dijo a
Noah—. Ver tu habitación. ¿Podría?

Noah asintió con timidez.

—Estupendo. Pues todo arreglado —dijo Janie.

Anderson los observaba. Estaba todo arreglado, y
nada estaba arreglado, lo sabía. La situación cambiaría.
Noah cambiaría. Él tendría que hacer un seguimiento, evidentemente. Aunque no se moría de ganas de hacerlo. Las
relaciones continuarían o tal vez no, o se transformarían
en otro tipo de relaciones. Hasta el momento no se había
dado cuenta de lo mucho que echaba de menos el silencio.
Siguieron sentados así un buen rato, el sol alterándose hasta apenas aportar luz, Noah callado entre Denise y Janie.
Anderson levantó la cara para empaparse de los últimos
rayos de sol, como un animal somnoliento.

—Creo que ahora tendríamos que volver al hotel,
cariño —le dijo por fin Janie a Noah, poniendo en marcha
a todo el mundo—. Se está haciendo tarde.

Noah se desperezó.

—Quiero bañarme aquí —dijo, adormilado.

Janie se quedó paralizada.

—¿Que quieres bañarte?

Noah empujó el labio inferior hacia fuera.

—Quiero bañarme aquí. En la bañera rosa. Con ella.

Señaló a Denise, que se encogió levemente de hombros y miró a Janie como queriéndole pedir instrucciones.

—Ah.

Anderson observó la resistencia creciente de Janie,
que enseguida se dejó ir.

—De acuerdo —dijo Janie.

—Y tú me bañas la próxima vez, ¿vale, mami-mamá?

Janie dudó, solo unos segundos, y le sonrió.

—Pues claro, Noey. Lo que tú quieras.

41

Noah quería bañarse, así que Denise se dispuso a bañarlo.

Esa era su tarea, la última de una larga jornada, y luego podría descansar. Hoy había enterrado un hijo, lo que quedaba de su cuerpo, y ahora se disponía a bañar otro.

Otro hijo. Eso era lo que pensaba para sus adentros en aquel momento, y también la impresión que había tenido cuando había sonreído al niño y lo había instalado sobre la tapa del inodoro con uno de los viejos cuentos de *Garfield* que aún conservaba Charlie mientras ella inspeccionaba el armario del cuarto de baño en busca de algún gel que hiciera burbujas.

Allí estaba, al fondo, la botella de Mr. Bubble. Utilizaba aquel jabón cuando los niños eran pequeños y quedaba todavía un poco, así que lo había guardado a pesar de los muchos años que habían transcurrido desde la época de los baños infantiles, porque la gente guarda este tipo de cosas, porque una parte de ella podía conservar intacta una fracción minúscula de la infancia de Tommy, como si también estuviera embotellada en aquel frasco de color rosa.

Cuando la verdad era que todo aquello se había ido. ¿Pero dónde se había ido?

Mr. Bubble sonrió una sonrisa de loco.

Abrió el grifo. El sonido le retumbó en los oídos. Se imaginó a Tommy, intentando coger aire, llamándola desde la negrura acuosa. ¡Mamá!

«Concéntrate en el agua. Todo irá bien».

Puso la mano bajo el chorro para volver a la realidad y vació en el agua lo que quedaba de Mr. Bubble. La bañera se llenó de burbujas que cobraron vida de repente.

—¿Son… burbujas?

Noah saltó del inodoro y se acercó corriendo al borde de la bañera.

—Sí.

—Halaaaa. ¿Puedo meterme?

—Claro.

Se quitó la poca ropa que aún llevaba y dudó un momento. Se posó en el borde.

—¿No estará demasiado fría?

—No, cariño, está buenísima y calentita.

—Ah. Vale. —Asintió para sí mismo, como si estuviera tomando una decisión, y acto seguido se metió en la bañera y empezó a explotar burbujas—. Cuando yo era Tommy siempre hacíamos burbujas.

Nunca dejaría de asombrarle que aquel niño dijera cosas como la que acababa de decir.

—Sí. Entre los dos me montabais un buen follón.

Noah rio.

—¡Es verdad!

«Concéntrate en el amor. Todo irá bien».

Denise cerró un instante los ojos y recordó a Tommy y a Charlie peleándose en la bañera con las burbujas, el agua jabonosa derramándose por el suelo. Se aferró a aquel sentimiento hasta que el cuarto de baño entero empezó a vibrar con la fuerza del amor que sentía hacia ellos. Era enorme.

El grifo seguía abierto, el agua corría entre sus dedos, cambiando a cada momento. De pequeña, había visto una película sobre Helen Keller y recordaba muy bien la escena en la que la niña percibía el contacto del agua que salía de una bomba y conectaba por fin el nombre con el origen de ese nombre…, pero ella iba justo en dirección contraria y los nombres perdían sentido. ¿Qué era Noah, qué era Tommy y quién era ella? Su estado de confusión mental era impresionante.

—¡Mira!

El niño estaba llamándola. Quienquiera que ella fuera para él, no era una desconocida. No eran desconocidos.

—Mira —repitió Noah—. Mira esta burbuja.

El brillo del grifo la deslumbró. Denise miró, pero demasiado tarde.

—¡Oh! Ha explotado. Qué lástima —dijo Noah.

—No pasa nada.

—¡Mira! ¡Otra burbuja!

Esta vez intentó mirarla rápidamente.

—La veo —dijo Denise—. Esa sí que es grande.

Era una grande de verdad. Abarcaba el espacio comprendido entre las rodillas del niño e iba aumentando de tamaño a medida que separaba las piernas, brillando como una loca durante sus escasos segundos de existencia.

—¡Mira!

La burbuja se hizo aún más grande. En su mapa de colores en cambio constante, alguien se ahogaba y otro nacía.

—¡Ay! Ha explotado.

—Sí.

Ya no había nada a lo que aferrarse. Solo todo.

Noah bajó la vista y entonces, de pronto, metió la cara entera en el agua. Levantó enseguida la cabeza. Tenía una barba de burbujas y un bigote de burbujas y sonreía como un bebé Santa Claus demoniaco.

—Adivina quién soy —dijo.

Denise sonrió.

—No lo sé —le respondió—. ¿Quién eres?

—¡Yo!

42

Ya era tarde cuando llegaron a casa desde el aeropuerto. Charlie ocupaba el asiento al lado de su madre cuando llegaron al camino de acceso. Otra noche en Asheville Road; el habitual sonido de los grillos y la tele de los Johnson con el partido de los Indians. Era de locos que las cosas siguieran igual con todo lo que había cambiado en su cabeza. Suponía que la vida siempre era así. A saber lo que pasaba por la cabeza de los demás. Mientras tanto, la gente moría y luego tenía una vida completamente nueva, como las luciérnagas que llegaban en junio, emitían su luz y luego se esfumaban para reaparecer después otra vez. Era como un truco de magia de los mejores.

De pequeño, Charlie había pasado horas con su hermano cazando luciérnagas. Tommy correteaba por el jardín con un bote, Charlie pisándole los talones. Cuando tenían unas cuantas, dejaban el bote en las escaleras y se sentaban para verlas moverse de un lado a otro y brillar. Y luego, a la hora de soltarlas, siempre agarraban una pataleta. Ellos querían quedárselas como mascotas, por mucho que su madre les explicara que si se las quedaban morirían enseguida, que tenían que vivir en la naturaleza. Una noche, Tommy y Charlie decidieron desobedecer y mintieron. Escondieron el bote debajo de la cama de Tommy, pero cuando se despertaron a la mañana siguiente descubrieron que eran propietarios de tres bichos muertos dentro de un bote: cosas secas y feas con alas negras que parecían vulgares escarabajos, como si alguien hubiera entrado por la noche en su cuarto y les hubiera robado todo el misterio.

Charlie se preguntó si aquel niño, Noah, habría visto alguna vez luciérnagas en la ciudad. O si las recordaría. Aunque no era Tommy. En realidad no lo era.

Miró de reojo a su madre. ¿En qué estaría pensando? Seguramente en su hermano, aunque últimamente lo había sorprendido. Había querido saber su opinión sobre muchas cosas, como, por ejemplo, qué tipo de comida preparar para la recepción o si deberían decirle a su padre que viniera a cenar. «¿A qué viene tanta curiosidad por saber qué pienso —le habría gustado preguntarle— cuando en los últimos siete años mi opinión te ha importado una mierda?». Lo cual era también un problema, puesto que significaba que ahora no podía colocarse tanto. Había dado un par de caladas en el garaje el día antes del entierro y ella lo había notado en medio segundo. Ni siquiera eso. Lo había mirado fijamente a los ojos y se le había pasado el cuelgue antes incluso de empezar a tenerlo.

Denise miró la oscuridad a través del parabrisas, reflexionando acerca de los grados de pérdida.

Siempre echaría de menos a Tommy; no había ni el más mínimo fragmento de ella que no estuviera echándolo siempre de menos. Pero aquel otro niño, aquel niño que no era Tommy, le había aportado un sabor dulce a una boca que hasta entonces había estado llena de amargura. Lo habían superado, los dos, y se había creado un vínculo que siempre perduraría entre ellos.

Cuando se habían despedido en el aeropuerto, él la había abrazado muchísimo rato y ella se había sorprendido al descubrirse incapaz de hablar durante al menos un minuto. Al final, había logrado decir:

—Nos veremos en Brooklyn.

—Vale.

—¿Me enseñarás tu habitación?

Noah asintió.

—Está llena de estrellas.

—¿Estrellas? ¿De verdad?

—Son pegatinas que brillan en la oscuridad. En el techo. Todas las constelaciones. Las puso allí mi mamá.

—Qué ganas tengo de verlas.

Se obligó a sonreír. Seguía abrazando a Noah por los hombros y él tenía las manos en la cintura de ella, como si estuvieran bailando. No quería soltarlo. No sabía si podría hacerlo. Las figuras de su alrededor eran insustanciales, borrosas: vio que Janie miraba el reloj y que el doctor Anderson le hablaba en voz baja a Charlie. Entonces, Charlie acercó la mano a la espalda de su madre y le dijo:

—Vamos, mamá, tienen que ir ya a la puerta de embarque.

Denise supo que tenía que hacerlo («Déjalo marchar») y lo dejó marchar.

Los tres se alejaron para ponerse en la cola de los controles de seguridad: el doctor Anderson, un hombre tan rígido como su padre, de la misma casta, granjeros y médicos que se tomaban su trabajo en serio y que debajo de aquel aspecto tan envarado escondían mucha bondad; Janie, otra madre que lo hacía lo mejor que podía en el trabajo que le había tocado desempeñar; y aquel niñito de pelo rubio que tenía un poco del amor de su corazón, para qué negarlo. (Déjalo marchar).

«Por el amor de Dios, Denise». No había perdido los papeles cuando los vientos del infierno arrojaban en su boca feroces chispas y, evidentemente, podía seguir sin perderlos ahora. Se obligó a mirar cómo se incorporaban a la cola del control de seguridad, formada por gente que cargaba con lo que se le permitiera llevar en su trayecto desde este lugar al siguiente. A su lado, Charlie se mantenía firme y alto como un hombre y Denise agradeció la estabilidad que le proporcionaba su mano.

Ahora, en el coche, lo miró de reojo. Miraba por la ventanilla, inmerso en sus pensamientos de Charlie. ¿En qué pensaría aquel chico? Tendría que averiguarlo. Tendría que preguntárselo. Estaba tamborileando un ritmo en la ventanilla.

A lo mejor estaba pensando en Henry. Durante todos estos años había sido Henry quien había insistido en que tenía que afrontar los hechos, que Tommy estaba muerto y nunca volvería pero, con todo y con eso, el descubrimiento de los huesos de Tommy lo había dejado completamente destrozado. Nunca había sido defensor de la pena de muerte, la consideraba un castigo que se aplicaba injustamente y que tenía además un fuerte sesgo racial, pero ahora estaba amargado porque el fiscal no estaba considerando ese castigo para el asesino de Tommy, puesto que en el momento de los hechos era muy joven. La muerte lo consumía. A lo mejor decidía llamarlo para pedirle que viniera a cenar. Si le decía que no, seguiría intentándolo y tal vez algún día acabaría accediendo.

Lo que le había dicho a Henry junto a la tumba de su hijo era cierto: echaba de menos a Tommy cada segundo de cada día. Lo echaba de menos y, a la vez, sentía su presencia, no en aquel otro niño, sino a su alrededor, y no podía aferrarse a ello ni encontrarle el sentido, del mismo modo que no podía aferrarse a Tommy, ni podía llegar a comprender por qué le había abierto al instante su corazón a Noah o por qué el amor que sentía hacia Henry era un dolor del que no podía librarse.

—¿Estás bien, mamá?

Había estado observándola. Siempre estaba observándola, su Charlie. Se giró hacia él.

—Estoy bien, cariño, de verdad que estoy bien. Solo necesito un minuto más.

—De acuerdo.

Denise apagó el motor y siguieron sentados en el coche, detenido ya en la entrada a casa y a oscuras.

43

Ya solo faltaba por superar la despedida, pensó Anderson mientras se abría paso entre la atolondrada oleada de humanidad que esperaba la llegada de sus seres queridos a la salida de la recogida de equipajes. A su alrededor, las familias estiraban el cuello con impaciencia y se abalanzaban sobre sus parientes con gritos, abrazos y montones de globos. Los padres levantaban a sus hijas en brazos.

Antiguamente, la gente se reencontraba en aquellas puertas, pero los tiempos habían cambiado. Ahora, en aquel espacio sombrío y cavernoso, la gente reclamaba a los suyos y a su equipaje diciendo «mío». Esta es mía, la azul. Tú eres mía. Una joven belleza con unos vaqueros llenos de cortes inspeccionaba la multitud; una mujer más mayor y robusta, dio un paso al frente y la acogió entre sus brazos.

Ya solo faltaba por superar la despedida, y después…

—¿Todo bien?

Janie acababa de ponerle una mano en el hombro. Ahora se conocían mejor, habían alcanzado cierto nivel de intimidad, le gustara o no. Janie estaba preocupada por él. Anderson apartó la vista.

—Tengo el coche en el aparcamiento —dijo Anderson, señalando con la barbilla en esa dirección—. ¿Quiere que la lleve?

—Tomaremos un taxi —replicó ella, y él asintió, su mente respirando aliviada. Así no tendría que hablar, en pocos minutos ya no tendría que hablar más. Mentalmente ya estaba en la carretera en su coche, avanzando tranquilamente en la oscuridad—. Vamos en direcciones opuestas —añadió—. Si quiere, si es demasiado tarde para conducir, puede quedarse a pasar la noche en casa hasta mañana. Tenemos un sofá cama.

—Me apañaré bien —contestó él, evitando mirarla a los ojos. Veía en ellos un exceso de calidez. No quería que se preocupase por él. Él ya se había ido.

Se puso en cuclillas delante de Noah.

—Y ahora voy a despedirme de mi amigo.

—No me gustan las despedidas —dijo Noah.

—A mí tampoco —respondió Anderson—. Aunque a veces son… buenas. —Su intención era pronunciar otra palabra, pero daba igual.

—Pronto volveremos a verlo, bicho —dijo Janie, intentando que su dinamismo resultara reconfortante—. ¿Verdad, Jerry?

—Es posible.

—¿Posible? —La voz de Janie sonó más aguda de lo normal. Anderson seguía concentrado en Noah, que parecía estar gestionando la separación mejor que su madre. A lo mejor, a esas alturas, ya estaba acostumbrado a esas cosas—. Querrá decir probable, ¿no?

«No, Janie —pensó Anderson—. Esta vez he dicho la palabra que tenía intención de decir».

—Me parece que estarás tan ocupado divirtiéndote que te olvidarás de mí —le dijo a Noah.

—No, no me olvidaré. ¿Tú te olvidarás de mí? —replicó el niño con ansiedad.

Anderson le acarició la cabeza. Tenía el pelo suave.

—No. Aunque a veces olvidar está bien —dijo con voz amable.

El niño lo asimiló.

—¿Me olvidaré también de Tommy?

—¿Quieres olvidarlo?

Noah reflexionó su respuesta.

—Algunas cosas sí. Pero otras no. —Su vocecita era prácticamente inaudible entre el gentío que se movía sin cesar a su alrededor—. ¿Puedo elegir las que quiero recordar?

Echaría de menos a aquel niño.

—Podemos intentarlo —respondió Anderson—. Pero lo que no podemos olvidar es el ahora, Noah. El momento en que estamos. La vida que tenemos. Eso es lo más importante. Eso no podemos olvidarlo.

Noah rio con incredulidad.

—¿Y cómo podría olvidar todo eso?

—No lo sé.

Anderson seguía acuclillado y empezaban a dolerle las rodillas. El niño acercó la frente a la de él y lo miró a los ojos. Olía al caramelo que la azafata le había dado en el avión.

—Hay muchas cosas que no sabes.

—Cierto.

Miró a Noah. El caso estaba casi cerrado. Solo quedaba pendiente un detalle. Y era fascinante que no le hubiera preguntado antes al respecto.

—¿Puedes hacer una cosa más por mí? Sé que te parecerá raro, pero ¿me dejas que te mire el pecho y la espalda? ¿Solo un momento? ¿Te importaría? ¿Te parece bien?

Se giró hacia Janie, que había estado escuchando la conversación. Janie asintió. Anderson se incorporó, apartó un poco a Noah de la riada de gente y se acercó con él a una cinta transportadora que estaba parada, un lugar donde no los viera la gente.

Un adulto habría preguntado por qué, pero Noah se limitó a levantarse la camiseta.

Anderson hizo girar al niño para estudiarle bien el pecho y la espalda. Dos marcas de nacimiento, apenas visibles: un círculo en la espalda, rojizo, y una estrella irregular, un poco sobresaliente, delante. La trayectoria de la bala escrita sobre la piel.

En otro momento habría tomado una fotografía, pero devolvió la camiseta a su lugar. La prueba estaba allí.

Una familia numerosa estaba contando las piezas de su equipaje al lado de una cinta. Dos niños con camisetas de equipos de fútbol corrían alegremente siguiendo el movimiento de la misma. Terminada la despedida, Noah echó a correr y se sumó a ellos en un juego improvisado de identificación aeroportuaria.

—Puede utilizarlo —dijo Janie en voz baja.

Su voz tenía una certidumbre inédita hasta ahora; Janie acababa de ver también las marcas en la piel de su hijo.

—Para el libro. Puede escribir sobre Noah. Y puede utilizar su nombre de pila.

—¿Puedo? —Era una pregunta para sí mismo.

—Siento haber dudado en algún momento de usted. Tiene mi permiso —dijo Janie formalmente— para utilizar la historia de mi hijo como considere más conveniente.

Anderson ladeó la cabeza en un gesto de agradecimiento. Tal vez, si trabajaba con rapidez, aún quedaba en él savia suficiente para terminar el capítulo. Se lo debía al hombre que había sido en su día. Aunque el hombre que era ahora…, ¿quién era ese?

—¿Cree que Noah está… mejorando? —preguntó Janie con la voz entrecortada.

La confianza que vio depositada en sus ojos cuando lo miró, lo dejó conmovido y alarmado a la vez.

—¿Lo cree usted?

Janie reflexionó su respuesta.

—Es posible. Me parece que sí.

Noah y los niños vestidos de futbolistas se partían de risa.

—¿Por qué piensa que Tommy decidió regresar en Estados Unidos? —preguntó Janie, sin apartar los ojos de su hijo—. ¿Por qué no renació en China, en la India o en Inglaterra, por ejemplo? En una ocasión me mencionó que la gente suele reencarnarse en la zona donde vivía. Pero ¿por qué?

Estaba interrogándolo con total seriedad y a Anderson le hizo gracia. Era como si las preguntas que habían estado zumbando a su alrededor durante toda la vida acabaran de encontrar un nuevo terreno donde instalar un enjambre.

—Parece haber una correlación. —Habló despacio y trató de elegir con cuidado las palabras—. Hay niños que hablan de que han pasado un tiempo en la zona donde murieron para elegir a sus nuevos padres entre la gente que ven. Otros nacen en el seno de la misma familia, en forma de nietos, sobrinos o sobrinas. Especulamos que la razón podría ser el… amor. —Le habría gustado encontrar otra palabra, un término más clínico, pero quedaba lejos de su alcance—. Es posible que las personalidades amen a su país del mismo modo que aman a su familia. —Se encogió de hombros—. Nunca he sido capaz de responder a la pregunta de cómo migra la conciencia. Me he quedado atascado en el intento de fundamentar su existencia. —En un gesto de impaciencia, cambió el peso del cuerpo al otro pie—. Mire —dijo—, ha sido…

—La verdad es que ahora no sé qué hacer. —Le tocó la manga y el gesto sorprendió a Anderson—. ¿Cómo lo hago a partir de ahora para criar y sacar adelante a Noah?

—Confíe en su intelecto y en sus... —otra palabra que se le escapaba—... sentimientos. Usted tiene buenos sentimientos. —Se había quedado en nada, se veía limitado a decir banalidades o verdades puras y duras. Fuera como fuese, tendría que apañarse con ellas—. Y ahora, tenemos que despedirnos —murmuró.

—Pero tendrá que hacer un seguimiento del caso de Noah, ¿no?

«No lo sé», pensó, pero dijo:

—Por supuesto.

—¿Entonces puedo enviarle algún correo electrónico de vez en cuando? ¿Si tengo más preguntas?

Anderson asintió, un gesto débil.

—De acuerdo.

Se quedaron mirándose, sin saber cómo despedirse. Un abrazo parecía fuera de lugar y un apretón de manos demasiado formal. Al final, ella le tendió torpemente la mano y él la contuvo brevemente entre la suya, pero, acto seguido, arrastrado por un impulso, se la llevó a los labios y la besó. Notó la suavidad de la piel. Era el beso de un padre en una boda, cuando libera a la hija de sus cuidados y protección. Experimentó una punzada de oscuro sentimiento de pérdida, bien de compañía bien de feminidad, algo que le quedaba ahora muy lejos.

—Cuídese —dijo, soltándole la mano.

Cogió el sobado maletín, cruzó las puertas y emergió a la cálida noche.

Era libre.

Eso es lo que era.

Libre. Los coches y los taxis se detenían para recoger familiares o clientes y él pasó por su lado en dirección al aparcamiento, disfrutando en la oscuridad de su propia inercia, del caminar ligero y eficiente de sus piernas, de la relajación de su mente.

Janie y Noah eran personas importantes para él, pero se alejaban a toda velocidad. Era su último caso, y se había acabado.

Ellos estaban de regreso a tierra firme y él…, él flotaba en el aire.

Había luchado con todo el arsenal que tenía a su alcance para aferrarse a su vida de siempre y, ahora que se le había escapado, flotaba con la ligereza que aporta la derrota. Había aplicado toda su fuerza mental al intento de comprender lo indescifrable, y era posible que en el proceso hubiera logrado extraerle un par de dientes a las fauces del infinito. Lo único que ahora le quedaba pendiente era escribir aquel último caso.

Siempre había pensado que, a medida que fuese acercándose a la muerte, las preguntas incontestables lo acosarían de manera insoportable, pero estaba descubriendo, sorprendido y encantado, que no tenía ni la más mínima necesidad de seguir formulándose preguntas. Lo que tuviera que pasar, pasaría.

¡Toma ya!

Terminaría el libro y luego haría lo que le viniese en gana. Y el día que ya no pudiera seguir leyendo al Bardo… recurriría a las partes que había consagrado al recuerdo, rememoraría su profundidad y su cadencia, por mucho que no lograra recordar los versos. Se pasaría el día sentado bajo los robles y balbuceando la obra de Shakespeare para sus adentros, como un loco.

¿Y si volvía a Asia? Le sentaría bien estar de nuevo en tierra asiática. ¿Qué se lo impedía? Nada. Podía marcharse ahora mismo si quería. Subir al primer vuelo disponible.

Tailandia. El ambiente denso y húmedo, el caos de sus calles.

¿Por qué no? La excitación empezó a latir en su interior solo de pensarlo. Visitaría el gigantesco Buda reclinado, con sus ciento ocho auspicios grabados en madreperla en la planta de los pies. Empezaría a meditar. Siempre le había puesto nervioso la posibilidad de que una práctica espiritual pudiera socavar o influir de algún modo su objetividad científica, pero ahora todo eso era irrelevante. Y si los tibetanos tenían razón, la meditación podía ayudar a disfrutar de una muerte más tranquila, lo que, sin duda, influiría positivamente en su siguiente vida (por mucho que los datos de los que disponía no fueran concluyentes en ese sentido).

A lo mejor podía hacer una paradita en una playa. Decían que había que ver las islas PhiPhi. Arena blanca y suave como la seda bajo los pies, aguas azules transparentes como el cristal. El momento presente. Rindiéndose a todo eso. Había oído decir que podías coger un barquito para visitar esos curiosos afloramientos calizos que asoman entre la neblina como en una pintura clásica china: aquellas escenas de montañas pintadas que se elevan en espiral hacia un cielo que no se ve, mientras un solitario ser humano navega en un barquito abajo, tan diminuto que es prácticamente invisible.

Tenía que comprarse un traje de baño. Se moría de ganas.

44

Janie, rodeando con un brazo a su hijo adormilado, apoyó la cabeza contra el cristal de la ventanilla del taxi y fue asimilando poco a poco aquel paisaje familiar. Allí estaba la amplia extensión de Eastern Parkway, sus edificios de apartamentos, sus *yeshivas* y sus majestuosos árboles; el Met Foods donde solía hacer la compra y la franja oscura de Prospect Park. La similitud la dejó sorprendida, como si hubiera estado esperando que el mundo que rodeaba su casa se hubiera transformado. Pasaron por delante de la cafetería donde se había reunido el primer día con Anderson, donde trabajaba la camarera que llevaba la palabra «YOLO» tatuada en lo alto de la espalda.

«Solo se vive una vez». Eso decía la gente, como si la vida tuviera importancia porque solo se vivía una vez. ¿Y si fuera justo lo contrario? ¿Y si la vida tenía importancia precisamente porque se vivía una y otra vez, y tenía consecuencias que se desplegaban a lo largo de los siglos y los continentes? ¿Y si resultaba que tenías oportunidades y más oportunidades de amar a tus seres queridos, de solucionar lo que habías fastidiado, de hacer las cosas correctamente?

Ya estaban delante del edificio de piedra marrón. La lámpara de gas parpadeaba en la noche como un amigo que se alegraba de verla. Pagó al taxista, cogió en brazos al niño dormido, que pesaba un montón, salió del taxi y agradeció estar de nuevo en casa y vivir en una planta baja.

Janie fue directamente al cuarto de Noah y lo acostó en la cama sin encender la luz siquiera. Se acurrucó a su lado, de cara a él en la estrecha cama, y se tapó con la colcha. Noah se movió y se frotó los ojos, bostezando.

—Ya estamos en casa.

Noah suspiró y se acomodó contra ella. Le pasó el pie por encima de la cadera, pegó la frente a la de ella. En la oscuridad, palpó el hombro de Janie y dejó allí la mano.

—¿Qué parte del cuerpo es esto? —musitó.

—El hombro.

—¿Y esto?

—El cuello.

—Y esto es tu coco, coco, coco...

—Sí.

—Mmmm.

Silencio.

Luego un sonido desde las profundidades de la cama. Una sonrisa adormilada.

—Me he tirado un pedo.

Y con eso, volvió a dormirse.

Janie abandonó con cuidado la cama. Cruzó en silencio el cuarto y se detuvo al llegar a la puerta.

Noah había cambiado de posición; ahora estaba bocarriba, durmiendo bajo las estrellas. Las constelaciones creadas por la mano del hombre brillaban por encima de él, un mapa que era lo máximo a que la mayoría podía aspirar en cuanto a gestionar un universo que se extendía hasta el infinito. Hacía ya unos años que había pegado las calcomanías de plástico allá arriba, que había creado la Osa Mayor de Noah, su propio Orión, pensando que durante el resto de la vida, siempre que su hijo mirara las estrellas, se sentiría como en casa. Intentó recordar cómo era ella entonces, pero no conseguía volver atrás, igual que no podía confundir las estrellas adhesivas con las de verdad.

Noah esbozó una sonrisa, como si estuviera teniendo un sueño muy agradable.

Se quedó un buen rato en la puerta viéndolo dormir.

EPÍLOGO

El viaje a Nueva York de Denise no fue en absoluto como se esperaba.

Por ejemplo, el hecho de que Henry decidiera acompañarla: eso la había dejado pasmada.

Últimamente, con Henry no sabías qué esperar. Había días en los que se despertaba silbando *Straight No Chaser* y domingos por la mañana en los que preparaba tortitas de arándanos para Charlie y ella. Otras veces se pasaba la noche en vela, bebiendo cerveza en el salón, con la tele encendida viendo cualquier programa tonto, y si ella se levantaba para ver qué tal estaba o para pedirle que bajara el volumen, él le decía con gruñidos que volviera a la cama. A la mañana siguiente, Denise siempre hacía un esfuerzo para levantarse temprano, serenarse y repasar los planes de clases de la jornada, porque sabía que le llevaría un buen rato sacarlo de la cama y asegurarse de que se vestía y se ponía en marcha. A veces era como si tuviera en casa dos adolescentes malhumorados. Si los tres llegaban algún día puntuales a la escuela era un milagro.

«Yo ahora soy así. Me quieres aquí, vale, pues esto es lo que hay. No me quieres, pues también bien», le había dicho Henry cuando se ofreció a volver a casa. Su expresión al pronunciar aquellas palabras había sido dura y las había acompañado con un gesto de indiferencia, como si a él le diera exactamente igual una cosa que la otra, pero ella lo había calado, igual que si fuera uno de sus hijos, y había visto clarísimo lo mucho que Henry deseaba que ella lo acogiera de nuevo. Y ella también lo deseaba.

Estaba feliz de tenerlo en casa. Desde la muerte de Tommy, Henry tenía un abatimiento que suponía que jamás podría quitarse de encima, pero era capaz de saborear un buen plato de comida y ella había redescubierto el placer de cocinar, de combinar un poco de esto con una pizca de lo otro y conseguir que el resultado saliera humeante del horno, que la casa oliera deliciosamente, para luego comérselo hasta no dejar nada en el plato. «Por fin estás poniéndole un poco de carne a esos huesos», le decía siempre Henry, tocando la capa de material blando que cubría ahora sus costillas. Y también era bueno para Charlie. Estaba clarísimo. El chico era un payaso, siempre lo había sido, y ahora se daba cuenta del ingenio que llegaba a tener. No había nada que le gustara más al final de una larga jornada que, sentados a la mesa del comedor, ver a Henry echar la cabeza hacia atrás y soltar esas carcajadas que le salían de las entrañas después de que Charlie dijera alguna gracia, y luego ver el rubor de satisfacción que ascendía por la cara de Charlie cuando agachaba la cabeza con timidez, asimilándolo. A veces, después de cenar, tocaban los dos juntos en el garaje, Charlie a la batería y Henry al bajo, y el sonido vibraba a través de las paredes y se difundía por todos lados, ahogando los ladridos del perro del vecino, y Denise tenía la sensación de que probablemente todo acabaría saliendo bien.

No hablaban de Noah. Ninguno de los dos quería aquella pelea; sabían que no tendría final ni habría vencedor. Cuando llegó la primavera y la idea de visitar a Noah se coló en sus pensamientos, intentó dejarla de lado primero, temiendo que pudiera alterar el nuevo y delicado equilibrio que reinaba ahora en casa. Lo que había hecho, en cambio, había sido enviarle un regalo a Noah el día del cumpleaños de Tommy, aunque no había hecho mención de este detalle en la tarjeta que lo acompañaba.

Durante los primeros meses, había hablado por teléfono con Noah unas cuantas veces, pero prácticamente siempre había sido un desastre; no estaba segura si era por la juventud del chiquillo y su impaciencia natural con el teléfono o por la extravagancia de las circunstancias. Él siempre tenía ganas de hablar con ella durante los primeros cinco segundos, e incluso hacía callar a su madre. Pero luego respondía a las preguntas sobre el parvulario con timidez y monosílabos y (después de revivir brevemente para preguntar por Colacuerno) era evidente que se sentía aliviado cuando colgaba el teléfono. Luego, ella necesitaba toda la tarde para recuperarse de la intensidad de los sentimientos que seguían. Al cabo de un tiempo, las llamadas se habían ido distanciando.

En verano decidió ir a ver a Noah en persona. Creía que podría gestionarlo bien. Janie había aceptado, aunque mostró cierto recelo. «No habla mucho sobre Tommy», le había dicho, y Denise pensó que eso sería para bien.

Reservó el billete antes de decírselo a Henry. Charlie tenía un trabajillo en Stop & Shop embolsando productos y otro como socorrista en la piscina, de manera que no podía acompañarla. Cuando le comunicó a Henry que iba a Nueva York a ver a Noah, puso mala cara al oír la mención de aquel nombre y Denise se preguntó si habría arriesgado demasiado.

—Iré contigo —dijo por fin, como si de pronto se hubiera transformado en el esposo de otra persona—. Si te parece bien. Tengo un par de amigos que me gustaría visitar.

Henry había pasado unos cuantos años allí, cuando era un joven y prometedor bajista.

Dejó que la acompañase. No le hizo preguntas. No quería saber, tal vez, cuáles eran sus verdaderos motivos y le apetecía su compañía. Denise nunca había estado en Nueva York.

Otra cosa que no esperaba: divertirse tanto con él.

En su primera noche en la ciudad fueron al Blue Note y se sentaron justo delante del escenario. Bebieron una bebida de color azul intenso y escucharon a Lou, un antiguo amigo de Henry, tocando el saxofón; luego fueron a otro local con la banda, rieron, bebieron y comieron comida buena y barata hasta la madrugada, disfrutaron del cotorreo fácil de los músicos y de sus historias de noches de gira alojados en casas de primos que cocinaban tripas de cerdo de olor insoportable, de sus relatos sobre lo agarrados que eran los líderes de algunos grupos y sobre músicos que salían del baño con la nariz embadurnada con polvo blanco y los pantalones bajados, y de aquella vez que la novia que Lou tenía en Seattle cogió un avión para ir a verlo tocar en San Francisco y coincidió aquella misma noche tanto con su novia de Oakland como con la de Los Ángeles.

Al llegar al hotel, Henry y ella se habían devorado como en los viejos tiempos. La potencia del encuentro la había dejado sorprendida. Era agradable descubrir que aún era posible, después de todo lo que había pasado.

No esperaba que Henry la acompañara al apartamento de Janie al día siguiente, ni tampoco que el apartamento de Janie fuera tan pequeño y tan anticuado. Siempre se la había imaginado en un loft grande y moderno, uno de esos apartamentos neoyorquinos que salían en televisión, pero jamás en aquel espacio tan pintoresco con molduras decorativas que le recordaban la casa de su madre.

Era un día caluroso. Cuando los dos llegaron, Janie les echó un vistazo y dijo:

—Os traeré un vaso de agua. ¿O preferís café con hielo?

Denise negó con la cabeza.

—Ojalá pudiera. Si ahora bebo café, estaré despierta hasta el amanecer.

Mientras Janie iba a por el agua, Denise entró en el salón, que era donde estaba Noah.

Tenía casi seis años ya, esa tierna edad en la que el cuerpo de los niños empieza a perder ese carácter rollizo de los bebés y atisbas, en sus nuevas caras angulosas, el adulto en que acabarán convirtiéndose. Estaba concentrado en un libro, sentado con las piernas cruzadas en el sofá, el cabello brillante y alborotado. (¿Por qué no llevarían a ese niño a la peluquería?). No parecía haberse dado ni cuenta de su presencia.

—Noah, mira quién ha venido —dijo Janie cuando reapareció con el agua, y Noah levantó la cabeza.

Denise se había quedado en el centro de la estancia, con el regalo que le había comprado, notando que la boca se le quedaba seca cuando Noah la miró con ojos risueños y sin reconocerla.

Hasta aquel momento no supo lo mucho que le importaba aquel niño. No se lo esperaba en absoluto.

—Es la tía Denise, ¿no te acuerdas? —dijo Janie, acercándose a Noah.

—Ah. Hola, tía Denise.

Sonrió educadamente y aceptó tanto el regalo como su presencia igual que los aceptaría cualquier niño, sin preguntar de dónde salía ella.

Denise se sentó y cogió el vaso de agua helada con las dos manos mientras, en algún lugar muy lejano, Henry se presentaba a Noah y el niño arrancaba el papel de regalo con dos rápidos tirones. La caja contenía el antiguo guante de béisbol de Tommy.

Lo sacó y emitió un grito —«¡Mira, un guante nuevo!»— y Denise contempló, con satisfacción y dolor, aquel sincero y simple regocijo.

Fueron paseando al parque. Era un día despejado y hacía un poquito de viento.

—Veamos. Tengo una pregunta para ti —le dijo Henry a Noah mientras iban caminando. Miró muy serio al niño.

—Vale —dijo Noah, levantando la cabeza con preocupación.

—¿Mets o Yankees?

—¡Mets, para siempre jamás! —respondió Noah. Henry sonrió.

—¡Es justo lo que quería oír! —Chocó los cinco con el niño—. ¿Qué opinas de Grandy? ¿Crees que lanza bien?

Por lo visto, fue suficiente con eso. Durante el resto del paseo hasta el parque estuvieron charlando animadamente sobre béisbol, mientras Janie y Denise caminaban en silencio la una al lado de la otra. La decepción había dejado a Denise sin palabras.

—Lo siento —dijo Janie en voz baja—. No tenía ni idea de qué haría cuando te viese. Ya no habla del tema, pero no sabía... Supongo que ahora es solo Noah.

Siguieron caminando en silencio.

—Aunque aún le gustan las cosas que le gustaban —continuó—. Los lagartos y el béisbol, y también cosas nuevas.

Tendrías que ver lo que es capaz de construir con los Legos. Crea edificios preciosos.

—Es como su mamá —dijo Denise por fin.

Janie se ruborizó y se encogió de hombros.

—Es feliz.

Llegaron al parque y encontraron un espacio amplio de césped donde instalarse. Una pareja de ancianos paseaba cogida del brazo. Una familia de judíos ortodoxos vigilaba a sus hijos para impedir que se acercaran demasiado al estanque que estaba en el otro extremo del césped. Había gente dando de comer a los patos, un frenesí de picos y mendrugos de pan. En la hierba, una niña hacía girar un Hula-Hoop, parecía sacada de otra época.

Janie y Denise extendieron una manta bajo las ramas protectoras de un gran árbol, sacaron los recipientes con aceitosas bolas de mozzarella, humus, uvas, zanahorias y pan de pita y sujetaron las servilletas con el termo para que no se marcharan volando. Habían cogido la pelota de béisbol y el guante, y, mientras ellas preparaban el picnic, Henry y Noah cruzaron el caminito para ir a una zona de campo abierto y tirarse la pelota. Henry recibía la pelota sin guante, como era su costumbre.

Denise se quedó mirándolos. Noah era feliz. Se notaba. Y era agradable verlo feliz, como cualquier niño. Era mejor que la hubiese olvidado, lo sabía, aunque saberlo no significaba que le hiciera menos daño. Agradecía que la naturaleza hubiera colocado las cosas en el lugar que les correspondía, pero no podía quitarse de encima la sensación de que le habían robado algo que podía haber sido precioso, siempre y cuando ella hubiera sido capaz de encontrar la manera de haberlo hecho precioso.

Se recostó y se apoyó sobre los codos bajo la sombra de las inquietas hojas verdes. Henry lanzaba la pelota con un ritmo regular y relajado, la expresión de su cara tan amigable y neutra como la de Noah. Comprendió entonces lo que ya sabía: que Henry no creía ahora de repente más que antes, sino que estaba haciendo todo aquello por ella. Porque la amaba. El sonido de aquel amor estaba contenido en el golpe de la pelota al impactar contra el viejo guante de Tommy, y el sonido de su amor —del amor que le inspiraban Henry, Tommy, Charlie y Noah— estaba contenido en el murmullo del viento entre las hojas que se agitaban por encima de su cabeza, y todo ello formaba una red de sonido que la atrapaba y la sostenía en este momento, aquí y ahora.

Se incorporó hasta sentarse y siguió mirando a Henry y Noah, que continuaban lanzándose la pelota el uno al otro, el uno al otro, como padres e hijos, como hombres y niños, en cualquier lugar, en cualquier momento.

—Vamos a ver si ahora pruebas con un lanzamiento alto —dijo Henry, y proyectó la pelota directa hacia el cielo.

Janie escribió a Anderson. Pensaba que podría resultarle útil estar al corriente de la evolución de Noah, por si acaso había una reedición del libro. Ahora que la normalidad reinaba con todo su esplendor en su territorio, le gustaba recordar de vez en cuando todo lo que habían pasado. Jerry y ella no eran amigos, pero habían tenido una conexión tal vez más profunda: eran aliados. Le escribió para contarle los detalles de la visita de Denise y Henry, para aportarle todos los datos pertinentes, lo bien que se lo había pasado Noah sin siquiera reconocerlos. Le envió un correo electrónico, luego otro, pero él no le respondió.

Confiaba en que siguiera bien. Después de todo el asunto solo lo había visto una vez, cuando pasó a visitarla por su casa y le regaló un ejemplar del libro, unos meses antes de que se marchase del país para siempre. Las reseñas del libro habían sido variadas; había críticos que habían respondido a la investigación atacándolo con sorna, como si todo aquello fuese el antiguo juego infantil del teléfono que da como resultado una palabra mal interpretada o un fraude, no una cosa digna de ser tomada en serio; y otros se habían mostrado interesados con los descubrimientos pero no habían sabido qué hacer con ellos. Pero a Anderson aparentemente le traía sin cuidado. Lo había visto mucho más callado, y también algo más distendido, como si hasta entonces hubiera estado tensado con una cuerda y se hubiera soltado. Iba vestido con una camisa blanca con bolsillos, la típica vestimenta de los isleños. Cuando ella se lo había comentado, él se había echado a reír. «Es verdad. Ahora soy un isleño», había replicado.

Janie no quería olvidar todo lo que había pasado. Estaba muy liada con el trabajo, disfrutaba del placer de crear espacios armoniosos y padecía los consabidos dolores de cabeza como consecuencia de tener que tratar con clientes melindrosos. La gran sorpresa era que Bob, su antiguo ligue por teléfono, había entrado de lleno en su vida después de que respondiera con entusiasmo el mensaje avergonzado que ella le había enviado: «Si aún quieres que nos veamos me lo dices». Llevaban ya seis meses viéndose un par de veces por semana, tiempo suficiente para empezar a creer que aquello podía estar pasando de verdad y para plantearse la posibilidad (a lo mejor, algún día) de presentárselo a Noah. Y, claro está, tenía que atender también a Noah: controlar los deberes, prepararle la cena y el baño de burbujas (¡cómo disfrutaba Janie ahora de la vida normal!), satisfacer las necesidades de una personita en cambio constante. Estaba haciéndose mayor. A veces, cuando iban al parque a pasear en bicicleta, le dejaba que se adelantase un poco y cuando veía aquella cabeza rubia, los hombros estrechos y las piernecitas pedaleando hasta alejarse de ella y doblar la esquina, experimentaba una sensación de pérdida que identificaba como la maternidad normal y corriente.

Una noche, se despertó presa del pánico, segura de que estaba perdiendo algo muy valioso. Corrió a la habitación de Noah y se quedó mirando cómo dormía (las pesadillas, gracias a Dios, habían desaparecido hacía tiempo). Cuando se quedó satisfecha en ese sentido, encendió el ordenador y miró los correos.

Allí estaba, por fin: el nombre de Jerry Anderson en la bandeja de entrada. Sin asunto en la cabecera. Lo abrió rápidamente. «Playa», había escrito. En mayúsculas. Nada más. La palabra resonó en el silencio del apartamento, provocando oleadas tanto de alarma como de alivio. «¿Va todo bien?», escribió. La pantalla proyectaba una luz clara y extraña en la oscuridad, y Janie percibió su presencia, como si justo en aquel momento él estuviera allí con ella.

—¿Jerry?

«Todo bien». Se imaginó la respuesta, aunque Jerry no le había escrito nada más. Había sido una sensación, imposible de adivinar si era real o inventada. No obstante, la tranquilizó pensar que podía percibirlo allí, a pesar de la inmensidad que los separaba.

Al día siguiente, cuando Janie iba a recoger a Noah de sus actividades extraescolares, pensando en un millón de cosas a la vez, se detuvo en seco a mirar a su alrededor.

Estaba en el metro y notaba el movimiento del vagón bajo los pies. El tren acababa de emerger al exterior y circulaba en aquel momento por el puente de Manhattan; la luz del atardecer se reflejaba en el río, en el barco que transportaba un cargamento hacia alguna parte, en la gente que compartía el vagón con ella, y todos los detalles habían cobrado una claridad delicada e intensa. La tirita que cubría parte de la rodilla del adolescente que tenía enfrente. El pelo de punta de la mujer que leía un libro a su lado. Los labios de aquel tipo con rastas que se movían bajo la barba según mascaba chicle.

El vagón estaba lleno de anuncios de cerveza, alquiler de trasteros, colchones: «Despiértese y rejuvenezca su vida».

«Me he equivocado», pensó de repente.

Lo que le había pasado a Noah la había distanciado de la gente que no conocía la historia y de amigos que, incluso cuando intentaba explicársela, declaraban «no puedo creer en esas cosas». De modo que se la había guardado, la había conservado dentro de ella, como si fuese una cosa más que la mantenía sutilmente alejada de todo el mundo, cuando de hecho..., de hecho, las implicaciones sugerían justo lo contrario.

¿Y cuáles eran esas implicaciones?

Tantas vidas. Tantos seres queridos amados, perdidos y reencontrados. Familiares que ni siquiera sabías que tenías.

A lo mejor estaba emparentada con alguna de las personas que viajaban con ella en aquel vagón. A lo mejor estaba emparentada con aquel tipo con traje que no levantaba los ojos de su iPad. O con el hombre de las rastas que mascaba chicle. O con aquel hombre rubio con camisa de topitos que llevaba una bolsa de la que asomaba una planta. O con la mujer del pelo de punta. A lo mejor cualquiera de ellos había sido su madre. O su amante. O su hijo, el más querido de todos sus seres queridos. O lo sería, en la próxima vida. Tantísimas vidas significaba que todos estaban emparentados. Pero lo habían olvidado, eso era todo. Y aquello no era una de esas típicas canciones que cantaban los hippies alrededor de una hoguera. (Bueno, vale, lo era, pero no era solo eso). Era real.

¿Pero cómo era posible?

El «cómo» carecía de importancia. Era real. Miró de nuevo a su alrededor. El hombre de piel olivácea que estaba sentado a su lado estaba leyendo un anuncio de la página de contactos de un periódico. El niño de delante movía continuamente un monopatín que sujetaba encima de unas rodillas llenas de moratones. El más querido de sus seres queridos, pensó. Estaba grogui.

Vivir así tenía que ser complicado. Ver a los demás de aquella manera. Pero podía intentarse, ¿no?

Se abrieron las puertas que separaban los vagones y apareció un hombre, un vagabundo, que se balanceaba de un lado a otro sobre los pies descalzos. Su pelo enmarañado formaba una especie de casco áspero y la ropa... Janie no podía quedarse mirando tan fijamente la ropa. Siguió caminando e intentando mantener el equilibrio. El olor que desprendía era como un campo de fuerza que repelía todo aquello que se cruzaba en su paso; cuando el metro se detuvo por fin y se abrieron las puertas, entraron más pasajeros y todos dieron media vuelta de inmediato para subir a otro vagón. La mayoría de los ocupantes huyeron en desbandada.

Pero algunos siguieron allí. Decididos a aguantar. Estaban demasiado cansados para levantarse, o demasiado distraídos con sus cacharros portátiles o no les apetecía renunciar a su asiento. O faltaba poco para su estación. De todos modos, ese era el vagón que habían elegido, la mano que habían jugado, esta vez. Apartaron la vista con cuidado; temían llamar la atención de aquel hombre.

Era la única que se había quedado mirándolo, razón por la cual fue directamente hacia ella. Se quedó plantado delante, balanceándose, y el olor que desprendía era tan fuerte que a Janie empezaron a llorarle los ojos. No tenía ningún cacharro con que mendigar. Sino que le tendió la palma sucia de la mano.

Buscó en el bolsillo, encontró tres monedas de veinticinco centavos y se las depositó en la mano, y, con el gesto, rozó la palma con la punta de los dedos. Levantó la vista. El hombre tenía los ojos de color caramelo, brillantes alrededor de las pupilas y más oscuros en los bordes; mirarlos era como contemplar un eclipse doble. Tenía pestañas gruesas, manchadas de hollín. El hombre parpadeó.

—Gracias, hermana —dijo.

—De nada.

Fue como si la cara se abalanzase sobre ella, sus necesidades y sus esperanzas claramente grabadas en aquel rostro, como si llevara todo aquel tiempo esperando que ella se fijara en él.

Paul perdió nueve kilos el primer año. Deambulaba por la cárcel como si fuera un trozo de papel tirado en el suelo y pisoteado continuamente por las botas embarradas de la gente. No podía dormir; pasaba las noches acostado en la litera de arriba aspirando el olor a orines del inodoro del rincón y escuchando los sonidos de la cárcel: goteos, ronquidos y gritos. No sabía si los gritos eran de otros reclusos que vociferaban en sueños o si eran de víctimas del insomnio, como él. Y por debajo de todo aquello, siempre el interminable eco de Tommy Crawford llamándolo desde el fondo del pozo. Hacía tiempo que había desistido de su intención de no pensar en Tommy Crawford; lo que había hecho estaba infiltrado en su ropa de presidiario, en la lechada que rezumaba entre los ladrillos de cemento y en el olor a orín de gato que lo impregnaba todo. A veces, aún deseaba poder volver atrás en el tiempo y hacerlo todo de otra manera, pero no podía. Otras, se preguntaba por qué la vida tenía que ser así: cometías una estupidez y no podías enmendarla por mucho que quisieras; las segundas oportunidades no existían. Se lo había comentado en una ocasión a la abogada y la mujer había esbozado un mohín, lo había mirado desde el otro lado de la mesa como una madre triste. La mujer tendría unos cincuenta años y era delgada, llevaba el cabello rubio grisáceo peinado con una coleta y tenía unos ojos azules que transmitían la impresión de que pasaba las noches preocupada por él. No sabía por qué tenía que preocuparse, cuando ni siquiera eran parientes, pero se sentía agradecido por el servicio que le prestaba y porque sabía que algún día conseguiría sacarlo de la cárcel, aunque para entonces estaría a punto de cumplir los treinta.

Un día, cuando llevaba cerca de un año allí dentro, le dijeron que tenía visita.

Pensó que sería la abogada o su madre.

El celador lo condujo por el pasillo hasta la sala donde estaban las mesas.

Cuando vio quién era, quiso dar media vuelta y salir de allí, pero era demasiado tarde. Estaba sentada, esperándolo. Tenía el pelo más gris que cuando se celebró la audiencia, pero la cara era la misma, y los ojos que lo miraban eran como los ojos de Tommy Crawford cuando estaba intentando decidir si acompañarlo o no al bosque para practicar el tiro.

Deseó poder esconderse debajo de la mesa.

La mujer cogió el teléfono que había al otro lado del grueso cristal blindado y él hizo lo mismo.

—Recibí tu carta —dijo la mujer.

Paul se quedó mirándola. No se le ocurría qué decir.

Había escrito una carta explicándole lo mucho que sentía lo que había sucedido con Tommy. Diciendo que Tommy le caía muy bien y que ojalá Tommy estuviera vivo y él muerto. Todo lo que había escrito en esa carta era verdad. La abogada pensaba que le ayudaría de cara a los tribunales, pero luego alcanzaron un acuerdo para reducirle la sentencia y ya no fue necesaria. Paul había enviado la carta de todos modos, pensando que los padres nunca le responderían. ¿Por qué tendrían que hacerlo?

—En la carta decías que eras alcohólico. —Habló en voz baja. No lo miró a los ojos a través del cristal—. ¿Es cierto?

—Mmm… —murmuró. Pero se forzó a decirlo—. Sí.

Poco a poco, después de todas las reuniones de Alcohólicos Anónimos a las que había tenido que asistir en la cárcel, se había acostumbrado a reconocerlo.

—¿Y ahora ya no bebes?

Paul negó con la cabeza, y entonces se dio cuenta de que si seguía con la cabeza agachada la mujer no podía verlo.

—No.

—¿Fue por eso? ¿Porque ibas bebido?

La mujer tenía la mirada fija en sus propias manos, que había dejado extendidas encima de la mesa.

Paul tragó saliva. Tenía la boca seca. Y no veía agua por allí.

—No.

—¿Entonces por qué?

La mujer levantó la vista. Su mirada era triste, pero no escondía rabia.

—Fue un accidente —dijo, y vislumbró aquella sombra de escepticismo, aquel movimiento hacia abajo de las comisuras de los labios que había visto en tantas caras desde que confesara—. Pero ese no es el porqué —añadió—. Fue porque fui un cobarde. Un cobarde y un idiota.

Inclinó también la cabeza. Miró las manos, las dos manos largas y oscuras de ella, sus dos manos blancas y rechonchas con las uñas mordidas.

La mujer emitió un sonido al otro lado del teléfono. Un sonido indescifrable.

—Siento mucho haber matado a su hijo —dijo Paul al teléfono.

Las palabras sonaron confusas como consecuencia de la sequedad que tenía en la boca. Escondió la cabeza entre los brazos y confió en que los celadores no pensaran que estaba llorando. Lo estaba, un poco, pero eso era ahora irrelevante.

Tenía la sensación de que la mujer esperaba que él dijese algo más. No estaba seguro de qué tenía que decir, pero de pronto lo supo. Cogió el teléfono entre el hueco que formaban los brazos y soltó el resto:

—Sé que no puede perdonarme.

Perdón. No era una palabra que utilizara mucho hasta hacía poco. Desear que lo perdonasen formaba ahora parte de él; lo ansiaba con las mismas fuerzas con que ansiaba el alcohol.

Siguió un prolongado silencio.

—Resulta gracioso —dijo la mujer por fin, aunque desde el punto de vista de Paul en el mundo ya no había nada gracioso. Levantó la vista y vio que la mujer tenía una expresión serena—. He estado reflexionando al respecto.

—Hablaba como una maestra, como las personas que saben cosas—. Dice la Biblia: «Perdona y serás perdonado»…, y los budistas también, ellos piensan que el odio solo conduce a más odio y más sufrimiento. En cuanto a mí…, no sé. Sé que ya no quiero seguir aferrada al odio. Que no puedo.

La mujer se quedó mirándolo, como si estuviera decidiendo si era o no un tipo abominable. Paul pensó que desear el perdón implicaba también perdonar. Pero sabía que no había perdonado a su padre por determinadas cosas. Y no podía imaginarse haciéndolo.

—Tommy me enseña cosas, cada día —prosiguió la mujer, y Paul casi se cae de la silla. ¿Cómo era posible que Tommy estuviera enseñándole cosas?—. Está obligándome a distanciarme de él —dijo—, a rendirme al momento presente. Y esto produce alegría. Si consigues hacerlo.

Paul no podía creer que tuviera a aquella mujer sentada allí delante hablándole de que su hijo muerto le enseñaba cosas, hablándole de alegría, a él. ¡A él! A lo mejor se había vuelto loca por su culpa y ahora tendría que cargar en su conciencia con aquello, además.

—¿Qué tal es la vida aquí? —le preguntó ella en voz baja—. ¿Muy mala?

Paul no estaba seguro de si aquella mujer quería oír que era mala o no lo era tanto.

—Es la vida que me merezco, supongo —se limitó a responder.

No le llevó la contraria, aunque tampoco dio la impresión de que se alegrase de ello.

—Me gustaría que me escribieras —dijo—. ¿Lo harás? Quiero saber cómo es la vida aquí y cómo lo llevas. Quiero saber la verdad.

—Vale.

Decidió que se lo contaría, por muy loca que estuviese. Que le contaría todo por lo que estaba pasando, las cosas que no quería que su madre supiera.

—¿Te parece bien el acuerdo? —dijo la mujer.

Paul movió la cabeza en sentido afirmativo. La mujer se levantó. Se ciñó el abrigo a la cintura. Era delgada, una cosita que podía partirse en dos segundos, pero al mismo tiempo parecía mucho más dura y resistente de lo que él llegaría a ser jamás en la vida. Le dijo adiós con la mano y esbozó una fugaz sonrisa, que llegó y desapareció a tal velocidad que Paul luego pensó que tal vez se la había imaginado.

Después de la visita, Paul se estabilizó un poco. Dejó de odiar la sensación de aquel uniforme rasposo en la piel, el hecho de que un momento se fundiera con el siguiente sin espacio entre medio para poder escabullirse, excepto el que le proporcionaban las novelas que sacaba de la biblioteca de la cárcel, las clases para obtener el diploma de enseñanza obligatoria y las visitas que le hacía su madre para ver qué tal seguía. Empezó a escribir cartas a la señora Crawford, contándole siempre la verdad. Cada mañana se despertaba después de otra noche de insomne adormilamiento y seguía sorprendiéndose al descubrirse allí.

Los personajes de las novelas que leía vivían en casas de turba y piedra, en paisajes montañosos cubiertos por la neblina, criaban dragones y aprendían magia. Y se transmitían los secretos de madres a hijos.

Anderson notó el contacto del agua cálida chapoteando en los pies.

Entró despacio, consciente de que en cualquier momento podía dar marcha atrás, y el agua le abrazó las pantorrillas, las doloridas rodillas, los muslos y el pecho. No estaba del todo seguro de lo que iba a hacer hasta el último momento, cuando el suelo arenoso desapareció bajo sus pies y se descubrió nadando, e incluso entonces echó la vista atrás y vio la playa muy cerca, las sandalias y el libro justo allí, esperándolo.

La playa estaba vacía. Era demasiado temprano para los turistas y en aquel lado de la isla no había pescadores. Era como si él fuera la única persona del mundo que estaba despierta. El paisaje estaba salpicado por alguna que otra palmera, las escarpadas montañas colgaban sobre el agua y el cartel que alertaba de las corrientes marinas seguía plantado en medio de la playa. Ya no podía leerlo, al menos en ninguno de los idiomas en que estaba escrito, pero comprendía el significado.

Cuando empezó a nadar, el agua, de un verde transparente, adoptó una tonalidad más intensa, más azulada. Nadó hasta que las sandalias se convirtieron en dos puntitos en la arena, el libro en un borrón azul. Disfrutó de la sensación de agotamiento del cuerpo, propiciado por la corriente. Las palabras flotaban para alejarse y se aferró a ellas. Silencio. Océano. Basta.

Tendría que habérselo dicho a alguien. Podría habérselo dicho a aquella mujer que le había enviado un mensaje de correo electrónico, por ejemplo. La del hijo. Pensar en su último caso fue como un cabello que lo anclaba a la tierra, lo único que quedaba aún entre su persona y el mar abierto. Podía dar marcha atrás y volver a intentar responder a su correo. Había querido escribir «adiós» pero no le había salido la palabra correcta, sino otra palabra. Confiaba en que aquella mujer entendiera qué había querido decir.

Si dejaba de pensar en ello, si dejaba que la corriente lo arrastrara, el cabello se partiría fácilmente por sí solo.

«Piensa en otra cosa», se dijo. Cerró los ojos. El sol creaba motitas negras en el interior anaranjado de los párpados.

Sheila.

El día que conoció a Sheila.

Un sábado. Había salido temprano del laboratorio y había subido al primer tren que había visto, había ido hasta el final del recorrido y luego había ido caminando hasta la playa. Se había sentado en la arena húmeda, a pensar. Tenía ante sí todo el universo, un montón de cosas desconocidas. ¿Por qué estaría limitándose a las jaulas de ratas?

Cerca había dos chicas sentadas en una toalla. Una rubia, la otra pelirroja. Dos niñas tontas que estaban comiendo un cucurucho de helado y se reían de él.

La rubia era la descarada. Se le acercó.

—¿Eres religioso?

—En absoluto. ¿Por qué?

Se quedó mirándola. Tenía las mejillas sonrosadas del sol, o a lo mejor era rubor. Llevaba el cabello recogido hacia atrás con una cinta pero tenía unos cuantos mechones rebeldes sueltos y ondeando alrededor de la cara.

—Estábamos preguntándonos, viendo cómo vas vestido, si acaso serías muy religioso. ¿No tienes bañador?

Se miró la ropa. Llevaba su atuendo habitual de estudiante, camisa de vestir blanca de manga larga y pantalón negro.

—No.

—Oh, ya entiendo. Eres demasiado serio para ir a la playa.

La chica lo dijo tal cual, bromeando. Su cuerpo era blanco y fuerte. Solo de mirarlo, le dolían los ojos. Y llevaba un bañador estúpido con estampado de lunares. Frunció el entrecejo.

—Te burlas de mí, ¿no?

—Sí.

—¿Por qué?

—Porque eres demasiado serio para la playa.

Los ojos azules de la chica tenían una expresión que era a la vez cariñosa y burlona. No lo entendía. Aquella chica estaba mareándolo.

Con el sol, el helado se estaba fundiendo y empezó a deslizarse por el borde del cucurucho hasta que alcanzó los dedos de la chica. Sintió la extraña necesidad de lamerlos.

¿Por qué no, lunares?

—Se te está derritiendo el helado —dijo.

La chica lamió el cucurucho y después se lamió los dedos, de uno en uno, burlándose de sí misma. De entrada pensó que era una chica de risa fácil, pero enseguida vio que la risa provenía de un lugar más profundo, que se desplegaba en el aire y ocupaba un espacio. «Helado», pensó, el vértigo ascendiendo por su cuerpo desde las blancas suelas de los pies. El secreto de la vida es el helado. La risa de la chica resonó en sus oídos y siguió resonando.

Ojalá no hubiera cesado nunca.

Empezaba a cansarse. Lo de nadar estaba resultando más agotador de lo que había previsto. Su cuerpo oponía más resistencia de la que se imaginaba. «Deja de moverte —pensó—. Déjate ir».

Abrió los ojos. La corriente había hecho su trabajo con rapidez. Las sandalias y el libro habían desaparecido, se habían fusionado con la playa.

El corazón le latía con fuerza. Calculó la distancia que lo separaba de la playa. Si quería volver, seguramente lo conseguiría. ¿Y entonces qué? Retomar aquella vida minúscula y cada vez más limitada de marisco y breves paseos. No era una vida horrorosa. Pero iba cuesta abajo…

Ya no echaba de menos el lenguaje. Le gustaba la concreción de su nueva forma de vida: el sabor salobre del cangrejo, el rostro tímido y curioso de la chica que se lo servía, la sensación de la arena que se metía entre los dedos de los pies protegidos por las sandalias cuando regresaba al bungaló, el picor de la respiración en la nariz cuando meditaba. Era como si la tierra estuviese contemplándolo, como si le acunara la cara entre sus manos. Le susurraba en un idioma sin palabras que había mantenido olvidado durante toda la vida y que solo ahora volvía a recordar, le hablaba sobre una realidad tan inmensa que sería incapaz de enseñar a cualquier otro ser humano ni aun teniendo capacidad para hacerlo. Apenas se reconocía en el espejo: la cara oscura, curtida y despreocupada, los ojos feroces e increíblemente brillantes. ¿Quién era ese hombre? Había aceptado con agradecimiento la simplicidad de aquella vida, pero sabía que muy pronto ni siquiera comprendería las transacciones más básicas. Se vería obligado a sucumbir a lo único que temía: la impotencia.

La playa se había convertido en una mancha de color claro en la distancia. El libro seguía allí, en la arena. Se sentía desnudo sin él; aquellos últimos días lo había llevado siempre encima. Al principio era para frustrar cualquier intento de conversación —y lo conseguía hundiendo la nariz en unas páginas que él mismo había escrito pero que ya no podía leer—, pero al final se había convertido en una especie de amigo. Cuando se despertaba por las noches, desorientado y con miedo, encendía la luz y estiraba la mano entre los cuerpos rollizos de las mariposas nocturnas hasta que encontraba la cubierta azul que descansaba encima de la mesita de noche. El libro le hablaba sin palabras, le garantizaba que había vivido.

A lo mejor lo encontraba algún turista mientras buscaba conchas. Y a lo mejor el libro le cambiaba la vida por completo.

Le dolían las piernas. Bajo el sol, siguió contemplando aquel hilillo en que se había convertido la playa hasta que le pareció un simple trampantojo, un oasis imaginario. Estaba, y luego desaparecía. Naturalmente, el cuerpo opondría resistencia a su defunción. Por supuesto; la vida era así. ¿Cómo podía haber pensado lo contrario? Era una lección que había aprendido una y otra vez: por mucho que te esmeraras en planificar con sumo detalle o realizar con excelencia tu investigación, lo desconocido siempre acababa emergiendo de las profundidades y lo trastocaba todo. ¿Pero acaso no era eso lo que siempre lo había atraído? ¿Las profundidades de lo desconocido?

A lo mejor volvía a ver a Sheila. Su cara. O un atisbo de ella en otro rostro.

O a lo mejor no.

Levantó la vista hacia la inmensidad del cielo, contempló el océano que se prolongaba hasta donde alcanzaba la vista. El agua brillaba bajo el sol y le cegaba los ojos. Todas las moléculas resplandecían en un mundo radiante, a lunares. Las extremidades se relajaron por fin, el cuerpo se derritió bajo la belleza de todo aquello.

Cielo azul, agua azul, y nada más.

El país desconocido.

«Míralo desde este punto de vista —oyó que le decía Sheila—. Ahora obtendrás respuestas».

La curiosidad latía en su interior solo de pensarlo, y acabó superando la fuerza del latido del corazón.

AGRADECIMIENTOS

E ste libro está inspirado en la obra del fallecido doctor Ian Stevenson y del doctor Jim Tucker, del Departamento de estudios de la percepción de la Escuela de Medicina de la Universidad de Virginia.

Mi agradecimiento muy especial para el doctor Tucker por atenderme y permitir que incluyera en esta historia de ficción diversos fragmentos de su excelente ensayo *Vida antes de la vida: los niños que recuerdan vidas anteriores*. La tesis de Anderson sobre por qué los niños podrían recordar vidas anteriores está basada en gran parte en un capítulo del fascinante libro del doctor Tucker, *Return to Life: Extraordinary Cases of Children Who Remember Past Lives* (no editado en español).

Para aquellos que deseen leer más sobre el doctor Ian Stevenson, encontrarán en *Old Souls* (no editado en español), de Tom Shroder, un apasionante relato de su vida y su obra; *Children Who Remember Previous Lives* (no editado en español), del doctor Stevenson, ofrece una visión general de sus teorías.

Asimismo me gustaría dar las gracias a:

Mi brillante editora, Amy Einhorn, cuya visión guio esta novela a lo largo de sus numerosos borradores y la convirtió en un libro mil veces mejor. Al excelente equipo de Flatiron Books, incluyendo a Liz Keenan, Marlena Bittner y Caroline Bleeke.

A mi agente, Geri Thoma, que se desvivió por mí y en cuyos sabios consejos siempre puedo confiar. A Simon Lipskar y Andrea Morrison, de Writer's House, por toda su ayuda. A Jerry Kalajian del Intellectual Property Group por trabajar para darle otra vida a esta historia.

A mis asesores: Rebecca Dreyfus, por su interminable paciencia, su amor, por la confianza que siempre ha depositado en mí y por sus buenas ideas, tanto grandes como pequeñas; Bryan Goluboff, que siempre encontró tiempo para ayudarme a desenmarañar la trama; y Matt Bialer, por esa increíble generosidad que siempre marca la diferencia.

A Bliss Broyard, Rita Zoey Chin, Ken Chen, Meakin Armstrong, Youmna Chlala, Sascha Alper, Nell Mermin y Julia Strohm por leer los borradores de la novela y aportar estupendos comentarios. A Catherine Chung, que me ayudó a concentrarme en el libro en un momento crucial.

Al Virginia Center for Creative Arts y a Wellspring House, por su perfecto entorno de trabajo.

Al fallecido Jerome Badanes, cuyas palabras de aliento siguen siendo importantes.

A las queridas amigas que me han asesorado y dado su apoyo a lo largo de las muchas encarnaciones de este libro, y en especial a Liz Ludden, Sue Epstein, Martha Southgate, Tami Ephross, Lisa Mann, Stephanie Rose, Shari Motro, Rahti Gorfien, Susannah Ludwig, Edie Meidav, Carol Volk y Carla Drysdale.

A mis profesores, y muy en especial al fallecido Peter Matthiessen, que encendió la chispa, y a Kadam Morten Clausen, cuyas clases de meditación y extraordinarias enseñanzas me ayudaron a mantener la calma a lo largo de los altibajos de este proceso y acabaron cambiándome la vida.

A mis padres, Alan y Judy Guskin, que siempre creyeron en mí; a mis maravillosas hermanas, Andrea Guskin y Carrie LaShell; a mi madrastra, Lois LaShell, cuya fe en mis capacidades jamás desfalleció; y a mi padrastro, Martin Rosenthal, un original auténtico. A mi increíble familia política, Sylvia, George y June, y a los hermanos Cuomo: me siento muy orgullosa de formar parte de vuestro clan.

A mi marido, Doug Cuomo, por su infinito amor y su apoyo; y a mis hijos, Eli y Ben, por ser tan buenos y tan divertidos. Las palabras no bastan para expresar lo afortunada que me siento por compartir la vida con vosotros tres.

Este libro se publicó
en el mes de mayo de 2016